ISABELLA TRUMMER

TOD IM SCHILCHERLAND

Kriminalroman

emons:

Bibliografische Information der Deutschen Nationalbibliothek
Die Deutsche Nationalbibliothek verzeichnet diese Publikation in der Deutschen Nationalbibliografie; detaillierte bibliografische Daten sind im Internet über http://dnb.d-nb.de abrufbar.

Umschlagmotiv: lumoxx/photocase.de
Umschlaggestaltung: Nina Schäfer, nach einem Konzept von Leonardo Magrelli und Nina Schäfer
Umsetzung: Tobias Doetsch
Gestaltung Innenteil: César Satz & Grafik GmbH, Köln
Lektorat: Uta Rupprecht
Druck und Bindung: CPI – Clausen & Bosse, Leck
Printed in Germany 2020
ISBN 978-3-7408-0957-7
Originalausgabe

Mein Dank gilt Christine –
Freundin, Erstleserin und kompetente Kritikerin.
Ihr Gefühl für eine gute Geschichte
lässt mich immer wieder dazulernen.

Hinter allem Bösen schreitet die Rache.
Die Rache hält nicht Schritt mit dem Bösen,
das voranschreitet,
die Rache holt auf dem Marsch
jede Stunde etwas auf,
seien es auch nur drei Schritte.

Paul Keller

Es gibt noch etwas Schlimmeres
als den Schmerz der Erniedrigung.
Die Qual des Hasses.

Karel Čapek

2009

Nicht hinsehen.

Bloß nicht noch einmal hinsehen.

An etwas anderes denken.

Die Augen schließen und von hundert rückwärts zählen. Ja, genau. Oder das Alphabet auf Englisch aufsagen. Oder …

Er könnte noch viele andere Dinge tun. Dinge, die ihn nicht in Teufels Küche bringen. Den Teller mit dem Besteck vom Küchentisch nehmen und in der Spüle abwaschen, zum Beispiel. In seine Schlafkammer hinaufgehen und einen Comic lesen. Oder das Haus verlassen und schauen, ob der Totengräber schon nach Hause gekommen ist. Der hat vielleicht wieder eine Tierfigur für ihn geschnitzt. Oder in den Wald laufen, auf einen Hochsitz klettern und Vogelstimmen nachmachen.

Das alles kann er tun.

Stattdessen wird sein Blick immer wieder wie von einem Magneten zum Vorraum hingezogen. Die Küchentür ist offen, und er kann an der Garderobe die Jacke des Vaters sehen. Aus deren Tasche ein Stück eines Schlüsselanhängers herausschaut, ein weißes Plastikschildchen, auf dem ein Pfau abgebildet ist. Ein Teil der bunten Pfauenfedern lugt aus dem Stoff, er ist sich sicher.

Es war heute schon in der Früh warm. Wahrscheinlich hat der Vater die dünnere Jacke genommen und nicht an den Schlüssel in der Lodenjacke gedacht. So muss es gewesen sein. Also ist der Schlüssel jetzt hier. Keine fünf Meter von ihm entfernt.

Der Schlüssel. Der das verbotene Zimmer sperrt. In das nur der Vater hineindarf. »Wenn ich dich da drin erwisch, schlag ich dich tot«, hat Kajetan mehrfach zu ihm gesagt. Und er ist sich sicher, dass es keine leere Drohung gewesen ist.

Aber …

Was schadet es, wenn er einen Blick hineinwirft? Nur schnell die Tür aufmachen, sich kurz umsehen. Das wird der Vater gar nicht merken. Bestimmt nicht. Er wird den Schlüssel gleich wieder in die Jackentasche stecken, und alles ist wie vorher.

Genau.

Langsam geht er zur Garderobe, den Blick auf den Anhänger gerichtet. Ein Schauder überläuft ihn. Nein, er traut sich nicht. Wenn nur seine Schwester da wäre, die könnte Schmiere stehen. Aber Brigitte lebt nicht mehr, ebenso wenig wie seine Mutter und sein Vater. Also sein *richtiger* Vater. Kajetan Reinprecht ist sein Stiefvater, dem man zu gehorchen hat, wenn man nicht windelweich geprügelt werden will. Davon kann er ein Lied singen.

Trotzdem.

So eine Gelegenheit kommt wahrscheinlich nicht wieder. Wenn er jetzt zu feige ist ...

Er schaut auf die Küchenuhr. Kurz vor halb fünf. Kajetan kommt frühestens um fünf Uhr nach Hause. Also hat er eine halbe Stunde. Mit spitzen Fingern nimmt er den Anhänger und zieht den Schlüssel aus der Tasche. Vor Aufregung vergisst er zu atmen. Soll er ihn gleich wieder in die Jackentasche versenken, oder soll er wirklich ...?

Der Halbstundengong der Uhr gibt den Ausschlag. Er geht zum verbotenen Zimmer, steht vor der dunklen Eichentür. Seine schweißnassen Finger umkrampfen den Schlüssel. Wenn mir der Vater draufkommt!, denkt er noch, als seine Hand wie von selbst den Schlüssel ins Schloss steckt und nach rechts dreht. Das Klacken des Schlosses dröhnt ihm in den Ohren.

Er drückt die Klinke und öffnet langsam die Tür. Steht an der Schwelle, wagt es noch nicht, einzutreten. Das Zimmer wartet schweigend.

Er macht den ersten Schritt, sieht sich um. Er weiß nicht, was er erwartet hat, etwas Unerhörtes, Entsetzliches ... jedenfalls etwas Geheimnisvolles. Doch er sieht nur ein ganz normales Zimmer. Ein ungemachtes Bett, daneben ein paar leere Bier- und Weinflaschen, einen Schrank, eine Kommode, einen Tisch mit einer leeren Vase drauf, davor ein Sessel. Das kleine Fenster hinter zugezogenen Vorhängen, die das Licht nur spärlich hereinlassen. An den Wänden ein paar Jagdtrophäen, auch nicht ungewöhnlich. Er weiß ja, dass Kajetan immer wieder einmal wildert.

Die Enttäuschung löst seine Anspannung. Er geht zum Kasten und öffnet die Doppeltür. Schwere Bergschuhe stehen auf dem Boden, darüber hängt Jagdkleidung auf Bügeln. In der linken Ecke lehnen zwei Jagdgewehre, im Fach darüber ein paar Schachteln Munition. Er schließt den Kasten wieder ab und geht zur Kommode.

Er zieht die Schubladen auf, findet aber nur Krimskrams, der ihn nicht interessiert. In der letzten Lade entdeckt er einen kleinen Holzkasten. Neugierig hebt er ihn heraus und betrachtet ihn von allen Seiten. Er ist abgesperrt, der Schlüssel steckt nicht im Schloss. Was da wohl drin ist? Seine Finger tasten die Lade ab, aber abgesehen von dem Holzkästchen ist sie leer. Er sieht sich im Zimmer um, doch es ist aussichtslos. Der Schlüssel könnte überall sein. Und die Zeit läuft. Vielleicht hat ihn der Vater ja auch mitgenommen.

Sein Blick fällt auf die Vase. Hm. Kajetan hat mit Blumen noch nie etwas am Hut gehabt. Er hebt die Vase an und schüttelt sie. Das helle Klirren des kleinen Schlüssels am Boden klingt wie eine Siegesfanfare. Er lässt den Schlüssel herausgleiten und sperrt das Kästchen auf.

Der Moment, in dem er den Deckel anhebt, verändert sein Leben für immer.

Regungslos sitzt er auf dem Boden und starrt auf die Bilder in seinen Händen. Das Gefühl für Zeit hat er längst verloren. Ein vertrautes Quietschen holt ihn zurück in die Wirklichkeit. Das Gartentor! Der Vater kommt heim! Er springt auf und stopft die Bilder wieder in das Kästchen. Mit bebenden Fingern schließt er ab, steckt es zurück in die Lade, schiebt diese mit einem Ruck zu. Der kleine Schlüssel muss in die Vase! Er stürzt zum Tisch, stößt in der Eile an die Tischplatte. Er versucht noch, die Vase zu packen, doch er ist zu langsam. Entsetzt sieht er sie vom Tisch fallen und in tausend Stücke bersten. Er kniet sich auf den Boden und wischt panisch die Porzellansplitter unter den Kasten. Den Schlüssel wirft er hinterher.

Raus aus dem Zimmer! Abschließen! Den Schlüssel in die Jackentasche zurückstecken! Schon hört er Kajetan auf die Haustür zustapfen. Er rennt in die Küche und entkommt durch das geöffnete Fenster. So schnell er kann, läuft er durch den Garten, doch seine Beine sind wie Gummi. Wo soll er hin? Er muss sich verstecken. Vor ihm liegt die Wiese, das kleine Haus des Totengräbers scheint unendlich weit weg, nirgends findet er Deckung.

Die Fliederbüsche! Er hastet seitlich am Garten entlang und wirft sich hinter den Büschen auf den Boden. Seine Lunge brennt, verzweifelt keucht er ins Gras. Hoffentlich hat ihn der Vater nicht gesehen! Hoffentlich war er schnell genug!

Vorsichtig hebt er den Kopf und späht zum Haus. Nichts rührt sich. Der Vater wird bestimmt in der Küche sitzen und sich die Suppe wärmen. Dabei wird er die Zeitung lesen, die Beine lang unter dem Tisch ausgestreckt. Wie viel Zeit bleibt ihm noch, bis der Vater bemerkt, was er getan hat? Er prüft den Stand der Sonne, sie geht bereits unter. Wenn er Glück hat, ist es dunkel, bevor Kajetan das verbotene Zimmer betritt.

Er dreht sich auf den Rücken und schaut in das Blau des Himmels, in das die müde Sonne noch ein paar orangefarbene Schlieren hineinmalt. Ja, so könnte es funktionieren. Im Schutz der Dunkelheit kann er es wagen, über die Wiese zum Haus des alten Totengräbers zu laufen und dort Schutz zu suchen. Der ist sein Freund. Aber was dann? Er muss untertauchen. Nur wie? Er ist noch nicht einmal vierzehn. Er hat kein Geld und nur das dabei, was er am Leib trägt. Man wird ihn suchen. Und finden. Und zu Kajetan zurückbringen.

Doch eine Rückkehr ist ausgeschlossen. Der Vater wird ihn umbringen, da ist er sich sicher. Er denkt zum tausendsten Mal an seinen Hund Lucky, der sein Ein und Alles gewesen ist. An den Tag, als der Vater ihn geschlagen und Lucky zugebissen hat. Er wollte ihn, sein Herrchen, verteidigen. Die Reaktion kam umgehend. Starr vor Entsetzen hat er zugesehen, wie Kajetan

Lucky sein Jagdmesser in den Bauch gerammt und den Hund zum Hackstock geworfen hat. Nachdem die Tränen versiegt waren, hat er am Rand des Friedhofs ein kleines Grab geschaufelt. Als er Lucky begraben wollte, erwartete ihn der abgehackte Kopf des Tieres, auf einen Holzpfahl genagelt.

»Hier gibt's nur einen Herrn«, hat Kajetan gesagt, und sein Blick hat sich in ihn gebohrt. Dafür wird *der Vater* eines Tages büßen, das hat er sich damals geschworen.

Für den Moment ist er jedenfalls sicher. Er wird die Dunkelheit abwarten, dann wird er sich etwas überlegen. Er seufzt. Die Panik ist gewichen und hat einer bleiernen Müdigkeit Platz gemacht.

Er schließt die Augen.

»Hab ich dich, du gottverdammter Hurensohn!«

Sein Arm wird hochgerissen, er spürt Kajetans Speichelspritzer in seinem Gesicht.

»Dir werd ich zeigen, was es heißt, mich auszuspionieren! Ich schlag dich tot, du elender Hundsfott!«

Kajetan zerrt ihn zum Haus, der eiserne Griff macht jede Flucht unmöglich. Als er um Hilfe schreit, legt sich die Pranke des Vaters über seinen Mund. Er wird ins Haus gestoßen, die Tür fällt mit einem Knall ins Schloss.

Am nächsten Morgen rückt die Feuerwehr an, um das Reinprechthaus zu löschen. Sie finden den Jungen auf dem Friedhof am Grab seiner Mutter. Er spricht kein Wort. Stunden später wird die verkohlte Leiche Kajetan Reinprechts in den Trümmern gefunden. Die kriminaltechnische Untersuchung ergibt Mord mit anschließender Brandlegung. Der Totengräber wird verhaftet und gesteht. Zum Motiv und zum Tathergang macht er keine Angaben. Zu der Tatsache, dass der Brandleiche der Kopf fehlt, schweigt er ebenfalls. Es kommt nie zu einer Verhandlung, denn ein paar Wochen später stirbt er an Bauchspeicheldrüsenkrebs.

Kajetans Schädel bleibt verschwunden.

Zehn Jahre später

1

Als der alte Beingrübl frühmorgens um fünf mühsam erwacht, deutet nichts darauf hin, dass dies sein letzter Tag auf Erden sein wird. Sonst wird er vom Hahn geweckt, der beim ersten Morgengrauen martialisch krähend seine Revieransprüche verkündet. Aber der hat heute kläglich versagt.

Als wollten sie das Versäumte wiedergutmachen, veranstalten die Singvögel im Obstgarten ein wildes Gezeter, das schließlich ins Beingrübl'sche Bewusstsein dringt. Ächzend wälzt er sich aus dem Bett, die Beine voran, damit er nicht schon am Beginn des Tages mit seinem Ischiasnerv auf Kriegsfuß steht. Langsam bringt er seinen Oberkörper in eine aufrechte Position. Suchend fahren seine nackten Füße über den Boden, bis sie die Schlapfen gefunden haben.

Seinen Schlafanzug hat er auch schon mal besser ausgefüllt. Aber was willst du machen: Im Alter wird man halt immer weniger. Er schlurft in die Küche, füllt Wasser und Kaffee in die Filtermaschine und deckt den Tisch. Er versucht, beim Hantieren leise zu sein, damit der Bub noch ein bissl schlafen kann. Die Jugend kommt ja morgens kaum aus dem Bett – auch so was, das sich im Alter verflüchtigt.

Beingrübl setzt sich an den Tisch und holt zwei Scheiben Brot aus der Verpackung. Er riecht dran und schüttelt den Kopf. Kein Vergleich zum selbst gebackenen Brot seiner Resi. Damals hat das Brot nach Getreide, Gewürzen und Erde gerochen. Das maschinell hergestellte Zeug heutzutage riecht nach gar nichts. Er muss schlucken, als er an den würzigen Geschmack echten Bauernbrots denkt. Und erst die Kruste! Aber das ist lang her. Seine Resi ist viel zu früh von ihm gegangen.

Er hat kein zweites Mal geheiratet. Wozu hätte das gut sein sollen? Er hat es hinter sich gebracht, das Gute wie das

Schlechte. »Die Stationen des Lebens«, wie der Pfarrer bei Hochzeiten, Taufen und Beerdigungen immer so blumig sagt. Beingrübl hat seinen Teil abbekommen: eine Zeit lang ein bissl Glück, danach jahrelang Kummer, Ärger und Enttäuschung. Vielen Dank dafür. Bitter und zynisch ist er geworden, das weiß er selbst. Und er traut niemandem mehr. Eins steht fest: Der Mensch ist nicht gut, kein Stück. Da kann der Pfarrer sagen, was er will. Und je mehr einer hat, desto mehr muss man vor ihm auf der Hut sein.

Fast sechs.

Zeit, den Buben zu wecken.

»Soll ich uns heut was kochen, Bertl?«

Beingrübl weiß selbst, wie großspurig das Angebot klingt. Er bekommt höchstens eine Eierspeis, Würstel oder eine Suppe hin. Salat geht auch noch. Aber seine Kochkünste haben schon hie und da ihren Zweck erfüllt, wenn der Bub spät von der Arbeit gekommen und zu müde gewesen ist, in ein Gasthaus zu gehen.

»Nein, Opa, das braucht's net. Keine Ahnung, wann ich heut nach Haus komm. Wird wahrscheinlich spät werden.«

»Auch gut. Ich hab heut noch a Auslieferung.«

Der junge Mann kneift grinsend ein Auge zu. »Irgendwann erwischen s' dich.«

»Man muss halt aufpassen, wen man als Kunden hat.«

Bertl hebt in gespielter Resignation die Schultern und geht zur Tür.

»Ist eh zwecklos, was zu sagen. Servus, du altes Schlitzohr.«

Beingrübl schaut seinem Enkel durchs Fenster zu, wie der den alten Toyota wendet und davonfährt.

Passt, denkt er.

Heut hat er viel vor. Da ist es schon gut, dass er den ganzen Tag seine Ruhe hat.

Was er macht, davon braucht Bertl nichts zu wissen.

2

Rasch zieht er sich die blaue Drillichhose über und schlüpft in die Holzpantoffeln. Er muss, bevor er fährt, noch im Stall das Vieh versorgen, er weiß schließlich nicht, wie lange er wegbleiben wird. Viel hat er eh nicht mehr, bloß noch ein paar Hühner, drei Hasen und Jaqueline, die Mutterkuh mit ihrem Kalb. Er hat einmal mit seinem Enkel einen Disput gehabt über die neumodischen ausländischen Namen, mit denen jeder seinen Nachwuchs straft. »Können die Leut den Kindern denn nicht Namen geben, die zum jeweiligen Land passen?«, hat er gefragt. Bertl hat ihn hinterwäldlerisch genannt, woraufhin Beingrübl die neu erworbene Kuh »Jaqueline« getauft hat. Auf den verwunderten Blick seines Enkels hat er gemeint, »Jessica« habe ihm auch gut gefallen, er habe lange geschwankt. Man wolle ja schließlich keine hinterwäldlerische Kuh im Stall haben. Da ist der Bertl in schallendes Gelächter ausgebrochen und hat gesagt: »Botschaft angekommen. Auf die Milch wirds keine Auswirkung haben.« Jaja, manchmal muss man den Jungen halt zeigen, dass man noch kein alter Depp ist.

Vom Stall geht es in den Schuppen. Er drückt sich an seinem alten Kleintransporter vorbei und nimmt einen Korb vom Regal. In die hintere Wand ist eine Tür eingelassen, die in einen zweiten Raum führt. Wer es nicht weiß, dem fällt die Tür gar nicht auf, dafür hat er mit Kästen und Regalen gesorgt. Dieses Gelass nennt er seinen Hobbyraum. Er wählt den passenden Schlüssel am Ring und sperrt auf. Dann geht er vorbei an der kupfernen Brennanlage und allerlei Zubehör und atmet zufrieden den Dunst ein, der sich über die Jahre in den Wänden eingenistet hat, egal, ob er gerade Schnaps brennt oder nicht. Er greift in eine Schachtel, und fünf Flaschen Selbstgebrannter wandern in den Korb.

Er macht eine kurze Bestandsaufnahme. Bis zum Hochsommer wird es noch reichen. Dann ist das neue Obst wieder genau richtig, um in eine schmackhaftere Form umgewandelt zu werden. Sein Zwetschgerner ist legendär, da ist er nicht wenig stolz drauf. In den letzten Jahren allerdings hat sich der Geschmack der Abnehmer etwas gewandelt, Birnen- und Marillenschnaps sind angesagt. Beingrübl hat in seinem Obstgarten aber wesentlich mehr Zwetschgen- als Birn- oder Marillenbäume. Doch um eine Lösung ist er nicht verlegen: In den Zwetschgenschnaps wird einfach ein Teil Birnenschnaps gefüllt, und fertig ist der Williams. Da darf man sich nix scheißen. Etikett kommt eh keines drauf. Und dann kann ihm keiner was.

Der Dorfwirt, einer seiner größten Kunden, vollzieht dann im Keller die Wandlung. Wie der Pfarrer bei der Sonntagsmesse. Er füllt den Schnaps in die leeren Markenflaschen mit Etikett ... *Nehmet und trinket alle daraus.* Und? Hat's bisher jemandem geschadet? Der Wirt verdient, und er verdient. Bertl hat das einmal grinsend eine Win-win-Situation genannt, was Beingrübl nicht spaßig, sondern lebenspraktisch findet. Eine spezielle Form der Ab-Hof-Vermarktung, wenn man so will.

Mit so Kleinigkeiten wie Anmeldung und Genehmigung hat er sich nie aufgehalten. Was er auf seinem Grund und Boden macht, geht keinen was an. Schon gar nicht die Behörden. Die wollen nur abkassieren, sonst nix. Er zahlt ja auch keine Steuern für seine Bohnen. Oder für den Salat. Na also.

Wieder im Haus, beginnt er mit dem Aufräumen. Lass die Küche nie unaufgeräumt, hat seine Resi immer gesagt, man weiß nie, ob nicht doch Besuch kommt. Daran hat er sich bis heut gehalten. Nachdem er das Geschirr gespült hat, geht er ins Bad. Heute muss die Morgentoilette etwas umfangreicher ausfallen als sonst. Als er aus der Dusche kommt (Bertl hat darauf bestanden, dass so ein Ding eingebaut wird. Du wirst auch nicht jünger, hat er gesagt, und kannst vielleicht bald nicht mehr in die Wanne steigen, was Beingrübl mit einem unwirschen Grunzen quittiert hat), reibt er sich mit seinem kratzigen Handtuch trocken. Darauf hat *er* bestanden: Seine Handtücher werden nicht weich gespült. Er will was spüren, wenn er ein Handtuch benutzt, nicht wie die Weicheier heutzutage, die sich am liebsten trocken streicheln.

Er stellt sich vor den Spiegel und betrachtet seine faltige Gesichtshaut, auf der ein weißgrauer Dreitagebart wuchert. Alt ist er geworden, da hilft kein Schönreden, aber im Hirnkastl fehlt noch nix, denkt er. Das werden einige noch zu spüren bekommen, die meinen, sie könnten ihn über den Tisch ziehen. Er zwinkert seinem Spiegelbild zu, und seine Augen funkeln kampfeslustig.

Bertls Elektrorasierer mit Verachtung strafend, greift er zu seinem Rasierpinsel und schäumt ihn ein. Neumodisches Glump, kein Elektrischer rasiert so sauber wie eine Klinge, da können die Leut sagen, was sie wollen. Sein Gesicht verschwindet allmählich unter einer Schicht weißen Schaums, bis er aussieht wie ein Weihnachtsmann, dem man Watte ins Gesicht gepickt hat. Vorsichtig setzt er die Klinge an und beginnt mit der Rasur. Er zieht die Haut in alle Richtungen, damit er in jeder Falte die störenden Barthaare erwischt, und schneidet dabei allerlei Grimassen. Als er fertig ist, wischt er sich die Schaumreste ab und atmet tief durch. Ja, so ist man präsentabel, wenn man unter Leute geht.

Und was Wichtiges vorhat.

3

Der Doppelhofer hat heut net gut ausgesehen, denkt Beingrübl, als er aus dem Haus des Arztes kommt und in seinen alten Lieferwagen steigt. Ob er krank ist? Oder gestern bloß zu tief ins Glas geschaut hat? Wohl eher Letzteres. Aber er will nix sagen, der Arzt ist einer seiner verlässlichsten Kunden. Da wär er schön blöd, wenn er Gerüchte in die Welt setzt und die Kundschaft vergrault. Außerdem: Der Jüngste ist der Dorfarzt halt auch nimmer. Wär an der Zeit, dass er einen Neuen einarbeitet, der dann seine Praxis übernimmt. Aber welcher junge Arzt geht heute schon aufs Land? Es dürfte ruhig auch eine junge Ärztin sein. Kein Problem. Da würde man auch wieder gern zum Doktor gehen.

Kurze Zeit später sieht Beingrübl den »Lärchenwirt« vor sich und fährt zur Rückseite des Gasthauses. Er nimmt lieber den Lieferanteneingang, der ist von der Straße aus nicht einzusehen. Seine gut eingespielte Ab-Hof-Lieferung geht schließlich nur ihn und den Sepp was an.

In der Küche herrscht geschäftiges Treiben, aus Töpfen quillt Dampf, in diversen Pfannen brutzelt es leise. Die Wirtin hat alles im Blick und scheucht die Küchenhilfe zu den Salat- und Gemüseschüsseln. Sie nickt dem Beingrübl kurz zu, der mit einem Hofer-Plastiksack in der Tür steht.

»Sepp!«, ruft sie durch das Futterloch in den Gastraum. »Kannst einmal kommen?«

Der Wirt erscheint und winkt Beingrübl nach hinten. Wortlos gehen sie in den Keller, und nach einigen Minuten hört man sie die alten Steinstufen wieder heraufstapfen. Jetzt hat der Beingrübl keinen Plastiksack mehr in der Hand.

»Willst was essen? Es gibt heut Wildgulasch.«

Der Wirt bemerkt erst jetzt das weiße Hemd und den Sonntagsjanker seines Lieferanten. Das Geschäft geht eben vor, erst danach kommt das Private.

»Oder bist wo eing'laden?«, setzt er nach. »So wie du dich herausgeputzt hast.«

»Wer soll mich schon einladen? Ich hab halt an Termin in der Stadt. Da kann ich ja schlecht mit dem Arbeitsg'wand gehen.«

»Aber auf ein Bier bleibst doch noch?«

Der Beingrübl schüttelt den Kopf. »Bin schon spät dran. Ich schau vielleicht auf dem Rückweg noch einmal herein.«

»Na, dann bis später«, sagt der Wirt, der dem Beingrübl gern auf den Zahn gefühlt hätte, was er denn im Sonntagsstaat in der Stadt zu tun hat. Macht nix. Früher oder später landet eh jede Neuigkeit bei ihm am Tresen. Das ist ein dörfliches Grundgesetz.

Beingrübl nickt dem Wirt zum Abschied zu, ohne sich noch etwas aus der Nase ziehen zu lassen. Nein, nein, denkt er, ist schon besser so. Wer weiß, ob es bei einem Bier bleibt. Und heut braucht er einen klaren Kopf.

Jetzt hat er nur noch eine Flasche in seinem Korb. Sie ist für die alte Weber Rosl bestimmt. Die trinkt auch gern einmal einen Schnaps, »wenn's fette Essen so druckt«, aber den größten Teil verwendet sie für die Herstellung von Einreibungen. Sie weiß noch um die heilkräftige Wirkung diverser Pflanzen und Kräuter, und bei kleineren Beschwerden fragen die Leute lieber die Rosl, als zum Arzt zu gehen. Zumindest die alten Leute.

Als auch dieses Geschäft abgeschlossen ist, bleibt er noch auf ein Schwätzchen. Viele im Dorf halten die Rosl für schrullig oder spinnert, aber er weiß es besser. Ihr macht so leicht keiner was vor, sie zählt eins und eins zusammen und hat längst keine Illusionen mehr, was Anstand und Ehrbarkeit der Dörfler betrifft.

Inzwischen ist es halb zwölf geworden, und er muss sich beeilen, damit er nicht erst nach Geschäftsschluss die Stadt erreicht. Er fährt die Sankt-Martiner-Straße hinunter, ein Stück den Gößnitzgraben entlang und über Kowald nach Voitsberg. Er muss ein bisschen suchen, bis er einen Parkplatz gefunden hat. Als er mit seiner abgewetzten Aktentasche vor der Sparkasse steht, hat er noch zehn Minuten. Das reicht.

Zurück auf der Straße empfängt ihn das Glockenspiel des Rathauses. Es ist also Mittag, da wär es schon ganz gut, was zu essen. In ein Gasthaus geht er nicht, viel zu teuer. Man muss den Städtern das Geld ja net eimerweise zur Tür hineinschütten. Vielleicht findet er ja einen Würstelstand, diese Ausgabe will er sich schon leisten. Parallel zur Durchgangsstraße geht er die Gassen hinauf und hinunter, aber alles, was er in seiner Preisklasse findet, ist eine Bude mit Straßenverkauf, auf der groß »Döner« steht. Er kennt das Wort von seinem Enkel, der das Zeug gern mag. Bis heut hat Beingrübl mit dem ausländischen Glump nix am Hut gehabt. Aber der Preis passt. Ob er es probieren soll?

Er sieht einen zylinderförmigen Fleischturm, der sich dreht. Wie soll das gehen? Ein junger Mann türkischer Abstammung fragt ihn nach seinen Wünschen. Zögerlich zeigt er auf den Turm.

»Ein Mal? Mit Soße? Mild? Scharf?«

Was nun? Am besten wird sein, sich auf nix einzulassen.

»Mild«, murmelt er.

Der junge Mann grinst und nimmt ein großes Messer. Wenigstens kein Krummsäbel, denkt Beingrübl und beobachtet misstrauisch, wie der Mann Fleischränder seitlich vom Turm abschabt, die er in ein Fladenbrot fallen lässt. Dann klatscht er einen Löffel voll heller Soße drauf und schlägt den Fladen zusammen. Das Ganze wird ihm auf einem Papierteller mit ein bisschen Salat und einer Plastikgabel hingeschoben.

Beingrübl klemmt sich die Aktentasche unter den Arm, zahlt und nimmt den Papierteller vorsichtig mit beiden Händen, was wieder mit einem Grinsen quittiert wird. Frecher Türkenbengel!

Aber riechen tut es schon gut.

4

Er sitzt auf einer Steinbank am Hauptplatz im Schatten eines Kastanienbaumes. Genüsslich leckt er sich das letzte Fett von den Fingern, knüllt den Papierteller um die Gabel und wirft beides in den Müllkübel neben ihm. Er ist sehr mit sich zufrieden.

Der Döner war wirklich schmackhaft, nein, er war saugut. Man muss halt öfter was Neues ausprobieren. Der Bertl wird schauen, wenn er ihm das erzählt.

Beingrübl zieht eine Schachtel Zigaretten aus der Jackentasche und steckt sich eine an. Entspannt lehnt er sich zurück und sieht den vorbeifahrenden Autos nach. Jaja, der Bertl. Der hat noch net viel Gutes in seinem Leben gehabt. Wie auch, mit solchen Eltern. Beingrübls Miene verfinstert sich.

Er hat mit seiner Resi nur eine Tochter gehabt. Die Laura war grad einmal vierzehn, als die Mutter von ihnen gegangen ist. Beingrübl hat getan, was er konnte, aber einen wirklichen Draht hat er zu seiner Tochter nie gehabt. Das Unglück hat mit dem Kerl angefangen, in den sich die Laura ein paar Jahre später verschaut hat. Beingrübl hat ihn von Anfang an nicht leiden können. A große Goschn, nix dahinter. Hat sich in den Wirtshäusern herumgetrieben und war bei jeder Rauferei dabei. Aber bei den Weibern hat er einen Schlag gehabt, so ist das ja oft.

Der Drecksack hat's halt sein müssen, da haben all seine Warnungen nix genutzt. Nach der Heirat haben sie ein paar Monate bei ihm gelebt, aber es ist nicht lang gut gegangen. Streit und Tränen jeden Tag. Als sein Herr Schwiegersohn ihm Geld aus dem Schrank gestohlen hat, ist für Beingrübl Schluss gewesen. Er hat ihn aus dem Haus geschmissen, und die Laura ist mit dem Lumpen mitgegangen. Dabei war sie damals schon schwanger, was Beingrübl nicht gewusst hat. Beim Weggehen hat sie ihm unschöne Dinge an den Kopf geworfen, die er ihr bis heute nicht verziehen hat. Da hat er halt Nägel mit Köpfen gemacht, wie es so seine Art ist, und ihr nachgeschrien, dass sie sich nie mehr blicken lassen soll. Sie sei für ihn gestorben. Damit war das Thema Familie für ihn abgehakt.

In den folgenden fast achtzehn Jahren hat er sich um seinen Hof gekümmert, hat als Lkw-Fahrer Baustellen mit Schotter beliefert und seinen Schnaps gebrannt. Wenn die Rede auf seine Tochter gekommen ist, hat er sich mit den Worten »Ich hab keine Tochter« alle Fragen und Schwätzer vom Leib gehalten.

Bis vor ein paar Jahren. Da ist er bei seinem Nachbarn vorm Haus gesessen, und nach ein paar Schnäpsen hat der Nachbar erzählt, dass Beingrübl einen Enkel hat, der einen Großvater gut gebrauchen könnte. Er weiß bis heute nicht, warum er sitzen geblieben ist, aber er hat sich die Geschichte angehört.

Nach dem Rausschmiss waren Laura und ihr Mann in eine Gemeindewohnung in Voitsberg gezogen. Sie haben einen Sohn bekommen und ein Jahr später eine Tochter. Der Windhund von einem Schwiegersohn hat mehrmals die Arbeit verloren, er ist unzuverlässig gewesen, hat gesoffen und rumgehurt. Im Suff hat er Frau und Kinder verprügelt, bis die Zustände den Behörden zu Ohren gekommen sind. Mittlerweile konnte auch Laura das

Elend nur noch ertragen, wenn sie zur Flasche gegriffen hat. Als die Leute vom Jugendamt vor der Tür gestanden sind, haben sie eine verwahrloste Wohnung vorgefunden, eine Mutter, die sich fast ins Koma gesoffen hatte, und zwei traumatisierte Kinder. Das Mädchen hat nie richtig sprechen gelernt und ist in eine Einrichtung gebracht worden, Bertl hat in einer betreuten WG gewohnt und eine Elektrikerlehre angefangen. Die Mutter ist in der Wohnung geblieben. Irgendwann hat ihr Mann sie so brutal verprügelt, dass ihr ein Hirnschaden geblieben ist. Ein paar Monate später ist sie vor einen Bus gelaufen und an den Verletzungen gestorben. Ob sie sich hat umbringen wollen oder ob es ein Unfall war, weiß keiner.

Ihr Mann ist ins Gefängnis gekommen und hat sich nach ein paar Wochen in der Zelle erhängt. Kein Verlust für die Menschheit. Beingrübls Enkelin hat auch nur mehr ein Jahr gelebt, ihr Herz hat versagt.

»Wenn du also noch was von deiner Familie retten willst, wäre jetzt die Gelegenheit dazu«, hat der Nachbar noch gemeint.

Er hat eine Nacht gebraucht, um das Richtige zu tun.

Am nächsten Morgen ist er zur Arbeitsstelle seines Enkels gefahren und hat ihm angeboten, bei ihm zu wohnen. Bertl hat zunächst zurückhaltend reagiert, misstrauisch fast, aber das hat den Beingrübl nicht beeindruckt. Er hat dem Buben klargemacht, dass er sich so die Miete sparen kann und auch sonst nichts zu zahlen braucht. »Ich red dir auch nix drein«, hat er noch gesagt.

Eine Woche später hat der Beingrüblhof zwei Bewohner gehabt.

Der Großvater hat sein Wort gehalten und den Buben nicht bedrängt. Große Reden oder Gefühlsduselei sind sowieso nie sein Ding gewesen. Langsam haben sich die beiden aneinander gewöhnt, keiner hat sich in den Tagesablauf des anderen eingemischt. Und mit der Zeit hat sich eine stille Zuneigung entwickelt.

Über Bertls Eltern oder dessen schwere Kindheit haben sie bis heute kein Wort verloren.

5

Die Rathausuhr zeigt fünf vor zwei, als er auf der Steinbank aufwacht. Nach dem Essen wird er immer müd, aber dass ihn nicht einmal der Verkehrslärm von seinem gewohnten Nickerchen abhalten kann, erstaunt ihn. Dann fällt ihm seine Aktentasche ein. Gott sei Dank, sie liegt noch neben ihm. In der Stadt wird ja so viel geklaut, da kannst gar net genug aufpassen. Er gähnt herzhaft, zieht eine kleine Wasserflasche aus der Tasche und nimmt einen großen Schluck. Das hat er sich vom Bertl abgeschaut; der sagt, man muss so was immer dabeihaben, wegen dem Kreislauf.

Ein bisschen wird er hier noch sitzen bleiben, bevor er zum Notar geht. Um halb drei hat er sich angesagt, kein Grund zur Eile, er kann den Eingang zur Kanzlei von hier aus sehen. Das ist heut eine wichtige Angelegenheit, wahrscheinlich die wichtigste seines verbleibenden Lebens. Er ist ja net mehr der Jüngste, da sollt man schon schauen, dass man zeitig ein Testament macht, damit die richtigen Leut erben. Er hat noch eine Cousine, die ist zwar älter als er, aber rüstig. Und geldgierig. Und dann gibt's noch einen Neffen, den er seit dreißig Jahren net mehr gesehen hat. Sonst sind alle tot von der Verwandtschaft, außer dem Bertl. Und der soll einmal alles kriegen, wenn er selbst sich die Erdäpfel von unten anschaut. Und zwar, ohne sich mit der buckligen Verwandtschaft herumschlagen zu müssen. Weil wenn's was zu erben gibt, kommen die Geier ganz schnell angeflogen, des weiß man ja.

Der Bertl ist finanziell net auf Rosen gebettet. Obwohl er doch so fleißig und sparsam ist. Aber er will was aus sich machen. Er arbeitet als Elektriker, und nebenher macht er noch Kurse, um den Ingenieurstitel zu kriegen. Beingrübl hat sich schon vorgestellt, wie er im Gespräch mit gewissen Leuten so nebenbei »Mein Enkel, der Elektroingenieur« einfließen lässt. Da wird er aufpassen müssen, dass er net platzt vor Stolz.

Und noch was wird sich verändern beim Buben. Er kommt jetzt in ein Alter, wo er anfängt, sich um eine Frau umzuschauen. Tatsächlich gibt's da auch eine, die's ihm angetan hat. Das hat der Beingrübl schon mitbekommen, er ist ja net blöd. Das Mädel kommt aus reichen Verhältnissen, so einer wie sein Enkel hat in dieser Familie keine Chance. Aber auch da hat er sich was überlegt.

Er hat nie viel für sich gebraucht. Jeden Monat hat er was weggespart, und zusammen mit den Schnapseinnahmen macht das eine schöne Summe auf der Sparkass. Der Bertl tät sich wundern, wenn er wüsst, was beim Brennen hängen bleibt. Das Geld wird er ihm geben, wenn es einmal ernst wird mit dem Heiraten. Und net nur das.

Beingrübl gehört nämlich nicht nur der kleine Hof mit dem stattlichen Obstgarten. Ihm gehört auch die halbe Sonnleitenwiese, aber das weiß sein Enkel nicht. Die Wiese hat Beingrübls Mutter als Erbteil mit in die Ehe gebracht, und schon sein Vater hat immer gesagt: »Geld is a Zahl auf an Fetzn Papier. Des einzig Beständige san Grund und Boden.« Der Großbauer, dem die andere Wiesenhälfte gehört, hat ihm schon ein paarmal seinen Teil abkaufen wollen, aber das hat er nie gemacht. Weil Beingrübl das Geld nie gebraucht hat und er den Großbauern nicht hat leiden können.

Jetzt aber hat er vom Bertl gehört, dass über eine Solaranlage gemunkelt wird, die auf der Sonnleitenwiese entstehen soll. Die Lage und die Ausrichtung zur Sonne sollen für das Vorhaben optimal sein. Aber dafür wird die ganze Wiese gebraucht. Sonst würde sich die Anlage nicht rentieren. Ein paar Großkopferte wollen investieren, schön heimlich natürlich, mit den Stromunternehmen soll es schon Verhandlungen geben über jahrelang garantierte Abnahmemengen und Strompreise. Auch schön heimlich. Da hat der Beingrübl gewusst, warum die Angebote gewisser Herrschaften für seine Wiesenhälfte in letzter Zeit sehr großzügig ausgefallen sind.

Er hat aber andere Pläne.

Wenn die seine Wiese wolln, dann zu seinen Bedingungen. Nämlich, dass der Bertl Mitgesellschafter wird, und zwar ein gleichberechtigter. Seine Einlage ist die Wiese, ohne die gar nix geht. Damit wär der Bertl net mehr irgendwer. Und könnt als Schwiegersohn eher in Betracht gezogen werden.

Beingrübl hat schon mit einem Anwalt telefoniert, der einen ersten Entwurf aufgesetzt hat. Zu dem wird er nach dem Notarbesuch gehen. Aber eins nach dem anderen.

Fast halb drei.

Vorsichtig steht er auf, nach dem langen Sitzen auf der Steinbank tun ihm alle Knochen weh. Alt sollt man halt net werden, aber sterben will auch keiner, denkt er. Er greift nach seiner Tasche und atmet tief durch. Ein bissl aufgeregt ist er schon, stellt er heut doch die Weichen für die Zukunft seines Enkels.

Als der Beingrübl um sechs Uhr abends wieder nach Sankt Martin hinauffährt, ist sein Hemd durchgeschwitzt. Wenn man so rechtliche G'schichten gescheit anpacken will, ist das schon eine schweißtreibende Angelegenheit.

Kurze Zeit später steht er am Tresen vom »Lärchenwirt« und gönnt sich ein Bier.

Da hat er noch vier Stunden zu leben.

6

Alle Vorhaben, die der Beingrübl an diesem Tag umgesetzt hat, sind weitsichtig und richtig gewesen. So eine Menge folgenschwerer Aktivitäten hat er in den ganzen letzten zwanzig Jahren nicht unternommen. Damit hätte er es gut sein lassen und sich vor seinem Haus mit einem letzten Bier entspannt in die Abendsonne setzen können. Aber er ist so aufgedreht und tatendurstig, dass er sich entschließt, noch eins draufzusetzen.

Er will heut noch mit dem Großkopferten über die Sonnleitenwiese reden. Vorher findet er eh keine Ruh. Er freut sich schon auf das Gesicht, das der machen wird, wenn er erfährt, dass die halbe Sonnleitenwiese jetzt dem Enkel vom Beingrübl gehört und nicht zum Verkauf steht. Und dass die einzige Möglichkeit, wie sie ihr Energieprojekt umsetzen können, darin besteht, Herbert als Mitgesellschafter zu akzeptieren. Damit rechnet der falsche Hund bestimmt nicht. Der glaubt, mit seinen schönen Worten kann er jeden für blöd verkaufen. Aber diesmal hat er sich geschnitten. Und wenn's ihm net passt, soll er's bleiben lassen. Allein kann der sowieso nix entscheiden.

Er fährt den Herzogberg hinauf in Richtung Modriach. Er weiß schon, wo der Großkopferte sich herumtreibt. Es beginnt eh schon zu dämmern, lang wird der kein Büchsenlicht mehr haben. Nach einer Kurve sieht er schon den Forstweg rechts von der Straße abgehen und folgt ihm ein paar Meter bis zu einer Weggabelung. Dann fährt er nach links und stellt seinen alten Lieferwagen am Wegrand ab. Er sperrt das Auto gewissenhaft zu. Es besteht zwar keine großartige Gefahr, dass jemand Lust verspürt, den alten Karren zu stehlen, aber man weiß ja nie. Er geht zur Gabelung zurück und biegt in den rechten Forstweg ein, der mit einem versperrten Schlagbaum vor ungebetenen Autofahrern geschützt ist.

Je weiter er in den Wald kommt, desto finsterer wird es. Aber das bisschen Dämmerlicht reicht aus, sicher auf dem Weg zu bleiben. Unangenehmer ist schon, dass es fast nur bergauf geht. Seine letzte Wanderung liegt Jahre zurück, aber die paar hundert Meter wird er ja wohl noch schaffen. Außerdem ist es besser, mit dem feinen Herrn allein zu sein. Was sie heut zu besprechen haben, braucht niemand zu hören.

Aber die Erwartung Beingrübls, mit seinem Gesprächspartner allein zu sein, wird enttäuscht. Als er aus dem Wald auf die kleine Lichtung tritt, bemerkt er zwei dunkle Geländewagen am Ende des Weges. Aus dem Seitenfenster der Jagdhütte dringt Licht.

Das passt ihm jetzt gar nicht. Soll er wieder umdrehen und gehen? Auf eine bessere Gelegenheit warten? Ah nix, denkt er. Wo er sich schon die ganze Mühe gemacht hat mit dem

Herfahren und dem Aufstieg. Er wird mit dem Mann einfach draußen reden, basta. Und so trifft Beingrübl zum zweiten Mal an diesem Tag die falsche Entscheidung.

Zuerst muss er aber eine Stange Wasser in die Ecke stellen. So viel Bier hat er gar nicht getrunken, aber in letzter Zeit muss er auch mitten in der Nacht raus zum Pieseln. Alt werden ist scheiße. Aber was willst du machen? Erleichtert schüttelt er ab und zieht den Reißverschluss hoch. Seine Blase wird ihn jetzt nicht mehr ablenken.

Er geht an den Autos vorbei und umrundet ein mannshohes Grünerlengebüsch, das ihm die Sicht auf den Vorplatz der Hütte nimmt. In diesem Augenblick hört er merkwürdige Laute, mit denen er nichts anfangen kann. Ein hohes Wimmern, fast ein Jaulen – ist das ein Schrei gewesen? Es scheint aus der Hütte zu kommen. Vorsichtig zieht er sich hinter das Gebüsch zurück. Die klagenden Laute setzen wieder ein.

Neugierig streckt er den Kopf vor, als die Tür aufgerissen wird und ein heller viereckiger Lichtschein auf den Vorplatz fällt. Eine Gestalt stürzt über die Stufen und landet mit einem gequälten Aufschrei auf der Erde. Beingrübls Kopf zuckt zurück. Er hört Gejohle und Gegröle und lugt wieder vorsichtig um die Ecke. Drei Männer mit Gewehren in der Hand haben die Gestalt am Boden eingekreist.

Ja leck mich doch am Arsch!, denkt Beingrübl. Was treiben die da? Zwei der Männer sind ihm wohlbekannt, den dritten hat er noch nie gesehen. Die am Boden liegende Gestalt kann er nicht erkennen, die Männer verdecken ihm die Sicht. Er will schon ausspucken, kann sich aber gerade noch zurückhalten.

Die nächsten Sekunden entscheiden sein Schicksal. Er sieht, wie einer der Männer sein Gewehr anhebt und der Person auf dem Boden den Holzschaft in den Bauch rammt. In dem Augenblick entfährt ihm ein Schreckenslaut, und obwohl er sich sofort auf den Mund schlägt, ist es zu spät. Die Männer drehen sich sofort in seine Richtung, aber ihre Erstarrung löst sich schneller als die vom Beingrübl.

»Treibjagd!«, ruft der Jüngere und rennt hinter die Hütte.

Der Große läuft ein Stück zur Seite, ohne den Eindringling aus den Augen zu lassen. Dann repetiert er durch. Der Dritte kommt direkt auf Beingrübl zu, das Gewehr in Hüfthöhe.

Höchste Zeit, abzuhauen. Zurück in den Wald, dorthin, wo er hergekommen ist. Aber der Weg ist ihm versperrt. Der Jüngere kommt hinter der Hütte hervorgerannt und blockiert diese Fluchtmöglichkeit. Die beiden anderen kommen von vorn und von der Seite. Beingrübl bleibt nur eine Richtung, in die er laufen kann. Sein Herz trommelt, während er versucht, so rasch wie möglich durch das peitschende Gesträuch zu den Bäumen auf der anderen Seite zu gelangen. Die einsetzende Dunkelheit ist sein einziger Schutz, er muss es schaffen.

Die Bäume sind schon zum Greifen nah, als ihm ein brennender Schmerz vom Rücken ins Bein fährt. Sein Ischiasnerv drückt ihn zu Boden, der Schmerz tobt ihm mit Messerstichen den Rücken hinauf. Doch sein Überlebenswille ist stärker. Er zieht sich an einer Staude hoch, taumelt weiter. Als er hinkend in den Wald eintaucht, merkt er, dass sich seine Verfolger nicht beeilen. Sie haben ihn von drei Seiten in die Zange genommen und treiben ihn vor sich her.

Der Waldboden wird abschüssiger. Sein Fuß verfängt sich an einer Wurzel, er schreit auf, als der Schmerz wieder explodiert. Er muss weiter, weiter ... Links von sich erkennt er einen Felsen, sonst kann er nichts sehen, die Nacht hat die Dämmerung endgültig abgelöst.

Blind stolpert Beingrübl vorwärts. Er weiß längst, dass er etwas gesehen hat, das er nie hätte sehen dürfen. Sie können ihn nicht davonkommen lassen. Sie haben die Todesstrafe verhängt, aber das reicht ihnen nicht. Er soll ihre Beute sein. Das gibt den Wahnsinnigen noch einen zusätzlichen Kick.

Die Rufe, das Lachen und Johlen kommen näher. Sein Entsetzen treibt Beingrübl vorwärts, auf einen felsigen Abgrund zu. Im letzten Moment erkennt er die Gefahr und schafft es abzubremsen, indem er sich an einem Ast festkrallt. Sein Atem geht pfeifend, er ist am Ende. Langsam dreht er sich um und sieht seine Verfolger keine fünf Meter entfernt stehen. Sie warten ab, verhöhnen ihn, aber er kann den Sinn ihrer Worte nicht mehr erfassen. Ein Rauschen geht durch seinen Körper, er spürt einen Schlag und entsetzliche Schmerzen in der Brust. Dann verliert er das Bewusstsein.

Einer der Männer legt auf ihn an, doch er wird von den beiden anderen am Schuss gehindert.

»Der ist fertig. Gibt nur Spuren.«

Ihre Beute liegt zusammengekrümmt vor ihnen. Ein Fußtritt, und sie fällt geräuschlos in den Abgrund.

Wenn je einer zur falschen Zeit am falschen Ort gewesen ist, dann der alte Beingrübl.

7

»Was hat denn der Alte von dir gewollt?« Inspektor Franz Ratzinger wiegt sich in seinem Drehsessel hin und her. Die Hände hat er über dem Bauch gefaltet. »Du warst ganz schön lange bei ihm drin.«

Kammerlander brummt etwas Unverständliches und hängt seine Jacke über den Schreibtischstuhl.

»Jetzt sag schon. Was war denn?«

»Er hat gefragt, ob ich seinen Posten übernehmen will.«

Ratzinger zieht erstaunt die Augenbrauen hoch. »Ja ist er denn krank? Oder schon im Rentenalter?«

Kammerlander nickt und setzt sich. »Nächstes Jahr will er in Pension gehen. Und da hat er gefragt, ob er mich bei seiner vorgesetzten Behörde empfehlen soll.«

»Da schau her. Und? Willst du?«

»Hm. Ich weiß nicht. Man ist dann halt in erster Linie ein Verwaltungsbeamter. Da wird mir schon was fehlen. Du sollst übrigens in meine Fußstapfen treten.«

»Na, dann ist es überhaupt keine Frage, dass du willst. Du möchtest einem so guten Ermittler und Freund doch nicht die Karriere vermasseln?«

»Deine Selbstlosigkeit ehrt dich.«

»Du bist nicht der Erste, der das sagt. Frag mal meine Ex.« Ratzinger lächelt versonnen. »Ein Leben ohne Starkl ... Man mag sich das gar nicht vorstellen.«

Jetzt grinst auch Kammerlander.

»Um deinen Schmerz ein wenig abzumildern: Ein Jahr lang dürfen wir uns ja noch an seiner Gegenwart erfreuen. – Ist was Neues reingekommen?«

»Ich hab hier nur eine Vermisstenanzeige liegen.«

Sehr schön. Dann kommen wir heute vielleicht schon mittags heim, denkt Kammerlander. Er freut sich auf das samstägliche Stockschießen, das er seit ein paar Monaten für sich entdeckt hat.

Ratzinger schiebt Kammerlander ein Blatt Papier auf den Schreibtisch.

»Ein junger Mann hat seinen Großvater abgängig gemeldet. Adresse irgendwo bei Sankt Martin. Ich tippe auf einen verwirrten Alten. Ist ja oft so. Die senilen Leutchen marschieren los und finden dann nicht mehr heim.«

»Hm. Hier steht, dass auch sein Wagen verschwunden ist.«

»Was ich immer sage: Ab einem gewissen Alter sollte der Führerschein ...«

»Ist schon etwas unternommen worden?«

»Klar. Witt hat alle Dienststellen benachrichtigt und Suchmannschaften ...«

Wie aufs Stichwort steckt Inspektor Witt seinen Kopf zur Tür rein. »Ist's gestattet?«

Kammerlander winkt ihn herein.

»Tja ... es geht um den verschwundenen Großvater.« Witt greift umständlich in seine Brusttasche.

Das Hemd spannt sich bedrohlich über seinem Bauch. Wenn die Knöpfe abplatzen, pfeifen uns die wie Projektile um die Ohren, denkt Kammerlander. Endlich zieht Witt ein Stück Papier heraus.

»Und?«

Witt beginnt sorgfältig, das Papier auseinanderzufalten.

»Kannst du falten *und* sprechen?«, fragt Ratzinger. »Also gleichzeitig?«

Witts Mondgesicht zeigt ein freundliches Lächeln.

Kammerlander ist immer wieder erstaunt, wie absolut schmerzfrei Witt Süffisanz begegnet. Sie gleitet an ihm ab wie ein Seidentuch.

»Also, da haben wir's ja schon. Der dreiundsiebzigjährige Valentin Beingrübl ist vom Revierförster gefunden worden. Mausetot. Ist wahrscheinlich gestürzt. Also einen Abhang hinab abgestürzt. Seinen Wagen hat die Streife auch gefunden.«

Witt atmet tief durch und reicht Kammerlander das Papier über den Schreibtisch. »Da steht auch drauf, wo sie Beingrübl und das Auto gefunden haben.«

»Vielen Dank.«

»Aber gern!«, sagt Witt und verlässt fröhlich das Büro.

Ratzinger starrt auf seine Computertastatur.

»*Einen Abhang hinab abgestürzt.* Also ich brauche jetzt einen Kaffee.«

»Nichts da. Wir haben zu tun.« Kammerlander denkt an das Stockschießen am Nachmittag. Da wäre es schon gut, bis Mittag mit dieser Geschichte fertig zu sein. »Der Fall löst sich nicht von allein.«

»Welcher Fall?«

»Solange wir nicht wissen, wie es zu diesem Todesfall gekommen ist, ist es ein Fall.«

»Na schön. Ich freu mich schon drauf, meine Beamten nächstes Jahr auch so herumzuscheuchen.«

»Bis dahin musst du dir noch deine Sporen verdienen.«

8

»Wann haben Sie Ihren Großvater das letzte Mal gesehen?«

Herbert Reinweber sitzt mit den Beamten am Küchentisch

und lässt die Schultern hängen. Seine Augen sind gerötet, er muss schlucken, bevor er zu sprechen beginnt.

»Vorgestern. Vorgestern in der Früh. So um halb acht.«

»Und danach?«

»Bin ich zur Arbeit gefahren. Wie jeden Tag.«

»Und Sie arbeiten wo?«

»Im Kraftwerk Arnstein. Da bin ich Praktikant. Ich schau, ob alles in Ordnung ist und das Werkl läuft. Ist eh nicht viel zu tun, das meiste läuft automatisch ab. Man muss nur ein Auge auf alles haben.«

»Und danach?«

»Um vier bin ich nach Graz gefahren. Ich mach den Elektroingenieur im zweiten Bildungsweg.«

Kammerlander nickt verständnisvoll. »Das stelle ich mir sehr anstrengend vor. Neben der Arbeit.«

Der junge Mann zuckt mit den Schultern.

»Ist nicht so schlimm. Lernen kann ich im Kraftwerk. Das ist, wie gesagt, kein Stressjob. Aber wieso ist das wichtig? Den Opa macht's nicht mehr lebendig.«

»Da haben Sie recht. Aber bevor wir nicht wissen, was die Todesursache war, wird das Ableben Ihres Großvaters als unklarer Todesfall eingestuft. Da kann unter Umständen alles wichtig sein.«

Herbert Reinweber nickt resigniert.

»Wann sind Sie denn vorgestern heimgekommen?«, fragt Ratzinger mit gezücktem Stift und Notizbuch.

»So um halb zehn. Ich hab gesehn, dass alles dunkel gewesen ist, aber ich hab mir nichts gedacht dabei. Mein Opa ist öfter mal länger unterwegs gewesen. Um halb elf hab ich mich hingehauen, ich hab in der Früh ja wieder rausmüssen.«

»Und in der Früh ist Ihr Großvater immer noch nicht da gewesen. Ist Ihnen das nicht komisch vorgekommen?«

»Ja, freilich. Aber was hätt ich machen sollen? Als Erstes hab ich gesehen, dass sein Bett unberührt war. Dann hab ich in die Scheune geschaut. Da hab ich bemerkt, dass Opas Wagen nicht da ist. Ich hab herumtelefoniert, wo ich mir gedacht hab, dass er sein könnt. Aber außer, dass er vorgestern beim ›Lärchenwirt‹ ein Bier trinken war, hab ich nichts rausbekommen.«

»Wissen Sie, wann das gewesen ist?«

»Der Wirt hat gesagt, so um sechs.«

»Und dann sind Sie wieder zur Arbeit gefahren?«

»Ja sicher. Was hätt ich denn sonst tun sollen? Ich bin gestern Nachmittag schon früher heimgekommen, weil am Freitag hab ich keinen Kurs. Ich hab gesehen, dass der Opa immer noch nicht da ist, und hab wieder herumtelefoniert. Dann bin ich zur Polizei nach Edelschrott gefahren und hab den Opa vermisst gemeldet.«

Kammerlander nickt.

»Die Edelschrotter Kollegen haben Ihre Anzeige an die Bezirksdienststelle weitergeleitet. So ist sie bei uns gelandet. Herr Reinweber, haben Sie eine Ahnung, was Ihr Großvater in diesem Wald in Modriach gewollt hat?«

»Das hab ich mich natürlich auch gefragt. Aber ich hab keine Ahnung.«

Kammerlander fällt auf, dass der junge Mann bei der letzten Antwort unsicher wirkt. Aber er dringt nicht weiter in ihn. Manchmal muss man den Menschen Zeit lassen, sich zu sortieren.

»Äh, eine Frage noch«, bringt sich Ratzinger wieder ins Spiel. »Ist Ihr Großvater …? Ich meine, war die Fahrtüchtigkeit noch gegeben?«

»Ja, bestimmt. Er hat noch gute Augen gehabt, eine leichte Lesebrille beim Zeitunglesen natürlich, aber sonst …«

»Und … ist er manchmal losgefahren …? Ich sag es einmal direkt: Haben Sie bei ihm Orientierungsprobleme bemerkt? Dass er zum Beispiel vergessen hat, warum er irgendwohin gefahren ist?«

Reinweber zieht scharf die Luft ein.

»Wenn Sie wissen wollen, ob mein Opa senil war, das können Sie vergessen. Der ist noch hundertprozentig beisammen gewesen. Außerdem hat er ja keinen Autounfall gehabt.«

»Das ist richtig«, beschwichtigt Kammerlander. »Ist Ihr Großvater oft mit dem Wagen unterwegs gewesen?«

»Ja, schon. Immer, wenn er was hat einkaufen wollen oder eine Auslief… äh, den Leuten Obst verkauft hat, ist er mit dem Auto gefahren. Wir wohnen ja weitab vom Schuss, da geht ohne Auto nichts.«

Das leuchtet Kammerlander ein. Sie selbst haben drei Mal nach dem Weg fragen müssen, bis sie hergefunden haben.

»Kann ich … den Großvater sehen?«

»Im Moment nicht. Er ist in der Gerichtsmedizin. Wir müssen klären, was die Todesursache war.«

»Wann …« Reinweber stockt und senkt den Blick. Er bringt den Satz nicht zu Ende.

»Sobald der Leichnam freigegeben ist, werden wir Sie verständigen.«

Kammerlander hat den Eindruck, dass die Erschütterung des jungen Mannes echt ist.

9

Die Beamten steigen aus dem Wagen. Was für ein herrlicher Tag. Beide strecken wie Synchronturner die Arme aus und dehnen den Rücken durch.

»Man sollte viel öfter rauskommen«, seufzt Kammerlander. »Die Luft hier heroben ist schon anders als im Tal.«

»Gute Luft, ja. Aber wohnen möchte ich nicht so abgelegen.«

»Stadtpflanze.«

Kammerlander sieht sich um. Kirche, Gemeindeamt, Gasthaus, Volksschule, Kaufhaus, Feuerwehr. Hübsche Häuser rundherum. Sogar ein Tennisplatz am Ortsrand. Und ein wunderbarer Ausblick auf die Umgebung.

»Wollen wir? Hier kriegst du sicher einen besseren Kaffee als bei uns im Büro.«

Sie sind übereingekommen, als letzten Tagesordnungspunkt noch beim »Lärchenwirt« in Sankt Martin nachzufragen. Dann werden sie sich ins wohlverdiente Wochenende zurückziehen.

Da man beim alten Beingrübl wohl nicht auf ein Gewaltverbrechen schließen muss, werden sie von der Gerichtsmedizin vor Mitte nächster Woche nichts hören. Wahrscheinlich war es ohnehin ein Schlaganfall oder Herzinfarkt, wie Ratzinger vermutet. Aber der Vollständigkeit halber wollen sie noch dem Hinweis von Beingrübls Enkel nachgehen. Dann ist die Sache rund, und nach Bekanntgabe der Todesursache können sie den Fall nächste Woche zu den Akten legen.

Der Gastraum ist nur spärlich besetzt. Zwei alte Männer sitzen sich gegenüber und spielen Karten. Der Briefträger trinkt gerade sein Bier aus, schnappt sich eine große Tasche und ist mit einem »So, weiter geht's!« auch schon aus der Tür. Am Ecktisch sitzt eine Frau in einer abgetragenen Mantelschürze, vor sich einen Häferlkaffee. Ihr Alter ist schwer zu schätzen, sie kann sechzig oder neunzig sein. Der Wirt stützt die Unterarme auf die Theke und liest Zeitung. Die Stille im Gastraum nimmt Kammerlander dankbar zur Kenntnis. Kein Gedudel von Hintergrundmusik. Die Beamten stellen sich an die Schank.

»Die Herren wünschen?« Der Wirt schaut nicht einmal von der Zeitung hoch.

»Zwei Cappuccino, wenn's nicht zu viel Mühe macht.«

»Das werden wir noch hinkriegen.«

Der Wirt schlurft zur Kaffeemaschine und erweckt das Gerät zum Leben. Gleichzeitig kommt ein neuer Gast zur Tür herein. Etwa vierzig, schätzt Kammerlander. Hemd und Krawatte, die Haare gut geschnitten.

»Mir kannst auch gleich einen Kaffee machen«, sagt er. »In fünfzehn Minuten beginnt die Sitzung.«

Er stellt sich mit einem »Guten Tag, allerseits!« neben die Beamten an den Tresen.

Als alle drei ihre dampfenden Tassen vor sich haben, fängt Kammerlander den Blick des Wirtes ein.

»Auf ein Wort, Herr Windisch.«

Er zückt seinen Dienstausweis und stellt sich und Ratzinger vor.

Die Kartenspieler legen ihre Karten auf den Tisch und schauen interessiert zu ihnen herüber.

»Wir sind wegen Valentin Beingrübl hier ...«

»Ja, den ham s' heut in der Früh g'funden.«

»Ach, das wissen Sie bereits?«

»Ist ein kleines Dorf. Der Revierförster hat heut schon bei mir reing'schaut.«

»Ja dann.« Kammerlander lächelt verbindlich.

Der Krawattenträger wendet sich überrascht den Beamten zu. »Was? Der Beingrübl ist tot?«

»Und Sie sind?«, fragt Ratzinger, der sich bisher hingebungsvoll mit seinem Cappuccino befasst hat.

»Äh, ich? Mein Name ist Marcel Huber. Ich bin hier der Gemeindesekretär. Stimmt das? Der Beingrübl ist tot?«

»So ist es, Herr Huber. Kannten Sie ihn näher?«

»Nein, nein, eben so, wie man jemanden kennt, der im Gemeindesprengel wohnt ... Ich muss dann auch wieder.«

Huber legt ein paar Münzen auf die Theke, winkt in die Runde und eilt hinaus.

Kammerlander dreht sich wieder zum Wirt.

»Wir sind hier, weil wir gehört haben, dass Herr Beingrübl am Donnerstag noch in Ihrem Gasthaus gewesen sein soll. Können Sie das bestätigen?«

»Ja, freilich. Genau da, wo Sie jetzt stehen, hat er sein Viertel Schilcher getrunken.«

»Wann war das ungefähr?«

»Mei, so sechse wirds g'wesen sein.«

»Hat er gesagt, was er im Anschluss noch vorhat?«

»Na, kein Wort.«

»Wann ist er denn wieder gegangen?«

»Des weiß ich net genau. Ich bin um halb achte ausm Keller kommen, da ist er schon weg g'wesen.«

»Können Sie sich vorstellen, was er spät am Abend im Modriacher Wald gewollt hat?«

»Na, wirklich net.«

Kammerlander dreht sich zu den Gästen um.

»Hat jemand von Ihnen den Herrn Beingrübl am Donnerstag nach halb acht noch gesehen?«

Alle schütteln den Kopf.

»Vielen Dank. Das war es auch schon.«

Als sie wieder im Wagen sitzen, lehnt sich Ratzinger entspannt nach hinten.

»Das hätten wir jetzt auch. Soll uns keiner nachsagen, wir würden nicht jedem Hinweis nachgehen. Und jetzt? Wochenende?«

»Wochenende.«

10

Der Bericht der Gerichtsmedizin trifft wie erwartet erst am Mittwoch ein. Wegen der ungeklärten Todesursache bei einem Dreiundsiebzigjährigen, als reine Routineuntersuchung eingestuft, opfert niemand das Wochenende. Herz, Kreislauf, Hirnschlag, Organversagen, Trunkenheit – kein Grund für besondere Eile. Die Konsequenz daraus ist ohnehin nicht mehr beeinflussbar.

Ratzinger stellt die Akte »Beingrübl, Valentin« zusammen und vervollständigt sie mit ein paar Sätzen. Es fehlt nur noch der Bericht der Gerichtsmedizin, dann können sie die Akte schließen. Kammerlander hat den Bericht vor sich und liest konzentriert. Ratzinger sieht, wie Kammerlanders Stirn sich immer mehr furcht, und ahnt nichts Gutes.

»Was hat dem alten Mann denn nun gefehlt?«, fragt er schließlich.

»Die Todesursache war ein Herzinfarkt, eindeutig.«

»Aha. Dann klappen wir den Deckel zu.«

»Hm.«

»Was?«

»Na ja. Beingrübls Leichnam weist merkwürdige Verletzungen auf. Neben einer Fraktur des Schädels auch Abschürfungen an den Armen, aufgeschürfte Knie und Ellbogen, Kratzspuren im Gesicht …«

Ratzinger schaut überrascht. »Er ist immerhin einen Abhang hinuntergestürzt. Da sind solche Verletzungen nicht unbedingt ungewöhnlich.«

»Schon. Aber man hat auch an den Handflächen Striemen und Hämatome gefunden. Als hätte er sich mit aller Kraft an etwas festgehalten.«

»Vielleicht hat er zu spät gemerkt, dass er auf den Abgrund zuläuft, und versucht, sich im letzten Moment noch an einem Ast oder so festzuklammern.«

»Das ist schon möglich.«

»Wie sieht's denn mit den Alkoholwerten aus? Hat er einen im Tee gehabt?«

»Der Alkoholwert entspricht etwa zwei Glas Wein. Also nein. Sturzbetrunken war der nicht.«

»Zu welchem Ergebnis kommt denn der Gerichtsmediziner?«

»Der legt sich nicht fest. Könnte alles gewesen sein. Unfall, Suizid …«

»Warum hätte sich Beingrübl noch festhalten sollen, wenn er vorgehabt hat, sich umzubringen?«, fragt Ratzinger misstrauisch.

»Vielleicht hat ihn der Mut verlassen. Was weiß ich. Fremdverschulden wird auch nicht ausgeschlossen. Das heißt, er könnte auch gestoßen worden sein. Medizinisch gibt es dafür aber keinen Beweis. Wir sind so schlau wie vorher.«

Ratzinger seufzt gottergeben.

»Dann wird, vermute ich, die Akte ›Beingrübl‹ nicht geschlossen.«

Kammerlander zuckt mit den Schultern. »Ich weiß ja auch nicht. Man kann sich den Ablauf schon vorstellen. Aber: Was hat der Mann da oben gewollt? Im Dunkeln? War er allein? Wir wissen nicht, wie das Gelände dort aussieht. Wir kennen Beingrübls Umfeld kaum. Eine umfassende Ermittlung sieht anders aus.«

»Korrigiere mich, wenn ich falschliege. Ein alter Mann geistert nachts allein im Wald herum. Er erleidet einen Herzinfarkt und stürzt einen Abhang hinunter. Da deutet doch nichts auf ein Gewaltverbrechen hin.«

»Du hast ja recht. Aber ... ich hab so ein Gefühl, ich kann es nicht erklären ...«

Kammerlanders Gefühl. Klar.

Ratzinger nickt resigniert.

»Also ich sehe da keinen Ermittlungsbedarf.« Kommandant Starkl verschränkt die Hände vor der Brust, als wollte er jegliches Ansinnen in dieser Richtung auch körperlich abwehren. »Der alte Mann hatte einen Herzinfarkt und ist abgestürzt. Für Fremdverschulden gibt es kein Indiz. Sie können die Akte schließen.«

»Das ist ja richtig. Trotzdem möchte ich noch ein wenig dranbleiben. Vielleicht irre ich mich und die Geschichte ist wirklich so simpel. Ich würde mich nur gern davon überzeugen.«

Starkl rutscht in seinem Sessel nach vorn und stützt seine Arme auf dem Schreibtisch ab. »Sie wissen, dass ich Sie für einen fähigen Ermittler halte und Ihrem Urteil vertraue ...«

Wenn's dir in den Kram passt, denkt Kammerlander.

»... aber wir haben auch noch andere Fälle. Denken Sie nur an die Einbruchsserie im Raum Köflach-Rosental. Oder den Überfall auf den Juwelier in Voitsberg. Mitten am Hauptplatz! Diese Fälle müssen bearbeitet werden. Und gerade jetzt ist unsere Personaldecke äußerst knapp. Ebner ist auf Fortbildung, wir haben drei Krankenstände und zwei Pensionsantritte ohne Nachbesetzung ...«

Kammerlander erwidert nichts. Schweigen füllt den Raum.

Ein genervter Laut entweicht Starkls Kehle.

»Zwei Tage, Kammerlander. Nicht mehr. Wenn Sie bis dahin nichts haben, ist Schluss.«

11

»Hier ist der Wagen vom Beingrübl g'standen.« Revierförster Peter Brunner steht mit Kammerlander an der Weggabelung und zeigt auf die Stelle im Wald. »Er muss um den Schranken herumgegangen sein und den rechten Weg genommen haben. Ist die einzige Möglichkeit, da hinaufzukommen.«

»Wohin führt dieser Weg?«

»Zu einer Jagdhütte. Sonst ist da nichts.«

»Dann nehmen wir denselben Weg.«

Als sie oben aus dem Wald treten, ist Kammerlander außer Puste. Brunner ist nichts anzumerken.

»Da vorn endet der Weg, sehen Sie. Bei der Hütte.«

»Wer benutzt die Jagdhütte?«

»Der Wolfshuber hat sie gepachtet. Zusammen mit dem Revier.«

»Der Landtagsabgeordnete?«

»Genau der.«

Kammerlander deutet auf den Grasstreifen neben dem Weg. »Sieht aus wie Reifenspuren.«

»Bestimmt von Wolfshubers Geländewagen. Er hat einen Schlüssel für den Schranken.«

Kammerlanders Atem hat sich wieder beruhigt. Sie gehen um ein Grünerlengebüsch zur Vorderseite der Hütte.

Was für ein idyllischer Flecken Erde. Kammerlander inhaliert tief die würzige Luft, die man nur in dieser Höhe atmen kann. Ein typisch weststeirisches Haus, gebaut aus Holz und mit Schindeln gedeckt, auf einer Lichtung, umgeben von Wald. Ein Ansichtskartenmotiv. Neben dem Haus plätschert leise Wasser in einen ausgehöhlten Holzstamm, ein Schlauch als Überlauf verliert sich in einer leicht abfallenden Rinne. Die grünen Holzbalken vor den Fenstern sind geschlossen, die Hütte ist verlassen. Trotzdem drückt er die Klinke, die Tür bewegt sich nicht.

Na schön. Hätte ja sein können.

Er dreht sich zum Förster.

»Gehen wir davon aus, dass Beingrübl hier gewesen ist. In welche Richtung musste er gehen, um zum Abgrund zu kommen?«

Brunner zeigt in südliche Richtung, und die beiden machen sich auf den Weg. Sie durchqueren einen Streifen mit Sträuchern und Gebüsch, das immer undurchdringlicher wird. Kammerlander bleibt an Dornen hängen und muss sich ein paarmal losreißen. Wieso sollte sich ein alter Mann da durchquälen, noch dazu mitten in der Nacht?

»Ich möcht bloß wissen, was der Alte hier gewollt hat«, bestätigt Brunner Kammerlanders Gedanken.

Als sie den Wald erreichen, sieht Kammerlander eine schiefe Tafel, auf der »Achtung! Absturzgefahr!« steht. Das dornige Gebüsch verschwindet, dafür erschwert Unterholz aus verkümmerten Bäumchen und verdorrtem Astholz das Vorwärtskommen.

Kammerlander übersieht einen trockenen Zweig und schrammt sich die Wange auf.

»Was haben wir denn da?«

Brunner bückt sich und zieht an einem schwarzen Herrenschuh, der halb verborgen unter einer Wurzel liegt.

»Sieht aus, als sind wir auf der richtigen Spur. Den nehmen wir auf dem Rückweg mit. Jetzt müssen S' ein bissl vorsichtig sein. Es geht nach unten, auf den Abgrund zu. Ist nicht das erste Mal, dass hier jemand abgestürzt ist.«

Tatsächlich fällt der Boden ab; Kammerlander nimmt einen Felsen an der Seite wahr, während er sich bei jedem Schritt an Zweigen festhält.

»Halt!«

Brunner hebt warnend die Hand.

»Gleich da vorn ist's aus.«

Vorsichtig macht Kammerlander noch einen Schritt. Er reckt den Kopf nach vorn, und ihm wird schwindlig. So etwas hält er immer schwerer aus. Höhenangst hat er früher nicht gekannt. Aber in den letzten Jahren …

»Das müsst die Stelle sein, wo der Beingrübl abgestürzt ist.

Im Volksmund heißt der Abgrund ›Kleine Höll‹. Direkt darunter hab ich ihn gefunden.«

Nachdem Kammerlander sich von Brunner verabschiedet hat, ruft er Ratzinger an.

»Wie weit bist du mit Beingrübls Hintergrund?«

»Damit bin ich durch, so wie es aussieht. Früher hat er neben seiner Landwirtschaft noch einen Job als Lkw-Fahrer gehabt. Er war verheiratet, eine Tochter, die Frau ist früh gestorben. Tochter und Schwiegersohn haben in desolaten Verhältnissen gelebt, beide Trinker, sie sind ebenfalls verstorben. Beingrübl hatte zwei Enkelkinder, das Mädchen lebt auch nicht mehr, sein Enkel Herbert ist als Einziger von der Familie übrig geblieben. Er hat ihn vor ein paar Jahren bei sich aufgenommen.«

»Keine schöne Familiengeschichte.«

»Wirklich nicht. Und jetzt?«

»Sei so gut und frag nach, ob unserem Toten ein Schuh gefehlt hat. Wir haben in der Nähe der Absturzstelle einen Herrenschuh gefunden. Schwarz, Größe zweiundvierzig.«

»Wird gemacht.«

»Gut, ich bin auf dem Weg zum Beingrüblhof. Lass dich von einer Streife hinfahren, ich warte dort auf dich.«

12

»Ich hab die restliche Woche freibekommen. Um die Beerdigung zu organisieren und so.«

Herbert Reinweber stellt eine Flasche mit rotem Inhalt auf den Tisch und dazu drei Gläser. »Da ist Himbeersaft drin. Hat der Opa selbst gemacht. Weil Sie ja im Dienst sind und wahrscheinlich nix Starkes dürfen …«

Kammerlander nickt. »Vielen Dank. Den nehmen wir gern.«

»Wissen Sie schon, woran mein Großvater gestorben ist?«

»Die Todesursache war Herzinfarkt.«

Der junge Mann wischt mit dem Handballen einen Tropfen Saft vom Tisch.

»Komisch, er hat nie über Herzprobleme geklagt. Aber danke, dass Sie persönlich gekommen sind.«

»Herr Reinweber, haben Sie inzwischen eine Idee, wieso Ihr Großvater dort oben war? Es gibt da nur eine Jagdhütte und Wald.«

»Ich weiß es wirklich net. Vielleicht ...«

»Ja?«

»Vielleicht hat er was ausgeliefert, er hat da so was g'sagt ...«

»Wann hat er das gesagt?«

»Bevor ich zur Arbeit gefahren bin. In der Früh, am letzten Tag, an dem er ...«

»Was könnte er ausgeliefert haben? Himbeersaft?«

»Er ... Ach, jetzt ist's eh wurscht. Der Opa hat ein bissl was gebrannt. Für den Eigenbedarf. Und für gute Bekannte.«

Kammerlander nickt verständnisvoll. »Und hat vergessen, den Vorgang bei der Behörde zu melden, nehme ich an.«

»Des könnt sein, ja.«

»Nun, ich bin sicher, das hätte er nachgeholt, sobald es seine Zeit zugelassen hätte.«

»Ja, genau. Bestimmt.«

»Wissen Sie, wen alles er ... beliefert hat?«

»Nein, des hat mich nie interessiert.«

»Wir brauchen dann noch Namen und Adressen der Leute, die Ihren Großvater gut gekannt haben.«

»Wieso? Wegen dem bissl Schnaps?«

»Nein, darum geht es nicht. Wir wollen nur abklopfen, ob jemand Herrn Beingrübl nach seinem Wirtshausbesuch noch gesehen hat. Oder vorher. Oder sonst etwas weiß.«

Reinweber sieht verunsichert zu den Beamten. »Ist ... ist irgendwas nicht in Ordnung? Sie haben doch gesagt, es war ein Herzinfarkt?«

»Ja, das ist richtig. Keine Sorge. Dieses Vorgehen ist üblich. Reine Routine.«

Hoffentlich glaubt er das, denkt Ratzinger und zückt sein Notizbuch.

Als sie zum Wagen gehen, sieht sich Kammerlander den Obstgarten mit den vielen Zwetschgenbäumen an. Da geht sich wohl mehr aus als nur »a bissl Schnaps«. Aber deswegen sind sie nicht hier.

Er dreht sich noch einmal zu Reinweber um, der ihnen von der Tür aus nachsieht.

»Das alles hier werden wohl Sie erben? Oder gibt es noch andere Verwandte?«

Der junge Mann sieht ihn überrascht an.

»Das ... weiß ich ehrlich gesagt überhaupt nicht. Hab noch gar nicht dran gedacht, mich um so was zu kümmern.«

Auf der Fahrt nach Sankt Martin berichtet Kammerlander von seiner Erkundungstour mit dem Revierförster.

»Hast du das mit Beingrübls Schuhen abgeklärt?«, fragt er zum Schluss.

Ratzinger nickt. »Es ist, wie du vermutet hast. Er hat nur einen Schuh angehabt.«

»Ich hab den zweiten im Kofferraum. Zum Abgleich.«

»So wie du den Weg zum Absturzort geschildert hast, muss man sich wirklich fragen, was das Ganze sollte.«

»Das lässt mir ja keine Ruhe. Beingrübl war nach Aussage seines Enkels kein bisschen verwirrt. Suizid können wir nach Feststellung der Todesursache auch ausschließen.«

»Und besoffen war er ebenfalls nicht. Bleibt nur die Erkenntnis, dass der Alte ganz bewusst da hinaufwollte.«

»Wohl kaum zum Schwammerlsuchen, um die Uhrzeit.«

»Er wollte jemand treffen«, konstatiert Ratzinger.

»Ja.«

»In der Jagdhütte.«

»Seh ich auch so.«

Kammerlander verkneift sich ein Grinsen. Ratzingers Jagdinstinkt ist erwacht. Um im Jargon zu bleiben.

»Und?«, fragt Ratzinger. »Wem gehört die Hütte?«
»Dem Landtagsabgeordneten Wolfshuber.«
»Ach du Scheiße.«

13

Sie sitzen beim »Lärchenwirt« bei einem verspäteten Mittagessen. Die anderen Mittagsgäste sind schon lange weg, aber sie haben Glück gehabt, vom Geschnetzelten mit Spätzle und Salat war noch etwas da. Kammerlander hat erst den halben Teller leer, als Ratzinger sich den letzten Bissen einverleibt. Unglaublich, denkt Kammerlander. Wie macht er das bloß? Schaufelt Unmengen in sich rein, aber es bleibt nichts an ihm hängen. Keine eins siebzig groß, hat er sich trotz guten Appetits eine drahtige Figur bewahrt. Vielleicht liegt es am Temperament. Er kann wie eine Rakete hochgehen, wenn ihm jemand dumm kommt. Da muss Kammerlander ihn oft einbremsen. Dieser cholerische Zug hat ihm auch den Spitznamen »Ratzfatz« eingebracht.

Kammerlander sieht verstohlen an sich hinunter. Bei aller Nachsicht kann er nicht verleugnen, dass sein Bauch im letzten Jahr wieder ein wenig gewachsen ist. Er schiebt den Teller von sich weg und begnügt sich mit dem Rest Salat.

»Kompliment an die Köchin!«

Ratzinger lehnt sich entspannt zurück und spielt mit einem Zahnstocher.

Der Wirt nähert sich ihrem Tisch, um abzuservieren.

»Ich werd's weitergeben. Darf's noch was sein für die Herren?«

»Ein wenig von Ihrer Zeit, wenn es möglich ist.«

Kammerlander macht eine einladende Geste zum freien Sessel an ihrem Tisch. Als er den dicken Bauch des Lärchenwirts sieht, tut ihm der Verzicht von vorhin fast leid. Von so einer Wampe ist er noch meilenweit entfernt.

»Herr Windisch, wir sind noch einmal wegen dem verstorbenen Herrn Beingrübl hier.«

Der Wirt nickt. »Wissen S' schon mehr von der Sach?«

»Er hat einen Herzinfarkt erlitten.«

»Jo mei, so kann's gehen. Was wolln S' denn noch wissen?«

»Uns würde interessieren, was Sie für einen Eindruck von Herrn Beingrübl gehabt haben, als er am vergangenen Donnerstag bei Ihnen war.«

»Wie meinen S' des jetzt?«

»Na, ging es ihm gut oder schlecht, war er fröhlich oder bedrückt, gesprächig oder einsilbig, so was in der Art.«

»Hm. Gut ist's ihm gangen, denk ich. G'sagt hat er net viel, aber er hat so in sich hineingegrinst. Hab ihn eh g'fragt, was los ist, aber er hat nix rauslassen.«

Das hat der Wirt bestimmt als persönliche Beleidigung empfunden, denkt Kammerlander.

»Ist Ihnen sonst noch etwas aufgefallen?«

»Na. – Des heißt, wo S' mich schon so fragen: Die guten Sachen hat er ang'habt, mitten unter der Woch. Des ist mir aufg'fallen.«

»Sie haben ihn doch sicher nach dem Grund gefragt?«

»Freilich. Er hätt einen ›Termin in der Stadt‹, hat er g'sagt. Sonst nix.«

Eine Weile bleibt es still am Tisch.

»Als hätt er's g'wusst«, sinniert der Wirt. »Als hätt er net in seinen Arbeitsklamotten sterben wolln.«

»War Herr Beingrübl oft hier zu Gast?«

»Manchmal halt.«

»War er ein geselliger Mensch?«

»Geht so. Seit er seine Tochter rausg'schmissn hat, ist er net mehr so viel unter die Leut gangen.«

»Kennen Sie den Grund?«

»Ja mei, den kennt jeder. Wegen dem versoffenen Schwiegersohn halt. Des war a Lump. Ist aber schon lang her.«

»Mit wem ist er denn hier zusammengesessen?«

»Der ist meistens an der Schank g'standn. G'sehen hab ich

ihn nur mit der Weber Rosl und dem Schwaiger Martin, der ist ja praktisch sein Nachbar. – Aber wieso wolln S' denn das alles wissen? Wenn's ein Herzinfarkt war?«

»Reine Routinefragen«, sagt Ratzinger. »Wir sind halt gründlich, bevor wir den Aktendeckel zumachen.«

»Schon recht«, brummt Windisch.

Aber der forschende Blick, den er den Beamten zuwirft, lässt erkennen, dass er am Wahrheitsgehalt der Antwort so seine Zweifel hat.

14

»Wir brauchen noch einen Mann. Jetzt, wo Witt in Urlaub ist.«

Ratzinger wirft einen Kugelschreiber neben den Notizblock, um seinem Unmut Nachdruck zu verleihen.

»Wenn wir alle Leute abklappern wollen, die ich auf meiner Liste habe, schaffen wir zwei das niemals bis morgen Abend.«

Kammerlander ist ganz seiner Meinung. Ihr junger Kollege Kurt Ebner – na ja, wenn man fast vierzig noch als jung bezeichnen will – ist in Amerika auf Fortbildung. Operative Fallanalyse beim FBI, darauf hat er seit Jahren gewartet. Kurt wird bestimmt auch sein Englisch aufpolieren. Was nur von Vorteil sein kann. Ratzinger und er selbst haben auf dem Gebiet nicht viel zu bieten. Insgeheim befürchtet Kammerlander aber, dass Kurt nicht wiederkommen wird. Mit dem neu erworbenen Spezialwissen wird ihm Voitsberg vielleicht zu eng werden. Von den Karrierechancen in Graz oder Wien, einschließlich besserer Bezahlung, gar nicht zu reden.

Und jetzt auch noch Witt. Die Woche Urlaub mit seiner Frau in Italien sei ihm von Herzen gegönnt. Aber der Zeitpunkt ist denkbar schlecht. Eine Reduktion des Teams auf fünfzig Prozent macht sich eben bemerkbar.

»Ich habe schon mit Starkl gesprochen. Er wird uns jemanden schicken.«

»Hoffentlich heute noch«, knurrt Ratzinger.

»Lass uns inzwischen die Aufgaben untereinander aufteilen.«

Eine halbe Stunde später ist die Verstärkung da, in Form eines jungen Kollegen von der Streife. Matthias Hansbauer ist anzumerken, dass ihm die Zuteilung zu den »Kriminalern« gefällt. Rasch begreift er, worum es geht und was von ihm verlangt wird.

»Und mach keinen Staatsakt aus den Befragungen«, sagt Ratzinger noch. »Die Leute sollen nicht auf den Gedanken kommen, dass mit Beingrübls Ableben etwas nicht stimmen könnte.«

»Hab verstanden«, sagt Hansbauer. »Ich komm ja von der Gegend, da redet es sich privater.«

Ob Starkl das gewusst hat, fragt sich Kammerlander. Wenn ja, dann hat er bei der Personalentscheidung echt mitgedacht.

Am nächsten Tag um vier Uhr nachmittags treffen sie sich wieder im Büro. Hansbauer bekommt Ebners Schreibtisch zugewiesen.

»Das Beste wird sein, jeder erzählt zuerst von der Befragung, die ihm am wichtigsten, markantesten oder aussagekräftigsten erscheint. Danach sehen wir weiter.«

Kammerlander nickt Hansbauer zu.

»Tja, ich hab von den Bekannten Schrägstrich Freunden des Valentin Beingrübl eigentlich nur zwei Personen dabeigehabt, die mir griffig vorkommen. Da ist zuerst einmal die Weber Rosl. Die kennt den Beingrübl seit Jahrzehnten. Sie sagt, der Beingrübl hat nie ein Problem mit seinem Herzen gehabt. Und dass es wohl manch einem ganz zupasskommt, dass er jetzt tot ist. Aber sie ist eine alte Frau, von der man nicht weiß, wie fit sie hirnmäßig noch ist. Weil als ich nachgefragt hab, was sie damit meint, ist nix mehr gekommen. Ich kenn die Rosl seit der Kindheit. Die hat immer schon verbittert herumgeschimpft und Andeutungen gemacht. Als Kinder haben wir sie ›die alte Hex‹ genannt.«

»Und die andere Person?«

»Das ist der Schwaiger Martin, der Nachbar vom Beingrübl. Der hat auch einen kleinen Hof. Er hat viel aus der Vergangenheit vom Beingrübl erzählt, ziemlich traurige Geschichte. Ihr wisst darüber Bescheid?«

Kammerlander und Ratzinger nicken unisono.

»Seinen Enkel hat er geliebt. Für den hätte er alles getan, sagt der Schwaiger. Und … tja, da ist noch was. Der alte Beingrübl hat wohl sein Obst in Schnaps verwandelt, also nicht ganz sauber …«

»Das wissen wir. Und da wir schon beim Schnaps sind, mach ich gleich weiter.« Kammerlander zieht einen Zettel zu sich heran und überfliegt ihn rasch.

»Ich bin beim Ehepaar Wolfshuber vorstellig geworden. Es könnte sein, dass der Beingrübl dem Landtagsabgeordneten am Donnerstag ein Fläschchen in seine Jagdhütte geliefert hat. Denn als Wolfshuber am Freitag, also einen Tag nach Beingrübls Tod, zur Jagdhütte gefahren ist, hat er eine Flasche Schnaps vor der Tür gefunden.«

»Ach, sieh an.« Ratzinger zieht die Augenbrauen hoch. »Der Herr Landtagsabgeordnete kauft Schwarzgebrannten?«

Kammerlander macht eine wegwerfende Handbewegung.

»Er hat ganz schnell eine Erklärung zur Hand gehabt. Die Flasche wäre ein Geschenk gewesen. Beingrübl hätte ihm jedes Jahr zum Geburtstag einen Selbstgebrannten geschenkt.«

»Da hat er ja schnell reagiert.«

»Politiker eben.«

»Das heißt, der Herr Landtagsabgeordnete war an Beingrübls Todestag nicht auf der Jagd?«

»Er sagt Nein. Er wäre an dem Abend bei einem Freund in der Nähe von Graz gewesen, einem Arzt, der das auch telefonisch bestätigt hat.«

Ratzinger kommt nun auch zur Sache. »Der Dorfarzt, mit Namen Silvester Doppelhofer, will bei Beingrübl eine gewisse Kurzatmigkeit festgestellt haben, die auf ein belastetes Herz schließen lässt. Als Patient war er in dieser Sache allerdings nicht bei ihm. Und dann habe ich bei den Banken in Voitsberg nachgefragt. Beingrübl war in der Sparkasse, kurz vor zwölf. Ich musste nicht einmal mit einem Gerichtsbeschluss drohen.

Der Schalterbeamte hat den Monitor ein wenig gedreht und sich einen Kaffee geholt. Auf Beingrübls Konto gab es keine Auffälligkeiten. Die monatliche Rente, regelmäßige kleine Einzahlungen aufs Sparbuch. Da ist über die Jahre ein hübsches Sümmchen zusammengekommen.«

»Gut, dann wissen wir das jetzt. Uns fehlen also die Stunden zwischen zwölf Uhr mittags und sechs Uhr abends am letzten Donnerstag. Und die Zeit nach seinem Wirtshausbesuch. Und uns fehlt der Grund, warum Beingrübl so spät am Abend durch dichtes Gestrüpp gelaufen ist, wobei er einen Schuh verloren hat. Auf einen Abgrund zu, den die Einheimischen ›Kleine Höll‹ nennen.«

Um zweiundzwanzig Uhr beendet Kammerlander die Besprechung. Sie haben Aussagen verglichen und analysiert, Unwichtiges ausgesiebt. Es sind Szenarien durchgespielt, Telefonate geführt und alle denkbaren Versuche unternommen worden, um Verdachtsmomente zu verifizieren. Vermutungen konnten durch keinerlei Fakten erhärtet werden. Sie haben keinen einzigen Beweis dafür gefunden, dass beim Ableben des alten Mannes etwas nicht mit rechten Dingen zugegangen ist, aber auch keine Erklärung, was er so spätabends bei der Jagdhütte gewollt hat oder wen er dort vielleicht getroffen hat. Erschöpft, mit geröteten Augen und randvoll mit Koffein, geben die Beamten auf. Es gibt nichts, was sie Kommandant Starkl vorlegen können, um eine weitere Ermittlung zu rechtfertigen.

Kammerlander ist nicht glücklich, als er nach Hause fährt. Ein unbestimmter Zweifel nagt an ihm. Der Fall ist abgeschlossen, sagt er sich immer wieder.

Aber es fühlt sich nicht so an.

Am nächsten Morgen wird der *verdächtige* Todesfall als ein *natürlicher* eingestuft.

Die Akte »Valentin Beingrübl« wird geschlossen.

15

Roman Klapfer tritt in die Pedale. Er hat schon einen Großteil der Strecke hinter sich, die er sich zweimal pro Woche auferlegt hat. Von Sankt Martin am Wöllmißberg über Edelschrott nach Köflach hinunter, dann nach Piber und Bärnbach, über Södingberg und Stallhofen nach Gaisfeld, und von da aus durch den Teigitschgraben zurück hinauf nach Sankt Martin. Das kann sich sehen lassen, findet er. So vorbereitet will er in einer Woche am Lipizzaner-Benefizrennen teilnehmen. Oder auf gut Steirisch: »Lipizzaner Bike Challenge«. Der Tourismusverband hat die deutsche Bezeichnung nicht »stylish« genug gefunden, es hat was Englisches hermüssen. Die Tourismusleute müssen es ja schließlich wissen.

Soeben hat er den Kreisverkehr in Gaisfeld verlassen und biegt in die Gößnitzstraße ein, die ihn nach einigen Kilometern zur Abzweigung nach Sankt Martin führen wird. Er lässt es jetzt ruhiger angehen, greift nach hinten und holt aus der Gürteltasche die Plastikflasche mit dem Elektolytgetränk. Im Fahren gönnt er sich ein paar Schlucke. Bloß nicht anhalten, sonst drängen sich die schmerzenden Beinmuskeln in sein Bewusstsein. Er hat den Ehrgeiz, unter die zehn Besten zu kommen. Der Reinerlös kommt den sozial Schwachen des Bezirks zugute. In diesem Jahr wird die Jugendwohlfahrt mit dem größten Stück des Kuchens bedacht.

Seine Lippen verziehen sich zu einem Grinsen. Allein das Paradoxe an dieser Sache macht die Anstrengung wert. Er könnte sich bepinkeln vor Lachen, wenn er darüber nachdenkt.

Sein Umfeld will keine Schwierigkeiten und Probleme, eine bequeme Aufrechterhaltung des Status quo ist gefragt. Unangenehme Wahrheiten sind der Karriere nicht förderlich. Besonders nicht der Karriere von Entscheidungsträgern. Ein Skandal ist immer äußerst unangenehm. Da könnte sich die Frage nach den Verantwortlichen stellen oder – Gott bewahre! – gar die Notwendigkeit, für etwas geradezustehen. Da gehört er hin. In diesem Biotop fühlt er sich wohl.

Er schaut auf die Uhr. Wenn er sich beeilt, schafft er es vielleicht noch, bis Mittag beim »Lärchenwirt« anzukommen. Dann wird er sich an den Stammtisch setzen und ein großes Bier zischen. Oder zwei.

Die Straße verläuft ohne größere Steigungen durch den Teigitschgraben. Er erhöht das Tempo und beugt den Oberkörper vor, um den Luftwiderstand zu verringern. Die letzten Häuser hat er hinter sich gelassen, jetzt gehört die Straße ihm. Sie ist auf der linken Seite von Wiesen und der rechten von Büschen und Mischwald flankiert. Aus dem Augenwinkel nimmt er rechts im Gebüsch eine Bewegung wahr, dann ist er auch schon vorbei. Bei einem kurzen Blick zurück erkennt er eine Gestalt, die ein Holzgestell aus dem Gebüsch zerrt. Egal. Er kann bereits das Kraftwerk Arnstein zwischen den Büschen durchschimmern sehen. Jetzt noch die Gerade bis zur kleinen Erhöhung, wo sich die Straße verengt. Vielleicht kann er das Tempo noch steigern, sodass er mit einem kleinen Sprung auf der abschüssigen Seite ankommt. Der Gedanke an ein entgegenkommendes Auto schießt ihm durch den Kopf. So what. No risk, no fun, wie der Weststeirer sagt.

Es gelingt ihm tatsächlich ein kleiner Sprung über die Kuppe, und sein Hochgefühl beim Aufsetzen paart sich mit dem Unverständnis über den Schlag, den er auf Oberarmen und Brust verspürt. Die Hände werden ihm vom Lenker gerissen, das straff gespannte Seil siegt über die Fliehkraft und hebt Roman Klapfer aus dem Sattel. Das Rad rollt noch ein paar Meter, bevor es schlingernd zur Seite fällt. Er kracht so heftig mit dem Kopf auf die Fahrbahn, dass sich der Radhelm löst und in den Graben rollt. In der rechten Schulter flammt ein höllischer Schmerz auf, der ihm für Sekunden den Atem nimmt. Seine Beine spürt er nicht mehr. Stöhnend versucht er, sich auf den Rücken zu drehen, als er einen Wagen näher kommen hört. Gleichzeitig nimmt er Schritte wahr, von vorne. Gott sei Dank. Jemand wird ihm helfen.

Eine verschwommene Gestalt nähert sich ihm. Er hat keine Zeit mehr, sich zu wundern, woher sie so plötzlich gekommen ist. Die Gestalt beugt sich über ihn und rammt ihm ein Knie auf die Brust. Wieder bleibt ihm die Luft weg, er reißt die Augen auf. Über ihm eine schwarze Mütze mit kreisrund geschnittenen Löchern, durch die ihn hasserfüllte Augen versengen. Er will sich wehren, aber das andere Knie presst seinen linken Unterarm auf den Asphalt. Er spürt den Einstich, will schreien … die Wolken drehen sich zu Spiralen …

Er merkt noch, wie er an Armen und Beinen aufgehoben und in den Laderaum eines Wagens geworfen wird. Dass sein Fahrrad und sein Helm kurze Zeit später auf ihn draufgeworfen werden, spürt er nicht mehr.

16

Lautes Stimmengewirr erfüllt den Raum. Man hat seiner Christenpflicht Genüge getan und die heilige Messe absolviert. Auch die Opferbüchse, vom Mesner mit wachsamen Augen und strenger Miene herumgereicht, hat man zum Klingeln gebracht. Selbstzufrieden widmet man sich nun den angenehmen Stunden des Tages.

Nach dem sonntäglichen Kirchgang ist die Gaststube gut gefüllt. Alt und Jung lassen sich nach so viel geistlichem Beistand Gulasch und Bier schmecken. Ein paar junge Leute drücken kichernd und mit fliegenden Fingern auf ihren Smartphones herum, die ältere Generation unterhält sich über Gott und die Welt, wie es halt Brauch ist an einem Sonntag auf dem Land. An einem Ecktisch ist man mit dem Essen fertig, ein Schachbrett wird aufgestellt, die Partie kann beginnen. Am Tisch daneben klacken bereits die Kugeln des Kartenzählers, der auf Anfang gestellt wird. Dem Kartengeber fällt beim Mischen eine Karte herunter.

»Mischen impossible«, sagt einer der Spieler, und alle lachen.

Der Stammtisch ist gut besetzt, selbst der Landtagsabgeordnete Wolfshuber hat es sich angelegen sein lassen, anwesend zu sein.

»Noch eine Runde, die Herren?« Der Wirt steht hemdsärmelig hinter dem Zapfhahn und wirft einen auffordernden Blick zum Stammtisch hin.

»Ja, freilich!« Ambrosius Gößler hebt die Hand. »Die Runde geht auf mich!«

»Sauber!«

»Jawoll!«

»Trifft ja keinen Armen, was, Ambrosius?«

Der Angesprochene streicht sich grinsend über seine angeschwollene Leibesmitte. »Ja meint ihr, vom Hungern und Dürsten wär ich so stattlich geworden?«

Die weiteren Kommentare werden von der Kellnerin unterbrochen, die schnaufend das schwere Tablett mit den Biergläsern abstellt.

»Wohl bekomm's!«

Während sie die Gläser verteilt, gönnt sie jedem einen tiefen Einblick in den Ausschnitt ihres Dirndls. So ein erfreulicher Anblick hebt die Stimmung und den Umsatz, wie der Wirt nicht müde wird, seinem weiblichen Bedienungspersonal einzuschärfen. Männliches stellt er gar nicht erst ein. Die anzüglichen Bemerkungen lassen nicht lange auf sich warten.

Mit einem anerkennenden Klopfer auf den Hintern entlässt Ambrosius die Kellnerin.

»Hör auf zu sabbern, Kilian«, sagt er und zwinkert dem Angesprochenen zu. »Sonst muss dir unser Doktor noch Blutdrucktabletten verschreiben.«

»Ja, aber die blauen!«

»Genau!«

»Ihr habt's nötig!«, bemerkt Kilian Brandstätter, der als Bürgermeister hier an keinem Sonntag fehlt. »Wenn der Silvester so aus dem medizinischen Nähkästchen plaudern würde, möcht net wissen, was da alles zum Vorschein käm …«

Der alte Arzt winkt augenzwinkernd ab. »Arztgeheimnis. Meine Lippen sind versiegelt.«

Seine rote Gesichtsfarbe und die blau geäderte Nase weisen ihn als jahrelangen ernsthaften Trinker aus. Keine halben Sachen.

»Alsdann«, der Bürgermeister läutet ein anderes Thema ein. »Haben wir für die Radveranstaltung am nächsten Sonntag alles beieinander? Unser Herr Landtagsabgeordneter hier hat bei der Vergabe des Veranstaltungsortes ein gewichtiges Wort mitgesprochen. Da dürfen wir uns keine Blöße geben!«

»Hört, hört!«

»Bravo, Wolfshuber!«

»Tja, manchmal tun die Politiker halt doch was für ihr Geld, was, Ferdl?«

Wolfshuber grinst. »Du sagst es, Ambrosius. Ich hab ein ziemliches Stück Überzeugungsarbeit leisten müssen. Wir können ja nicht immer den Städten den Vortritt lassen. Besonders, wenn man an die Wertschöpfung denkt, die so eine Veranstaltung mit sich bringt.«

»In erster Linie einmal für unseren Wirt hier.«

»Deswegen gibt's auch eine Extrarunde!«, sagt der Angesprochene.

Vom Stammtisch ertönt zustimmendes Klopfen.

Kilian Brandstätter hebt dozierend den Zeigefinger.

»Und vergessts nicht die Stände mit den Bauernmarktprodukten und Handarbeiten und was weiß ich noch alles. Und die Medien, die kommen. Das ist bestimmt eine gute Werbung für den sanften Tourismus bei uns.«

»Da ist meine Mithilfe ja wohl auch gut angekommen, nehm ich einmal an«, wirft Ambrosius Gößler ein.

»Ja, das hätt ich fast vergessen. Danke für deine großzügige Spende.«

»Tue Gutes und rede darüber«, kommt es von einem Nachbartisch.

»Sonst wär's ja für nix«, kontert Ambrosius, nicht im Mindesten verlegen.

»Die Organisation haben der Klapfer Roman und ich übernommen.« Gemeindesekretär Huber, der Jüngste am Tisch, bringt sich nun auch beflissen ein. »Wir haben nur noch ein paar Kleinigkeiten zu klären, ansonsten steht die Sache.«

Er wendet sich Wolfshuber zu.

»Wo ist eigentlich der Roman? Ich hab gedacht, ich treff ihn heut am Stammtisch.«

»Wird jeden Moment kommen. Er fährt eine Trainingsrunde, weil er am Sonntag am Rennen teilnehmen will.«

Die Tür geht auf und entlässt einen Schwall Wirtshausluft ins Freie.

»Herr Pfarrer!«, ruft der Ambrosius sogleich. »Wird ja Zeit. Deine Heiligen kannst auch morgen noch abstauben. Setz dich her zu uns.«

Er blickt auf die Schilchermischung vor ihm und hört ihnen zu.

Die markigen Ansagen und ihre Selbstgefälligkeit rinnen wie altes Schmalz von den Wänden. Es fällt ihm schwer zu atmen. Der selbstverständliche Anspruch dieser Leute auf Vorherrschaft, Besserstellung und Unangreifbarkeit, befeuert von Bier und Schnaps, presst die Atmosphäre um ihn zu einer zähen Masse. Er schluckt trocken.

Wann hat das alles begonnen? Mit dem Tod von Kajetan Reinprecht vor zehn Jahren? Nein, viel früher, denn die Strukturen von Macht und Ohnmacht sind so alt wie die Welt. Egal, ob in der Stadt oder auf dem Dorf. Sie werden vererbt von einer Generation auf die nächste, bis eines der Opfer, einer der Hilflosen, dagegen aufsteht. Bis der Hass übermächtig wird.

Soll er versuchen, es zu stoppen? Will er es überhaupt? Nein, nicht wirklich. Die Vorstellung, dass alles so bleibt wie bisher, ist inakzeptabel. Die Frage ist, ob er das Kommende aushalten wird, ob er damit leben kann. Nun, man wird sehen. Vielleicht halten sich am Ende ja doch die Waagschalen mit den guten und bösen Taten im Gleichgewicht.

Die Vergeltung wird kommen. Der Tod Kajetans hat den Samen dafür gelegt. Dessen Schädel an der nackten Wand ist der Beweis.

Er wird den Dingen ihren Lauf lassen. Das ist die einzige Chance auf Änderung.

Er weiß, es hat schon begonnen.

17

Ein traumloses Vakuum speit ihn zurück ins Bewusstsein.

Stille.

Das ist das Erste, was er registriert. Absolute Stille.

Seine Augäpfel bewegen sich unter den geschlossenen Lidern; es fühlt sich an, als rieben sie über Sand. Er öffnet die Augen einen Spalt, aber er sieht nichts. Hat er sich nur eingebildet, die Augen geöffnet zu haben? Fest presst er die Lider zusammen und reißt dann die Augen ruckartig auf. Kein Lichtstrahl, kein Schimmer, er starrt in vollkommene Dunkelheit. So eine Schwärze hat er nur einmal gesehen, vor vielen Jahren. Damals ist er mit seiner Schulklasse zur Bärenhöhle nördlich von Graz aufgestiegen. Nachdem sie vom Hauptgang der Höhle ein paarmal in Seitengänge abgezweigt waren, hat der Lehrer sie angewiesen, alle Taschenlampen abzuschalten. Die Dunkelheit hat ihn wie ein Schlag getroffen. Es war das schwärzeste Schwarz, das er bis dahin gesehen hat. Und jetzt wieder. Das gleiche Schwarz.

Er fühlt nasse Kälte die Beine nach oben kriechen. Die Stille legt sich auf ihn wie ein Sandsack. Träumt er etwa, wieder in der Bärenhöhle zu sein? Erneut kneift er die Lider zu und reißt sie auf. Wieder und wieder. Nein, er träumt nicht, die Finsternis ist real.

Was …? Ist er erblindet?

Aber wie …?

Plötzlich meint er ein Geräusch zu hören. Ist da noch jemand? Er konzentriert sich ganz darauf, kann es nicht einordnen, bis er merkt, dass es sein eigener Atem ist. Er will etwas sagen, doch ein würgendes Krächzen ist alles, was er zustande bringt. Erst jetzt spürt er, dass sein Mund aufgerissen und die Mundhöhle zur Gänze von etwas ausgefüllt ist. Schlagartig kommt der Würgereiz. Der Atem zischt stoßweise aus seinen Nasenlöchern.

Andere Empfindungen suchen ihn heim. Ein Krampf wütet in seinem linken Unterschenkel. Er will das Bein anziehen, aber ein schneidender Schmerz an der Fessel lässt ihn sofort innehalten. Sein Kopf schnellt nach vor, wird brutal zurückgerissen und schlägt hart auf. Er will um sich schlagen, doch die Handgelenke sind festgezurrt und die Fesseln schneiden ihm ins Fleisch.

Verzweifelt wirft er den Kopf hin und her. Es ist die einzige Bewegung, die ihm noch möglich ist. Auch damit hört er bald auf, weil ihn der Riemen über der Kehle wund scheuert. Über dem Bauch ist er ebenso fixiert.

Mit einem Mal erkennt er, dass er nackt ist. Die bloße Haut liegt auf einer glatten, kühlen Fläche. Die Kälte hat sich von den Beinen bis zum Hals ausgebreitet, lässt ihn unkontrolliert zittern. Trotzdem spürt er den Schweiß von seinen Schläfen rinnen.

Sein Oberkörper hebt und senkt sich in rasender Folge. Die Panik gibt ihm das Gefühl, nicht genug Luft zu bekommen. Der Würgereiz kehrt zurück. Er darf sich nicht übergeben, sonst verstopft ihm das Erbrochene die Nasenhöhlen.

Ruhe, ruhig bleiben. Sonst erstickt er.

Mit Mühe gelingt es ihm, den stinkenden Lappen in seinem Mund zu ignorieren und ruhiger zu atmen. Er darf nicht zulassen, dass Panik die Oberhand gewinnt.

Denken.

Er muss denken.

Er muss die Lage einschätzen. Ja, das muss er.

Ruhig werden und überlegen.

Er liegt geknebelt und gefesselt an einem unbekannten Ort. So viel steht fest. Und es gibt nichts, was er dagegen tun kann.

Sofort schießen die Fragen wie ein Pfeilhagel durch sein Hirn.

Was zur Hölle ist mit ihm geschehen?
Wo befindet er sich?
Wie kommt er hierher?
Wie lange ist er schon da?
Wer hat ihm das angetan?
Und warum?
Auf nichts hat er eine Antwort.

18

Wütend schmeißt Ferdinand Wolfshuber den Telefonhörer auf die Gabel. Sofort bedauert er seinen Wutausbruch. Normalerweise geht er mit diesem Apparat pfleglich um, hat er ihn doch für teures Geld ersteigert. Ein Schmuckstück aus edlem Holz und Elfenbein, noch mit einer richtigen Wählscheibe. Besorgt untersucht er das Telefon auf etwaige Kratzspuren, aber es hat die rüde Behandlung unbeschadet überstanden.

Sein Blick fällt auf den aufgeschlagenen Ordner auf seinem Schreibtisch. Sofort ist die Wut wieder da. Wieso geht der Kerl nicht ans Telefon? Er weiß doch, was morgen auf dem Programm steht. Sie haben noch einiges vorzubereiten.

Er hat mit Roman eigentlich schon beim »Lärchenwirt« gerechnet, aber da ist er nicht aufgetaucht. Na ja, er ist bestimmt verschwitzt gewesen und hat sich duschen wollen. Vielleicht hat er nach der Radtour mit Sarah etwas unternommen, es ist ja schließlich Sonntag. Bei diesem Mädel muss er am Ball bleiben, da darf nichts schiefgehen. Sie ist eine der besten Partien im Bezirk, und ausgetobt hat er sich ja nun wirklich zur Genüge. Vielleicht bekommt er noch in diesem Jahr eine Verlobung hin?

Aber wenn er geduscht und eine Verabredung mit Sarah gehabt hat, wieso steht dann sein Wagen noch im Carport? Und seine Frau hat gesagt, sie hätte den Roman seit dem Frühstück nicht mehr gesehen.

Als er sich um sechs noch nicht gemeldet hat, ist Wolfshuber doch unruhig geworden. Und mit jeder Stunde, die verstrichen ist, wütender. Jetzt ist es schon halb zehn Uhr nachts, und er kann den Jungen einfach nicht erreichen.

Seine Wut verraucht allmählich, und Besorgnis macht sich breit. Hoffentlich ist ihm nichts passiert. Was, wenn er gestürzt ist? Was, wenn er hilflos irgendwo liegt und auf Rettung wartet? Aber er hat ja immer sein Handy dabei. Aber ... vielleicht ist er nicht in der Lage zu telefonieren? Weil er verletzt oder ohnmächtig ist?

Am besten wird sein, er ruft im Krankenhaus an. Roman hat bestimmt keine Papiere dabei. Falls er nicht sprechen kann, weiß auch niemand seinen Namen. Ein unbekannter Patient.

Falls es denn so ist.

Das Gespräch ist kurz. Nein, heute hat es außer einem Bandscheibenvorfall keinen Neuzugang gegeben. Und das ist eine fünfzigjährige Frau gewesen. Er bedankt sich und legt den Hörer diesmal behutsam auf.

»Ferdl!«

Er schlägt die Augen zum Himmel. Was will seine Frau denn schon wieder? Da steht sie auch schon in der Tür, ein Nachtgespenst im rosaroten Hemd. Die Haare unordentlich, die Füße in Pantoffeln.

»Was willst?«, fährt er sie grob an.

»Ich geh jetzt ins Bett. Kommst auch?«

»Später. Hab noch zu tun ...«, brummt er.

»Dann gute Nacht.«

Er sieht ihr nach, registriert wieder einmal ihre unförmige Gestalt, ihren schleppenden Gang. Ihre schwabbelige, faltige, *alte* Haut. Sie hat ihn in allem enttäuscht. Die Figur vernachlässigt, im Bett sterbenslangweilig und ihr gemeinsames Kind ein Fehlschlag. Na ja, inzwischen hat sich das von selbst erledigt. Danach hat er seine Frau nie wieder angerührt.

Er steht vor dem Spiegel neben dem Bücherschrank. Prüfend dreht er sich zur Seite. Für sein Alter hat er sich recht gut gehalten. Groß gewachsen ist er ja nicht, aber er hat eine aufrechte Haltung, und sein Bauchansatz lässt sich unter einer Jacke ganz passabel kaschieren. Die Glatze, von einem grauen Haarkranz umgeben, stört ihn schon lang nicht mehr. Wer hat heutzutage noch volle Haare? Selbst junge Männer tragen Glatze. Mitunter eine Vollglatze.

Er denkt an die attraktive Maria. Sie hat ihm einen gesunden Buben geboren, den er nach ihrem Tod bei sich aufgenommen hat. Die Maria hätte sich nicht so gehen lassen. Nicht zum ersten Mal findet er, dass der Krebs die Falsche erwischt hat.

Seine Frau ist nicht begeistert gewesen, als sie von seinem Seitensprung erfahren hat. Und von dem »ledigen Kind« schon gar nicht. Zwischen ihr und dem »Bankert« hat immer eine unausgesprochene Feindseligkeit geherrscht. Wohingegen seine Beziehung zu dem Jungen mit den Jahren enger geworden ist. In vielem hat er sich selbst als junger Mann wiedererkannt. Seine Frau hat das Beste aus der Situation gemacht und nach einigen Monaten die Anwesenheit des Stiefsohnes nicht mehr in Frage gestellt.

Was ihm jetzt auch nicht weiterhilft. Wo treibt sich der Bub bloß herum? Wenn er irgendwo versackt ist, kann er was erleben. So viel steht fest.

Das Telefon klingelt. Na endlich. Doch es ist Sarah, die sich erbost erkundigt, wieso der Roman sie nicht abgeholt hat. Sie hätten ins Kino gehen wollen. Er tischt ihr eine Ausrede auf und beendet das Gespräch so rasch wie möglich.

Dann ruft er alle Leute an, von denen er sich vorstellen kann, dass sie über Romans Verbleib Bescheid wissen. Dass es schon fast elf Uhr ist, ist ihm egal. Doch er muss einen nach dem anderen von der Liste streichen, keiner hat Roman heute irgendwo gesehen. Nach zwanzig Minuten ist er mit seinem Latein am Ende. Das kann doch alles nicht wahr sein.

Er nimmt das Telefonbuch aus der Schreibtischlade und sucht die Nummer der Edelschrotter Polizei heraus. Im nachfolgenden Gespräch muss er an sich halten, um nicht ausfällig zu werden. Das ist doch ganz normal, dass ein junger Mann einmal nicht zu erreichen ist. Es ist Frühling, und die Hormone schlagen aus … Morgen ist er bestimmt wieder da, wahrscheinlich um eine Erfahrung reicher, um die man ihn beneiden würde … Und außerdem ist es viel zu früh für eine Vermisstenanzeige.

Dieser Trottel.

Wenn Roman etwas passiert ist, wird er diesem faulen Hund den Arsch aufreißen.

19

Der Geruch.

Die Möglichkeit, zu sehen und zu hören, hat man ihm genommen.

Aber riechen kann er. Vielleicht gibt ihm der Geruch Aufschluss darüber, wo man ihn gefangen hält. Er legt seine ganze Hoffnung in diesen Gedanken, beginnt zu schnüffeln wie ein Hund.

Er muss den Geruch des Lappens unter seiner Nase wegblenden. Diesen modrigen, süßlichen Gestank. Was kann er sonst noch wahrnehmen?

Irgendetwas ist da. Etwas Scharfes, Chemisches. Putzmittel? Er macht ein paar tiefe Atemzüge, doch je mehr er sich auf diesen Geruch konzentriert, desto mehr entgleitet er ihm. Er denkt an das Parfum, das er Sarah gekauft hat. Der Mann im Laden hat etwas von Kopfnote gefaselt und noch was … Herznote, Basisnote … Er muss die Komponenten unterscheiden, die Noten … riechen … Er ist Parfümeur … Er muss …

Was für unsinniges Zeug schwirrt ihm da im Kopf herum? Das aufsteigende hysterische Lachen wird sofort von dem Ding in seinem Mund abgewürgt. Er darf sich nicht gehen lassen, muss nachdenken. Nicht vor sich hin träumen. Er ist betäubt worden, ganz bestimmt ist er das. Und diese Betäubung wirkt noch nach. Er will die Trägheit mit einem Kopfschütteln vertreiben, ein brennender Schmerz erinnert ihn sofort an den Gurt um seinen Hals. Ein dumpfer Schmerzenslaut presst sich aus seinem Rachen.

Wie ist er hierhergekommen?

Daran hat er keine Erinnerung.

Was ist das Letzte, woran er sich erinnern kann?

Rad fahren … ja, genau. Er ist mit dem Rad gefahren, seine übliche Runde, ist bis zum Gaisfelder Kreis gekommen … den Teigitschgraben entlanggefahren … und dann … dann …

Dann nichts mehr. Ein schwarzes Loch. Wie das, in dem er jetzt liegt.

Ein Keller? Eine Höhle? Ein Grab?

Er drängt die aufsteigenden Tränen zurück.

Jemand hat ihn hierhergeschafft. Irgendeiner hat ihm das angetan. Derjenige muss etwas von ihm wollen.

Was?

Lösegeld? Sein Vater wird bestimmt für ihn zahlen.

Oder will jemand ihn aus dem Weg haben? Warum hat er ihn dann nicht gleich umgebracht?

Vielleicht ist es Rache, was ihn in diese Lage gebracht hat?

Pinkeln.

Er muss pinkeln. Dringend. Nur wie? Nicht einmal eine kleine Drehung zur Seite ist möglich. Er kann sich doch nicht einnässen wie ein kleines Kind.

Und Durst hat er. Brennenden Durst. Will man ihn hier verdursten lassen? Verhungern? Verfaulen und verrotten? Zorn steigt in ihm hoch. Wieso kommt niemand? Es muss doch jemand kommen, der sagt, was er will, der ihm erklärt, warum …

Er hat seine Blase nicht mehr unter Kontrolle, er spürt, wie sich die warme Pisse unter seinen Oberschenkeln ausbreitet.

Dunkelheit verhüllt die Tränen und den Rotz, die ihm seitlich am Gesicht herabrinnen.

20

Harald Kammerlander sitzt in seinem Büro und sinniert.

Mit dem Fuß angelt er Ebners Drehstuhl zu sich heran

und legt die Beine auf die Sitzfläche. Der Stuhl ist vorläufig für Hansbauer reserviert, solange die Landespolizeidirektion keinen Ersatz schickt. Was bis jetzt nicht der Fall ist. Er verschränkt die Arme über dem Bauch und betrachtet den verwaisten Schreibtisch seines Freundes.

Gott sei Dank haben sich die Schurken des Bezirks in letzter Zeit etwas zurückgehalten. Darum hat sich die Personalknappheit noch nicht wirklich schlimm ausgewirkt. Und Witt ist von seinem Italienurlaub auch wieder zurück.

Wo bleibt eigentlich der Franz? Der müsste seine Aussage vor Gericht doch schon gemacht haben. Damit Voitsberg wieder für ein paar Monate vor dem Fleischhacker Manfred sicher ist. Und das Mobiliar der Gaststätten seines Vertrauens.

Auf alle Fälle fehlt ihm jetzt ein Mann. Das hat er bei Starkl schon mehrmals angemahnt, bis dieser ihn entnervt aus seinem Büro gewedelt hat. Er könne auch nicht zaubern. Wenn die vom Land ihm keinen Ersatz schicken, sei das eben so.

Das könnten ab nächstem Jahr meine Aufgaben sein, denkt Kammerlander. Dienstpläne erstellen, sich mit der Landespolizeidirektion herumschlagen, Teams zusammenstellen, mit dem Frust enttäuschter oder verärgerter Kollegen klarkommen. Will ich das? Mich auf einen Verwaltungsposten zurückziehen?

Andererseits: Er muss auch seine körperliche Verfassung bedenken. Es gibt keine Garantie, dass er auf ewig gesund und fit hinter Dieben, Betrügern und Mördern herjagen kann. Da braucht er nur an die gestrige Untersuchung zu denken. Sie hat – Gott sei's gepfiffen und getrommelt – keinen Befund erbracht. Die Diagnose »lokal begrenztes Prostatakarzinom« hat ihn vor ein paar Jahren ziemlich aus der Bahn geworfen. Aber die Operation damals ist gut verlaufen, und da das umliegende Gewebe noch nicht betroffen war, hat man ihm eine Chemotherapie ersparen können. Ein paar Bestrahlungen im Anschluss und gut war's. Trotzdem blickt er jeder Kontrolluntersuchung mit Angst entgegen. Wenn man einmal eine Krebsdiagnose bekommen hat, ist es vorbei mit der Leichtigkeit des Seins. Man ist danach nicht mehr derselbe.

Er hört im Nebenzimmer das leise Klappern einer Tastatur. Witt sitzt wohl gerade an der Anzeige vom Landtagsabgeordneten Wolfshuber. Sein Sohn wird vermisst. Oder auch nicht.

Kammerlander ist auf dem Weg zur Toilette, als er Ratzinger um die Ecke kommen sieht. Der bleibt vor der offenen Tür zur Kantine stehen und starrt hinein.

»Franz?«

Ratzinger starrt noch immer.

Was hat er denn?

Als er bei Kammerlander angekommen ist, fragt Ratzinger leise: »Was ist das?«, und zeigt verstohlen in die Kantine. Kammerlander dreht den Kopf und zuckt zusammen. Er sieht eine Gestalt in Jeans und T-Shirt, die in ihr Tablet vertieft ist. Dass diese Person eine junge Frau ist, wird ihm erst auf den zweiten Blick klar. Jedes Stück Haut, das die Kleidung nicht bedeckt, schimmert blau und schwarz. Eine Vollkörpertätowierung? Von den Ohren zieht sich ein Spiralmotiv zu den Wangen, selbst die Stirn schimmert dunkelblau. Das Kinn ziert etwas Violettes, Kammerlander kann nicht erkennen, was es ist. Daneben fällt das gulaschrote Haargestrüpp kaum noch auf. In jedem Ohrläppchen ist ein Kanal aufgedehnt, die Ohrlöcher werden von kreisförmigen Ringen am Zusammenwachsen gehindert.

»Was ist das?«, flüstert Ratzinger noch einmal.

Da hebt die Frau den Kopf und blickt in ihre verdutzten Gesichter.

Kammerlander fühlt sich ertappt und nickt ihr zu. Dann macht er sich eilig auf den Weg zur Toilette.

Ratzinger muss allein klarkommen.

Als er wieder zu seinem Dienstzimmer geht, ist die Frau aus der Kantine verschwunden. Er findet Ratzinger am Fenster stehend vor.

»Hast du so was schon einmal gesehen?«, fragt der Kollege.

Kammerlander schüttelt den Kopf. »Nicht in der Ausprägung.«

Ratzinger starrt schweigend hinaus.

»Ja, da weiß man echt nicht, was man sagen soll.«

»Meinst du, es spricht?«

Kammerlander zuckt mit den Schultern. »Zumindest ist sie in der Lage, ein Tablet zu bedienen.«

»Eine Sie? Wie kannst du da sicher sein?«

In diesem Moment wird die Tür schwungvoll geöffnet, und Kommandant Starkl betritt das Büro. Mit der Tätowierten im Schlepptau.

Jetzt nimmt Kammerlander sie genauer in Augenschein. Etwa eins fünfundsechzig, überschlank, die Haare asymmetrisch geschnitten. Über dem linken Ohr fast kahl rasiert, auf dem Oberkopf werden die rot-schwarzen Igelstacheln länger, bis sie über dem rechten Ohr in Fransen herunterhängen und das eine Auge fast verdecken. Zwischen dem kurzen T-Shirt und dem Bund der Jeans liefern sich blaue Drachen und Schlangen einen erbitterten Kampf.

»Leute, euer Leiden hat ein Ende«, beginnt Starkl betont munter. »Ihr habt ja immer gejammert, dass ihr unterbesetzt seid. Nun, darf ich vorstellen: Inspektor Doris Dollinger. Sie will bei uns Erfahrungen sammeln und wird für den Kollegen Ebner einspringen. Zumindest so lange, bis er wieder in den heimatlichen Stall zurückfindet. Die Kollegin hat exzellente Computerkenntnisse.«

Er wendet sich jovial der Frau zu.

»Und das sind Ihre Kollegen Kammerlander und Ratzinger. Ich bin überzeugt, dass Sie viel von ihnen lernen werden. Also: Herzlich willkommen und frohes Schaffen!«

Starkl nickt den Beamten grinsend zu und macht einen Abgang.

Kammerlander blickt hilfesuchend zu Ratzinger. Der steht mit hängenden Armen da und schaut.

Fast katatonisch.

»Wo ist mein Schreibtisch?«, fragt der Neuzugang.

Ratzinger schaut immer noch.

Surreal, denkt Kammerlander. Einfach nur surreal.

Dieser Tag wird unvergessen bleiben.
Genau wie das schadenfrohe Grinsen Starkls.

21

Hat er geschlafen? Er ist sich nicht einmal sicher, ob er in diesem Augenblick wach ist. In der schwarzen Stille ist nichts gewiss. Zeit und Raum dehnen sich in watteartiger Unendlichkeit. Er spürt nichts mehr. Beine und Rücken sind taub. Schwebt er?

Wieder bleibt nur das Riechen. Ein ekelhafter Gestank. Vielleicht befindet er sich in einer Raumkapsel, schwebt im All, vom Mutterschiff ausgeschissen …

Die Hände. Die muss er doch spüren. Die Finger zur Faust ballen. Das Gehirn zwingen, den Befehl auszuführen. Er weiß erst, dass er es geschafft hat, als sich die Fingernägel in das weiche Fleisch seiner Handflächen bohren.

In der nächsten Sekunde spürt er den Schmerz überall. Im aufgedehnten Unterkiefer, in Hals, Schultern, den festgezurrten Hand- und Fußgelenken, und wieder die Krämpfe, in beiden Unterschenkeln diesmal. Automatisch will er sich bewegen, der Körper zuckt, die einschneidenden Fesseln verdoppeln den Schmerz.

Jetzt ist er hellwach. Nicht bewegen, dann ist der Schmerz erträglich. Wahrscheinlich hat die Wirkung eines Betäubungsmittels aufgehört. Bestimmt ist es so. Er darf sich nicht auf die Schmerzen konzentrieren, sonst verliert er den Verstand.

Verliert sich selbst.

Sein Name ist Roman Klapfer. Er ist siebenundzwanzig Jahre alt. Seine Mutter ist Maria Klapfer. Sie ist gestorben, als er zwölf war. An Krebs. Danach hat er beim Vater gelebt. Der Name seines Vaters ist Ferdinand Wolfshuber.

Sein Name ist Roman Klapfer …

Das Schlimmste ist der Durst. Er stellt sich vor, wie er ein Glas Wasser zum Mund führt, spürt die Flüssigkeit auf der

Zunge, sie sammelt sich in seinem Rachen … Als er schluckt, reibt in seiner Kehle eine Drahtbürste. Die ausgetrockneten Schleimhäute knacken wie trockenes Holz.

Plötzlich ist sie da, die Wut. So heftig, dass sie ihn die Schmerzen vergessen lässt. Wenn er da wieder herauskommt, wird er fürchterliche Rache nehmen. Wer immer ihm das antut, er wird ihn foltern, mit Messern, mit Zangen, mit Strom, wird ihm die Haut abziehen, und bevor er schließlich abkratzt, wird Roman auf ihn einschlagen, einschlagen, wird ihn tottreten und selbst dann noch weitermachen, wenn er den letzten Lebenshauch aus ihm rausgeprügelt hat. Bis nur mehr ein Brei aus Fleisch und Knochen übrig ist. Seine Rachephantasie beschert ihm eine Erektion. Nicht gut. Falscher Zeitpunkt. Er muss den Atem wieder ruhiger werden lassen, sonst erstickt er. Obwohl – gibt es einen besseren Abgang als mit einem Steifen? Aber dafür ist es zu früh, er kann doch jetzt nicht sterben, er ist noch so jung. Himmelherrgott, unmöglich, das gibt es doch einfach nicht, was da mit ihm passiert.

Sein Name ist Roman Klapfer. Es ist siebenundzwanzig Jahre alt. Seine Mutter ist Maria Klapfer. Sie ist gestorben, als er …

Da ist doch was? Oder hat ihm seine Phantasie etwas vorgegaukelt?

Doch.

Geräusche. Leises Quietschen. Und Klackern.

Wird da ein Schloss entriegelt?

Und jetzt ein dünner, heller Streifen. Licht! Er dreht den Kopf, soweit es die Fessel zulässt, und reißt die Augen auf. Wieder ein Klackern, lauter diesmal. Jetzt ist er sich sicher. Jemand schließt eine Tür auf. Sein Herz trommelt.

Die Tür schwingt auf. Er erkennt den Umriss einer Person vor einem hellen Viereck. Im nächsten Moment fluten Neonröhren den Raum mit gleißender Helligkeit. Das Licht brennt sich durch seine geweiteten Pupillen auf die Netzhaut, ein stechender Schmerz rast in sein Gehirn. Gepeinigt schließt er die Augen.

Schritte, die näher kommen. Er öffnet die Lider einen Spalt, muss den Augen Zeit lassen, sich an die Helligkeit zu gewöhnen. Blinzelnd bemerkt er eine Gestalt, die neben ihm aufragt. Sie ist in einen weißen Plastikoverall gehüllt, die Hände stecken in blauen Einweghandschuhen. Über den Kopf ist eine schwarze Haube gezogen. Die Augen in den ausgeschnittenen Öffnungen starren ihn ausdruckslos an. Eine Minute vergeht. Die Gestalt neben ihm schweigt.

Dann nimmt der Unbekannte ihm die Halsfessel ab. Er knotet den Lappen um den Mund auf. Finger bohren sich in Klapfers Mund und ziehen mit einem Ruck einen Hartgummiball heraus. Der ausgerenkte Unterkiefer klappt nur langsam nach oben.

»Du weißt, warum du hier bist?«, fragt der Mann leise.

Klapfer schüttelt den Kopf. Er liegt in einer Nirostawanne, etwa eineinhalb Meter über dem Boden, erkennt er. Arme und Beine sind vom Körper abgespreizt und an seitlichen Metallstäben fixiert. Mit Kabelbindern.

»Du sagst Nein. Nun, dann werden wir deiner Erinnerung auf die Sprünge helfen müssen.«

»…ser … Wasser …«, krächzt Klapfer.

»Zuerst müssen wir deinen Dreck wegmachen.«

Der Mann hat jetzt einen Gartenschlauch in der Hand und lässt eiskaltes Wasser über Klapfers Körper laufen. Gurgelnde Geräusche verraten, dass es einen Ablauf gibt.

»Jetzt schau dir einmal an, wie du dich eingesaut hast. Das macht man doch nicht.«

Klapfer fällt ein, dass er sich bepinkelt hat.

»Wass…ser …«

Er folgt dem Wasserstrahl mit den Augen. Die Hand des Mannes lenkt den Schlauch um Klapfers Gesicht herum. Er verrenkt, so weit er kann, seinen Kopf zur Seite, um das ablaufende Wasser aufzulecken. Der Wasserstrahl versiegt.

»Du willst trinken? Das musst du dir erst verdienen.«

Der Unbekannte hält den Schlauch über Klapfers Gesicht und lässt ihm die letzten Tropfen in den aufgerissenen Mund träufeln. Dann dreht er sich weg und gibt den Blick auf den Raum frei. Klapfers Augen huschen herum. Geflieste Wände, Decke und Boden, kein Fenster. Regale, Werkzeuge und Haken an der rechten Wand, vor ihm neben der Tür ein Druckluftreiniger. Auf der linken Seite eine Abschlagvorrichtung und ein zu drei Vierteln voller Plastikkanister mit dem Aufdruck »Wasserstoffperoxid«. Darüber geschnitzte Brettchen an der Wand, wie sie Jäger benutzen, die ihre Trophäen daran befestigen.

Der Mann ist jetzt hinter ihm und hantiert mit etwas Metallischem. Er kann nicht sehen, was er macht. Klapfers Augen suchen wieder die Brettchen an der Wand. Auf einem erkennt er verschwommen eine Trophäe, aber er sieht kein Gehörn. Er versucht, die Trophäe zu fokussieren. Eine Wildsau ist das nicht, das ist ... ist ... Heilige Jungfrau ...

Sein Blick saugt sich fest am vorderen Teil eines menschlichen Schädels, der Unterkiefer baumelt daneben an einer Schnur. Die aufgepinselte Jahreszahl am unteren Rand des Brettchens sieht er nur undeutlich.

Der Unbekannte tritt wieder in sein Gesichtsfeld.

»Also, Roman, hast du über meine Frage nachgedacht? Warum bist du hier?«

»Ich weiß nicht, was ... Wollen Sie Geld? Mein Vater ...«

»Du bist nicht sehr kooperativ. Aber das macht nichts. Wenn wir hier fertig sind, ist dir bestimmt alles wieder eingefallen. Glaub mir.«

Plötzlich tritt eine zweite Person neben die Wanne. Er hat sie nicht kommen gehört. Auch sie trägt einen Overall und Handschuhe und hält ... hält eine Zange ...

»Ich tippe auf einen Finger, nicht mehr. Oder was meinst du?«, fragt die erste Gestalt. »Beginnen wir mit dem kleinen Finger. Da hält sich der Schmerz noch in Grenzen.«

Als sich die zweite Person über ihn beugt, weiß Klapfer, dass er verloren ist.

Er erkennt die hasserfüllten Augen wieder, die ihn aus den Löchern der Haube anstarren.

22

»Die Edelschrotter Kollegen haben bereits alles unternommen, was sie in so einem Fall tun können«, sagt Kammerlander beschwichtigend und sieht Wolfshuber bedauernd an.

»Ach ja? Na, dann bin ich aber beruhigt.« Der süffisante Ton in der Stimme des Landtagsabgeordneten ist nicht zu überhören. »Und das war's dann?«

»Natürlich nicht. Wir erweitern die Suche jetzt auf den ganzen Bezirk. Wissen Sie, ob Ihr Sohn bei seinen Radtouren ein Handy mitnimmt?«

»Ich denke schon. Das Ding hat er eigentlich immer mit. In seiner Wohnung liegt es jedenfalls nicht.«

Kammerlander macht sich eine Notiz. Er wird sich mit dem Handybetreiber in Verbindung setzen, um ein Bewegungsprofil zu bekommen. Vielleicht ergibt sich auch aus den geführten Telefonaten eine Spur.

»Haben Sie ein Bild Ihres Sohnes dabei?«

Wolfshuber holt seine Brieftasche aus der Jacke. Er bohrt seinen Daumen in ein Seitenfach und zieht ein Foto heraus. Mit einem Ruck schiebt er es Kammerlander hin.

»Ist das Bild aktuell?«

»Vor zwei Monaten aufgenommen.«

»Danke. Wir werden das Foto an alle Beamten weiterleiten und einen Aufruf in den Medien veranlassen. Vielleicht ist Ihr Sohn eine andere Strecke gefahren und hat die Bezirksgrenzen verlassen. Aber bevor wir die Maschinerie anwerfen … Entschuldigen Sie, ich muss Sie das fragen: Kann er nicht etwas vorgehabt haben? Etwas, von dem Sie vielleicht nichts wissen? Er ist immerhin ein erwachsener Mann …«

»Definitiv nicht.«

»Fällt Ihnen jemand ein, der Roman feindlich gesinnt war? Vielleicht im Beruf? Dem er im Weg gewesen sein könnte? Oder hat er sich im Privatleben einen Feind gemacht?«

Wolfshuber sieht an Kammerlander vorbei.

»Nicht, dass ich wüsste.«

»Hat Ihr Sohn Probleme gehabt? Hat es Streit gegeben? Mit seiner Freundin? Einem Freund?«

»Nein. Außerdem: Mit Sarah ist er so gut wie verlobt.«

»Ist er denn früher schon einmal weg gewesen und nach einigen Tagen wieder aufgetaucht?«

»Niemals. Hören Sie, Roman kann tun und lassen, was er will. Aber er hat immer gesagt, wo er zu erreichen ist.«

»In Ordnung. Dann ist das geklärt. Vielen Dank für Ihre Geduld. Aber Sie verstehen sicher ...«

»Natürlich. Sie müssen das fragen.«

»Herr Landtagsabgeordneter, was ist Ihre persönliche Meinung? Sie haben sich doch sicher Gedanken zum Verschwinden Ihres Sohnes gemacht. Könnte er entführt worden sein? Ich meine, in Anbetracht Ihrer exponierten Stellung ...«

»Sie meinen, weil bei mir vielleicht etwas zu holen wäre?«

»Das waren meine Überlegungen.«

»Ich weiß es nicht.«

Wolfshuber senkt den Kopf. Seine Stimme wird rau. »Wenn jemand Roman entführt hat ... dann müssten die Entführer sich doch melden?«

Er sieht Kammerlander fragend an. »Ich meine ... die müssen doch sagen, was sie für die Freilassung wollen?«

»Das wäre logisch. Wenn es denn so ist.«

»Er ist jetzt seit zwei Tagen verschwunden. Wieso melden die sich nicht?«

»Wie gesagt, wir wissen nicht, ob überhaupt eine Entführung vorliegt.«

Wolfshuber strafft die Schultern. »Sie haben recht. Aber ich kann nicht erkennen, dass die Polizei sich großartig für das Verschwinden meines Sohnes interessiert.«

»Das täuscht. Die Ermittlungen sind längst im Gang. Sobald wir etwas wissen, lassen wir von uns hören.«

Als Kammerlander die Stiege in den ersten Stock hinaufgeht, sieht er sich das Foto genauer an. Die Ähnlichkeit Roman Klapfers mit seinem Vater ist nicht zu leugnen, obwohl Wolfshubers

Gesichtszüge derber sind, verlebt, mit schweren Tränensäcken. Sein Sohn hat ebenmäßige Züge, blonde Haare und volle, fast feminine Lippen, deren angedeutetes Lächeln die Augen nicht erreicht. Ein attraktiver junger Mann, ein Frauentyp.

Im Büro herrscht Schweigen. Die Neue sitzt an Ebners Schreibtisch und richtet sich ein. Soeben platziert sie einen großen stacheligen Kaktus neben dem Computerbildschirm. Das passt, denkt Kammerlander. Sieht aus wie ihre Frisur. Nur in Grün.

Ratzinger hält den Kopf gesenkt und tut so, als läse er in einer Akte.

»Wir müssen in dem Vermisstenfall jetzt in die Gänge kommen.«

Kammerlander legt das Foto vor Ratzinger hin.

Der nickt anerkennend. »Hm. Hübscher Kerl. Wenn man dem Flügel auf die Schultern schnallt, geht er als Engel durch.«

»Der Landtagsabgeordnete war grade da. Ich habe ihm unsere volle Unterstützung zugesagt. Lass das Bild vervielfältigen und verständige die Medien. Die Angaben findest du in der Akte bei Witt. Danach fährst du nach Sankt Martin hinauf, zur Freundin von Roman Klapfer. Der Vater meint, sie weiß, welche Strecke er immer gefahren ist. Und lass dir was über ihn erzählen.«

Ratzinger nimmt seine Jacke von der Rückenlehne, salutiert lässig und ist schon aus der Tür. Ein Hauch von Erleichterung schwingt hinter ihm her. Na, ob das was werden wird mit den beiden? Kammerlander schaut zur neuen Kollegin und unterdrückt ein Seufzen.

»Und Sie, Frau Dollinger, Sie sind ja fit auf dem Computer, wie unser Kommandant uns mitgeteilt hat. Ich möchte, dass Sie über Roman Klapfer alles rausfinden, was in kurzer Zeit möglich ist. Und checken Sie auch den Vater, den Landtagsabgeordneten Ferdinand Wolfshuber. Vermögensverhältnisse und so weiter.«

»Sie vermuten eine Entführung?«

»Möglich. Sein Vater sagt zwar, es hätte keine Lösegeldforderung gegeben. Aber der junge Mann ist jetzt seit zwei Tagen verschwunden. Merkwürdig ist das schon.«

23

Am Nachmittag sitzen alle drei im Dienstzimmer zusammen.

»Also, mit der kleinen Sarah hat sich Klapfer eine gute Partie ausgesucht«, beginnt Ratzinger. »Sie ist die Enkelin vom alten Wendelin Acham, seines Zeichens Altbürgermeister von da oben. Drei Generationen wohnen zusammen, ein Riesenbauernhaus ist das, und alles tipptopp beieinander. Großer Grund- und Waldbesitz, Eigenjagd, versteht sich.«

»Wie alt?«, fragt Dollinger.

Irritiert schaut Ratzinger zur Kollegin.

»Die Enkelin? Wie alt ist sie?«

»Sie ist zwanzig.«

»Was hat sie denn nun gesagt?«, fragt Kammerlander.

»Nichts, was wir nicht schon gewusst hätten. Am Sonntagmorgen haben sie noch telefoniert. Klapfer wollte vormittags mit dem Rad trainieren, am Abend war ein Kinobesuch verabredet. Er sollte sie um halb sechs abholen, aber er ist nicht gekommen und hat auch nicht abgesagt. Seither hat sie nichts von ihm gehört.«

»Die beiden wohnen nicht zusammen?«

»Nein. Sarah wohnt noch bei den Eltern und Großeltern im Haus. Überhaupt kommt mir die ganze Beziehung noch recht frisch vor. Von einer bevorstehenden Verlobung haben weder Sarah noch ihre Familie etwas gewusst.«

Kammerlander wendet sich der Dollinger zu. Gott, diese Tätowierungen sind echt gewöhnungsbedürftig. Wie kann sich eine junge Frau das antun?

»Haben Sie schon Ergebnisse, was die finanzielle Situation Wolfshubers betrifft?«

Dollinger dreht sich zu ihrem Computerbildschirm um.

»Also auf die Schnelle: Wolfshuber kommt ursprünglich aus dem Bereich der Jugendwohlfahrt. Er hat gut geheiratet, seinen Schwiegereltern gehören eine Menge Immobilien, einschließlich der Beteiligung an einer Hotelkette. Sie sind ein Jahr nach der Heirat bei einem Flugzeugabsturz ums Leben gekommen. Das Ehepaar Wolfshuber hatte eine behinderte Tochter, die mit dreizehn Jahren verstorben ist, und er selbst hat noch einen außerehelichen Sohn, den er zu sich genommen hat. Das ist Roman Klapfer.«

Sie scrollt schnell weiter.

»... bla, bla, bla ... Ah, hier. Die Beteiligung an der Hotelkette wurde verkauft. Wolfshuber hat das Geld aus dem Verkauf und seine politischen Kontakte genutzt und es bis zum Landtagsabgeordneten gebracht. Er hat zwar Vermögen, aber das liegt zum Großteil in Immobilien fest. Und seine Frau ist zur Hälfte Miteigentümerin.«

»Das bedeutet also, dass bei ihm nicht besonders viel zu holen ist? Ich meine: Bares. Falls doch noch eine Lösegeldforderung eingehen sollte.«

»Das kommt auf den Standpunkt an. Zwei-, dreihunderttausend kann er flüssig machen. Das ist für manch einen viel Geld. Wir wissen aber nicht, ob er vielleicht irgendwo noch Geld gebunkert hat. So an der Finanz vorbei. Und die Immobilien könnte er beleihen.«

»Also wäre doch einiges zu holen. Und was haben Sie über unseren Vermissten?«

»Roman Klapfer hat bis zu seinem zwölften Lebensjahr bei seiner Mutter in Voitsberg gelebt. Nach ihrem Tod hat Wolfshuber ihn bei sich aufgenommen. Dann ... Schule, Matura, Soziologiestudium, nach zwei Jahren abgebrochen. Danach ein paar Kurse, Jobs in diversen Jugend- und Altenheimen, zurzeit hat er eine Stelle in der Bezirkshauptmannschaft, Referat für Sozialarbeit.«

Ratzinger sitzt mit verschränkten Armen da und nickt versonnen. »Nächster Schritt: Referatsleiter. Der Papa wirds schon richten.«

»Gut«, sagt Kammerlander. »Dann wissen wir das jetzt.«

»Und hier habe ich für Sie beide jeweils ein kleines Dossier zusammengestellt. Darin finden Sie meine Ausführungen etwas detaillierter. Ist oft hilfreich, was nachlesen zu können.«

Dollinger schiebt zwei dünne Ordner über den Schreibtisch und steht auf. »Wenn Sie mich heute nicht mehr brauchen? Ich muss noch nach Graz, ein paar Sachen holen. Ich habe mich übrigens beim Fischerwirt einquartiert.«

»Vielen Dank, Kollegin«, sagt Kammerlander überrascht. »Gute Arbeit.«

Ratzinger brummelt etwas Unverständliches hinterher.

»Warum schaust du die Dollinger nie an?«, fragt Kammerlander, als sie allein sind. »Das ist ja schon peinlich.«

»Fragst du das im Ernst?«

»Ja.«

»Ich krieg's mit der Angst.«

»Also …«

»Das ist wie mit dem bösen Blick. Mich reißt es jedes Mal, wenn ich sie ansehe.«

Kammerlander verdreht die Augen.

»Und dann …«

»Ja, schon gut.«

24

Dr. Silvester Doppelhofer geht es nicht gut.

Seine Hände zittern unkontrolliert, und kalter Schweiß steht ihm auf der Stirn. Rasch stellt er ein Medikamentenfläschchen zurück in den Apothekenschrank. Nicht dass es ihm noch aus der Hand fällt und es auf dem Boden eine Sauerei gibt. Die alte Weber Rosl ist erst gestern zum Putzen da gewesen.

Er schließt den Schrank und setzt sich auf den Sessel an seinem Schreibtisch. Ein rascher Griff in die untere Lade und er hat seine eigene Arznei. Gurgelnd verschwindet der Rest der Flasche in seiner Kehle, unter der faltigen Haut hüpft der Adamsapfel auf und ab wie ein Pingpongball. Mit einem erleichterten Ächzen schraubt er die Flasche wieder zu. Er darf nicht vergessen, sie nachher neu zu füllen. Morgen Vormittag hat er wieder Ordination; mit einem Schluck zwischendurch lassen sich die Sorgen und Klagen seiner Patienten leichter ertragen. An die ärztliche Ethik denkt er schon lang nicht mehr.

Die Flüssigkeit brennt sich die Speiseröhre hinab und flutet die Magenschleimhaut. Eine warme Welle schwappt bis in die Fingerspitzen, und mit ihr zieht die Ruhe in seinen Körper ein. Er streckt seine Hände nach vorn und ist zufrieden. Absolut ruhig, kein Zittern mehr, die reinsten Chirurgenhände.

Nicht, dass sie je chirurgisch zum Einsatz gekommen wären. In einem Krankenhaus oder so. Trotzdem. Manchmal werden ruhige Hände von ihm erwartet.

Er lehnt sich behaglich zurück. Das ist die schönste Stunde. Wenn er sich durch den Tag gerettet und den Umschaltknopf des Telefons gedrückt hat. Nach achtzehn Uhr teilt eine elektronische Ansage allen Anrufern die Nummer des Rettungsdienstes mit. Damit ist alles geregelt. Zumindest, soweit es ihn betrifft.

Als praktischer Arzt der Landgemeinde führt er ein beschauliches Leben. An seine ärztliche Kunst sind selten besondere Ansprüche gestellt worden. Hier ein entzündeter Blinddarm, dort ein gebrochener Arm. Alle paar Jahre eine Masernepidemie unter den Kindern, ab und zu eine Lungenentzündung. Sein Wartezimmer ist leidlich gefüllt, zusammen mit der bewilligten Hausapotheke hat er ein passables Einkommen. Ende jedes dritten Monats macht er seine Runde bei den Bauern und den alten Patienten und bringt ihnen ihre Medikamente, um das Quartal abrechnen zu können. Und wenn der Tierarzt verhindert ist, wird er auch mal von einem Bauern angefordert, um einem Kalb auf die Welt zu verhelfen. Wie es halt so ist auf dem Land.

Ihm hat das von Anfang an genügt. Nicht aber seiner Frau. Jung, bildschön, abenteuerlustig, er ist im siebten Himmel geschwebt. Doch nach den ersten verliebten Monaten hat sich der Ton in ihrer Ehe geändert, bis sie ihn schließlich verlassen hat. Weil sie in diesem »Kuhdorf« nicht versauern wollte. Danach ist er nur mehr eine einzige feste Bindung eingegangen – die mit der Flasche. Diese Beziehung hat bis heute gehalten.

Vor einigen Jahren hat er sich noch manchmal gefragt, wie wohl sein Leben verlaufen wäre, wenn er eine Stelle als Assistenzarzt im Krankenhaus angenommen hätte. Mittlerweile hat er eingesehen, dass es müßig ist, darüber nachzudenken. Langsam stellt sich das Unbehagen wieder ein. Wie immer, wenn er sich gehen lässt. Wenn der Dämon in seinem Inneren herumschleicht, mit Schuldgefühlen und Abscheu im Gepäck. Ein Dämon, dem er sich immer schwerer entziehen kann. Der ihm die ewig gleichen Fragen stellt, die er nicht beantworten will, nicht beantworten darf, sonst befindet er sich im freien Fall.

Er braucht noch was zu trinken.

Unbedingt.

Im Aufstehen fällt sein Blick auf die ungeöffnete Post. Die wird er mitnehmen. Sie durchzusehen wird ihn ablenken.

Und die Flasche aus der gefüllten Hausbar nimmt er auch mit.

Guter Plan.

25

»Hier sind die Unterlagen von Klapfers Telefonbetreiber.«

Ratzinger legt ein Blatt vor Kammerlander hin, bleibt neben ihm stehen und zeigt auf die Auswertung.

»Er hatte sein Handy den ganzen Sonntagmorgen eingeschaltet. Was seine Route betrifft, stimmt das Bewegungsprofil mit den Angaben seiner Freundin überein. Bis halb neun war das Handy im Raum Sankt Martin angemeldet, dann wurde es bewegt. Nächste Lokalisierung in Edelschrott, dann Köflach,

Bärnbach, Stallhofen. Das letzte Mal hat es sich in den Funkmast bei Krottendorf-Gaisfeld eingeloggt. Das war Sonntagvormittag um halb elf. Danach nichts mehr.«

Kammerlander nickt.

»Was hat Sarah über Romans weitere Strecke gesagt?«

»Normalerweise ist er in Gaisfeld in den Teigitschgraben abgebogen und bis zur Abzweigung nach Sankt Martin geradelt. Dann die Straße hinauf zum Ausgangspunkt.«

»Also können wir davon ausgehen, dass etwas – was auch immer – zwischen Gaisfeld und Sankt Martin passiert ist.«

»Seh ich auch so. Und hier«, Ratzinger legt ein zweites Blatt auf den Schreibtisch, »sind alle Nummern der aus- und eingehenden Telefonate der letzten Woche gelistet.«

»Na, dann weißt du ja, was du zu tun hast. Nimm dir Witt dazu, dann geht's schneller.«

»Du bist so gut zu mir.«

»Ich weiß.«

»Und was machst du?«

»Ich organisiere eine Streife. Die Kollegen sollen die fragliche Strecke abfahren und die Augen offen halten.«

»Das ist alles?«

»Ich hab noch einen Arzttermin.«

Das ist nicht einmal geflunkert, denkt Kammerlander. Ich hab einen Termin mit Dr. Schneider. Dass wir uns zum Schachspielen treffen, muss ja niemand wissen.

Chef zu sein hat nur dann Sinn, wenn man sich ab und zu was gönnen kann.

Als er zehn Minuten später an Witts Dienstzimmer vorbeikommt, hört er die leise Stimme Ratzingers.

»... dir nicht vorstellen. Wie ein Zombie. Und die Löcher in den Ohrläppchen sind so weit aufgedehnt, dass man ein Würstel durchschieben kann. Wenn die einem nachts über den Weg läuft ...«

»Das ist eine Botschaft! Eine Drohung! Jemand weiß ...«

Silvester Doppelhofers Stimme überschlägt sich. In einer

Hand hält er das Telefon, die andere ist um einen Zettel gekrampft. Sein stoßweiser Atem faucht wie eine Dampflok in den Hörer.

»Ja, was soll das denn sonst sein? Eine Einladung zum Tanztee?«

Er wischt sich mit dem Handrücken den Schweiß von der Stirn. Während er zuhört, schüttelt er so heftig den Kopf, als könnte ihn der andere sehen.

»Das glaube ich nicht! Was soll ich ... wir ...«

War da ein Geräusch? Ist jemand hinter ihm? Er dreht sich ruckartig um und schlägt sich die Hand an der Türkante blutig.

»Verdammt! Dreck, elender! ... Ob ich getrunken habe? Da kannst du aber einen drauf lassen! Und ich werde noch mehr trinken, so viel steht fest ... Ja, ich weiß selbst, dass ich nicht zur Polizei gehen kann, verflucht! Ich ...«

Wütend wirft er die Tür zu.

»Wie kann ich mich da nicht aufregen? Es muss dir doch klar sein ...«

Mit einem Mal ist die Luft draußen. Der alte Arzt kann sich kaum noch auf den Beinen halten. Langsam sinkt er in den Ohrensessel. Er hört noch eine Weile zu, dann sagt er resigniert: »Ja. Ja, ich weiß ... Na gut, wenn du meinst ...«, und legt auf.

Er schaut auf das Blatt Papier, das zwischen seinen Fingern vibriert wie ein Starkstromkabel. Er will es auf die restliche Post legen, doch die Hand gehorcht ihm nicht. Seine Finger können es nicht mehr halten, dieses bleierne Blatt Papier, das ihm die letzte Kraft raubt. Resigniert lässt er es fallen.

Er starrt auf die Bücherwand und verflucht seine Schwäche, seine Sucht, sein Leben. Was ist aus ihm geworden ...? Ein Verlierer, ein Junkie, verfault unter der dünnen Hülle des biederen Landarztes. Ein Stöhnen quillt wie eine Seifenblase aus seiner Kehle und zerplatzt an den Wänden. Das Selbstmitleid folgt auf dem Fuße; Tränen kullern durch die Furchen in seinen Wangen und verschwinden unter dem Hemdkragen.

Als das Zittern einsetzt, weiß er, wie es enden wird. Er

kämpft nicht mehr dagegen an. Er wird unterliegen und der Sucht nachgeben.

Wie jedes Mal.

26

Am nächsten Morgen streckt Ratzinger den Kopf zur Bürotür herein und blickt rasch in jede Zimmerecke.

»Ist der Lisbeth-Salander-Verschnitt noch nicht da?«

Er kommt Kammerlander vor wie ein Erdmännchen, das rasch die Lage nach einem Fressfeind sondiert.

»Lisbeth Salander hat schwarze Haare, nicht rote.«

»Trotzdem.«

»Und sie ist nicht so umfassend tätowiert, sondern gepierct.«

»Noch mal trotzdem.«

Kammerlander seufzt. »Die Dollinger ist früh da gewesen und schon wieder weg. Sie ist mit Witt zur Gößnitzstraße gefahren. Die führt durch den Teigitschgraben. Ein Kind hat eine Flasche gefunden, du weißt schon, so ein Plastiknuckelding, wie sie Radfahrer im Gürtel stecken haben.«

Ratzinger betritt nun entspannt das Büro und setzt sich seinem Chef gegenüber.

»So geht das aber nicht, Franz«, sagt Kammerlander und sieht seinen Kollegen streng an. Der sieht angelegentlich zum Fenster hinüber. »Es geht nicht, dass du die Dollinger ausgrenzt. Wir sind ein Team, und sie gehört dazu.«

Ratzinger sinkt in seinem Sessel zusammen.

»Ich weiß ja«, sagt er. »Es ist nur … Halt mich für altmodisch, aber ich muss mich an diesen Anblick erst gewöhnen.«

»Jetzt sage ich: trotzdem.«

Ratzinger setzt sich wieder aufrecht hin und strafft die Schultern. »Wir haben also eine Trinkflasche sichergestellt.«

Kammerlander nickt. »Ein Hundeführer ist schon auf dem Weg. Ist vielleicht eine Sackgasse, aber wir können nicht auf

DNA-Proben warten, Klapfer wird jetzt schon den dritten Tag vermisst.«

»Hast du die Spurensicherung angefordert?«

Kammerlander nickt erneut. »Ja, und zwei Streifenbesatzungen, die von der Gößnitzstraße bis Sankt Martin alle Straßen und Wege abfahren. Wenn sich die Aktion als Reinfall herausstellt, weiß ich jetzt schon, dass ich mir von Starkl einen Vortrag anhören kann. Vergeudung polizeilicher Ressourcen bla, bla, bla. Aber ich musste eine Entscheidung treffen.«

Ratzinger seufzt. »Wie immer. Ergebnisse müssen her – aber das Ganze darf nichts kosten.«

Wie aufs Stichwort rauscht Kommandant Starkl ins Zimmer.

»Kammerlander! Wie weit sind Sie im Fall Roman Klapfer? Der Landtagsabgeordnete Wolfshuber beschwert sich, dass nichts unternommen wird, um seinen Sohn zu finden. Und gerade hat der Bezirkshauptmann angerufen. Er und Wolfshuber sind Jagdkollegen. Der Fall hat Priorität! Sie haben freie Hand und meine volle Unterstützung. Es muss nach außen transparent werden, dass wir alles Menschenmögliche tun. Haben Sie verstanden?«

»Verstanden.«

So schnell kann ein Problem vom Tisch sein.

Kammerlander parkt seinen Wagen hinter einem Streifenwagen und dem Auto der Spurensicherung. Die Gößnitzstraße ist an und für sich schon schmal, aber jetzt ist nur mehr ein halber Fahrstreifen frei. Ein Streifenbeamter hebt die Hand zum Gruß, die Männer der Spurensicherung hocken auf der Straße oder tüten Proben ein.

Beim Aussteigen blickt Ratzinger zum Himmel. Gewittergraue Wolken verdichten sich mehr und mehr und drücken eine bleierne Schwüle zur Erde.

»Höchste Zeit, die Untersuchungen abzuschließen«, stellt er fest, »der Regen lässt bestimmt nicht mehr lange auf sich warten.«

»Gutes Timing gehört zu einer guten Ermittlung.«

Ratzinger grinst. »Du nimmst mir die Worte aus dem Mund.«

»Hallo, Chef.«

Witt kommt auf Kammerlander zu, sein Gesicht ist gerötet, und Schweißperlen stehen auf seiner Stirn.

»Wie weit seid ihr?«, fragt Kammerlander.

Witt nickt gewichtig zum Spurensuchtrupp hinüber.

»Anfangs ist es ein bisschen zäh gegangen. Das Kind hat sich hinter seiner Mutter versteckt und wollte nicht mit uns reden.«

»Klar. Wie Kinder so sind.«

»Äh …«

»Was?«

»Das Kind hat sich vor der Dollinger versteckt.«

»Ach du Heiland.«

»Kein Problem. Ich hab dann die Kollegin gebeten, die Anrainer zu befragen, ob ihnen am Sonntagvormittag etwas aufgefallen ist. Es gibt ja ein paar Häuser links und rechts der Straße. Danach hat die Kleine mit uns gesprochen.«

»Gut reagiert.«

Ein heller Schimmer gleitet über Witts Gesicht.

»Unsere Leute haben sich von dem Mädchen die Fundstelle zeigen lassen und die Flasche sichergestellt. Der Suchhund hat gleich ein paar Meter weiter an der Straße angeschlagen. Die Spurensicherung hat dort Bodenproben genommen, sie sagen, es sind darin winzige Blutspuren enthalten. Für eine DNA-Zuordnung fehlt natürlich eine Vergleichsprobe.«

»Die besorgen wir noch heute.«

Ratzinger geht zu den Spusi-Leuten und lässt sich die Flasche zeigen. Die ersten Tropfen fallen.

»Hat der Hund eine Fährte gefunden?«

Witt schüttelt den Kopf und wischt sich den Schweiß von der Stirn. »Nein. Nur die eine Stelle auf der Straße. Merkwürdig.«

Kammerlander nimmt Blickkontakt mit Ratzinger auf und bedeutet ihm, zum Wagen zu kommen. Als sie auf halbem Weg nach Sankt Martin sind, trommelt der Regen wolkenbruchartig aufs Autodach.

»Ich hab eine Handyaufnahme von der Flasche gemacht«, sagt Ratzinger. »Die können wir Klapfers Eltern zeigen.«

»Gut.«

»Das Mädchen hat die Flasche angefasst, die Mutter natürlich auch. Hoffentlich haben sie brauchbare Fingerspuren übrig gelassen.«

»Kein Problem. Am Mundstück kann man bestimmt Speichelreste sicherstellen.«

»Du bist so schlau.«

»Deswegen bin ich der Chef.«

27

Das Anwesen ist beeindruckend.

Einen halben Kilometer von Sankt Martin entfernt steht das zweistöckige Haus frei auf einem Wiesengrundstück, dahinter beginnt der Wald. Holzbalkone bis zum Dachausbau, gepflegte Außenanlagen. Ein großer Doppelcarport aus demselben Holz fügt sich harmonisch in das Gesamtbild. In der einen Hälfte steht ein schwarzes Golf-Cabrio.

Kammerlander setzt den Blinker und biegt in die Hauseinfahrt ein. Das Wetter hat sich beruhigt, der Starkregen ist in ein stetes Tröpfeln übergegangen.

Auf ihr Klingeln öffnet eine Frau um die sechzig. Ein sackförmiges Kleid verhüllt üppige Rundungen, die halblangen grauen Haare reichen bis unters Kinn. Faltige Hängebacken und nach unten verlaufende Mundwinkel verleihen dem Gesicht etwas Resigniertes.

»Frau Wolfshuber? Wir sind von der Polizei Voitsberg.«

Sie zeigen der Frau ihre Ausweise. Wortlos tritt sie von der Tür zurück und lässt die Beamten ein. Sie führt sie durch den Flur, vorbei an einer großen, hellen Küche und einem Jagdzimmer, deren Türen offen stehen. Ratzinger huscht zur Seite und streckt den Kopf ins Jagdzimmer. Rasch scannen seine Augen den Raum. Dann folgt er den beiden in ein geräumiges, rustikal eingerichtetes Wohnzimmer. Die angebotene Tasse Kaffee schlagen sie aus.

»Ihr Mann ist nicht zu Hause?«, beginnt Kammerlander.

»Nein. Er ist zu einer Gemeinderatssitzung gegangen.«

»Frau Wolfshuber, wir haben nur ein paar Fragen. Wann haben Sie Ihren Sohn das letzte Mal gesehen?«

»Ich habe keinen Sohn.« Sie setzt sich aufrechter hin. »Ich hatte eine Tochter. Sie ist früh gestorben.«

Die Worte tropfen wie Blei aus ihrem Mund.

»Es tut mir leid, ich meinte …«

»Sie meinten Roman, den unehelichen Sohn meines Mannes.«

»Ja.«

»Er ist am Sonntag um halb neun mit dem Fahrrad weggefahren. Danach habe ich ihn nicht mehr gesehen.«

Ratzinger hält ihr das Handyfoto hin.

»Ja, so eine Flasche hat er gehabt. Ich weiß natürlich nicht, ob es seine ist.«

Kammerlander nickt.

»Wissen Sie, ob Ihr Stiefsohn Feinde hat? Oder ob er Streit mit jemandem hatte?«

»Das weiß ich nicht.«

»Welche Hobbys hat er? Außer Rad fahren?«

»In erster Linie die Jagd. Da kommt er ganz nach meinem Mann. Und … ja, ab und zu spielt er Tennis.«

»Dann hat er also einen großen Bekanntenkreis?«

»Das nehme ich an.«

»Wie würden Sie ihn beschreiben? Wie hat er als Mensch auf Sie gewirkt?«

Sie zuckt die Schultern.

»Dazu kann ich nicht viel sagen, fürchte ich. Nachdem Romans Mutter gestorben ist, hat mein Mann ihn bei uns aufgenommen. Wir hatten ja keine eigenen Kinder mehr. Mir ist es nicht gelungen, ein engeres Verhältnis zu ihm aufzubauen. Das war anfangs wohl auch meine Schuld. Es … so etwas ist eben nicht leicht. Doch die Beziehung zu seinem Vater ist gewachsen, die beiden stecken dauernd zusammen. Ich steh da außerhalb.«

»Die Beziehung zwischen Ihnen und Ihrem Stiefsohn ist also etwas … angespannt, könnte man das so sagen?«

»Nicht, dass ich es nicht versucht hätte. Aber wenn ich auf ihn zugegangen bin, hat er immer so arrogant gelächelt. Mir war nicht wohl dabei, und nach einiger Zeit hab ich es gelassen und mich nicht mehr um ihn bemüht.«

Die Beamten sehen sich an. Viel mehr ist da nicht zu holen.

»Dürfen wir sein Zimmer sehen?«

»Die Stiege hinauf bis ins Dachgeschoss. Er bewohnt die Dachwohnung.«

Als sie aufstehen, läutet Ratzingers Telefon. »Witt«, sagt er und geht ins Freie.

»Sie finden selber hinauf.« Mit einer kraftlosen Handbewegung deutet Frau Wolfshuber zur Stiege, bevor sie sich abwendet.

Die Dachwohnung ist gemütlich, hell und funktional. Ein großer Wohnraum mit einer integrierten Küche, zwei Türen führen in ein geräumiges Schlafzimmer und ein Bad. Die Dachschräge beginnt auf halber Raumhöhe und ist mit hellem Holz verkleidet. Eine schmucke Junggesellenwohnung.

Kammerlander beginnt die Durchsuchung mit dem Schreibtisch und findet bestätigt, was Wolfshuber ausgesagt hat. Pass, Brieftasche, Autoschlüssel, Laptop, alles ist da. Und dennoch fehlt etwas. Es gibt wenig Persönliches in der Wohnung, wenn man von zwei Tennisschlägern auf einer Kommode und einem gerahmten Bild auf dem Schreibtisch absieht. Es zeigt ein hübsches lächelndes Mädchen, seine Freundin Sarah wahrscheinlich. Doch das Bild verleiht dem Raum nichts Intimes, Persönliches. Als würde es zur Schau gestellt, weil man das eben erwartet.

Im Schlafzimmer gibt es ein Doppelbett, zwei Nachtschränkchen, eine Kommode und einen Spiegelkasten. Die Wäsche ist ordentlich gestapelt, Hosen, Hemden, Jacken sind auf Bügeln aufgereiht. Im Badezimmer ist auch nichts zu finden, was bemerkenswert wäre. Einige Pflegeprodukte und ein angebrochenes Päckchen Kondome hinter dem Zahnputzglas, alles normal für einen jungen Mann. Er schnappt sich die Zahnbürste und nimmt im Vorbeigehen den Laptop vom Schreibtisch.

Unten trifft Kammerlander auf Frau Wolfshuber und Ratzinger. Sie kommen gerade aus dem Jagdzimmer.

»Ist es für Sie in Ordnung, wenn ich den Laptop und die Zahnbürste Ihres Stiefsohns mitnehme? Sie bekommen natürlich alles wieder.«

Die Frau zuckt mit den Schultern. »Nehmen Sie, was Sie wollen.«

»Sie sagten, Roman sei Jäger. Wo ist sein Gewehr?«

»Im Waffenschrank im Jagdzimmer. Zusammen mit den Waffen meines Mannes.«

Ratzinger deutet zum Jagdzimmer.

»Hab ich gerade gecheckt. Papiere sind in Ordnung.«

An der Tür fasst Frau Wolfshuber Kammerlander am Arm. »Glauben Sie, der Roman lebt nicht mehr?«

Ist es Hoffnung, was da in ihrer Stimme mitschwingt?

»Das ist nicht gesagt. Aber wir müssen mit allem rechnen.«

Als sie den Wagen wenden, berichtet Ratzinger: »Das Jagdzimmer hättest du sehen sollen. Trophäen aus aller Herren Länder. Vom Zebra bis zum Elch – alles da. Und erst der Waffenschrank! Da drin stehen ein paar unserer Jahresgehälter rum.«

»Was soll's? Du hast doch immerhin deine Glock.«

»Hast recht. Wer will da schon eine Krieghoff? Oder eine Holland & Holland?«

28

Dünne Regenwolken ziehen lustlos nach Osten. Der die Oberhand gewinnenden Sonne zum Trotz lassen sie noch einige

Tropfen fallen, bevor sie das Feld räumen. Kammerlander und Ratzinger weichen ein paar Pfützen aus, bevor sie den Eingang vom »Lärchenwirt« erreichen.

»Was hat Witt eigentlich gewollt?«, fragt Kammerlander.

»Er hat mitgeteilt, dass die Streifenbeamten keine Spur von Klapfer gefunden haben. Und die Anrainerbefragungen haben auch nichts ergeben außer einer Sperre von der Köflacher Seite. Eine Baustelle. Das sollten wir uns auf der Karte ansehen.«

Sie treten sich die Schuhe auf der Matte ab und öffnen die Tür.

»Da schau her! Die Kripo gibt uns wieder einmal die Ehre«, sagt der Wirt und zieht die Brauen hoch.

»Grüß Gott, Herr Windisch.«

»Ich nehm an, diesmal geht's um den Klapfer Roman?«

»Richtig geraten. Wir haben gehofft, den Landtagsabgeordneten Wolfshuber hier anzutreffen. Er ist in einer Gemeinderatssitzung, wie uns seine Frau gesagt hat.«

Der Wirt nickt. »Müsst eh bald rum sein. Die kommen dann immer noch auf ein, zwei Gläser vorbei.«

Der Gastraum ist spärlich besetzt. Die Kartenspieler sind wieder am üblichen Platz, einer der Schachspieler sitzt auch am selben Tisch wie letztes Mal. Neben ihm die alte Frau mit dem Häferlkaffee. Die Beamten stellen sich neben einen jungen Mann an den Tresen. Der hat alle Hände voll zu tun, das Gleichgewicht zu halten. Ein glasiger Blick trifft die Beamten und kehrt zu seinem halb vollen Glas zurück.

»Die Bu... Bullerei ...«, erzählt er seinem Bier.

Ratzinger rückt ein wenig von ihm ab, der Geruch, den er verströmt, lässt auf eine mehrtägige Tour durch die Gastwirtschaften der Gegend schließen.

»Habts schon eine Spur?«, fragt der Wirt. »Oder ist er gar schon wieder auftaucht?«

»Leider nicht.«

»Was ich im...mer sag«, lallt der Betrunkene. »Alles Na... Nachtwächter! Können tun s' nix, a... aber ...« Ratzinger zieht scharf die Luft ein. »... aber strafen, ja, da si... sind s' glei da ...«

»Halt die Goschn, Rupp!«, fährt ihn der Wirt an.

Was der Angesprochene mit einem Rülpser quittiert.

»Hören S' gar net auf das Gewäsch. Der Rupert hat grad vor einer Woch sein Führerschein abgeb'n müssn, der ist jetzt ein bissl grantig. – Darf's was sein? Ein Kaffee?«

»Erst einmal nicht, danke. Wir haben ein paar Fragen zu Roman Klapfer. Ist er oft hier eingekehrt?«

»Ja, schon. Wir sind das einzige Gasthaus am Ort.«

»Wann war er denn das letzte Mal hier?«

»Warten S' ... des war am Samstagabend. Genau. Da ist er mit seinem Vater am Stammtisch g'sessen. Die zwei sind etwa um zehn Uhr gangen. Und am Sonntag haben die Leut umsonst auf den Roman g'wartet.«

»Drei Tag i... is schon her!« Der Rupp bläst verächtlich seinen Atem in Richtung der Beamten. »Beim St...rafen sei... seids net so langsam.«

»Die Goschn sollst halten, sonst fliegst raus!«

»Ah, geh, gib mir n... noch ein Bier!«

Der Wirt ignoriert die Bestellung und schaut wieder zu Kammerlander.

»Herr Windisch, beschreiben Sie doch den Herrn Klapfer aus Ihrer Sicht.«

»Ja, was soll ich da sagen? Ein Gast wie jeder andere.«

»Ist halt der Sohn vom Herrn Landtagsabgeordneten«, kommt es vom Tisch der Kartenspieler.

Als Ratzinger hinschaut, starren alle in die Karten.

»Und sonst?«, insistiert Kammerlander. »Ihnen fällt bestimmt noch mehr ein.«

»Na ja ... hilfsbereit ist er. Hat schon so manchem geholfen, eine Arbeit zu finden. Zusammen mit seinem Vater. Soziale Einstellung, verstehn S'?«

Die alte Frau am Ecktisch lässt einen zischenden Laut entweichen.

»Ist vielleicht jemand nicht so gut auf ihn zu sprechen? Gibt's Feinde?«

»Kann ich mir net vorstellen.«

»Und privat? Er ist ja ein hübscher Bursche. Ich meine, das wird den Mädchen hier wohl auch nicht entgangen sein ...«

Das Gesicht des Wirts verschließt sich.

»Kann sein. Ich hör net auf irgendein Getratsche. Ich weiß nur, dem Roman kann man nix am Zeug flicken.«

»Ha!« Wieder schießt die Frau am Ecktisch einen Laut der Missbilligung durch den Raum.

Der Wirt wirft ihr einen bösen Blick zu.

»Halt dein giftiges Mundwerk, Rosl!«

Er beugt sich zu den Beamten. »Die Weber Rosl brauchen S' net zu beachten. Die kann keinen leiden.«

»Sch...eiß Bull...«

Die Beamten drehen sich zu Rupert um. Seine Beine knicken ein, der Oberkörper liegt auf dem Tresen.

Auf dem Weg nach unten reißt er noch einen Barhocker um.

29

Der Lärchenwirt schleift den schwer angeschlagenen Gast in den Vorraum, wo hinter der Tür ein Notbett steht. Praktischerweise befindet sich die Toilette gleich daneben. Mit einem blechernen Kratzen schiebt Windisch einen Eimer zum Bett und schickt ein »Depp, bleda!« hinterher.

Kammerlander geht auf den Schachspieler und die alte Frau zu. »Ist es gestattet?«

Der Mann macht eine einladende Handbewegung, die Rosl schaut abweisend zum Fenster hinaus.

»Kammerlander. Wir sind von der Pol...«

»Wir haben es gehört.«

Der Mann schüttelt ihm freundlich die Hand. Sein dunkelblondes Haar ist an manchen Stellen schon etwas schütter, registriert Kammerlander, die Augen von undefinierbarer Farbe, nicht blau, nicht grau.

»Martin Schwaiger. Angenehm.«

Den Namen hat er schon einmal gehört. Vor gar nicht langer Zeit. Bei welcher Gelegenheit war das bloß? Ratzinger balanciert zwei Tassen Kaffee zum Tisch und stellt sie erleichtert ab.

»Schwaiger?«, sagt er, als er sich dazusetzt. »Sind Sie der Nachbar vom verstorbenen Herrn Beingrübl?«

Kammerlander ist wieder einmal erstaunt über das hervorragende Namensgedächtnis Ratzingers.

»Bin ich. Und das neben mir ist die Weber Rosl.«

Die schaut angelegentlich in ihr Häferl, als wollte sie im Kaffeesatz lesen.

»Tja, Sie haben ja mitbekommen, dass wir Informationen über Roman Klapfer einholen. Sie kennen ihn?«

»Natürlich. Ein hilfsbereiter junger Mann, wie Sie schon gehört haben.«

Kammerlander beugt sich vertraulich zu Schwaiger und senkt die Stimme. Ihm ist nicht entgangen, wie die Kartenspieler die Ohren spitzen.

»Frauengeschichten?«

»Das nehme ich doch an. Wozu ist man denn sonst jung?«

»Ein Hurenbock ist er, genau wie der Alte«, knurrt die Rosl.

»Sagt wer?«, fragt Ratzinger.

»Da können S' fragen, wen S' wolln.«

»Ich habe gehört, dass der Herr Klapfer Heiratsabsichten hat«, bohrt Ratzinger weiter.

Rosl stößt explosionsartig die Luft aus.

»Ja, das tät dem Alten so passen, dass der Roman die reiche Acham-Tochter kriegt. Wenn des Mädel g'scheit ist, nimmt's an andern!«

Hinter der Schank räuspert sich der Wirt und schaut böse herüber.

»Nun«, übernimmt Kammerlander wieder, »wie man so hört, hat der Landtagsabgeordnete Wolfshuber hier einen guten Ruf. Als Förderer und Wohltäter.«

Schwaiger lächelt dünn. »Wissen Sie, manche Leute verdanken ihren guten Ruf den eigenen Stimmbändern.«

»Das ist bei Politikern häufig so.«

»Genau.«

Die Rosl sieht durch das Fenster Leute auf das Wirtshaus zukommen.

»So, die Herrschaften sind fertig. Da haben sich's einige bestimmt wieder g'richtet«, bemerkt sie.

Sie steht auf und verschwindet grußlos an der Küche vorbei durch den Hinterausgang.

Kammerlander wendet sich wieder an Schwaiger. »Was steht denn heute auf der Tagesordnung der Sitzung? Ich meine, wo sich schon der Landtagsabgeordnete Wolfshuber hinbemüht hat.«

»Es geht um eine Widmungsänderung, soviel ich weiß.«

Man hört von draußen ein paar Abschiedsgrüße und Türenschlagen. Einige Teilnehmer schließen die Sitzung also nicht beim Wirt ab, bemerkt Kammerlander. Ein junger Mann betritt als Erster die Gaststube und kommt auf sie zu. Überrascht erkennen die Beamten Herbert Reinweber, Beingrübls Enkel. Er begrüßt sie, dann wendet er sich an Schwaiger.

»Kommst du? Ich fahr jetzt heim.«

Der nickt, und alle erheben sich.

Da kommen auch schon die verbliebenen Honoratioren des Dorfes herein, allen voran der Landtagsabgeordnete. Das dumpfe Gemurmel und die verschlossenen Gesichter lassen auf keinen glücklichen Ausgang der Besprechung schließen. Als Wolfshuber die Beamten sieht, nickt er ihnen irritiert zu. Die Herren nehmen am Stammtisch Platz.

Kammerlander ist nun in einem Dilemma. Seine Neugier ist geweckt, er hat hundert Fragen. Aber die muss er hintanstellen, das Gespräch mit Wolfshuber hat Vorrang. Außerdem muss die Zahnbürste zur Gerichtsmedizin und der Laptop zur Auswertung.

Er sieht auf die Uhr. Fast drei und damit höchste Zeit.

»Ich sehe, Sie sind auch Schachspieler«, sagt er zu Schwaiger und deutet auf das Spielbrett. »Haben Sie Lust auf eine Partie irgendwann?«

»Gern. Rufen Sie mich an. Ich steh im Telefonbuch.«

Als Schwaiger und der junge Reinweber am Stammtisch vorbeigehen, folgen ihnen missbilligende Blicke.

30

Kammerlander sieht, dass Wolfshuber den anderen mit leiser Stimme erklärt, wer sie sind. Als sie zum Stammtisch gehen, ist Wolfshuber die Nervosität deutlich anzusehen.

»Haben Sie schon Ergebnisse?«, fragt er.

»Wollen Sie das hier besprechen?«

»Ja, warum denn net?«, fragt einer, der wegen seiner Beleibtheit aus der Runde sticht. »Jetzt habts euch so lang Zeit lassen …«

Ratzinger versteift sich.

Nicht gut, denkt Kammerlander.

»Ja, wenn man sie braucht, die Freunde und Helfer …«

Der Mann schaut beifallheischend in die Runde, doch seine Sitznachbarn wirken peinlich berührt.

»Was machts ihr eigentlich den ganzen Tag? Zuerst brauchts zwei Tag, bis ihr eine Vermisstenanzeige hinkriegts, und dann …«

»Name?«

Ratzinger spuckt das Wort beinahe aus.

»Äh … wieso wolln S' denn des wissen?«

»Name? Ist doch eine einfache Frage.«

»Gößler. Ambrosius Gößler.«

»Haben Sie zum Verschwinden von Roman Klapfer eine zweckdienliche Aussage zu machen, *Herr* Gößler?«

»Nein, warum …«

»Dann stören Sie nicht die Ermittlungen amtshandelnder Personen.«

»Das hat der Ambrosius net so g'meint«, bemüht sich der Mann neben Wolfshuber, die Lage zu entspannen. »Wir sind zurzeit grad alle ein bissl aufgeregt. – Darf ich mich vorstellen: Kilian Brandstätter. Ich bin der Bürgermeister.«

»Schon gut, Kilian. Ich denke, es wird besser sein, wenn ich mit den Herren unter sechs Augen spreche«, sagt Wolfshuber, der Kammerlander nicht aus den Augen gelassen hat. Als sie vor die Tür gehen, herrscht Schweigen in der Gaststube.

»Sie nehmen an einer Gemeinderatssitzung teil?«, fragt Kammerlander. »Sind Sie nicht eigentlich für Landesaufgaben zuständig?«

»Natürlich. Aber manchmal überschneiden sich die Angelegenheiten zwischen Land und Gemeinde. Dann versuche ich meiner Heimatgemeinde eben zu helfen und die Dinge auf Landesebene auf den Weg zu bringen.«

Und die richtigen Strippen zu ziehen, denkt Kammerlander.

Wolfshuber bleibt ruckartig stehen und wendet sich ihm zu. »Haben Sie schlechte Nachrichten?« Um ein Haar versagt ihm die Stimme. Angespannt versucht er, in Kammerlanders Gesicht zu lesen.

»Wir haben höchstwahrscheinlich die Stelle ausgemacht, an der Ihr Sohn zu Sturz kam. Eine Trinkflasche und Blutproben vom Asphalt müssen jetzt mit der DNA Ihres Sohnes verglichen werden. Wir waren bei Ihrer Frau und haben Romans Zahnbürste mitgenommen.«

Vom Laptop sagt Kammerlander nichts. Er hat den Verdacht, dass Wolfshuber ihnen das Gerät nicht so ohne Weiteres überlassen würde. »Der Abgleich wird uns morgen vorliegen.«

»Und Roman? Wo ist er?«

»Das wissen wir leider nicht. Der Suchhund hat keine Fährte aufnehmen können. Wir vermuten – immer vorausgesetzt, die DNA ist identisch –, dass eine Entführung vorliegt.«

»Das sag ich doch die ganze Zeit. Ja, und jetzt?«

»Ist bei Ihnen inzwischen eine Lösegeldforderung eingegangen?«

»Nein. Das macht mich ja so fertig. Wenn jemand meinen Sohn entführt hat, wieso sagt er dann nicht, was er für seine Freilassung haben will?«

»Ebendarum. Damit Sie mit den Nerven fertig sind. Und vor Angst auf alle Forderungen eingehen.«

»Und wenn er schon tot ist?«

»Das spräche gegen jede Vernunft. Die Entführer hätten dann ja nichts mehr einzutauschen. Sobald der oder die Täter mit Ihnen Verbindung aufnehmen, informieren Sie uns umgehend.«

»Ja … ja, natürlich …«

Mit einem Ruck drückt der Abgeordnete seinen Rücken durch.

»Dieser unfähige Hanswurst von der Edelschrotter Polizei!«, donnert er los. »Ich hab ihm noch gesagt, er soll … Der kann was erleben. Für den wird das noch ein Nachspiel haben!«

Kammerlander hebt begütigend die Hand. »Ich kenne den betreffenden Kollegen. Er ist sehr gewissenhaft und hat nichts falsch gemacht. Jeder erwachsene Mensch hat das Recht, seinen bisherigen Lebenskreis auch ohne Angabe von Gründen zu verlassen. Das ist gesetzlich geregelt. Achtundvierzig Stunden sind die Vorgabe. Erst dann kann die Behörde tätig werden.«

Kurz hinter Sankt Martin sehen sie eine alte Frau dahinwackeln. Kammerlander fährt an ihr vorbei, bremst dann aber ab und stoppt den Wagen in einer Einbuchtung am Straßenrand. Er steigt aus, ohne auf den fragenden Blick Ratzingers einzugehen.

»Frau Weber? Können wir Sie einen Moment sprechen?«

Die Weber Rosl bedenkt ihn mit einem scharfen Blick.

»Da kann ich ja schlecht Nein sagen, wenn die Staatsgewalt vor mir steht.« Als Ratzinger aussteigt, setzt sie nach: »Und dann auch noch zu zweit.«

»Das ist sehr freundlich.«

Die Rosl zieht ihr Kopftuch auf die Schultern und wischt sich über die Stirn. Der Fußmarsch hat sie ins Schwitzen gebracht, dünne feuchte Haarsträhnen kleben ihr an den Schläfen.

»Frau Weber, im ›Lärchenwirt‹ haben wir über Roman Klapfer gesprochen, Sie erinnern sich?«

»Sicher. Bin ja net senil.«

»Uns wurde durchweg ein positives Bild von Herrn Klapfer präsentiert. Sie scheinen aber anderer Ansicht zu sein.«

»Sie ham ihn also noch net g'funden.«

Die Rosl zieht ein benutztes Stofftaschentuch aus der Seitentasche ihrer abgetragenen Jacke und schnaubt geräuschvoll hinein. Nachdem sie das Ergebnis einer genauen Prüfung unterzogen hat, legt sie das Tuch wieder vorsichtig zusammen und lässt es in den Tiefen der Jacke verschwinden.

»Meine Ansicht interessiert eh keinen.«

»Uns schon, Frau Weber«, insistiert Kammerlander, »was halten Sie von Roman Klapfer?«

»Ich werd mir net die Zunge verbrennen, na, na, bestimmt net.« Sie schüttelt entschieden den Kopf. »Finden S' des selber raus, Sie san ja die Polizei. Hat schon genug ang'richtet, der Saubeutel. Aber die da oben packeln, und ausbaden müssen's die andern. Jaja ...«

Die Rosl zieht ihr Kopftuch wieder an und geht weiter. Sie biegt in einen Wiesenweg ein und murmelt nickend vor sich hin. Die Beamten lässt sie stehen.

»Können Sie sich vorstellen, was mit Klapfer passiert ist?«, ruft ihr Kammerlander nach.

»Vielleicht hat ihn der Teifl g'holt, ja, der Teifl ...«

Mit einem meckernden Lachen verschwindet sie hinter einem Gebüsch.

Auf der Rückfahrt nach Voitsberg fragt Ratzinger: »Was glaubst du? Lebt Klapfer noch?«

»Kann ich nicht sagen. Was mir Sorgen macht, ist die lange Dauer ohne Forderung. Da hat Wolfshuber schon recht. Klapfer ist immerhin schon seit dreieinhalb Tagen verschwunden. Daher habe ich kein gutes Gefühl.«

»Ich auch nicht.«

»Äh, Franz, wegen vorhin ...«

»Ja?«

»Du musst dich zusammenreißen. Dass dir bei jeder dummen Bemerkung der Kamm schwillt, hilft keinem.«

»Ja, hast du nicht gehört, wie frech dieser Bauer war? Man kann so einem Seppel doch nicht alles durchgehen lassen!«

»Wenn wir im Zuge der Ermittlungen tiefer bohren müssen, wird der Ton noch ruppiger werden. Stell dich drauf ein.«

31

»Zeit für einen Spätnachmittagskaffee«, befindet Ratzinger und geht zum Kaffeeautomaten.

Kammerlander winkt ab.

»Für mich nicht. Nur Wasser, bitte.«

Ratzinger gibt sich einen Ruck. »Und Sie, Frau Kollegin?«

»Schwarz. Ohne Zucker. Danke.«

Was sonst?, denkt er.

Die Dollinger blickt nicht einmal hoch. Ihre Finger fliegen über die Tastatur und erfüllen den Raum mit klackendem Stakkato. Während der Kaffee in die Tassen faucht, blickt Ratzinger ihr über die Schulter. Er kann den Blick nicht von ihren Händen nehmen. Fünf blaue Schlangen schieben sich aus jedem Ärmel über die Handrücken und verteilen sich auf die einzelnen Finger. Die züngelnden Köpfe enden vor den Nägeln, die dunkelblau lackiert sind. Durch die schnelle Bewegung der Finger kommt es ihm vor, als würden die Schlangen einen Quickstepp tanzen, bevor sie zustoßen.

Kammerlander reißt ihn aus der Erstarrung.

»Was ist jetzt?«

Ratzinger löst sich von der Schlangenbrut. Den Blick auf Dollingers Ohren vermeidet er bewusst, sonst kriegt er weiche Knie. Man darf sich gar nicht vorstellen, welche Schmerzen …

»So.«

Dollinger ist fertig, und der Drucker beginnt, Blätter auszuspucken. Sie sammelt sie ein, legt sie in einen Ordner und schiebt ihn auf Ratzingers Schreibtisch. Der ist eigentlich ganz froh über die Unterstützung, denn das Verfassen der täglichen Berichte fällt sonst ihm zu.

»Nach der Kaffeepause bringst du unseren Kommandanten

auf den neuesten Stand«, sagt Kammerlander zu ihm. »Dann Flipchart, eingehende und ausgehende Anrufe mit den uns Bekannten abgleichen, du weißt schon.«

»Und was mache ich?«

Die Dollinger ist aufgestanden und lehnt an der Wand. Der Kaffee scheint ihr zu schmecken.

»Wir beide fahren zur Gößnitzstraße. Ich muss mir selbst ein Bild von der Fundstelle und der Umgebung machen, damit ich ein Gefühl bekomme für … für was auch immer.«

Als die Kollegin sich ihre Tasche schnappt und hinter Kammerlander das Büro verlässt, verfängt sich Ratzingers Blick in einem Spinnennetz in Dollingers Nacken, umrahmt von wippenden roten Haarstacheln und Strähnen. In der letzten Sekunde, bevor sie die Tür mit dem Fuß zustößt, entdeckt er die kleine Spinne unter dem linken Ohr.

Ratzinger erschauert innerlich.

Das ist einfach nur krass.

Echt.

Sie stehen an der leicht abfallenden Stelle, an der die Spurensicherung Bodenproben genommen hat. Ein paar Meter weiter rechts steckt ein Marker mit einem orange-weißen Band in der Wiese.

»Na schön. Versuchen wir, uns das mögliche Szenario vorzustellen. Hier am Straßenrand sind Blutspuren gefunden worden. Da drüben«, Kammerlander deutet zum Marker auf der Wiese, »hat sich die Trinkflasche befunden. Was heißt das für uns?«

»Klapfer ist hier vom Rad gefallen, hat sich verletzt, die Trinkflasche ist da drüben gelandet.«

»Genau. Welchen Weg hat der Suchhund eingeschlagen?«

»Von den Blutspuren etwa bis hierher.« Sie stellt sich zwei Meter entfernt auf die Straße. »Danach hat er nichts mehr angezeigt.«

»Was halten wir davon?« Kammerlanders Ton gleicht dem eines Oberlehrers.

Dollinger klopft mit dem Fingerknöchel unter die Nase. »Er hat sich nicht verletzt weitergeschleppt. Sonst hätte der

Hund seine Spur verfolgen können. Und da Klapfer mitsamt seinem Fahrrad, Helm und Handy verschwunden ist, wurde er vermutlich in einem Wagen abtransportiert.«

»Die zweite Möglichkeit: Er ist in den Himmel aufgefahren. Daran glauben wir aber nicht.«

Tatsächlich. Ein Lächeln. Kammerlander ist sich sicher, dass Dollingers Grübchen in den blauen Wangenspiralen als Lächeln gewertet werden können.

»Und keinem Anrainer entlang der Strecke links und rechts vom Unfallort ist etwas aufgefallen?«

Kopfschütteln. Die Strähnen der linken Kopfseite fallen über das Auge. Sie pustet sie zur Seite.

»Laut Aussage der Anrainer ist die Strecke bei Radfahrern beliebt. Da schaut keiner zweimal hin«, sagt sie.

»Hm.«

Kammerlander geht das kurze ansteigende Straßenstück hinauf. An der Kuppe verengt sich die Fahrbahn. Auf der linken Seite steht ein Bildstock, auf der rechten gegenüber wachsen Bäume. Die Dollinger kommt ihm stirnrunzelnd nach. Das blaue Stacheldrahtband auf der Stirn verknäuelt sich ein wenig. Kammerlander muss sich zwingen, den Blick abzuwenden. In Gedanken erteilt er Ratzinger Absolution.

»Ich frage mich …«

Er beugt sich nahe zum Bildstock und fährt an einer Kante mit dem Finger über den Putz. Dann geht er auf die andere Straßenseite und nimmt den Baum, welcher der Straße am nächsten steht, genau unter die Lupe. Dann den dahinterstehenden. Beim dritten Baum hellt sich seine Miene auf. Die Dollinger sieht ihm ausdruckslos zu, doch das Stacheldrahtknäuel ist verfilzter geworden. Ein roter Kleinwagen fährt vorbei und hüllt die beiden in eine leichte Staubwolke.

»Ich frage mich gerade, wie Klapfer hier zu Sturz gekommen sein kann. Es liegt kein Schotter auf der Straße, die Spurensicherung hat keine Hinweise auf einen Unfall gefunden, wie etwa Splitter von Blinker- oder Scheinwerfergläsern. Und selbst wenn … Gesetzt den Fall, Sie fahren einen Radfahrer über den Haufen und wollen Fahrerflucht begehen, würden Sie dann den Verletzten mit seinem Rad und allem einladen und davonfahren? Und auch noch daran denken, sämtliche Splitter einzusammeln?«

»Wohl kaum.«

»Wohl kaum. Genau.« Kammerlander hebt den Zeigefinger. »Wie also bringt man einen Radfahrer am besten zu Sturz? Indem ihn ein Hindernis aus dem Sattel hebt. Ein gespanntes Seil zum Beispiel.«

Jetzt schaut sich auch Dollinger den Baum und den Bildstock genauer an.

»Abrieb- und Einschnittspuren.«

Bemerkt er den Anflug von Anerkennung in dem kurzen Blick, den sie ihm zuwirft?

»Wir haben also eine saubere Tatrekonstruktion durchgeführt.« Er bemüht sich, seine Stimme nicht allzu zufrieden klingen zu lassen. »Hier haben wir es mit einem gezielten Anschlag zu tun.«

Jetzt hebt die Dollinger den Zeigefinger.

»Immer vorausgesetzt, das Labor bestätigt, dass das Blut und die Trinkflasche von Klapfer stammen.«

»Was sagt Ihnen Ihr Gefühl?«

»Wir liegen richtig.«

32

»Wir liegen richtig«, sagt Ratzinger, als sie sich am nächsten Morgen im Büro einfinden.

Er legt den Bericht der Spurensicherung zur Seite. »Blut und Flasche stammen von Klapfer.«

»Dann ist das jetzt gesichert.«

Kammerlander schaut sich das Flipchart an, viel ist darauf noch nicht verzeichnet. An der Seite hat Ratzinger die Telefonliste Klapfers angepinnt.

»Kurze Zusammenfassung, bitte.«

»Ein paar der Fingerabdrücke auf der Flasche stimmen mit Klapfers Fingerspuren auf seiner Zahnbürste überein, die DNA auf Flasche und Zahnbürste ist identisch. Kein Raum für Zweifel. Der Laptop aus seiner Dachwohnung wird noch untersucht, das Passwort haben die Techniker geknackt. Es gibt zwei Auffälligkeiten. Erstens: Einige E-Mails und Adressen in den Kontakten wurden gelöscht, ebenso einige Dateien.«

»Kann man die wiederherstellen?«

»Die Techniker arbeiten dran.«

»Und zweitens?«

»Zweitens ist der Laptop mit Klapfers Fingerabdrücken übersät, nicht aber die Tastatur des Geräts. Die wurde sorgfältig abgewischt.«

»Schau an.«

Dollinger hat konzentriert zugehört. »Zeitangabe im Verlauf?«

Ratzinger wirft ihr einen verständnislosen Blick zu.

»Kein Telegrammstil, bitte.«

Das Stacheldrahtstirnband beginnt sich zu knäueln. »Wann ist der letzte Zugriff auf den Laptop vermerkt?«

»Moment …« Ratzinger blättert den Bericht durch, bis er die Stelle gefunden hat.

»Letzter Zugriff: Montag, achtzehn Uhr dreiundvierzig.«

Kammerlander reibt sich übers Kinn.

»Dann hat sich keinesfalls Klapfer am Laptop zu schaffen gemacht«, sagt er. »Zu der Zeit wurde er bereits seit eineinhalb Tagen vermisst. Dazu werden wir das Ehepaar Wolfshuber noch einmal befragen.«

»Ich habe gestern noch Klapfers Arbeitskollegen abgeklappert«, ergänzt Ratzinger. »Viel haben die nicht über ihn gewusst. Ich hatte den Eindruck, als wollte sich keiner die Finger verbrennen. Schließlich könnte er über kurz oder lang ihr Vorgesetzter werden.«

»Das verlieren wir nicht aus dem Auge«, sagt Kammerlander. »Die Arbeitskollegen werden genauer überprüft. Karriereneid ist ein gutes Motiv. Vielleicht hat jemand Angst, übergangen zu werden.«

»Habt ihr, die Kollegin und du, gestern neue Erkenntnisse gewonnen?«, fragt Ratzinger. »An der Unfallstelle in der Gößnitzstraße?«

Aus seiner Stimme ist deutlich herauszuhören, dass er lieber dabei gewesen wäre, als bei Starkl zum Rapport anzutreten.

»Durchaus.« Kammerlander erzählt ihm von ihrer Tatrekonstruktion. »Natürlich muss die Spusi noch einmal hin und unsere Vermutung bestätigen.«

»Chapeau, du alter Fuchs.«

Sie haben sich stillschweigend geeinigt, die Dollinger aus Ermittlungen vor Ort herauszuhalten. Ihr Anblick sorgt schon im Tal für Aufmerksamkeit, das bäuerliche Umfeld von Sankt Martin wäre wohl überfordert. Es gibt genug Recherchearbeit am Computer zu erledigen, und darin ist sie besser als Kammerlander und Ratzinger zusammen.

Die Antwort liegt da oben. In Sankt Martin am Wöllmißberg. Das sagt Kammerlander sein Bauchgefühl. Der Grund für das Verschwinden von Klapfer ist verborgen hinter einem Geflecht aus Beziehungen und Geheimnissen, die Teil des sozialen Gefüges sind. Wie immer und überall. Er muss die Mauer aus Abhängigkeiten, Schweigen und Ablehnung aufbrechen, muss ein Loch bohren, um hinter diesen Wall zu schauen. Und dabei wird ihm Martin Schwaiger helfen.

Der Mann gefällt ihm. Ruhig, unaufgeregt, intelligent. Er hat mit ihm telefoniert und für zehn Uhr eine Schachpartie beim »Lärchenwirt« vereinbart. Falls Schwaiger überrascht war, hat er es sich nicht anmerken lassen. Über ihn wird er versuchen, hinter die Fassade zu schauen. Denn sie haben bisher noch keine Ahnung, was Motiv oder Täter betrifft.

Das ist die unschöne Wahrheit.

Ratzinger wird zu Wolfshubers fahren, nachdem er Starkl Bericht erstattet hat. Der Kommandant will über jeden Schritt Bescheid wissen, er hat den politischen Druck schon zu spüren bekommen. Kammerlander hat diese lästige Pflicht Ratzinger aufgedrückt.

Er hat zwar kein gutes Gefühl dabei, Ratzinger allein zum Landtagsabgeordneten zu schicken, sind es doch heikle Fragen, die sein Kollege ihm stellen muss. Aber etwas sagt ihm, dass er sich selbst mit Schwaiger treffen sollte. Von ihm ist am ehesten eine sachliche Einschätzung der Verhältnisse in Sankt Martin zu erwarten. Und die Zeit drängt.

»Sei bitte diplomatisch, wenn du mit Wolfshuber sprichst. Selbst, wenn er ungehalten wird. Das musst du wegstecken. Der Mann steht unter einer Riesenanspannung. Also: Zügle dein Temperament, bleib sachlich – und keine Auszucker.«

»Sowieso.«

Seufzend steigt Kammerlander ins Auto.

Als er nach einer Viertelstunde das Wirtshaus in Sankt Martin betritt, ist er der einzige Gast. Er sieht auf die Uhr – zwanzig Minuten zu früh. Er bestellt eine Schilchermischung; er hat sich vorgenommen, dem rosafarbenen trockenen Wein, für den die Gegend berühmt ist, den Vorzug zu geben. Bier wird er in Zukunft vermeiden, damit ihn der Hosenbund am Bauch nicht mehr so drückt. Langsam geht er zum leeren Tisch der Schachspieler und setzt sich hin. Der Wirt ist überrascht, sagt aber nichts.

Kurze Zeit später hat der Wirt neue Kundschaft. Ein Mann stellt sich an die Schank und bestellt ein Bier und einen Schnaps. Er ist grau im Gesicht, es scheint ihm nicht gut zu gehen.

Kammerlander nimmt eine Zeitung und bemüht sich um den Eindruck, er wäre in die Sportnachrichten vertieft.

33

»Na, du schaust heut aber aus, als brauchst selber einen Arzt«, sagt der Lärchenwirt zu Silvester Doppelhofer, als dieser zu ihm an die Schank tritt.

»Mir geht's net gut. Was Falsches gegessen wahrscheinlich. Wer weiß, was mir die Rosl ins Essen gemischt hat. Ich hätt gern ein Bier, ein großes.«

»Auch was zu trinken?«

»Ja, einen Zwetschgernen.«

»Na also.«

Der Arzt weiß selbst, dass er schlecht aussieht. Die rot geränderten Augen und die schwarzen Schatten darunter sprechen eine deutliche Sprache. Gott sei Dank hat er heute keinen Vormittagsdienst. Als die Rosl ihm sein Frühstück hingestellt hat und mürrisch verschwunden ist, hat er aufgeatmet und sich erst einmal aus seiner geistigen Hausapotheke bedient, um etwas ruhiger zu werden. Das Essen hat er kaum angerührt und nach einer Stunde in der Toilette entsorgt.

Er hatte vorgehabt, mit der Quartalsabrechnung zu beginnen, aber er hat sich nicht konzentrieren können. Unruhig ist er im Wohnzimmer hin und her gewandert, seine Gedanken ein einziges Karussell wegen der gestrigen Nachricht. Schließlich hat er es zu Hause nicht mehr ausgehalten.

Er setzt das Bierglas an und trinkt in einem Zug die Hälfte weg. Dann folgt der Schnaps. Das hat er jetzt gebraucht. Zum Zuprosten ist keiner da, der Stammtisch ist leer. Den Mann in der Ecke nimmt er gar nicht wahr. Er stützt die Ellbogen auf den dunklen Holztresen und starrt resigniert in sein Bier.

So kann es nicht weitergehen. Aber das hat er sich schon oft gesagt. Und es ist weitergegangen. Besser gesagt, er hat weitergemacht. Was hätte er auch tun sollen? Er hat sich selbst in das Hamsterrad manövriert, in dem er ständig rennen muss. Immer bestrebt, keinen merken zu lassen, wie fertig er wirklich ist.

Und wenn er aufhört? Seinen Beruf an den Nagel hängt? Auch darüber hat er schon oft nachgedacht. Einfach in Pension gehen, die Praxis schließen, Arsch geleckt. Ein verlockender Gedanke. Aber so einfach ist es eben nicht. Nicht bei ihm.

Er braucht das Geld. Die Arztpension reicht ihm nicht. Im Leben nicht. Er hat keine Wahl, so oder so. Die Übelkeit steigt so plötzlich hoch, dass er befürchtet, sich über den Tresen übergeben zu müssen. Er atmet tief durch, drückt die saure Flüssigkeit zurück in die Speiseröhre. Verdammt, das fehlt noch. Sich vor dem Windisch Sepp so gehen zu lassen. Dann weiß ruckzuck das ganze Dorf Bescheid.

Dieser Zettel hat ihn total aus der Bahn geworfen. Wer ist der Urheber der Nachricht? Worauf bezieht sie sich? Nein, falsche Formulierung, der Bezug ist unmissverständlich. Die Frage ist: Auf welchen Vorfall bezieht sie sich? Ist das eine Warnung, eine Drohung, der Beginn einer Erpressung? Dann ist er bestimmt nicht der Einzige, den man unter Druck zu setzen versucht. Oder doch?

Und dann das Verschwinden vom Roman. Es kann kein Zufall sein, dass beides zur gleichen Zeit passiert. Seit vier Tagen kein Lebenszeichen. Wenn er entführt worden ist, warum werden keine Forderungen gestellt? Aber was, wenn doch Forderungen gestellt worden sind? Von denen er nur nichts weiß? Vielleicht hat sein Vater bereits gezahlt. Und schweigt darüber, aus Angst um Roman.

Oder … ist es denkbar, dass Roman selbst … dass er ein perfides Spiel treibt? Ist das gänzlich auszuschließen? Nein, das ist doch verrückt. Das ergibt doch keinen Sinn.

Oder?

Er muss damit aufhören. Diese Spekulationen führen zu nichts. Weitermachen und die Augen offen halten. Genau. Aber eines ist sicher: Wenn es ihm an den Kragen geht, erwischt es auch die anderen. Dafür wird er sorgen. Er wird sich nicht zum Bauernopfer machen lassen.

Er trinkt sein Bier aus und legt das Geld auf den Tresen. Der Wirt hebt überrascht die Augenbrauen.

»Gehst schon?«

»Mhm. Ich muss noch ins ›Waldparadies‹. Ein Kind hat Fieber bekommen.«

34

»Ich gratuliere zum Sieg.«

Kammerlander nickt anerkennend.

»Sie sind ein würdiger Gegner.« Schwaiger lächelt. »Revanche?«

»Ein anderes Mal. Darf ich Sie etwas fragen?«

»Das ist doch Ihr Beruf.«

»Sie sind nicht von hier, hab ich recht?«

»Das haben Sie. Ich habe mir hier vor ein paar Jahren einen kleinen Hof gekauft, den ich mehr schlecht als recht bewirtschafte. Ich hatte genug von der Stadt.«

Schwaiger stellt die Schachfiguren wieder auf ihre Position. »Was hat mich verraten?«

»Ihre Ausdrucksweise. Kaum dialektgefärbt. – Ihr Hof ist der nächste nach dem des verstorbenen Beingrübl?«

»Na ja, jetzt ist es der Hof seines Enkels Herbert. Aber ja: Das ist mein einziger … Nachbar, wenn man so will. Die Höfe liegen fünfhundert Meter auseinander.«

»Sie scheinen sich gut zu verstehen.«

»Sagen wir einmal: Ich habe ab und zu ein Auge auf ihn. Er hat mit dem Tod seines Großvaters den einzigen Verwandten verloren.«

»Ist Herbert Reinweber Mitglied des Gemeinderates? Ich hab ihn gestern aus der Sitzung kommen sehen.«

»Nein, er wurde zu dieser Sitzung eingeladen.«

»Ach?«

»Herbert ist jetzt ja Grundbesitzer.«

Schwaiger senkt die Stimme. Immer öfter geht die Tür auf, die Tische sind schon zur Hälfte besetzt. Manch neugieriger Blick streift die Männer am Schachtisch.

»Das ist an und für sich noch nicht bemerkenswert. Aber der Beingrübl hat nicht nur den Hof besessen, sondern auch die Hälfte der Sonnleitenwiese. Die hat der Herbert auch geerbt. Und da liegt der Hund begraben.«

»Inwiefern?«

»Man möchte ihm diesen Wiesenanteil abkaufen und hat mit den Verhandlungen auch gleich angefangen. Deswegen wurde gestern eine außerordentliche Sitzung einberufen. Um den Deal unter Dach und Fach zu bringen. Aber Herbert hat abgelehnt.«

»Ist die Verkaufssumme nicht hoch genug?«

»Ja und nein. Wenn es nur um eine normale Wiese gehen würde, wäre der gebotene Preis sogar außerordentlich großzügig. Aber auf diesem Wiesengrundstück soll eine Fotovoltaikanlage errichtet werden. Im großen Stil. Das ist für einige Investoren natürlich interessant.«

»Das Vorhaben ist also allgemein bekannt?«

»Das glaube ich nicht. Aber der Beingrübl hat darüber Bescheid gewusst.«

»Verstehe. Wem gehört der andere Teil der Wiese?«

»Ambrosius Gößler, seines Zeichens Großbauer. Der will bei dem Geschäft natürlich mitmischen. Am alten Beingrübl hat er sich die Zähne ausgebissen. Er und einige andere Investoren. Jetzt versuchen er, der Bürgermeister und Wolfshuber, den Herbert zum Verkauf zu bewegen.«

Ratzinger ist auf dem Weg zum Anwesen des Landtagsabgeordneten. Er beißt in die Wurstsemmel, die er sich schnell noch im Supermarkt besorgt hat. Mit einem vernünftigen Mittagessen wird es heute wohl nichts werden. Das sagt ihm sein Gefühl.

Er ist leicht gekränkt.

Der Hinweis seines Freundes und Vorgesetzten ist vollkommen unnötig gewesen. »Sei sachlich und zügle dein Temperament …« – wann hatte er das je nicht getan? Er ist die Ruhe in Person.

Immer.

Meistens.

Eigentlich.

Und Auszucker? So gut wie nie. Na ja, da muss ihm einer wirklich ganz blöd daherkommen …

Aber er wird seinem Freund zeigen, dass er auch anders kann.

Als er vor Wolfshubers Haus aus dem Wagen steigt, steht

wieder nur Romans Cabrio im Carport. Aus dem geöffneten Küchenfenster weht ihm der Duft von Rindsuppe entgegen. Frau Wolfshuber kommt gerade aus dem Garten und hat ein Sträußchen Schnittlauch in der Hand.

»Gehen wir doch in die Küche«, sagt sie. »Ich muss den Suppentopf im Auge behalten.«

Nachdem sie die Hitzestufe der Herdplatte heruntergeregelt hat, setzen sie sich auf eine ausladende Eckbank.

»Frau Wolfshuber, ich muss Ihnen mitteilen, dass die DNA der Blutproben mit der DNA der Zahnbürste zweifelsfrei übereinstimmt.«

»Und Roman? Was ist mit ihm?«

»Wir befürchten, dass er entführt worden ist.«

»Oh … das … das wird … Mein Mann ist heute Morgen nach Graz gefahren. Ich weiß jetzt nicht …«

»Ich möchte Sie zwei Dinge fragen. Wenn Sie sich bitte an Montagabend erinnern wollen. Was haben Sie da gemacht, so zwischen achtzehn und neunzehn Uhr?«

»Montag … Da habe ich Rosen geschnitten. Ja, genau. Es war so mild an diesem Abend. Um halb acht bin ich ins Haus gegangen. Das weiß ich, weil mein Mann gerade den Fernseher eingeschaltet hat, um die Nachrichten zu sehen.«

»Ihr Mann war also die ganze Zeit im Haus?«

»Er ist irgendwann heimgekommen, während ich mit dem Garten beschäftigt gewesen bin. Wieso?«

»Haben Sie das Haus abgeschlossen?«

»Nein, ich war doch da. Warum? Es ist ja nichts gestohlen worden.«

»Na schön. Meine zweite Frage ist die nach einer Lösegeldforderung. Haben sich die Entführer inzwischen gemeldet?«

Sie sieht ihn erschrocken an.

»Nein … nichts dergleichen.«

»Ich weiß, dass Entführer in der Regel drohen, das Opfer zu töten, wenn die Polizei eingeschaltet wird. Aber glauben Sie mir: Es ist immer besser, die Polizei einzubinden. Wir haben mit so etwas Erfahrung.«

»Aber da war nichts. Vielleicht weiß mein Mann … Aber dann hätte er mir doch …«

In dem Moment fährt der schwarze Porsche Cayenne Wolfshubers aufs Haus zu und parkt neben dem Cabrio seines Sohnes ein.

35

»Ich hab's gewusst. Von Anfang an hab ich's gewusst.«

Wolfshuber wirft den Packen Post, den er im Hereinkommen aus dem Briefkasten genommen hat, auf die Anrichte, wischt sich mit einem Taschentuch über die Stirn und lässt sich schwer auf die Küchenbank fallen.

»Herr Landtagsabgeordneter«, beginnt Ratzinger höflich.

Er wird Kammerlander keinen Grund geben, seinen Befragungsstil zu bemängeln. Überhaupt wird er sich in Zukunft einer gewählteren Ausdrucksweise befleißigen. Das kann er nämlich auch. Wenn er will. »Erinnern Sie sich, wann Sie am Montagabend nach Hause gekommen sind?«

»Montag? Ja, so um halb sieben oder sieben, genau weiß ich das nicht mehr. Warum fragen Sie?«

»Wir haben den Laptop Ihres Sohnes spurentechnisch überprüfen lassen …«

»Was?«

»Ihre Frau hat uns erlaubt, den Laptop mitzunehmen.«

Wolfshuber wirft seiner Frau einen vernichtenden Blick zu.

»Ja und? Was ist nun mit dem Ding?«

»Die Spurensicherung hat ermittelt, dass die Tastatur des Laptops abgewischt wurde. Überall sonst waren die Fingerspuren Ihres Sohnes drauf.«

Wolfshubers Blick wird ausdruckslos. »Und was heißt das jetzt?«

»Was meinen *Sie*?«

Unangenehmes Schweigen breitet sich aus.

»Und was hat das mit Montag zu tun?«

»Der letzte Zugriff erfolgte am Montag um achtzehn Uhr dreiundvierzig.«

»Ah, jetzt verstehe ich. Sie verdächtigen mich, am Laptop meines Sohnes herummanipuliert zu haben! Sind Sie noch bei Trost? Glauben Sie, ich habe keine anderen Sorgen? Langsam frage ich mich, ob die Angelegenheit die Polizei Voitsberg nicht überfordert!«

Ratzinger spürt das Blut in seinen Schläfen leicht pochen. Ruhig, beschwört er sich, Diplomatie ist angesagt.

»Niemand hat Sie beschuldigt. Es kann auch sein, dass jemand Fremder unbemerkt das Haus betreten hat, bevor Sie nach Hause gekommen sind.«

»Das kann doch alles nicht wahr sein!« Wolfshuber schüttelt den Kopf. »Wahrscheinlich lebt Roman gar nicht mehr.«

»So dürfen Sie nicht denken.«

»Ja, was soll ich denn sonst denken? Nachdem keine Lösegeldforderung eingeht?«

»Wenn Geld nicht das Motiv ist, kann es eigentlich nur etwas Persönliches sein. Werden Sie in irgendeiner Form erpresst?«

»Nein! Nein, verdammt noch einmal!«

»Vielleicht ...«

Frau Wolfshuber deutet auf die Anrichte.

»Die Post ... Vielleicht ist ja heute etwas dabei ...«

Wolfshuber brummt ärgerlich, geht aber hinüber. Ein Brief nach dem anderen landet achtlos in einer Dekoschale, bis er einen gelben DIN-A5-Brief mit Luftpolsterung in der Hand hält. Die Adresse steht handschriftlich auf einem Klebeetikett.

»Kein Absender«, murmelt Wolfshuber.

Rasch zieht er den Splint aus dem Umschlag, reißt die Faltklappe auf und zieht den Inhalt heraus. Das Erste, was er unter der Haushaltsfolie erkennt, ist der Ohrring, dessen Stein im Vormittagslicht aufblitzt. Wolfshuber starrt sekundenlang verständnislos darauf. Dann fallen Brief und Inhalt auf den Boden.

Ratzinger springt auf.

Kammerlander hat eine zweite Schilchermischung bestellt. »Wissen Sie, wer die Investoren für das geplante Fotovoltaikprojekt sind?«

»Nein.«

»Ich erinnere mich, dass die alte Frau gestern gesagt hat, einige Herrschaften hätten es sich wohl wieder gerichtet.«

Schwaiger winkt ab. »Die Rosl hört das Gras wachsen. Obwohl – so verkehrt liegt sie manchmal gar nicht.«

»Für den Herrn Klapfer und seinen Vater hat sie auf jeden Fall nicht viel übrig.«

»Das ist wohl wahr. Fragen Sie mich nicht, warum. Das Leben ist mit der Frau hart umgesprungen. Kurz vor der Hochzeit ist ihr Verlobter beim Holzfällen von einem Baum erschlagen worden. Sie können sich vorstellen, wie die Leute reagiert haben, als sie schwanger war. Beischlaf vor der Ehe! Das ging damals gar nicht. Ihr Kind hat nicht lange gelebt, die Rosl sagt, die Schwindsucht hätte es geholt.«

»Wovon hat sie gelebt?«

»Sie hat ein kleines Haus von ihrer Tante geerbt, nicht viel mehr als eine Hütte. Fleißig war sie immer. Sie hat als Putzfrau, Erntehelferin und Küchenhilfe gearbeitet. Selbst heute noch hilft sie beim ›Lärchenwirt‹ in der Küche, bei Hochzeiten oder Festen. Und sie putzt und kocht beim Doktor.«

Kammerlanders Handy erwacht zum Leben.

»Entschuldigen Sie, da muss ich drangehen.«

»Natürlich.«

»Ja, Franz, was gibt's? … Was? … Hast du die Spurensicherung …? Gut. Zehn Minuten.«

36

Im Haus herrscht Totenstille.

Kammerlander betritt den Vorraum, wo Ratzinger schon auf ihn wartet.

»Wo?«

»In der Küche.«

»Und die Wolfshubers?«

»Ich habe sie gebeten, im Wohnzimmer zu warten.«

Kammerlander zieht sich Handschuhe an und geht in die Küche. Der Lichteinfall vom Küchenfenster ist so stark, dass er zunächst nur dunkle Umrisse erkennen kann. Er weicht aus in den Schatten und nimmt den Anblick, der sich ihm bietet, in sich auf. Die Küchenmöbel, die Eckbank, der Esstisch, ein umgestoßener Sessel. Mitten auf dem Boden ein gelber Briefumschlag und ein blutverschmiertes Etwas, in Haushaltsfolie eingewickelt.

Er geht davor in die Hocke und studiert es schweigend. Dann stupst er es an, um es zu drehen.

»Ein Ohr. Verdammt.«

»Siehst du den Stein?«

Ratzinger hockt sich neben ihn und deutet auf den Brillanten im Ohrläppchen.

»Wolfshuber hat den Ohrring sofort erkannt«, raunt er Kammerlander zu. »Ein Geschenk zum Geburtstag.«

»War eine Nachricht dabei?«

»Wenn, dann müsste sie noch im Umschlag stecken. Ich habe nichts angefasst und die beiden sofort aus der Küche hinauskomplimentiert.«

Kammerlander dreht den Umschlag und hebt ihn vorsichtig an einer Seite an. Er bemerkt ein Stück Papier, das wohl an den Plastikluftpölsterchen hängen geblieben ist.

»Wir warten auf die Spusi«, sagt er und steht auf.

Im Wohnzimmer sitzt sich das Ehepaar Wolfshuber schweigend gegenüber. Die Frau hat den Kopf gesenkt und knüllt ein Taschentuch. Der Landtagsabgeordnete starrt auf einen Punkt auf der Tischplatte, das Gesicht aschfahl.

»Er ist tot«, sagt er, als die Beamten hereinkommen.

»Das wissen wir nicht. Ein abgetrenntes Ohr bedeutet nicht automatisch …«

»Ach, lassen Sie das.«

Wolfshuber dreht das Gesicht zum Fenster und starrt blicklos hinaus. Die Hände seiner Frau beginnen unkontrolliert zu zittern.

»Sollen wir einen Arzt verständigen? Frau Wolfshuber?«

»Nein … ich … Es geht schon.«

Die Beamten setzen sich und warten schweigend auf das Eintreffen der Spurensicherung.

Die beiden Männer ziehen Overalls über und holen ihre Ausrüstung aus dem Kofferraum. Kammerlander geht hinaus und erklärt ihnen die Situation. Einer der Männer geht zum Briefkasten und beginnt, die Fingerspuren innen und außen zu sichern. Der andere folgt Kammerlander in die Küche.

»Was würden Sie sagen?«, fragt er den Spurensicherer leise, als dieser das eingewickelte Ohr begutachtet. »Ist es von lebendem oder totem Gewebe abgetrennt?«

»Hm. Verdammt wenig Blut dran. Ich bin zwar kein Gerichtsmediziner, aber …«

Er schüttelt den Kopf.

»Der Zettel …«, sagt Ratzinger, der von der Tür aus zugehört hat.

»Ah ja, wir brauchen das Stück Papier, das sich noch im Umschlag befindet«, fügt Kammerlander hinzu.

Der Spusi-Mann holt eine lange Pinzette aus seinem Koffer, spreizt die Umschlagseiten und zieht den Zettel heraus. Mit einer zweiten Pinzette faltet er das Papier auseinander und steckt es in eine Sichthülle. Dann reicht er es Kammerlander.

Die Beamten beugen sich über das Schriftstück. Es ist ein weißes DIN-A4-Blatt, auf das eine Textstelle aus einer Zeitschrift oder einem Buch aufgeklebt ist.

»Lasset die Kindlein zu mir kommen«, steht da.

»Das ist perfide«, murmelt Kammerlander.

»Den Bericht der Gerichtsmedizin bekommen wir zwar erst morgen«, sagt Kammerlander. »Aber ich denke, wir können davon ausgehen, dass es Roman Klapfers Ohr ist, das seinem Vater zugeschickt wurde.«

Ratzinger, Dollinger und Witt sitzen im Büro zusammen und nicken unisono. Auch der junge Kollege Hansbauer ist für das Team eingeteilt worden. Es ist mit Starkl vereinbart, dass er im Bedarfsfall als Verstärkung geholt werden kann.

»Und wir nehmen weiter an, dass Klapfer bereits tot war, als ihm das Ohr abgeschnitten wurde. Das mutmaßliche Opfer oder besser gesagt sein Vater ist hierzulande nicht irgendwer. Das heißt also, wir bekommen jede Unterstützung, die wir brauchen. Und es heißt ebenso, dass man rasche Ergebnisse erwartet.«

»Jaja«, motzt Ratzinger. »Was sonst?«

»Fangen wir also an. Roman Klapfer wird entführt.«

»Er ist kein Zufallsopfer«, sagt Ratzinger.

»Begründung?«

»Die Botschaft an seinen Vater.«

»Gut. Weiter.«

»Der oder die Täter haben gewusst, dass er am Sonntag ein Radtraining absolviert«, schließt Dollinger an. »Und sie müssen die Strecke gekannt haben. Die Entführung war sorgfältig geplant.«

»Genau«, assistiert Witt. »Klapfer, und mit ihm seine Utensilien, sind weggeschafft worden. Wenn sie nicht die Wasserflasche übersehen hätten, wüssten wir heute noch nicht, wo die Entführung stattgefunden hat.«

»Also, erste Frage.« Kammerlander hebt den Daumen zur Eins. »Wer hat wissen können, dass Klapfer eine Radtour unternehmen wollte? Und hat über die Strecke Bescheid gewusst?«

»Eine Menge Leute.« Dollinger wedelt mit der Hand. »Alle, die mit der Ausrichtung des Radrennens beschäftigt sind, Klapfers Familie, die Familie seiner Fast-Verlobten, Freunde, vielleicht hat er auch was im Kollegenkreis verlauten lassen …«

»Zweitens: das Motiv. Geld können wir ausschließen. Es hat nie eine Lösegeldforderung gegeben. Was also? Hass, Angst, Eifersucht, Rache?«

»Äh …«

Matthias Hansbauer hebt schüchtern die Hand.

»Ja, bitte, Kollege.«

»Für mich stellt sich die Frage, bei wem das Motiv zu suchen ist.«

»Erklären Sie das genauer.«

Hansbauers Gesicht rötet sich, er muss erst Anlauf nehmen.

»Ich ... ich sage jetzt einmal: Klapfer hat sich, warum auch immer, den Hass von jemandem zugezogen. Dafür wird er mit dem Tod bestraft. Motiv: Rache an Klapfer.«

Sein Blick verfängt sich in Dollingers blauem Spinnennetz. »Ja, äh ... Oder sein Vater hat sich diesen Hass zugezogen. Dann liegt das Motiv bei ihm. Und Klapfer musste sterben, damit sein Vater bestraft wird. Motiv: Rache am Vater.«

»Da ist was dran«, murmelt Ratzinger. »Wenn man an die Briefsendung denkt. Wolfshuber sollte wissen, dass sein Sohn nicht mehr lebt.«

»Also drittens ...« Kammerlander streckt drei Finger in die Höhe. »Bei wem liegt das Motiv für die Tat? Beim Vater oder beim Sohn?«

»Oder bei beiden?«, ergänzt Ratzinger.

»Auch möglich. Dann denken wir an Klapfers Laptop. Sind die gelöschten Dateien wiederhergestellt worden?«

»Die Kriminaltechnik arbeitet noch dran.«

»Wolfshuber hat sehr empfindlich reagiert, als ich ihn auf die abgewischte Tastatur angesprochen habe«, erinnert sich Ratzinger.

»Vielleicht hat ja Klapfer selbst die Tastatur sauber gemacht«, schlägt Witt vor.

Dollinger schüttelt den Kopf. »Wozu sollte jemand die Tastatur abwischen, aber das Gehäuse staubig lassen? Außerdem hat er den letzten Zugriff nicht selbst durchführen können.«

Kammerlander zeigt eine Vier.

»Frage: Wer hat sich am Laptop zu schaffen gemacht, und was wurde gelöscht?«

Ratzinger sieht Kammerlander an. »Vergessen wir das Umfeld nicht. Wolfshuber und sein Sohn sind nicht bei jedermann beliebt. Warum?«

Kammerlander nickt. »Fünfte Frage: Wie sieht das private und geschäftliche Umfeld von Wolfshuber und Klapfer aus? Wer hat mit einem der beiden noch eine Rechnung offen?«

»Ich stelle mir noch eine weitere Frage«, sagt Hansbauer schon etwas selbstsicherer. »Wo ist die Leiche?«

Alle sehen ihn verdutzt an.

Dann nickt Kammerlander. »Gut, dass wir Sie mit dabeihaben. Wir sind schon so verkopft, dass wir den Wald vor lauter Bäumen nicht sehen. Wo befindet sich die Leiche? Oder das, was von ihr übrig ist?«

Nach einer halben Stunde sind die Fragen ausformuliert.

Kammerlander verteilt die Aufgaben.

37

Am Montag der darauffolgenden Woche sitzt Kammerlander schon um sieben im Büro. Am Freitag und Samstag haben die Beamten bis in die Nacht an der Klärung des Falles gearbeitet, ohne nennenswert weiterzukommen.

Die Gerichtsmedizin hat bestätigt, dass es sich bei der makaberen Postsendung um Roman Klapfers Ohr handelt, und auch, dass Klapfer nicht mehr gelebt hat, als es abgeschnitten wurde. Somit ist aus der Vermisstensache offiziell eine Mordermittlung geworden.

Es sind alle Personen im Umfeld von Klapfer befragt worden, die wussten, dass er am Tag seines Verschwindens eine Radtour vorhatte. Ein kleinerer Personenkreis hat auch über die Strecke Bescheid gewusst, die er immer gefahren ist. Zig Alibis sind überprüft und Theorien aufgestellt worden. Doch so intensiv die Befragungen auch waren, am Ende sind sie so schlau gewesen wie vorher.

Wenigstens die Kriminaltechniker haben Erfolg gehabt. Sie haben es geschafft, die gelöschten E-Mails und Fotodateien wiederherzustellen. Klapfer hatte Kontakt mit einer Marion

Huber, mit der er sich zum Tennisspielen verabredet hat. Sie haben herausgefunden, dass es sich um die Frau des Gemeindesekretärs handelt. Aber diese Verabredungen liegen schon elf Monate zurück. Der zweite Kontakt war ein Dr. Eugen Rebenfels, den Klapfer zur Jagd eingeladen hat. Dieser E-Mail-Verkehr liegt dreißig Tage zurück. Die Fotodateien sind interessanter gewesen. Eine Menge pornografischer Bilder sind da zum Vorschein gekommen. Frauen in allen erdenklichen pornografischen Posen, wobei man auf keinem Bild das Gesicht der Frau oder des Mädchens erkennen kann. Auch nicht wirklich abartig für einen jungen Mann.

Am Sonntag hat Kammerlander seine Leute um drei Uhr nachmittags nach Hause geschickt. Alle waren müde und ausgelaugt.

»Gönnen wir uns ein paar Stunden Auszeit«, hat er gesagt. »Wir drehen uns im Kreis. Klapfer ist tot, daran können wir nichts mehr ändern. Morgen früh um acht wieder hier im Büro. Vielleicht sehen wir dann klarer.«

Kammerlander ist schon um fünf aufgewacht und leise aufgestanden, um seine Frau nicht zu wecken. Er hat sich Frühstück gemacht und ist früher als sonst in die Dienststelle gefahren. Er hat gewusst, dass er keine Ruhe findet. Grübeln kann er auch im Büro.

Das Motiv, denkt er. Was ist das Motiv?

Geld ist es definitiv nicht gewesen. Was also? Eifersucht? Die Nacktfotos auf Klapfers Laptop haben zwar nicht die Gesichter der Damen gezeigt, doch dass es verschiedene Frauen und Mädchen waren, konnte auch ein Blinder sehen. Hat dieser Adonis mit dem Engelsgesicht an der falschen Frucht genascht? Sofort fällt ihm die Tennisverabredung mit Marion Huber ein. Die liegt zwar Monate zurück, aber was heißt das schon? Doch ihr Mann ist am Tag von Klapfers Verschwinden nachweislich von zehn bis eins mit den anderen Stammgästen beim »Lärchenwirt« gewesen. Danach hat er den Sonntag mit seiner Familie verbracht. Sein Alibi ist hieb- und stichfest.

Fröstelnd zieht Kammerlander seine Jacke an, die er beim

Hereinkommen über den Stuhl gehängt hat. Es ist deutlich kühler geworden.

Und wenn man um die Ecke denkt? Kammerlander spürt ein Kribbeln in der Nase und muss niesen. Jetzt den Gedanken bloß festhalten.

Was ist, wenn die Eifersucht aus einer anderen Ecke kommt? Vielleicht gibt es ja einen Verehrer von Sarah Acham, der noch nicht in Erscheinung getreten ist? Dem ihre Beziehung zu Roman Klapfer nicht gepasst hat? Ist das zu weit hergeholt?

Als alle im Büro versammelt sind, fangen sie wieder von vorne an.

Hansbauer hat eine Bezirkskarte mitgebracht, die er umständlich auf seinem Schreibtisch ausrollt. Die anderen stellen sich hinter ihn.

»Ich hab mir das einmal überlegt«, beginnt er und tippt auf die Stelle, die mit einem roten Kreuz gekennzeichnet ist. »Wenn wir von dem Punkt an der Gößnitzstraße als Entführungsort ausgehen …«

»Das ist mittlerweile gesichert«, bestätigt die Dollinger.

»Ja, also, ich hab mir überlegt, wohin das Fahrzeug verschwunden ist, nachdem Klapfer samt Fahrrad eingeladen war. Hier an dieser Stelle«, Hansbauer zeichnet ein weiteres Kreuz ein, »gibt es seit vierzehn Tagen eine Baustelle. Sie befindet sich noch vor der Abzweigung nach Sankt Martin. Man kann die Baustelle zwar zu Fuß oder mit einem Fahrrad umgehen, aber nicht mit einem Wagen umfahren. Unser gesuchtes Fahrzeug ist also höchstwahrscheinlich wie Klapfer von Gaisfeld gekommen und in diese Richtung auch wieder verschwunden. Eine andere Möglichkeit sehe ich nicht. Eine einzige Abzweigung führt zum Kraftwerk Arnstein. Aber von da geht es auch nicht weiter.«

»So muss es gewesen sein«, murmelt Ratzinger. Er blickt hoch. »Doch wohin führt uns das?«

Hansbauer wirkt mit einem Mal verlegen.

»Na ja, ich dachte … damit kann man sich ersparen, in der falschen Gegend herumzufragen …«

»Gute Arbeit.«

Kammerlander nickt dem jungen Kollegen zu. »Wir müssen froh sein über jede gesicherte Erkenntnis, von der wir ausgehen können. Davon haben wir in diesem Fall wahrlich nicht viele.«

»Mich beschäftigt die ganze Zeit, warum die Dateien von Klapfers Laptop gelöscht wurden«, sagt Ratzinger, als sich alle wieder setzen. »Und wer sie gelöscht hat.«

»Es gibt nur zwei Möglichkeiten ...« Kammerlander niest ein zweites Mal. Er steht auf und schließt das Fenster. »Entweder hat ein Unbekannter das Risiko auf sich genommen, in das Haus des Landtagsabgeordneten einzudringen und am Laptop herumzumachen, bevor Wolfshuber nach Hause gekommen ist. Trotz der Gefahr, dass Frau Wolfshuber jeden Moment vom Garten ins Haus kommen kann. Das glauben wir aber nicht, oder?«

Alle schütteln die Köpfe.

»Oder Wolfshuber selbst hat die Dateien gelöscht. Warum?«

»Er hat gewusst, dass sich auf Romans Laptop die Nacktfotos befinden«, schlägt die Dollinger vor. »Und das war ihm unangenehm. Damit niemand denkt, sein Sohn ist pervers.«

»Na ja, pervers ...« Ratzinger winkt ab. »Wenn ein junger Mann ein paar Wichsvorlagen auf seinem Laptop hat, ist das doch nichts Außergewöhnliches, finde ich. Ist doch das Gleiche wie Pornohefte unterm Bett. Aber warum hat der Alte die E-Mail-Kontakte gelöscht? Die sind auf den ersten Blick doch völlig harmlos.«

»Daran musste ich auch denken«, hakt Kammerlander ein. »Es muss damit also etwas auf sich haben. Vielleicht ist Marion Huber eine der Frauen auf dem Laptop? Und Wolfshuber will die Sache nicht aufrühren? Ihr Mann ist schließlich der Gemeindesekretär.«

»Klingt schlüssig.«

»Aber dieser Dr. Rebenfels? Warum sollte Wolfshuber eine Jagdeinladung an ihn vertuschen wollen? ... Wo ist mir der Name bloß schon einmal untergekommen?«

»Beim Beingrübl-Fall. Oder eigentlich Nichtfall«, sagt Ratzinger wie aus der Pistole geschossen. »Er hat bestätigt, dass

Wolfshuber am Todestag des alten Mannes bei ihm zu Besuch war. Erinnerst du dich?«

»Ja, genau.«

Kammerlander sieht ihn bewundernd an. »Du bist ein wandelndes Archiv.«

»Jeder kann irgendwas«, erwidert Ratzinger.

»Dann teilen wir uns auf.«

Als Kammerlander mit seiner neuen Kollegin allein im Büro zurückbleibt, ist er sicher, dass Wolfshuber viel mehr weiß, als er sagt. Das Klackern von Dollingers Laptop stört ihn nicht in seinen Überlegungen.

Der Alte steckt mit drin, denkt er. Kann gar nicht anders sein. Ihm fällt der Gesichtsausdruck des Landtagsabgeordneten ein, als er ihm den Text vorgelesen hat, der dem abgeschnittenen Ohr beigelegt war. Wolfshubers Gesicht ist aschfahl geworden. Was war da in seinen Augen zu sehen, bevor er sich abgewendet hat? Plötzliche Erkenntnis? Wut? Angst? Von ihm ist jedenfalls nichts Erhellendes gekommen, wie schon die ganze Zeit über. Das Problem ist die exponierte Stellung Wolfshubers, man darf ihn ja nur mit Glacéhandschuhen anfassen.

Kammerlander zwingt sich, aufzustehen. Er muss zu Starkl, um ihm von den Ermittlungen zu berichten. Viel haben sie nicht vorzuweisen. Nicht einmal eine Leiche.

Bring's hinter dich, seufzt er. Hilft ja nichts.

38

Ich will damit nichts mehr zu tun haben, denkt er.

Einen hat es schon das Leben gekostet. Jetzt muss Schluss sein. Vielleicht ist das Unglück dann noch abzuwenden.

Seit er die Botschaft erhalten hat, ist Silvester Doppelhofer nicht mehr er selbst. Wenn er das in den letzten Jahren überhaupt noch gewesen ist. Am liebsten würde er die Zeit zurückdrehen, aber wer will das nicht? Wann hat es angefangen, dass er auf die andere Seite gedriftet ist? Dass er immer tiefer in Machenschaften verstrickt worden ist, die er eigentlich verabscheut? Dass er sich darauf eingelassen hat, zu schweigen, den Dreck wegzumachen und so mitschuldig zu werden?

Das Getriebe seines Jeeps kreischt, und Doppelhofer schaltet einen Gang höher.

Wenn er ehrlich ist, weiß er genau, wann es begonnen hat. An dem Tag, als er sturzbetrunken dem zuckerkranken Kind das falsche Mittel gespritzt hat. Als er den Fehler bemerkt hat, ist es zu spät gewesen. Er hat gewusst, dass es das war mit seiner Arztpraxis, und war bereit, die Konsequenzen zu tragen. Doch die anderen haben ihn aufgefangen, haben ihn geschützt und für ihn gelogen, und die Sache war ohne großes Aufheben vom Tisch. Aber alles hat seinen Preis. Schulden muss man bezahlen. Doch in welcher Währung er sie bezahlt, ist ihm erst mit der Zeit klar geworden. Sein Gewissen hat er mit Alkohol ruhiggestellt und getan, was von ihm erwartet wurde. Seinen Selbstekel hat er nur mit Drogen ausgehalten, und irgendwann hat er nicht einmal mehr nach einem Ausweg gesucht.

Er bremst hart, damit es ihn nicht aus der engen Kurve trägt. Langsamer fährt er weiter.

Wenn er so nachdenkt … Die anderen haben mehr zu verlieren als er. Mit Sicherheit. Die haben sich die Taschen vollgemacht, haben Menschen ausgenutzt und manipuliert und sich benommen, als stünden sie über dem Gesetz. Was all die Jahre auch so war. Sie sind unangreifbar gewesen, bis jetzt.

Die Veränderung ist mit Wucht gekommen.

Er scheint der Einzige gewesen zu sein, der die Bedrohung erkannt hat. Er solle nicht hysterisch werden, haben sie gesagt. Dass das eine nichts mit dem anderen zu tun habe, dass er sich nicht in die Hosen scheißen soll. Er hat es ja versucht, aber die Angst hat nicht weichen wollen. Er ist eben nicht abgebrüht genug, er ist kein Held. Er ist ein Wrack. Das ist die traurige Wahrheit.

Und plötzlich sind sie gekommen und haben ihm Beteiligungen angeboten. Damit er nicht zusammenbricht und schweigt. Da hat er gemerkt, dass er nicht der Einzige ist, der die Hosen voll hat. Sie kümmern sich um alles, haben sie gesagt. Er braucht nur die Nerven zu behalten, sie werden das Problem aus der Welt schaffen. *Das Problem.*

Ein Schauder fährt ihm über den Rücken. Diesmal ist die Lage ernst. Todernst. Aus der Nummer kommen sie nicht mehr heraus.

Aber.

Wenn er so nachdenkt …

Sie haben so sicher gewirkt. Vielleicht kriegen sie es ja doch wieder hin. Wenn das jemand schafft, dann sie. An Kaltschnäuzigkeit und Gemeinheit sind sie nicht zu übertreffen. Er will sich gar nicht vorstellen, zu was die alles fähig sind. Und schließlich … Eine adäquate Altersversorgung wäre ja nicht das Schlechteste.

Oder?

Hm. Das Beste wird sein, nichts zu überstürzen. Allerdings muss er sich absichern. Denn eines weiß er: Wenn es hart auf hart geht, nehmen sie ihn als Bauernopfer. Oder befinden, dass er ihnen tot mehr nützt als lebendig. Er vertraut ihnen kein Stück.

Genau.

Zuerst wird er seine Krankenbesuche absolvieren. Danach wird er sich um seine Absicherung kümmern. Er hat schon viel zu lange damit gewartet.

Am frühen Nachmittag steckt Witt den Kopf zur Tür herein und findet Kammerlander mit der Dollinger kaffeetrinkend im Büro vor.

»Auch einen?«

»Nein danke, ich hab schon einen gehabt. Ich wollt nur kurz was zu Roman Klapfer sagen. Eine Großtante meiner Frau wohnt ja in der Nähe von Sankt Martin …«

Kammerlander nickt. Natürlich. Witts Verwandtschaft.

Daran hätte er denken müssen. Der Witt-Clan ist im ganzen Bezirk verstreut.

»Ja, also ... diese Großtante meiner Frau ist zum zweiten Mal Oma geworden, und meine Frau ist zum Gratulieren zu ihr gefahren. Ich hab ihr gesagt – also meiner Frau –, sie soll doch mal so nebenbei nach Roman Klapfer fragen. Innerhalb der Verwandtschaft redet's sich doch leichter als mit der Polizei ...«

»Das ist wohl so.«

»Eben. Die Großtante sagt, der Roman war kein Kostverächter, was Frauen betrifft. Es wird gemunkelt, dass er mit der halben weiblichen Bevölkerung des Dorfes was hatte, unter anderem auch mit der Tochter des Kaufmanns und der Frau des Gemeindesekretärs. Der Frau Huber ...«

»Das wundert mich nicht.«

»Und er soll nicht zimperlich gewesen sein, wenn er von einer genug hatte. Es sollen sich unschöne Dinge zugetragen haben.«

»Welche?«, fragt die Dollinger.

»Das hat die Tante nicht gesagt. Es will sich ja keiner den Mund verbrennen, wenn es um die Wolfshuber-Familie geht.«

Witt reißt seinen Blick von den Schwingen eines schwarzblauen Drachens auf Dollingers Halsausschnitt los. Teufel auch, denkt er. Welchem Mann gefällt denn so was?

»Jedenfalls ... nachdem er die reiche Acham Sarah einem anderen ausgespannt hat, ist es mit den Weibergeschichten wohl vorbei gewesen.«

In Kammerlanders Bauch fängt es zu kribbeln an. Das ist interessant.

»Wem hat er die Sarah ausgespannt?«

»Die Leute sagen, dass man sie vorher oft mit dem Reinweber Herbert zusammen gesehen hat.«

»Dem Enkel vom alten Beingrübl?«

»Ebendem.«

39

»Ich hab diesen Dr. Rebenfels gecheckt«, sagt Ratzinger. »Ein Nobelarzt mit Privatklinik und Wellnessressort in Graznähe. Da können sich reiche Herrschaften den Arsch liften oder das Bauchfett absaugen lassen. Aber das Hauptgeschäft macht er mit Verjüngungskuren. So mit Frischzellen, weißt du? Ich hab zwar keine Ahnung, wie das geht …«

»Das sind wohl Zellen von Tierföten, die den Leuten gespritzt werden, um die eigenen alten Zellen durch junge zu ersetzen«, erläutert Kammerlander.

»Pfui Teufel.« Ratzinger schüttelt sich.

»Dafür geben die Leute einen Haufen Geld aus.« Kammerlander grinst. »Mit der Eitelkeit sind immer gute Geschäfte zu machen.«

»Pfui Teufel, sag ich.«

»Was hast du noch in Erfahrung bringen können?«

»Jahrgang '59, verheiratet, eine Tochter, die im Ausland lebt.«

Ratzinger sieht sich um.

»Wo ist eigentlich unser Zomb… will sagen, unser Neuzugang?«

»Hintergrundrecherche mit Witt.«

»Ah ja.«

»Hast du mit Rebenfels Kontakt aufgenommen?«

»Ich hab ihn angerufen. Zuerst hat er gemeint, er habe keine Zeit, er müsste dringend zu einer Patientin. Ich solle mich doch zu ihm bemühen, seine Sekretärin gibt mir einen Termin.«

Oje, denkt Kammerlander.

»Ich habe ihm dann das Angebot einer Vorladung gemacht, die Kollegen würden sehr gern mit dem Streifenwagen vor seiner Klinik vorfahren und ihn abholen. Dann hatte er doch Zeit für ein Gespräch.« Ratzinger räuspert sich. »Ich habe ihn nach seinem Verhältnis zur Familie Wolfshuber gefragt.«

»Und?«

»Anfangs war er sehr reserviert. Erst als ich den E-Mail-Wechsel mit Klapfer ins Spiel gebracht habe, wurde er auskunftsfreudiger. Er kennt den Landtagsabgeordneten Wolfshuber schon lange. Sie haben sich beim Jagen kennengelernt und treffen sich von Zeit zu Zeit, um ›ihrem Hobby zu frönen‹, wie er sich ausgedrückt hat. In der letzten Zeit ist Roman Klapfer oft mit von der Partie gewesen. Der Herr Doktor ist sehr erschüttert über ›das Unglück, das über die arme Familie gekommen ist‹.«

»Dein Eindruck?«

»Abgehobenes reiches Arschloch. In die Jahre gekommener Yuppie. Kennt bestimmt die richtigen Leute.«

»Du magst ihn also.«

»Wie verrückt.«

»Stellt sich die Frage, warum man es für nötig befunden hat, Klapfers E-Mail-Wechsel mit Rebenfels zu löschen. Ich muss zugeben, mir fällt dazu nichts ein.«

Das Telefon auf Kammerlanders Schreibtisch klingelt. Es ist Hansbauer.

»Ich setze mich gleich ins Auto«, sagt Kammerlander am Ende.

»Was Neues?«

»Hansbauer hat die Anrainer zwischen Gaisfeld und dem Entführungsort noch einmal befragt. Der Täter muss mit Klapfer da entlanggefahren sein. Ein alter Mann hat am Tag der Entführung eine Gestalt bemerkt, die etwa um halb elf einen Kilometer hinter der Kreuzung eine Sperre aufgestellt hat. Um elf war sie wieder weg.«

»Die Gestalt?«

»Die Sperre. Und auch die Person, die sie aufgestellt hat.«

»Wie hat diese Gestalt ausgesehen?«

»Mittelgroß, dunkle Kleidung, Kapuzenpulli.«

»Wieso fällt ihm das erst jetzt ein?«

»Er meint, er hätte es der ›Schwarzen‹ erzählt.«

Ratzinger schaut Kammerlander verständnislos an.

»Der Schw… ach so, ja. Davon hat die Dollinger aber nichts gesagt.«

»Witt auch nicht. Komisch.«

»Ist die Aussage des alten Mannes ernst zu nehmen?«

Hansbauer nickt. »Er war sich vollkommen sicher. Hier von dieser Einbuchtung ist der Kapuzenmann gekommen und hat die Sperre aufgestellt. Der Rentner ist auf seinem Balkon gesessen und hat durch die Bäume den Vorgang beobachtet. Wenig später, sagt er – es muss so kurz vor elf gewesen sein –, ist der Unbekannte wieder aufgetaucht und hat die Sperre entfernt. Der Rentner hat Autotüren schlagen hören, dann ist ein Wagen aus der Einbuchtung gekommen und davongefahren.«

»Welche Automarke?«

»Ein kleiner grüner Wagen. Mehr weiß er nicht. Kennt sich mit Automarken nicht aus.«

»Dann könnte in diesem grünen Wagen Roman Klapfer abtransportiert worden sein?«

Hansbauer wiegt zweifelnd seinen Kopf.

»Glaub ich nicht. Es war ein Kleinwagen. Selbst wenn die Sperre zusammengeklappt war, hätten Klapfer und sein Fahrrad nicht auch noch hineingepasst.«

Eine Zeit lang bleibt es still zwischen den beiden.

»Tja«, sagt Kammerlander schließlich, »dann müssen wir wohl davon ausgehen, dass es zwei Täter waren. Einer hat sich um die Straßensperre gekümmert, der andere um Klapfer.«

»So hab ich mir das auch zusammengereimt. Nur …«

»Ja?«

»Es gab da noch eine Aussage. Der Rentner hat gesagt, dass sein Schwiegersohn fast zeitgleich mit dem Kapuzenmann weggefahren ist. Zu seiner Schwester. Ihr Haus liegt unmittelbar vor der Baustelle, welche die Straße nach Sankt Martin blockiert. Er hat also die Stelle der Entführung passiert, aber keine Menschenseele gesehen. Auch kein entgegenkommendes Auto.«

»Haben Sie mit dem Schwiegersohn gesprochen?«

»Ich hab ihn auf dem Handy angerufen. Er hat es bestätigt.«

Das gibt's doch nicht, denkt Kammerlander. Wie soll das gehen? Es gibt nur ein winziges Zeitfenster, ein paar Minuten nur, in denen Klapfer zu Fall gebracht und eingeladen worden sein muss. Aber der einzige Fluchtweg wird nicht benutzt. Wie ist der Täter mit Klapfer weggekommen?

»Ich versteh's nicht«, bestätigt Hansbauer seine Gedanken. »Als hätten sie sich weggebeamt.«

40

Er sieht den Dienstwagen Hansbauers hinter der nächsten Kurve verschwinden. Der junge Kollege soll mit Ratzinger überprüfen, wer entlang des betreffenden Straßenstücks wohnt oder in der Nähe ein Haus oder eine Hütte hat. Und den Hintergrund der Personen checken. Denn obwohl die Spurensicherung keine Schleif- oder Trittspuren jenseits der Straße gefunden hat – irgendwie sind Täter und Opfer vom Entführungsort weggekommen. Vielleicht mit Hilfe eines Anrainers? Irgendwo muss die Leiche ja abgeblieben sein.

Kammerlander hat seinen Wagen in die Parkbucht gestellt, er will die Straße zu Fuß abgehen. Er ist froh, Hansbauer ins Team bekommen zu haben. Der junge Mann zieht logische Schlüsse und entwickelt Eigeninitiative.

Nachdenklich wandert er dahin, ohne die Umgebung an beiden Seiten der Straße aus den Augen zu lassen. Die Gegend heißt nicht umsonst Teigitsch*graben*. Auf der einen Seite der Straße führen steile Waldhänge nach oben, auf der anderen Seite fließt die Teigitsch vorbei. Dahinter gibt es nur Gestrüpp, das von einigen Wiesenflächen abgelöst wird. Hinter den Wiesen schließen wieder Hügel an. Entlang dieses Straßenstücks gibt es nur wenige Gebäude. Auf einer Wiese, die wohl seit Jahren nicht mehr gemäht worden ist, steht halb verfallen ein Heustadel.

Knapp vor der Unglücksstelle zweigt links eine schmale Straße ab. Sie führt über den Bach direkt zum Kraftwerk Arnstein. Er sieht das Gebäude zwischen den Bäumen durchschimmern. Entschlossen wendet er sich nach links.

In einem künstlich geschaffenen Bachbett rauscht rechts

von ihm Wasser vorbei, welches in den Gößnitzbach mündet. Das kommt sicher die riesigen Fallrohre heruntergeschossen, denkt er. Dieses Wasser treibt die Turbinen an, und dann läuft es hier ab. Sollte Klapfer hier ins Wasser geworfen worden sein? Kann nicht sein. Dann wäre die Leiche längst irgendwo angeschwemmt worden. Er geht weiter auf das imposante Kraftwerksgebäude zu. Der betonierte Vorplatz ist leer bis auf einen weißen Lieferwagen.

Er hört gedämpftes Rumoren. Ist das Werk nicht in Betrieb? Wenn solche Kräfte walten, muss doch mehr zu hören sein. Er schaut an dem Bau aus Eisenbeton und Ziegeln hoch und ist beeindruckt. Die riesigen Fenster erinnern ihn an eine Kathedrale.

Rasch nimmt er sein Taschentuch aus der Jacke und niest explosionsartig hinein. Die Sonne ist hinter dem Wald verschwunden, und im Schatten fröstelt er wieder.

Eine Erkältung im Juni. Wunderbar.

Vielleicht ist die Straße hier noch nicht zu Ende, überlegt er und geht um das Gebäude herum. Doch auf der Rückseite befindet sich nur ein betonierter Platz mit einigen Nebengebäuden. Dahinter führen bewaldete Hügel steil in die Höhe. Die Straße endet definitiv am Kraftwerk. Enttäuscht geht er auf den Eingang zu. Die Tür ist verschlossen, also drückt er den Klingelknopf.

Es dauert lang, bis jemand öffnet. Ein mittelalter rundlicher Mann mit Vollglatze sieht ihn neugierig an. Kammerlander stellt sich vor, und die Augen des Mannes blitzen interessiert auf.

»Diplom-Ingenieur Eibelsreither, angenehm. Wie kann ich Ihnen helfen?«

»Mich würde interessieren, ob die schmale Straße vorn die einzige Möglichkeit ist, vom Teigitschgraben zum Kraftwerk zu gelangen.«

»Die einzige, ja. Es ist eine Sackgasse.«

Wie unsere Ermittlung, denkt Kammerlander. Und doch, des Rätsels Lösung muss hier oder in der Umgebung zu finden sein.

»Und man kann das Kraftwerk auch nicht von einer anderen Seite her erreichen?

Der Mann schüttelt den Kopf.

»Zu Fuß natürlich, wenn Sie auf Abenteuerwanderungen stehen, haha. Aber nicht mit einem Wagen.«

»Dann hat sich das erledigt. Vielen Dank.«

Eibelsreither wirkt enttäuscht.

»Wenn Sie schon einmal da sind, möchten Sie sich noch das Kraftwerk ansehen? Das ist ein Speicherkraftwerk, es liefert nur Spitzenstrom. Ich würde mich freuen, Sie herumführen zu dürfen. Mein Arbeitsaufwand hält sich in Grenzen, ich muss nur die Anzeigen im Auge behalten.«

Eigentlich hat Kammerlander ja keine Zeit, aber er nickt. Es kann ja nichts schaden, bei einer Gratisführung etwas dazuzulernen.

Auch in der Dienstzeit.

Silvester Doppelhofer ist mit sich zufrieden. Die Wehwehchen seiner Patienten haben keine großen Herausforderungen dargestellt. Eine Gichtzehe, ein bisschen Bluthochdruck und ein ausgekegelter Arm waren rasch behandelt. Mindestens ebenso wichtig wie die Behandlung selbst ist das Drumherum. Die Leute freuen sich auf seinen Besuch. Dem Arzt wird ein Schnäpschen angeboten, und man redet ein bisschen über Gott und die Welt. Die Patienten erwarten vom »Hausdoktor«, dass er nicht nur Medikamente mitbringt, sondern auch ein wenig Zeit.

Jetzt hat er nur noch einen Krankenbesuch vor sich. Dazu muss er durchs Dorf fahren, denn die Krainer Fefi wohnt am anderen Ende seines Arztbezirks. Sie liegt seit Wochen mit einer Lungenentzündung im Bett. Eigentlich dürfte sie gar nicht mehr leben, denkt er. Selbst bei jüngeren Menschen geht so eine schwere Krankheit oft letal aus. Aber die Fefi hat sich ans Leben gekrallt und bis jetzt durchgehalten. »Die Freud mach ich meiner Schwiegertochter net«, hat sie ihm einmal zugeflüstert und dabei gezwinkert. Ihm fällt ein, dass die Schwiegertochter ihm noch nie einen Schnaps kredenzt hat, das geizige Luder. Da kommt auch schon der »Lärchenwirt« in Sicht. Eigentlich hat er ja wenig Zeit, aber da mit einer flüssigen Stärkung bei der Fefi nicht zu rechnen ist …

Die Entscheidung ist rasch getroffen. Er setzt den Blinker und stellt den Jeep vor dem Gasthaus ab.

Drinnen wird er vom Acham-Bauern begrüßt, der mit dem Bürgermeister und dem Wirt am Stammtisch sitzt. Er gesellt sich mit einem Ächzen zu ihnen.

»Ein Gedeck wie immer?«, fragt der Wirt und steht auf.

»Ja, sei so gut.«

Als Bier und Schnaps sich samt dem Wirt eingefunden haben, kommt das Thema sofort auf den Klapfer Roman. Sie sprechen leise, die wenigen anderen Gäste sollen nichts mitbekommen. Sie können sich keinen Reim auf die Vorkommnisse machen. Jeder hat eine andere Idee, was wohl passiert sein könnte. Die Stimmung ist gedrückt.

Als Doppelhofer die Gaststube verlässt, spürt er wieder Nervosität und Panik in sich aufsteigen. Die Grübeleien über Romans Tod haben ihm erneut seine prekäre Lage vor Augen geführt. Der Himmel hat sich verdunkelt, schwarze Wolken ziehen von Westen heran. Vielleicht schafft er es noch, vor dem Regen seinen letzten Termin zu absolvieren und trocken nach Hause zu kommen.

Er startet den Wagen und schaltet die Scheinwerfer an.

Der Wind frischt auf.

41

Kammerlander bedankt sich bei Eibelsreither, der ihn noch nach draußen begleitet. Böiger Wind empfängt sie.

»Das sieht nach Gewitter aus«, meint der Ingenieur.

Kammerlander nickt. Schwarze Wolken verdunkeln den Graben. Er sieht noch einmal die riesigen Fallrohre hinauf, deren oberer Teil hinter einer Kuppe verschwindet. Dann beobachtet er Eibelsreither, wie er eine kleine Schaltanlage eines hölzernen Gestells neben den Rohren inspiziert.

»Besser einmal zu viel als einmal zu wenig kontrolliert«, sagt er.

Auf einmal ist Kammerlander wie elektrisiert.

Das ist ein Aufzug.

Ein Aufzug!

Natürlich. Das ist es.

»Ich fürchte, ich muss Ihre Zeit noch länger in Anspruch nehmen«, sagt er.

»Ach ja?« Eibelsreither ist überrascht. »Dann gehen wir aber wieder hinein. »Es kann jeden Augenblick ungemütlich werden.«

Nach zehn Minuten bedankt sich Kammerlander ein zweites Mal und verabschiedet sich rasch. Als er aus der Tür tritt, hält er sich die Jacke über den Kopf. Der Regen hat inzwischen eingesetzt und prasselt erbarmungslos auf ihn ein. Im Auto merkt er, dass er trotz Jacke durchgeweicht ist. Jetzt bloß weg von hier und zurück nach Voitsberg. Blitze tauchen die Umgebung in ein senffarbenes Licht, ein Donnerschlag rollt durch den Graben. Die erste Sturmbö reißt an den Bäumen.

»Wie konnte die Information über den Mann im grünen Kleinwagen verloren gehen?«, fragt Kammerlander bei der abendlichen Besprechung. Er sieht Witt und Dollinger stirnrunzelnd an.

»Ich weiß auch nicht, wie … äh, also …«, haspelt Witt los. »Ich meine …«

»Ihr beiden habt doch nach dem Flaschenfund die Anrainer befragt.«

»Ja, äh … Wir haben uns die Aufgabe geteilt«, sagt Witt betreten. »Die eine Hälfte hab ich befragt, die andere die Kollegin. Damit es schneller geht, dachten wir.«

»Und wer hat denn nun den Rentner befragt?«

»Das war ich«, sagt die Dollinger rasch. »Es tut mir leid. Ich dachte, ich hätte es erwähnt. So eine Sch…«

Eine Zeit lang sagt keiner etwas.

»Nun ja«, brummt Kammerlander. »Sie sind Neuling, da kann das schon einmal passieren. Aber zukünftig ermittelt ihr im Außendienst zu zweit.«

Witt nickt unglücklich.

»Gott sei Dank hat unser junger Kollege Hansbauer nicht lockergelassen. Durch seinen Einsatz wissen wir, dass wir zwei Täter suchen.«

Hansbauers Gesicht überzieht sich mit leichter Röte. Das Lob scheint ihm angesichts des Fehlers seiner Kollegin unangenehm zu sein.

»Der eine hat die Sperre bei Gaisfeld auf- und abgebaut, um zu verhindern, dass es Augenzeugen gibt. Der andere hat Klapfer entführt. Und wir wissen, dass dieser zweite Täter die einzige Fluchtstraße nicht benutzt hat.«

»Und wie ist er dann weggekommen?« Ratzinger beugt sich gespannt über den Schreibtisch. »Ich meine, er wird wohl nicht mit Klapfer und dessen Fahrrad in einem Heißluftballon aufgestiegen sein?«

»Das nicht. Er hat eine andere Möglichkeit gefunden. Wobei das Wort ›aufgestiegen‹ gar nicht mal schlecht gewählt ist.«

Vier Augenpaare sehen ihn neugierig an.

»Unser Täter hat mit höchster Wahrscheinlichkeit den Aufzug beim Kraftwerk Arnstein benutzt. Dieser Aufzug führt neben den Druckrohrleitungen hinauf, um Lasten nach oben zu transportieren oder bei Bedarf schnell zum oberen Gebäude zu kommen, von wo das Wasser eingeleitet wird.«

»Genial.« Ratzinger schnippt mit den Fingern »Darauf muss man erst mal kommen.«

»Kann den jeder einfach so in Betrieb nehmen?«, fragt Hansbauer erstaunt.

»Gute Frage. Laut Auskunft eines Ingenieurs ist das nicht möglich. Es gibt einen Schlüssel zur Inbetriebnahme. Der hängt im Steuerhaus. Außerdem muss jeder Mitarbeiter die Benutzung des Aufzugs in einem Journalbuch eintragen, mit Uhrzeit und Paraphe.«

»Und?«

»Für den möglichen Zeitraum war nichts eingetragen.«

Fragende Blicke.

»Das heißt: Jemand, der wusste, wo der Schlüssel hängt, und sich damit Zugang verschafft hat, konnte mit dem Aufzug nach oben entschweben.«

Ratzinger duckt sich wie zum Sprung. »Wer hat damals im Kraftwerk Dienst gehabt?«

»Diplom-Ingenieur Eibelsreither, mit dem ich heute gesprochen habe, und Herbert Reinweber.«

»Der Enkel vom alten Beingrübl?«

»Ebender.«

»Dann müsste logischerweise einer der beiden den Aufzug benutzt haben.«

Ein paar Sekunden herrscht Stille.

»Ist es denn gänzlich auszuschließen, dass ein Fremder sich ins Steuerhaus geschlichen und den Schlüssel entwendet hat?«, bricht Dollinger das Schweigen.

»Wenn vergessen wurde, die Tür zuzusperren, dann könnte das theoretisch schon so passiert sein. Was Eibelsreither sich allerdings nicht vorstellen kann. Aber der Täter müsste dann zumindest gewusst haben, wo der Schlüssel hängt.«

»Fällt es drinnen im Gebäude nicht auf, wenn der Aufzug in Betrieb genommen wird?«, fragt sie weiter.

»Wahrscheinlich nicht. Der Lärm der Turbinen überdeckt jedes Geräusch von außen.«

»Es wäre in jedem Fall angezeigt, Herrn Reinweber einen Besuch abzustatten«, bringt Ratzinger es auf den Punkt.

»Genau das werden wir auch tun. Aber nicht mehr heute. Es ist beinahe acht. Und bei diesem Wolkenbruch schickt man keinen Hund vor die Tür. Schlafen wir uns aus, damit wir morgen fit sind. Ich glaube, wir haben endlich einen Ansatz gefunden.«

42

Der Sturm peitscht den Regen mal in die eine, mal in die andere Richtung. Unmöglich zu sagen, aus welcher Richtung er kommt. Er pirscht sich an wie ein Raubtier und schlägt plötzlich um sich, mit unglaublicher Wut. Dabei stößt er ein Brüllen und Heulen aus, das jedes andere Geräusch verschluckt.

Silvester Doppelhofer kämpft sich langsam durch den Wald. Vorsichtig lenkt er den Jeep über den unebenen Weg. Er versucht, so gut es geht, den abgebrochenen Ästen auszuweichen, die den Kampf gegen den Sturm verloren haben. Zweihundert Meter noch, dann kann er auf die Asphaltstraße einbiegen.

Ein Blitz zuckt auf, und für eine Sekunde erstrahlt der Wald in einem kalten weißen Licht. Fast zeitgleich tut es einen ohrenbetäubenden Schlag, der Doppelhofer vor Schreck das Lenkrad verreißen lässt. Als der Donner in Wellen verebbt, hat er Mühe, den Wagen an einem Baum vorbeizumanövrieren und wieder auf den Weg zu bringen. Verdammt, das war knapp. So ein Höllengewitter hat er nicht vorausgesehen. Er hätte seinen letzten Hausbesuch auf morgen verschieben sollen.

Das Taubheitsgefühl in den Ohren lässt langsam nach. Gleichzeitig kriecht Übelkeit in ihm hoch. Er schluckt den sauren Speichel und versucht, sich zu konzentrieren. Doch die Übelkeit verstärkt sich noch. Er müsste schon längst zu Hause sein. Das ist es, was ihm sein Körper sagen will. Um diese Zeit hat er sich gewöhnlich längst mit Alkohol ruhiggestellt, im Bedarfsfall auch mit etwas Wirksamerem. Teufel auch, die Entzugserscheinungen werden immer heftiger in letzter Zeit.

Er hält den Wagen an und öffnet schnell die Tür. Gerade noch rechtzeitig streckt er den Kopf hinaus, bevor er den Mageninhalt in einem Schwall erbricht. Er hustet und spuckt; nur der Sicherheitsgurt verhindert, dass er aus dem Auto kippt. Den prasselnden Regen auf Kopf und Nacken empfindet er als Wohltat. Als die Tür wieder geschlossen ist, zieht er ein Taschentuch aus der Hose und wischt sich Regen und Spucke vom Gesicht. Dann sitzt er erschöpft da und starrt blicklos vor sich hin.

Etwas erregt seine Aufmerksamkeit. Er blinzelt und starrt angestrengt auf das Stück Weg vor sich, das die Scheinwerferkegel ausleuchten.

War das nicht ein Schatten, der rechts vorne in den Wald verschwunden ist? Er stellt den Scheibenwischer auf höchste Stufe. Ein Reh vielleicht oder ein Stück Rotwild. Er muss sich konzentrieren. Das fehlt noch, dass er mit einem Stück Wild kollidiert und sein Wagen hier havariert liegen bleibt.

Er legt den Gang ein und rollt langsam um eine Kurve. Dicke Wurzeln queren den Weg, vorsichtig lässt er den Jeep darüberrumpeln. Nur noch hundertfünfzig Meter.

»Gottverdammt!«, entfährt es ihm.

Er tritt auf die Bremse.

Das darf doch nicht wahr sein!

Ein Haufen Bretter und Stämme türmt sich ein Stück vor ihm auf und versperrt ihm den Weg. Er geht mit dem Kopf nah an die Windschutzscheibe; alle zwei Sekunden verschwimmt das Bild vor seinen Augen, bevor der Scheibenwischer die Wasserschlieren fortwischt.

Das muss der Hochsitz sein, der die kleine Waldschneise links abdeckt.

Er erinnert sich an ein Gespräch unter Jägern, das er beim »Lärchenwirt« aufgeschnappt hat. Da ist die Rede davon gewesen, dass sie diesen Sitz nicht mehr benützen können, da das Holz ziemlich durchgemorscht ist. Abriss und Neubau der Kanzel waren für Herbst vorgesehen.

Den Abriss hat ihnen der Sturm abgenommen.

Was Doppelhofer jetzt aber auch nicht weiterhilft.

Er greift in die Jackentasche und zieht sein Handy heraus. Der Akku ist leer. Er stößt eine Reihe wilder Flüche aus und drischt wütend auf das Lenkrad ein. Was für ein Arschdrecksscheißtag das heute ist!

Erschöpft lässt er sich zurücksinken. Er hat nur zwei Möglichkeiten.

Entweder er trotzt dem Gewitter und steigt aus, um zu schauen, ob er nicht einen Teil des Holzes aus dem Weg räumen kann. Wenigstens so weit, dass er mit dem Jeep am zertrümmerten Hochsitz vorbeikommt. Dann ist er allerdings durchnässt bis auf die Haut. Und ob er das überhaupt schafft, weiß er auch nicht.

Oder er bleibt hier sitzen, bis Sturm und Regen sich ausgetobt haben. Vielleicht kommt ihm dann jemand zu Hilfe. Das kann Stunden dauern.

Ein heftiges Zittern erinnert ihn an den Entzug. Damit ist die Entscheidung gefallen.

Er knöpft seinen Steirerjanker zu und steigt aus dem Wagen. Sofort reißt der Sturm an seinen schütteren Haaren, geduckt kämpft er sich voran bis zu dem Holzhaufen. Die nassen Stämme und Bretter glitzern abwartend im Scheinwerferlicht.

»Scheiße! Scheiße! Scheiße!«, brüllt er und tritt gegen den Holzhaufen.

Unschlüssig steht er da und weiß nicht, an welchem Ende er beginnen soll.

»Hallo, Silvester.«

Erschrocken fährt er zur Seite und sieht eine schwarz gekleidete Gestalt neben sich.

»Können wir dir helfen?«, fragt eine andere Stimme hinter ihm.

43

»Wie ist der Stand der Ermittlungen?«

Kommandant Starkl bedeutet Kammerlander, ihm gegenüber Platz zu nehmen.

»Wir wissen jetzt ziemlich genau, wie Roman Klapfer abtransportiert wurde.«

Kammerlander erläutert seinem Vorgesetzten den Sachstand.

»Wir bleiben an dieser Spur dran. Sie ist das Beste, was wir bisher haben.«

»Hm. Klingt einleuchtend.«

Starkl hebt seine Brille mit Daumen und Zeigefinger an und massiert sich die Nasenwurzel.

»Was für ein vertrackter Fall. Die Presse hat Wind von der Sache bekommen und will eine Stellungnahme.«

Statt einer Antwort niest Kammerlander ein paarmal in sein Taschentuch.

»Nur das Notwendigste an die Presse«, schnieft er.

Starkl hebt alarmiert die Augenbrauen.

»Sie werden doch nicht krank werden, Kammerlander?«

»Ich habe mir wohl gestern eine heftige Erkältung geholt. Ich hätte nach dem Kraftwerksbesuch nach Hause fahren sollen, um mich umzuziehen.«

Unter normalen Umständen wäre er heute nicht zum Dienst gekommen. Er ist mit Kopfschmerzen aufgewacht, das Fieberthermometer hat achtunddreißig Grad gemessen. Aber es sind keine normalen Umstände. Also hat er ein paar Aspirin eingeworfen und sich seufzend ins Büro aufgemacht.

»Ein Krankenstand ist jetzt nicht drin. Das ist doch wohl klar?«

Kammerlander schnäuzt sich lautstark und nickt.

Starkl wirkt nicht besonders beruhigt.

»Sie haben ja zwei Leute zur Verstärkung bekommen. Schonen Sie sich. Delegieren und so weiter.«

»Mhm. Hansbauer macht sich gut. Die neue Kollegin … Was … Wie sind Sie eigentlich auf sie gekommen?« Er hat schon sagen wollen: »Was hat Sie eigentlich geritten?«, hat es aber noch hinuntergeschluckt.

»Sie hat sich zu uns beworben.«

»An unsere Dienststelle?«

»Ja. Eine Art Praktikum sozusagen. Sie will später in den Kriminal-Innendienst. Ist in dieser Gegend aufgewachsen. Deshalb vielleicht.«

Starkl wischt das Thema mit einer vagen Handbewegung beiseite. Auf seiner Stirn bilden sich Sorgenfalten. »Der Fall wird Staub aufwirbeln. Wenn man das familiäre Umfeld des Opfers bedenkt. Wir brauchen dringend Ergebnisse.«

»Ohne Leiche ist das leichter gesagt als getan.«

»Das weiß ich ja.«

»Und der Herr Landtagsabgeordnete Wolfshuber ist auch nicht sehr entgegenkommend. Ich bin überzeugt davon, dass er uns weiterhelfen könnte. Was das Motiv betrifft, meine ich. Wahrscheinlich will er das Andenken seines Sohnes schützen. Ich schließe auch die Möglichkeit nicht aus, dass er Dreck am Stecken hat, den er schön unter der Decke halten will.«

Das ist Starkl sichtlich unangenehm.

»Dafür haben Sie keinen Beweis, Kammerlander. Solche Äußerungen dürfen diesen Raum nicht verlassen. Zurzeit ist Wolfshuber der bedauernswerte Vater des Opfers, dem unser Mitgefühl gilt. – Ich will Sie auch gar nicht länger von Ihren Aufgaben abhalten. Wir müssen in dem Fall weiterkommen. Bisher haben wir uns noch nicht mit Ruhm bekleckert.«

»Jetzt haben wir wenigstens einen Ansatz.«

Starkl runzelt die Stirn. »Ich frage mich, wie lang es noch dauert, bis sich die Landespolizeidirektion einschaltet.«

»Das Gras wächst auch nicht schneller, wenn man daran zieht«, brummt Kammerlander.

»Ich glaube, ich bin da auf etwas gestoßen«, sagt Dollinger, ohne von ihrem Laptop hochzuschauen. »Ob es wichtig ist, weiß ich nicht. Ein paar bekannte Herrschaften haben ihre Finger in den gleichen Energieprojekten drin.«

Kammerlander macht eine auffordernde Geste.

»Reden Sie weiter.«

»Es geht in erster Linie um sauberen Strom. Also Windräder, Fotovoltaikanlagen, so was alles. Da scheint ja einiges im Bezirk zu passieren. Und uns bekannte Personen haben in fast alle Projekte investiert. Teils ganz offen, teils getarnt als Solarius Ges.m.b.H.«

Die Beamten sind näher gekommen und stehen im Kreis um Dollinger.

»Die Summen können sich sehen lassen. Aber die Investoren haben ja die richtigen Bankverbindungen, wie man sieht.«

»Wie kommt man an solche Daten?«, fragt Hansbauer.

Ratzinger beugt sich tiefer, um bessere Sicht auf den Bildschirm zu haben. Dann richtet er sich wieder auf und begutachtet angelegentlich seine Fingernägel.

Dollinger sieht Hansbauer ausdruckslos an.

»Ich meine, so eine Gesellschaft publiziert doch nicht so ohne Weiteres die Namen, wenn die Investoren anonym bleiben wollen? Datenschutz und so ...«

Kammerlander pfeift leise vor sich hin und fixiert den Kalender an der Wand. Die Dollinger wendet sich wieder dem Bildschirm zu. Die tätowierten Schlangen zucken erneut über die Tastatur.

Hansbauer schaut Witt an, aber der wischt Kaffeeflecken vom Sideboard, als gäbe es nichts Wichtigeres auf der Welt.

»Ah«, sagt Hansbauer. »Klar. Verstehe.«

Er macht eine unbestimmte Handbewegung. »Vergessen Sie die Frage.«

»Welche Frage?«, wundert sich Ratzinger.

Kammerlander reißt sich vom Wandkalender los.

»Wer sind denn nun die betreffenden Personen?«

»Ich nenne erst einmal die Namen, die in unseren Ermittlungen schon aufgetaucht sind. Da wäre Wendelin Acham, der Großvater von Sarah Acham. Dem scheint es nichts auszumachen, persönlich in Erscheinung zu treten. Der größte Brocken an Investitionen kommt von der Solarius Ges.m.b.H. Und dahinter verbergen sich folgende Namen ...«

Dollinger markiert einige Zeilen gelb. Die Köpfe der Beamten senken sich wie auf Kommando zum Bildschirm.

»Wir haben hier Vertreter aus Politik und Wirtschaft aus unserem Bezirk. Unter anderem unseren Landtagsabgeordneten Wolfshuber mit Sohn und den Bürgermeister von Sankt Martin, Kilian Brandstätter. Dann diverse Ärzte, Rechtsanwälte, Steuerberater. Ambrosius Gößler, Großbauer und Sägewerksbesitzer. Wie auch Landespolitiker aus den Ressorts Soziales sowie Raumordnung und Umweltschutz.«

»Wie praktisch«, wirft Ratzinger ein.

»Der kleinste Fisch ist der Gemeindesekretär Marcel Huber. Wundert mich, dass sie den mit dazugenommen haben. Und dann sehe ich hier noch Dr. Eugen Rebenfels, den honorigen Schönheitschirurgen und Wellnessarzt. Dessen Investitionen sind natürlich erheblich größer. Insgesamt sind diese Energievorhaben ein Zig-Millionen-Projekt.«

»Na bitte«, sagt Kammerlander. »Die Jagd ist also nicht die einzige Gemeinsamkeit, die verbindet. Aber wie soll uns das weiterhelfen?«

»Das weiß ich auch nicht. Aber diese Projekte sind nicht unumstritten. Es hat sich eine Gegenfront entwickelt, die den Bau von weiteren Windrädern auf der Alm und das Zupflastern von Wiesen mit Fotovoltaikanlagen verhindern will. Diese Gruppe nennt sich ›!Genug!‹ und zieht mit Einsprüchen und Gutachten die Genehmigungsverfahren in die Länge. Es hat sogar schon handgreifliche Auseinandersetzungen gegeben. In diesem Zusammenhang fällt auch der Name Roman Klapfer. Er soll mehrfach in Raufhändel verstrickt gewesen sein, bis hin zu schwerer Körperverletzung, aber die Anzeigen sind alle zurückgezogen worden.«

»Klar. Was sonst.«

»Wir kommen langsam in die Gänge.« Ratzinger reibt sich die Hände. »So wie ich das sehe, haben wir zwei mögliche Motive für den Mord an Klapfer. Zum einen war der Kerl kein Kind von Traurigkeit, was Weiber angeht. Vielleicht hat ihn ein wütender Ehemann, Vater oder Freund um die Ecke gebracht. Der Klassiker eben. Oder Klapfer hat sich, zusammen mit seinem Vater, geschäftlich Feinde gemacht. Vielleicht ist er bei den Naturschützern an den Falschen geraten, wenn man an die Raufhändel denkt. Möglicherweise ist etwas aus dem Ruder gelaufen. Der Gutmensch, als der ihn der Lärchenwirt dargestellt hat, war er mit Sicherheit nicht.«

»Ich bin für die Energievariante«, sagt Dollinger. »Nach dem Motto: Folge dem Geld. Geld ist doch meistens die Triebfeder für Verbrechen.«

Kammerlander nickt. »Wir machen Folgendes: Hansbauer

und Witt kümmern sich um die Frauengeschichten von Klapfer. Ihr habt private Kontakte zu den Leuten da oben. Franz und ich werden uns diese Investitionsgeschichte genauer ansehen. Außerdem befassen wir uns mit Herbert Reinweber. Der passt sowohl in die eine als auch in die andere Motivlage. Frau Dollinger wird am Computer ausgraben, was es auszugraben gibt. Durchleuchten Sie auch Dr. Rebenfels. Wenn nichts dazwischenkommt, treffen wir uns hier um sieben wieder.«

Die Beamten brechen auf. Dollinger schickt ihnen ein Niesen hinterher.

44

Lang wird er nicht mehr durchhalten, das weiß er.

Als er die Augen geöffnet hat, hat er in das grelle Licht einer Lampe geblickt. Er hat geblinzelt und versucht, sich zu orientieren. Ein rauer Ton ist seiner Kehle entfahren, bevor er die Halsschmerzen wahrgenommen hat. Er muss mit geöffnetem Mund dagelegen sein, seine Kehle ist wie ausgedörrt.

Dann hat er die Kälte in den Beinen gespürt. Er hat den Kopf angehoben, und in der Sekunde war ihm seine Lage klar. Er liegt auf dem Behandlungsstuhl im Keller seines Hauses, nackt bis auf das Unterhemd und die Brille. Die Arme sind seitlich mit Kabelbindern fixiert, er liegt mit gespreizten Beinen auf dem gynäkologischen Behandlungsstuhl, die Fesseln sind seitlich festgemacht.

Die einsetzende Panik hat ihm den Schweiß auf die Stirn getrieben. Was zum Teufel …

Ihm ist schwindelig geworden, dann hat er am ganzen Körper zu zittern begonnen. Der Entzug!, ist ihm eingefallen. Er braucht dringend … Oh verdammt, er braucht … bitte …

Er hat an sich hinuntergesehen, und seine hilflose und demütigende Lage hat in ihm zornigen Widerstand ausgelöst.

Brüllend hat er an seinen Fesseln gerissen, doch die Kabelbinder haben nur umso tiefer in sein Fleisch geschnitten. Als die Übelkeit ihn überwältigt hat, hat er es gerade noch geschafft, den Kopf so zur Seite zu drehen, dass das Erbrochene zum Großteil auf dem Boden neben dem Stuhl gelandet ist. Die letzten Bröckchen hat er ausgespuckt, damit sie ihm nicht die Atemwege verlegen.

Erschöpft ist sein Kopf zurückgesunken, das Zittern hat sich zu einem unkontrollierten Beben verstärkt. Himmel! Er braucht etwas, die Schmerzen haben eingesetzt, er muss etwas haben. Er hat Heulen und jaulende Geräusche gehört, bis er gemerkt hat, dass die Laute von ihm selbst kommen.

Wie lange liegt er schon hier? Ist es Nacht oder schon Tag? Der Raum hat keine Fenster, eine zeitliche Einschätzung ist unmöglich. Kurz hat er daran gedacht, um Hilfe zu schreien. Doch ihm ist eingefallen, dass sein Haus abseits der Straße liegt und er der Rosl freigegeben hat. Es wird ihn niemand hören.

Wie ist er überhaupt in diese Lage geraten? Er erinnert sich nur an die Rückfahrt von seinem Krankenbesuch. Es hat ein starkes Gewitter gegeben, er hat anhalten müssen, ist ausgestiegen und dann … nichts mehr.

Tränen sind ihm übers Kinn getropft, die tiefen Falten am Hals haben die Nässe wie eine Drainage nach unten fließen lassen. Sein Unterhemd ist bis zum Bauch durchnässt. Dieses Verlangen! Sein Körper hat zu brennen begonnen, danach haben die Krämpfe eingesetzt. Verzweifelt hat er die Augen geschlossen und nur noch gewimmert.

Und dann sind sie gekommen.

Die Schmerzen, die sie ihm zugefügt haben, waren entsetzlich. Er hat keinen nennenswerten Widerstand geleistet, hat ihnen alles gesagt, was sie wissen wollten, und noch mehr. Ein Held ist er nie gewesen. Als sie mit ihm fertig waren, war nicht mehr viel von ihm übrig. Von der Persönlichkeit, die er einmal geglaubt hatte zu sein. Er ist nur mehr ein zuckendes Stück Fleisch, dem allmählich das Leben aus den Adern rinnt.

Ja, lang wird er nicht mehr durchhalten.

Aber daran hat Silvester Doppelhofer auch kein Interesse mehr.

Er will nur noch, dass es vorbei ist.

Kammerlander und Ratzinger kommen aus der Polizeidienststelle Edelschrott. Sie haben sich die Vorkommnisse rund um die Auseinandersetzungen wegen des Energiestreits schildern lassen. Die Positionen zwischen Befürwortern und Gegnern sind festzementiert, ein Aufeinanderzugehen scheint ausgeschlossen.

»Das Thema lässt hier im Oberland keinen kalt«, meint Ratzinger, als sie sich nach Sankt Martin aufmachen.

»Deshalb werden wir jetzt ein bisschen herumstochern. Fangen wir mit Wolfshuber an.«

Die Frau des Landtagsabgeordneten öffnet ihnen die Tür.

»Haben Sie Roman gefunden?«, fragt sie statt einer Begrüßung.

»Leider nicht. Ist Ihr Mann zu Hause?«

Sie nickt und führt die Beamten wortlos ins Jagdzimmer. Wolfshuber sitzt vor dem großen Fenster und starrt auf die Terrasse. Seine Schultern sind eingesunken, er wirkt fast teilnahmslos.

»Haben Sie ihn gefunden?«, fragt auch er.

»Bisher nicht. Aber wir geben nicht auf.«

Ein wütender Blick trifft die Beamten.

»Was machen Sie eigentlich den ganzen Tag?«

Es ist also noch Leben in ihm, denkt Kammerlander. Seine Augen. In seinen Augen glüht … Wut? Hass? Ein gebrochener Mann sieht anders aus.

Er hört, wie Ratzinger scharf die Luft einzieht. Umso erstaunter ist er anschließend über dessen ruhigen, sachlichen Ton.

»Wir tun, was wir können, glauben Sie uns. Es wäre nur hilfreich, wenn wir von Ihrer Seite mehr Unterstützung bekommen würden.«

Endlich bequemt sich Wolfshuber, den Beamten einen Platz anzubieten.

»Ich habe alles gesagt.«

Kammerlander sieht sein Gegenüber kopfschüttelnd an.

»Das haben Sie mitnichten. Sie haben uns nichts von den handgreiflichen Auseinandersetzungen zwischen Roman und den Mitgliedern von ›!Genug!‹ erzählt.«

Wolfshuber sieht sie überrascht an.

»Sie meinen, einer von denen hat Roman auf dem Gewissen?«

»Wir meinen gar nichts. Aber wir kommen nur über das Motiv zu einer Klärung des Falles. Und wie es scheint, zeichnet sich hier ein mögliches Motiv ab.«

»Roman hat sich einmal mit dem Krautner Alois geprügelt. Das ist der Anführer der Chaotentruppe.«

»Nach dieser Prügelei musste Krautner ärztlich versorgt werden.«

»Der hat aber auch richtig ausgeteilt. Dr. Doppelhofer musste Roman ebenfalls verarzten. Die sind sich nichts schuldig geblieben.«

»Warum ist die Situation so eskaliert?«

Wolfshuber schaut wieder zum Fenster hinaus.

»Sie hatten wohl beide zu viel getrunken. Da können die Wogen schon einmal hochgehen.«

»Wenn Sie das sagen. Nur ist uns zu Ohren gekommen, dass Roman nicht zum ersten Mal gewalttätig geworden ist.«

Wolfshubers Gesicht färbt sich zornrot.

»Roman ist das Opfer! Schon vergessen?«

»Nein.« Kammerlander beißt die Zähne zusammen. »Aber für uns stellt sich die Situation so dar, als wären Sie an der Aufklärung des Falles nicht besonders interessiert. Und da stellen wir uns schon die Frage, warum das so ist.«

»Wie können Sie es …? Gehen Sie! Verlassen Sie mein Haus! Und tun Sie endlich, wofür dieser Staat Sie bezahlt.«

»Worauf Sie sich verlassen können.«

Wie zur Bestätigung des eben Gesagten überkommt Kammerlander ein Niesanfall.

Hoffentlich stecke ich den Kerl an, denkt er.

»Ich hasse dieses Dorfkaisergehabe! Dieser Provinzzipfelpolitiker! Da geht einem doch das Geimpfte auf!«

Ratzinger beruhigt sich erst, als sie vor dem Gemeindeamt in Sankt Martin einparken.

»Ist gut jetzt.« Kammerlander legt Ratzinger die Hand auf die Schulter. »Wir werden der Aufforderung des Landtagsabgeordneten Wolfshuber nachkommen und tun, wofür der Staat uns bezahlt. Ich bin jetzt überaus motiviert.«

»Hm. Ja. Ich auch.«

»Gut, dass du dich im Zaum gehalten hast.«

»Hm. Hat nicht viel gefehlt.«

»Ich bin stolz auf dich.«

Sie werden sofort zum Bürgermeister vorgelassen. Kilian Brandstätter erhebt sich aus seinem beeindruckenden Ledersessel und begrüßt sie jovial.

»Setzen Sie sich doch bitte. Kaffee? Tee?«

»Sehr freundlich, aber danke, nein. Wir möchten Sie nicht allzu lange in Anspruch nehmen.«

Brandstätter lädt sie mit einer Handbewegung ein, Platz zu nehmen.

»Gibt es etwas Neues?«

»Ich fürchte, nein. Wir sind hier, um etwas zum Thema Energie zu erfahren. Aus der Sicht der Gemeinde sozusagen. Es gibt Unstimmigkeiten?«

Brandstätter verdreht die Augen.

»Das können Sie laut sagen. Die Gemeinde ist sozusagen in zwei Lager gespalten. Die einen wollen saubere Energie, die anderen wollen das verhindern. Jeder hat seine Meinung dazu.«

»Je nach Interessenslage, nehme ich an.«

»Natürlich. Die Haltung der Gemeinde ist klar: Wir wollen weder fossile Energie noch Atomstrom. Soweit sind sich auch alle einig. Doch die *Umweltschützer* und *Naturbewahrer* sind auch gegen Windräder und Fotovoltaikanlagen. Aber irgendwoher muss die Energie doch kommen. Strom wollen alle, aber woher man den nehmen soll, das interessiert keinen.«

»Es gibt eine Gruppe, die sich ›!Genug!‹ nennt.«

»Ja, mit denen schlagen wir uns seit Jahren herum. Der Krautner Alois hat ein paar Ewiggestrige um sich versammelt und versucht ständig, uns Prügel zwischen die Beine zu werfen. Dabei verfolgt er nur eigene Interessen. Ihm gehören ein paar Hektar Grund auf der Alm, und er hat die fixe Idee, dort ›Touristenchalets‹ zu bauen. Für Leute, die im Urlaub Ruhe und Erholung suchen. Damit meint er, den großen Wurf zu machen. Die geplanten Windräder passen da nicht ins Konzept.«

»Krautner und Klapfer hatten deswegen handgreifliche Auseinandersetzungen?«

»Na ja, Sie wissen ja, wie das ist ... Moment, glauben Sie, dass der Krautner den Roman ...?«

»Würden Sie es ihm zutrauen? Oder einem seiner Mitstreiter?«

»Nein, nein ... Obwohl ... der Krautner ist nicht ohne. Der legt sich mit jedem an. Fragen Sie seine Nachbarn. Ein Querulant, der sich einen Sport daraus macht, die Leute vor Gericht zu zerren. Hat aber bisher meistens den Kürzeren gezogen.«

»Wer gehört noch zur Umweltschutzgruppe?«

»Ein paar Touristiker, Umweltschutzverbände, einige Förster, Almhüttenbetreiber, Naherholungssuchende. Aber die haben auf lange Sicht keine Chance.«

»Weil die Investoren das Geld und die besseren Beziehungen haben?«

»Sagen wir: die besseren Argumente.«

»Haben Sie selbst nicht auch investiert?«

Brandstätter errötet.

»Nur in kleinem Maßstab. In ganz kleinem.«

45

»Er ist nicht zu Hause. Wir fahren zum Kraftwerk hinunter.«

Kammerlander macht sein Handy aus und startet den Wagen. Die Straße zum Teigitschgraben ist eng und kurvenreich.

Er schüttelt den Kopf. »Also im Winter möchte ich hier nicht runterfahren müssen. Stell dir vor, du musst in aller Früh zur Arbeit, und der Schneepflug hat noch nicht geräumt.«

»Brauche ich nicht«, brummt Ratzinger. »Ich werde nie in aller Früh hier runterfahren. Weil ich nie in so einem kleinen Kaff wohnen werde.«

»Natürlich. Nicht so eine Stadtpflanze wie du.«

»Eben.«

Kammerlander biegt in die Abzweigung zum Kraftwerk ein und parkt sein Auto neben dem alten Toyota von Herbert Reinweber. Der kommt gerade aus der Tür und sieht ihnen verwundert entgegen.

»Guten Morgen. Wollen S' zu mir?«

»Genau. Wir haben noch ein paar Fragen.«

Sie schütteln sich die Hände.

»Wie kann ich Ihnen helfen?«

»Im Zuge unserer Ermittlungen taucht Ihr Name immer wieder auf. Deshalb sind wir hier.«

»Aha?«

Der weiße Lieferwagen des Kraftwerks mit Diplom-Ingenieur Eibelsreither hinter dem Steuer biegt um die Ecke. Der Ingenieur bleibt neben ihnen stehen und kurbelt das Fenster herunter.

»Guten Tag, die Herren. Na, wieder eine kleine Führung gefällig?«

Kammerlander lächelt.

»Nein, danke. Diesmal nicht. Äh, wir fragen uns, ob Sie Herrn Reinweber ein halbes Stündchen entbehren können. Wir würden gern mit ihm eine Fahrt im Aufzug unternehmen.«

Eibelsreither hebt erstaunt die Augenbrauen.

»Eigentlich … Ach, was soll's. Kein Problem. Warten Sie, ich hole die Schlüssel.«

Reinweber und die Beamten warten schweigend, bis Eibelsreither wieder aus dem Kraftwerk kommt.

»So was ist nicht Usus, wissen Sie? Der Aufzug soll nur im Bedarfsfall benutzt werden.«

Ratzinger räuspert sich.

»Wir haben Bedarf, glauben Sie mir.«

»Na dann.«

Der Ingenieur drückt Reinweber die Schlüssel in die Hand und schaut ihnen nachdenklich hinterher, bis sie um die Ecke verschwunden sind.

»Sie wollen also mit dem Aufzug zum Wasserschloss hinauf?«, fragt Reinweber noch einmal nach.

»Richtig. Wenn Sie so freundlich sein würden.«

Kammerlander macht eine einladende Geste zum Aufzug hin. Sie steigen in die hölzerne Vorrichtung, die rundherum mit einem Balken gesichert ist. Reinweber dreht den Schlüssel und legt einen Schalter um. Ruckartig setzt sich der Aufzug in Bewegung.

»Die Bodenfläche ist recht groß«, sagt Ratzinger. »Da kann man bequem einen kleinen Lastwagen draufstellen.«

»Der Aufzug ist ja eigens für den Transport von großen Lasten da«, antwortet Reinweber.

Langsam gleiten sie nach oben. Der Aufzug bewegt sich parallel zu den mächtigen Fallrohren, das Kraftwerk verliert mit jedem Meter, den sie nach oben entschweben, an Wuchtigkeit. Kammerlander wird ein wenig schwindlig. Er weiß nicht, ob es an der Höhe liegt oder an seinem prekären Gesundheitszustand. Zittrig hält er sich am Seitenbalken fest.

»Wieso interessieren Sie sich für das Wasserschloss?«, bricht Reinweber das Schweigen.

»Ach, wir interessieren uns mehr für diese Fortbewegungsart und wohin uns die Reise führt«, sagt Ratzinger kryptisch.

Sie gleiten über eine Kuppe, von da an ist der Steigungswinkel nicht mehr so groß. Nach der Ankunft an der oberen Station verankert Reinweber den Aufzug, und alle drei verlassen die hölzerne Plattform.

»So, das wär's. Hier ist also die Station, wo das ankommende Wasser von der Langmannsperre in die Fallrohre umgeleitet wird.«

Kammerlander sieht sich das kompakte Bauwerk an und

erschauert beim Gedanken, mit welcher Wucht das Wasser hier angeschossen kommen muss. Doch die Aussicht ist einzigartig. Die Landschaft breitet sich vor ihm aus, er meint fast, bis in die Oststeiermark sehen zu können. Hinter dem Wasserschloss liegt eine ungepflegte Rasenfläche mit einem Schuppen darauf. Dahinter geht es steil nach unten.

Die beiden Beamten drehen sich um. Der Platz wird an den restlichen zwei Seiten von Mischwald begrenzt. Von oben führt eine schmale Straße bis zum Wasserschloss hinunter, wo auch die Asphaltdecke endet. Dort führt ein breiter Weg in den angrenzenden Wald, er verliert sich nach ein paar Metern zwischen den Bäumen.

Ratzinger nickt Kammerlander unmerklich zu.

Reinweber sieht die Beamten fest an. So, als hätte er sich während der Fahrt hierherauf gewappnet, denkt Kammerlander.

»Was wollen S' mich denn nun fragen?«

»Zuerst würden wir gern in den Schuppen hier schauen. Sie haben doch sicher einen Schlüssel?«

Überrascht nickt Reinweber und zieht einen Bund aus der Tasche. Sie gehen durch das hohe Gras, und die Beamten holen tief Luft, als Reinweber den Schlüssel dreht. Halb und halb erwarten sie den möglichen Verwesungsgeruch. Aber ihre Befürchtungen sind grundlos; sie betreten einen Raum, der mit Maschinen und Werkzeug vollgestellt ist. Das einfallende Sonnenlicht zeichnet helle Muster auf die Geräte. Ein leichter Geruch nach Eisen und Benzin liegt in der Luft, nicht das geringste Anzeichen dafür, dass Klapfers Leiche hier herumliegt. Trotzdem sehen sie sich im Raum gründlich nach einem eventuellen Versteck in der Wand oder einer Falltür um.

Sie finden nichts dergleichen.

Draußen fragt Ratzinger: »Wohin führt diese Asphaltstraße?«

»Nach Krottendorf hinunter. Aber weiter oben ist eine versperrte Schranke. Da kommt man nicht weiter. Den Schlüssel haben nur zwei Anrainer, die hier heroben wohnen.«

»Und dieser Weg? Der in den Wald führt?«

»Das ist der Schienenweg. Beim Bau des Kraftwerks hat man eine Möglichkeit gesucht, Material hierherzubefördern. Also hat man von der Langmannsperre bis zum Schloss einen vollkommen ebenen Weg geschaffen, an der Teigitschklamm entlang. Dann sind Schienen gelegt worden, und so hatte man einen Transportweg und konnte die Fallrohre bauen. – Aber wolln S' mir denn nicht endlich sagen, was Sie von mir wollen?«

»Einen Moment bitte.«

Kammerlander geht mit Ratzinger ein Stück zur Seite.

»Das wäre jetzt wohl zu einfach gewesen«, sagt Kammerlander leise. »Aber ich bin überzeugt davon, dass Klapfer hier heraufgebracht worden ist. Entweder haben die Entführer einen Schlüssel für die Schranke gehabt, oder Klapfer ist auf dem Schienenweg befördert worden. Pass auf. Wir müssen uns aufteilen, sonst dauert das alles zu lange. Fahr du mit Reinweber wieder zum Kraftwerk hinunter und nimm ihn dabei ordentlich in die Zange. Dann fährst du die Straße von Krottendorf herauf bis zur Schranke. Frag die Bewohner an der Straße, ob sie sich an etwas Ungewöhnliches aus den letzten Tagen oder Wochen erinnern können. Ob sie vielleicht Autos bemerkt haben, die nicht hierhergehören. So was eben. Anschließend fährst du wieder nach Sankt Martin zurück und weiter bis zur Langmannsperre. Dort wartest du auf mich.«

»Und was machst du?«

»Ich gehe auf Wanderschaft. Die Lösung liegt hier oben, das spüre ich. Ich muss mir ein Bild vom Gelände machen, deshalb gehe ich den Weg bis zur Sperre ab und schau mich um. Ich muss ein Gefühl für alles kriegen, ich weiß nicht, wie ich es sagen soll ...«

Kammerlander dreht sich zur Seite und niest ausgiebig.

»Wie weit ist es von hier aus bis zur Langmannsperre?«, ruft er Reinweber zu.

»Sind schon ein paar Kilometer, so eineinhalb Stunden wird man zu Fuß brauchen.«

»Schaffst du das?«, fragt Ratzinger. »Du siehst nicht gut aus.«

»Wird schon gehen. Der Weg soll ja durchgehend eben sein.«

Ratzinger zieht ein Päckchen Papiertaschentücher aus der Jackentasche.

»Da, nimm. Proviant kann ich dir leider keinen mitgeben.«

Er nickt seinem Chef zu und geht zu Reinweber zurück, froh, die Strecke nicht selbst gehen zu müssen. Wandern war noch nie seins.

Kammerlander schaut den beiden nach, bis sie mit dem Aufzug nach unten unterwegs sind. Er zieht geräuschvoll auf und spuckt ins Gras.

Dann nimmt er den Weg in Angriff. Nach einer Minute hat ihn der Wald verschluckt.

46

»So, Herr Reinweber, kommen wir jetzt zu Ihnen«, beginnt Ratzinger, als sie langsam nach unten gleiten. »Sie fragen sich bestimmt, warum uns der Aufzug so interessiert.«

»Ja, schon.«

»Wir denken, Roman Klapfer ist auf diesem Weg entführt worden.«

»Was?«

Reinweber reißt die Augen auf. »Das ist doch gar nicht möglich …«

»Doch, ist es. Es ist sogar die einzige Möglichkeit, wie man den Entführten verschwinden lassen konnte.«

»Aber … wie soll das gehen? Da hätt doch jemand den Schlüssel für den Aufzug haben müssen …«

In Reinwebers Augen blitzt etwas auf, rasch senkt er den Blick.

»Sehen Sie. Das haben wir uns auch gedacht. Und da kommen Sie ins Spiel. Am Tag von Klapfers Entführung, also am Vormittag, um genau zu sein, haben Sie im Kraftwerk Dienst gehabt. Zusammen mit Diplom-Ingenieur Eibelsreither. Sie verstehen, was das für uns heißt.«

Reinweber hebt den Kopf und starrt Ratzinger an.
»Sie denken ... ich ... Sie glauben, dass *ich* den Roman entführt hab?«
Du spielst den Überraschten verdammt gut, denkt Ratzinger.
»Genau das glauben wir. Oder haben Sie eine andere Erklärung für die Inbetriebnahme des Aufzugs?«
»Steht denn im Protokoll, dass der Aufzug benutzt worden ist?«
»Ach, Herr Reinweber.« Ratzinger lächelt dünn. »Ich weiß wohl, dass jede Fahrt mit dem Aufzug ins Journalbuch eingetragen werden soll. Aber wenn man eine Inbetriebnahme verheimlichen will, weil man einen Menschen verschwinden lassen muss beispielsweise, dann trägt man einfach nichts ins Buch ein. Keine Kontrolle, Arsch geleckt. Deshalb betrachten wir dieses Journalbuch eher als Kasperltheater.«
»Ich hab den Roman aber nicht entführt! Ich hab auch den Aufzug nicht bedient! Wieso hätt ich das tun sollen?«
»Ja, das Motiv. Gut, dass Sie das ansprechen. Sie waren doch einmal mit der Acham Sarah zusammen? Jedenfalls so lange, bis der Klapfer Sie Ihnen ausgespannt hat.«
Reinwebers Gesicht verdüstert sich.
»Ach, und deswegen soll ich mich am Roman gerächt haben?« Er schüttelt den Kopf. »Ich glaub das alles nicht!«
»Dass Klapfer auf diesem Weg transportiert worden ist, ist für uns Fakt. Dass Sie die Gelegenheit hatten, den Aufzug in Betrieb zu nehmen, ebenso. Im Kraftwerk hört man nicht, wenn der Aufzug läuft.«
»Ich hab nix gemacht!«
»Wie soll es denn sonst gewesen sein?«
»Das weiß ich nicht.«
Reinweber wendet sich ab. Ratzinger sieht fast, wie sich die Rädchen im Gehirn des jungen Mannes drehen.
»Vielleicht bin ich einmal rausgangen, in die Werkstatt vielleicht, und hab die Tür offen gelassen. Da kann schon einer reingangen sein und den Schlüssel genommen haben.«
»Und der hat dann den Aufzug benutzt, ohne dass Sie und

Ihr Chef etwas mitbekommen haben? Für wie blöd halten Sie uns?«

»Sie haben selbst gesagt, dass es im Kraftwerk zu laut ist, um was zu hören. Und sehen tun Sie auf der Rückseite auch nix, weil das Kraftwerk die Sicht auf den Aufzug verstellt.«

»Und wie soll der Schlüssel wieder an seinen Platz gekommen sein? Nachdem der Aufzug wieder unten war?«

Reinweber zuckt die Schultern.

»Vielleicht war ich ja noch einmal draußen und …«

»… und haben wieder nichts mitbekommen, als jemand den Schlüssel zurückgebracht hat? Das ist ein bisschen viel Zufall, finden Sie nicht?«

Sie legen die letzten Meter schweigend zurück. Als der Aufzug am Endpunkt einrastet, sagt Ratzinger: »Der ominöse Schlüsselräuber muss über die Gepflogenheiten im Kraftwerk gut Bescheid gewusst haben. Ein Insider sozusagen.«

»Das ist kein Kunststück. Hunderte Leute haben schon Führungen mitgemacht, da wird auch über den Aufzug gesprochen.«

Ratzinger sieht Reinweber lange an. Der starrt auf seine Schuhspitzen.

»Wer war an jenem Sonntag hier? Wer hat Klapfer entführt?«

»Hier war niemand. Ich hab zumindest keinen gesehn.«

Reinweber steht da wie ein trotziges Kind.

»Na schön. Wie Sie meinen. Sie werden in nächster Zeit keine Reisen unternehmen, sondern sich zu unserer Verfügung halten. Das war es noch lange nicht für Sie.«

Die Naturkulisse ist beeindruckend. Links von ihm führt ein Mischwald steil in die Höhe, Felsbrocken, umgestürzte und überhängende Bäume lassen ihn fast wie einen Urwald wirken. Rechts des Weges geht es nahezu senkrecht nach unten zur Teigitsch. Gebüsch und verkrüppelte Bäume krallen sich in die Erde und befestigen so den Hang. Manchmal ist die Teigitsch zwischen dem Blattwerk zu sehen, meistens allerdings hört man nur das Glucksen des Baches. Durch die Umleitung des

Wassers in ein Röhrensystem hat die Klamm einen Großteil ihres Wasservolumens verloren.

Kammerlander sieht zu, sich dem rechten Rand des Weges nicht zu weit zu nähern; wenn er hier abstürzt, wird sein Fall höchstens von einem morschen Ast gestoppt, der sich nach oben ragend in seinen Körper bohrt. Der wildromantischen Natur um ihn herum begegnet er mit Bewunderung und Respekt.

Kammerlander schreitet forsch aus. Das feuchtkühle Klima der Klamm setzt ihm zu. Ihm ist kalt, obwohl ihm der Schweiß auf der Stirn steht. Ich gehöre ins Bett, denkt er. Gott sei Dank geht es hier nirgendwo bergauf. Reinweber hat nicht zu viel versprochen. Der Weg läuft eben dahin, es gibt kaum Steine oder Wurzeln, die Aufmerksamkeit beim Gehen erfordert hätten. Außerdem ist er breit genug, um ihn mit einem Wagen zu befahren. Gar kein Problem.

Nach kurzer Zeit sieht er einen Felsen vor sich, in den ein Durchgang in der gesamten Breite des Weges gesprengt worden ist. Kammerlander geht fast ehrfürchtig die wenigen Meter durch den Felsentunnel und ist froh, als er auf der anderen Seite wieder ins Tageslicht treten kann. Man weiß ja nie.

Hundert Meter weiter zieht sich der Wald zu seiner Linken zurück und lässt Raum für eine steile Wiese. Zwei Häuser mit kleinen Auffahrten sind in den Hang gebaut worden. Das kleinere Haus mit den geschlossenen Balken scheint leer zu stehen, das größere ist eindeutig bewohnt. Die Fenster sind geöffnet, zwei Hemden flattern auf einer Wäscheleine, und ein etwa sechzigjähriger Mann schwingt neben dem Haus seine Sense. Grüßend hebt Kammerlander den Arm.

Der Mann steigt vom Hang herab, und sie kommen ins Gespräch.

»Schön haben Sie es hier. Schön einsam auch.«

Der Mann winkt ab. »Ach, das ist halb so wild. Ich hab gern meine Ruhe.«

Es scheint allerdings, dass er doch ganz froh über Gesellschaft ist, denn er lädt Kammerlander zu einem Bier ein.

»Mein Name ist übrigens Wallner. Hugo Wallner. Gehen wir doch ein paar Schritte, dann können wir das Bier aus meinem Naturkühlschrank trinken.«

Kammerlander ist überrascht, als er im Weitergehen am oberen Ende der Wiese zwei Stromverteilerkästen sieht. Es führen keine Leitungen dorthin, wie also kommen die Bewohner zu ihrem Strom?

Wallner lacht. »Die Leitungen führen über den Berg, also sie sind in der Erde verlegt.«

Nach einer Minute öffnet sich der Weg, und ein ebener Platz breitet sich vor ihnen aus. Ein kleines Blockhaus mit einem hölzernen Tisch und Stühlen steht vor dem bewaldeten Hang.

»Sie sehen hier meine Sommervilla. Meine Enkel verbringen da gern den Sommer.«

Kammerlander setzt sich dankbar auf die Bank. Er beobachtet Wallner, als dieser zu einem halbrunden Gittertor am Fuß des Hanges geht und zwischen die Stäbe greift. Grinsend zieht er zwei Flaschen Bier heraus.

»Ist ganz praktisch. Der Gang führt zu den Triebwasserleitungen im Berg, die von der Langmannsperre gespeist werden. Sie enden am Wasserschloss. Es gibt noch ein paar weitere dieser Stollen entlang des Weges. Damit man Einstiegsmöglichkeiten hat, wenn eine Reparatur ansteht. Und das Beste daran: Die Temperatur ist dort drin immer gleich. Ideal für die Lagerung von Bier.«

Sie prosten sich zu. Kammerlander merkt einen kühlen Luftzug auf der verschwitzten Haut und knöpft sich die Jacke zu. Nicht dass er sich noch mehr verkühlt.

»Wie versorgen Sie sich hier heroben?«, fragt er.

»Das ist kein Problem. Zum Einkaufen nehmen mein Nachbar und ich das Auto und fahren zum Wasserschloss und dann die Straße nach Krottendorf hinunter. Wir haben einen Schlüssel für die Schranke, wir sind also nicht von der Außenwelt abgeschnitten, wie man vielleicht glauben könnte.«

»Sind Sie und Ihr Nachbar die einzigen Bewohner hier heroben?«

»Ja. Wenn Sie den Weg bis zur Langmannsperre weitergehen, finden Sie nur eine Abzweigung für Wanderer nach Voitsberg. Da geht es steil hinunter, über Stock und Stein. Und kurz vor dem Ende des Schienenwegs geht noch ein Weg zum Beingrüblhof und zum Hof vom Schwaiger Martin ab.«

47

»Ich wollte gerade eine Vermisstenanzeige aufgeben«, sagt Ratzinger, als Kammerlander ins Auto steigt. »Ich warte hier schon eine Stunde.«

»Der gerade Weg führt nicht immer zum Ziel.«

»Welch kryptische Aussage.«

»Hm.«

»Ich habe hier etwas für dich, du müder Krieger«, sagt Ratzinger und greift auf den Rücksitz. Er hält seinem Freund eine Semmel mit Leberkäse und eine Flasche Mineralwasser hin. »Sollst auch nicht leben wie ein Hund.«

Jetzt merkt Kammerlander erst, wie hungrig er ist. Und erschöpft.

»Hat dein Spaziergang unsere Ermittlungen weitergebracht?«

»Weiß ich noch nicht«, sagt Kammerlander mit vollem Mund. »Auf alle Fälle ist der Verbleib der Schlüssel für den Schranken geklärt. Mit einem der Schlüsselbesitzer habe ich ein Bier getrunken. Der hat mir nicht den Anschein gemacht, als wäre er ein Entführer und Mörder. Was nichts heißen muss. Sein Nachbar hat den zweiten Schlüssel. Der ist vor Wochen zu seinem Sohn nach Deutschland gefahren und soll erst am Sonntag wiederkommen.«

»Das deckt sich mit meinen Erkenntnissen. Die Anrainer jenseits der Schranke besitzen keinen Schlüssel. Und etwas Verdächtiges ist ihnen auch nicht aufgefallen.«

»Der Schienenweg ist interessant. Es ist ein Leichtes, ihn

mit einem Wagen zu befahren. Aber etwa zweihundert Meter vor dem Ende verengt sich der Weg und ist mit Büschen fast zugewachsen. Da zweigt auch ein Weg ab. Er führt zum Beingrübl- und zum Schwaigerhof.«

»Hast du die Abzweigung genommen?«

»Mhm. Aber nur bis zum Beingrüblhof. Da war niemand. Klar. Den Schwaigerhof habe ich mir erspart. Ich bin ziemlich fertig.«

»Was ziehst du für Schlüsse?«

»Weiß nicht ... Ein kleiner Geländewagen könnte sich auf dem Fußweg durchs Gebüsch arbeiten. Wenn das nicht zu weit hergeholt ist.«

Kammerlander setzt die Wasserflasche an und trinkt in großen Schlucken.

»Und dein neuer Freund mit dem Bier? Hat der am Tag von Klapfers Verschwinden etwas bemerkt?«

»Nein, hat er nicht. Er ist wie jeden Sonntag in Sankt Martin beim Gottesdienst und anschließend beim ›Lärchenwirt‹ gewesen.«

»Was sonst.«

»Hast du aus Reinweber etwas herausbekommen?«

»Er leugnet, etwas von der Inbetriebnahme des Aufzugs bemerkt zu haben.«

»Dein Eindruck?«

»Er lügt. Und nicht sehr überzeugend.«

Kammerlander befördert die leere Wasserflasche auf den Rücksitz.

»Klapfers Leiche ist hier irgendwo«, sagt er. »Ich spür's in jedem Knochen. Genau wie meine Sommergrippe.«

»Und was jetzt?«

»Ich würde sagen, wir haben uns eine Kaffeepause verdient. Nächster Halt: ›Lärchenwirt‹.«

Ratzinger wendet den Wagen und fährt die steile Straße hinauf.

Kammerlander sieht müde aus dem Fenster. Die imposante Staumauer zieht vorbei, und er denkt an die gewaltige Kraft des Wassers, das sie zurückhält. Nicht auszudenken, wenn die Mauer einen Riss bekäme und …

Als Ratzinger in die Sankt-Martiner-Straße einbiegt, ist er eingeschlafen.

Dr. Eugen Rebenfels hat eigentlich nicht vorgehabt, in nächster Zeit in die Weststeiermark zu kommen. Nachdem der Sohn seines Freundes Wolfshuber verschwunden ist, hat er befunden, es wäre angezeigt, sich von der Gegend fernzuhalten. Er hat mit Wolfshuber vereinbart, in nächster Zeit die Füße stillzuhalten, trotzdem hat sein Freund mehrfach angerufen. Rebenfels ist nicht ans Telefon gegangen, mit dem Tod seines Sohnes muss der Landtagsabgeordnete selbst fertigwerden. In diese Geschichte will er nicht mit hineingezogen werden, Freund hin oder her. Es hat schon gereicht, dass die Polizei ihn mehrmals belästigt hat. Und schließlich – was geht ihn das alles an? Er ist ein Jagdfreund, mehr nicht. Und so wie er Wolfshubers Sohn kennt, gibt es genug Gründe, um ihn ins Jenseits zu befördern, und genug dafür in Frage kommende Personen. Roman ist immer zu impulsiv gewesen, ohne über irgendwelche Folgen nachzudenken. Da war es doch nur eine Frage der Zeit, bis etwas passiert.

Also: abwarten und Abstand halten.

Aber heute ist er von der Polizei telefonisch vorgeladen worden. Als Zeuge, wie betont wurde. Er hat sich kooperativ gezeigt und einen Termin noch am selben Abend vorgeschlagen. Warum auch nicht? Er hat nichts zu verbergen.

Doch die Sache lässt ihn nicht in Ruhe. Er hasst Situationen, die er nicht unter Kontrolle hat. Die Polizei wird sicher nur routinemäßige Fragen stellen, weil sein Name im Umfeld von Klapfer aufgetaucht ist. Er hat mit dem Verschwinden von Roman doch nichts zu tun. Aber er braucht unbedingt Informationen über den Stand der Dinge. Vielleicht wäre es doch besser gewesen, mit Wolfshuber zu telefonieren. Was für eine vertrackte Geschichte.

Auf alle Fälle will er nicht ungebrieft zu dieser Vorladung

gehen. Er muss mit Wolfshuber reden. Muss herausfinden, wie viel die Polizei weiß. Was sein Freund ausgesagt hat. Und das Gespräch mit dem Landtagsabgeordneten wird er nicht am Telefon führen. Man weiß ja, was heute technisch alles möglich ist. Andererseits, das ist Landpolizei. Provinz. Vielleicht sollte er die Sache entspannter angehen.

Eigentlich kann ihm gar nichts passieren. Weil nur wenige von der Sache wissen. Dem Arrangement. Jeder Beteiligte tut gut daran, die Klappe zu halten. Der Tod von Roman ist zwar bedauerlich, aber mehr auch nicht. Höchstwahrscheinlich hat die Polizei keine Ahnung und ermittelt in andere Richtungen. Mit Sicherheit sogar.

Allmählich steigert er sich hinein, die Wut wächst. Wieso muss er sich über all das Gedanken machen? Wie kann es sein, dass diese Dorfpolizisten ihn einfach so vorladen? Diese Nullnummern.

All die Jahre hat er auf das Gesetz geschissen. Er ist drübergestanden. Hat sich genommen, was er wollte. Rücksichtslos und ohne Mitleid. Weil er es konnte. Er ist schließlich jemand. Und er hat sich immer in einem gesellschaftlichen Umfeld bewegt, in dem er praktisch unantastbar gewesen ist. Was bilden sich diese Provinzfuzzis eigentlich ein?

Er atmet tief durch. Nur die Ruhe. Er muss die Nerven bewahren, darf den Ermittlern nicht zeigen, wo ihr Platz ist. Das wäre in seiner Situation kontraproduktiv. Er wird sich hilfsbereit geben, gleichzeitig wird *er* sich Informationen beschaffen, ohne dass diese Seppeln es merken.

Aber vorher wird er zu Wolfshuber fahren. Ihm einen Freundschaftsbesuch abstatten sozusagen. Ihn in dieser schwierigen Lage stützen. Das ist unverdächtig und für jeden nachvollziehbar.

Sein Handy läutet. Die Nummer kennt er nicht, aber er geht dran.

Als das Gespräch beendet ist, hat sich sein Ausdruck verändert. Ein fiebriger Glanz leuchtet aus seinen Augen. Endlich. Darauf hat er schon lange gewartet. Er wird diese Gelegenheit nutzen, so viel ist sicher. Und dabei das Unangenehme mit dem Nützlichen verbinden.

Er geht nach oben und packt seinen Jagdrucksack.

48

Der »Lärchenwirt« ist an diesem Nachmittag nicht gut besucht.

Die Weber Rosl sitzt an ihrem Stammplatz hinten im Eck und stiert grantelnd in ihren Häferlkaffee. Am Kartentisch sitzen vier alte Männer und teilen lustlos Karten aus. Ihre Blicke irren des Öfteren zum Fenster, als erwarten sie, dass da draußen etwas passiert. Der unvermeidliche Rupp steht auch wieder am Ende der Schank, relativ nüchtern diesmal. Aber er arbeitet daran, diesen Zustand zu ändern.

»I nehm noch a Bier, Sepp!«

Die Beamten stehen am Tresen und schauen dem Wirt zu, wie er das Bier zapft und vor den Rupp hinstellt. Er zischt ihm leise etwas zu und bedenkt ihn mit einem warnenden Blick.

»Nicht viel los heute, was?«, beginnt Ratzinger und löffelt sich Milchschaum in den Mund. Kammerlander hat sich für Kamillentee entschieden, was eine Suchaktion im Teeschränkchen ausgelöst hat.

»Wird net oft verlangt bei uns«, brummt der Wirt, als er die dampfende Teetasse vor Kammerlander hinstellt. »Sie schaun aus, als g'hörn S' ins Bett.«

»Wem sagen Sie das«, antwortet Kammerlander und wischt sich kalten Schweiß von der Stirn.

»Wieso ist heute so wenig los bei Ihnen?«, erkundigt sich Ratzinger beharrlich.

Der Wirt zuckt die Schultern. »Sind alle bei den Suchmannschaften. Der Doktor is weg.«

»Wie, weg?«

»Na, der is gestern Abend noch zur Krainer Fefi g'fahrn, wegen Krankenbesuch und so. Die macht's nimmer lang. Heut

Vormittag ham s' den Wagen vom Doktor im Wald g'fundn. Leer. Vor an umg'stürztn Hochsitz is er g'standn. War ja ein Scheißwetter gestern.«

Ratzinger erinnert sich, dass ihm ein Wagen der Feuerwehr entgegengekommen ist, der einen Jeep abgeschleppt hat. Das ist dann wohl das Auto des Arztes gewesen, denkt er.

»Und Dr. Doppelhofer ist seither verschwunden?«

»Sonst tätn s' ihn net suchen«, mault Rupp, ohne die Beamten anzusehen.

»Er hätt heut Sprechstund g'habt«, beeilt sich der Wirt zu sagen. »Aber die Tür war zu. Kein Zettel dran, dass die Sprechstund ausfallt oder so. Dann is die Polizei zur Weber Rosl g'fahrn, die hat ja einen Schlüssel fürs Haus. Aber im Haus war er auch net.«

Die Beamten drehen sich zur Rosl um, was ihr sichtlich unangenehm ist. Sie trinkt ihren Kaffee aus und steht auf.

»Jetzt wart halt amal, Rosl«, sagt der Wirt. »Die Kripo hat sicher noch Fragen …«

»Pffft …«, kommt es vom Rupp.

Kammerlander hat sich inzwischen auf einen Barhocker gesetzt. Er ist froh, dass sein Freund das Reden übernimmt. Ihm ist abwechselnd heiß und kalt.

»Frau Weber …«, beginnt Ratzinger.

»Der Doktor hat gestern g'sagt, ich brauch heut net zum Putzen kommen. Das hab ich g'macht. Sonst weiß ich nix.«

Sie versucht, an den Beamten vorbeizukommen, aber Ratzinger stellt sich ihr in den Weg.

»Sind Sie nicht besorgt, dass dem Arzt etwas passiert sein könnte?«

»Dem is sicher was passiert. Der war bestimmt net mehr nüchtern. Des hab ich auch der Polizei g'sagt.«

»Können Sie sich vorstellen, dass er irgendwo untergekrochen ist, um vor dem Gewitter Schutz zu suchen? Sie haben ja gute Ortskenntnisse.«

»Was weiß ich.« Sie schießt einen bösen Blick auf den Mann an der Bar ab. »B'soffene ham ja oft einen Schutzengel, gell, Rupp?«

»Halt's Maul, alte Hex!«

Rosl hat es geschafft, sich an Ratzinger vorbeizuschlängeln, und verschwindet in Richtung Küche.

»Vielleicht hat *den* auch der Teifl g'holt …«, hört man sie noch murmeln.

Der Wirt schlägt die Augen zum Himmel.

Rupp spricht wieder mit seinem Bier.

»Wenn den Doktor einer findet, dann *unsere* Leut. Die Kripo findet ja net amal die Leich vom Roman.«

Der Wirt fährt ihn an: »Hör auf jetzt, verflucht.«

»Gib mir an Schnaps.«

»Nix kriegst. Trink aus und geh heim.«

»So weit kommt's noch.«

Der Wirt beugt sich vertraulich zu den Beamten. »Des Gewäsch dürfen S' net so ernst nehmen. Hören S' gar net …«

»Keine Sorge. Sie brauchen Ihren Gast nicht vor sich selbst zu schützen«, unterbricht Ratzinger den Wirt mit einem milden Lächeln. »Wir wissen, dass er im seichten Ende des Genpools schwimmt.«

»Hä?«, kommt es von Rupp.

Kammerlander hat sich verschluckt und prustet Kamillentee über die Theke.

»Schon gut. Kommen wir zu etwas anderem. Wir haben inzwischen gehört, dass es in diesem friedlichen Dorf derzeit gar nicht so friedlich zugeht. Ich denke dabei an den Konflikt bei der Energiegewinnung.«

Windischs Blick wird abweisend.

»Und?«

»Es soll sogar handgreifliche Auseinandersetzungen gegeben haben, hier im Lokal. Herr Klapfer soll seiner Meinung schlagkräftig Ausdruck verliehen haben.«

»*Verstehst* du den?«, fragt Rupp von der Seite. »I versteh den net.«

»Da war nix weiter. Der Krautner Alois hat den Roman provoziert. Danach ham sie sich wieder vertragen.«

»Viele Leute hier heroben wollen keine Fotovoltaikanlagen

und Windparks. Gibt es jemand, der besonders wütend auf Klapfer oder auf seinen Vater war? – Ich meine jetzt nicht wegen Romans Frauengeschichten«, wirft Ratzinger wie nebenbei ein. »Hat er jemandem in die Suppe gespuckt mit dieser Energiegeschichte? Jemanden finanziell ruiniert vielleicht? Sie bekommen hier doch fast alles mit.«

Das Gesicht des Wirts wird ausdruckslos.

»Das weiß ich net. Glauben S', deswegen hat jemand den Roman …?«

»Wie stehen Sie zu dem Thema?«

»Was für ein Thema?«

»Siehst«, sagt Rupp zum Wirt. »Du verstehst den auch net.«

»Mir is das wurscht. Zu mir kommen Gäste aus beiden Lagern, und ich bedien beide gleich.«

»Aber Sie haben doch auch in die Projekte investiert?«

Das ist Windisch sichtlich unangenehm. Schnell huscht sein Blick zu den Kartenspielern.

»Reden wir doch leiser. Das war kein hoher Betrag. Und das muss auch keiner wissen.«

»Verstehe.« Ratzinger senkt die Stimme. »Die Zeche der Gegner ist genau so willkommen wie die der Befürworter.«

»Genau. Ist ein kleiner Ort. Ich muss schauen, wo ich bleib.«

Rupp schlägt mit der flachen Hand auf die Theke. »Wird das heut noch was mit dem Schnaps?«

»Von mir aus. Aber dann haltst den Mund.«

Ratzinger bemerkt, dass Kammerlanders Augen fiebrig glänzen. Schluss jetzt, denkt er. Der Mann muss ins Bett. Er öffnet die Brieftasche und legt einen Geldschein auf den Tresen.

»Die Herren wollen schon gehen?«

Ratzinger entgeht nicht der Unterton in der Stimme des Wirts. Er lächelt verbindlich.

»Ja, leider. Aber nur für heute. Ist immer wieder lustig bei Ihnen.«

49

»Der Doppelhofer hat den Wisch auch gekriegt. Der gleiche Inhalt.«

Dr. Rebenfels furcht die Stirn. Das sind keine guten Nachrichten. »Der hat sich sicher in die Hosen geschissen, wie ich ihn kenne.«

Wolfshuber nickt.

»Ich musste viel Überzeugungsarbeit leisten. Aber die Aussicht auf eine Beteiligung hat ihn ruhiggestellt.«

»Wollen wir das wirklich?«

Wolfshuber winkt verächtlich ab.

»Natürlich nicht.« Er nimmt einen Schluck Rotwein und lässt ihn auf der Zunge rollen. »Aber mir ist auf die Schnelle nichts Besseres eingefallen.«

»Unserem Arzt ist nicht mehr zu trauen, wenn du mich fragst. Er wird unberechenbar. Und damit eine Gefahr.«

»Sehe ich auch so.«

»Also?«

Sie schauen sich an. Rebenfels bemerkt die dunklen Schatten unter Wolfshubers Augen. Abgenommen hat er auch. Der Tod seines Sohnes hat ihn ziemlich mitgenommen, aber gebrochen hat er ihn nicht. Das hätte Rebenfels auch überrascht. Sie beide sind sich ziemlich ähnlich. Rücksichtslos, gerissen, ohne Skrupel. Stets auf den eigenen Vorteil bedacht. Das hat sie ja auch zusammengeführt.

Rebenfels hebt fragend die Augenbrauen. »Gehen wir mit ihm auf die Jagd?«

»Müssen wir vielleicht gar nicht. Der Bürgermeister hat mich heute Vormittag angerufen. Silvester ist verschwunden. Man hat seinen Wagen im Wald gefunden, von ihm selbst keine Spur.«

»Das heißt?«

»Weiß ich auch nicht. Der war sicher wieder voll bis unters Dach. Vielleicht ist er gestürzt und liegt verletzt irgendwo herum. Vielleicht hat ihn der Blitz erschlagen. Das wär eh das Beste.«

»So viel Glück haben wir bestimmt nicht.«

Rebenfels spürt ein Kribbeln unter der Kopfhaut. Ein untrügliches Zeichen dafür, dass er Gefahr wittert. Er hat immer auf sein Gefühl gehört und im Vorfeld schon geeignete Maßnahmen ergriffen. Das hat ihm mehr als einmal die Haut gerettet.

»Das gefällt mir nicht. Erst verschwindet dein Roman, jetzt der Doppelhofer. Weißt du, woran ich denke?«

»Das ist mir auch schon im Kopf herumgegangen.«

»Und?«

»Möglich wäre es. Ich habe keine Ahnung. Es … es waren so viele.«

Schweigen breitet sich aus.

Hinter Rebenfelds Stirn jagen sich die Gedanken. Die Polizei weiß nur von seiner Jagdfreundschaft zu Wolfshuber und Roman. Es gibt keine Verbindung von ihm zu Doppelhofer. Darauf hat er immer Wert gelegt und sich nie mit dem Arzt in der Öffentlichkeit sehen lassen. Wenn der alte Morphinist sein vernebeltes Maul nicht aufgerissen hat, ist alles gut. Sollten Gerüchte hochkochen, wird der Name »Rebenfels« nicht fallen. Und was der Arzt in seiner Praxis getrieben hat, geht ihn erst recht nichts an.

Er schaut auf seine Rolex und trinkt das Glas aus.

»Ich muss jetzt zur Zeugenbefragung. Gib mir die Schlüssel für die Jagdhütte. Ich übernachte dort. Über das Problem reden wir morgen weiter. Denk noch mal nach, ob es nicht doch etwas gibt, was deinen Verdacht erregt, und sei es auch noch so vage. Ich glaube nicht, dass wir uns irren. Wir sind jetzt auf der Jagd. Nach menschlicher Beute. Wir werden uns anpirschen und unser Wild einkreisen. Und wenn wir unsere Beute haben …«

Sie schauen sich an, und einer erblickt in den Augen des anderen das Ungesagte.

»Der Chef kommt heute nicht mehr«, sagt Ratzinger, als er die fragenden Gesichter seiner Kollegen sieht. »Morgen vielleicht auch nicht. Es hat ihn ziemlich erwischt.«

Er setzt sich und sieht unternehmungslustig in die Runde.

»Harry hat mir für die Dauer seiner Abwesenheit die Leitung des Falles übertragen. Also lasst uns anfangen.«

»Kollege Witt und ich sind tief in den dörflichen Tratsch eingetaucht«, beginnt Hansbauer. »Unser Roman war eine fleißige Biene. Es gibt da oben nicht viele Blüten, die er nicht bestäubt hat, wenn der Vergleich zulässig ist.«

»Etwas Konkretes?«

»Na ja.« Witt macht mit der Hand eine unbestimmte Geste. »Es ist Gerede hinter vorgehaltener Hand. Eine protokollierte Aussage wird keiner unterschreiben.«

»Klar. Also?«

Witt nickt Hansbauer zu. Der lässt sich nicht lange bitten.

»Ein Verhältnis mit der Frau des Gemeindesekretärs Huber ist fast schon amtlich. Das scheint da oben jeder zu wissen. Sie ist die Dorfschönheit oder war es zumindest mal. Ich war als Teenager auch in sie verliebt, wenn ich mich so zurückerinnere. Wie übrigens die halbe Männerwelt da oben. Anscheinend hat sie vorgehabt, ihren Mann zu verlassen. Das war unserem Roman dann doch zu viel des Guten, und er hat Schluss gemacht. Die Frau ist damit nicht klargekommen, man munkelt von einem Selbstmordversuch mit Tabletten. Dr. Doppelhofer scheint ihr den Magen ausgepumpt zu haben, was nie in einer Krankenakte vermerkt wurde. Die ganze Geschichte ist schön unter der Decke geblieben.«

»Und Papa Wolfshuber hat den Gemeindesekretär mit ins Energieboot genommen«, resümiert die Dollinger. »So sind alle glücklich.« Ihre Stimme klingt rau. Sie räuspert sich.

»So ist es. Es ist auch die Rede von Affären mit jungen bis ganz jungen Mädchen gewesen. Klapfer hat die frischen Äpfel gepflückt, einen Bissen genommen und sie dann weggeworfen. Dabei soll er sich wie ein Schwein benommen haben. Und seine Aktivitäten sind manchmal nicht ohne Folgen geblieben. So manches junge Ding ist in Schwierigkeiten geraten. Aber auch hier hat Wolfshuber korrigierend eingegriffen und die Leute unter Druck gesetzt.«

»Soll heißen?«

»Die Mädchen wurden zum Dorfarzt gebracht.«

Über Ratzingers Nasenwurzel bildet sich eine steile Falte.

»Aber Doppelhofer ist doch Allgemeinmediziner?«

»Ja, schon. Heißt aber nix. Es gibt ein geflügeltes Wort da oben: Geh zum Arzt mit deiner Pein – im Keller wirds zum Engelein!«

»Scheißkerl!«, zischt Dollinger.

»Wer jetzt?«, fragt Ratzinger. »Der Arzt? Oder Klapfer? Oder Wolfshuber?«

»Suchen Sie sich einen aus.«

»Es wird noch mehr gemunkelt«, fährt Hansbauer fort. »Die Eingriffe sollen nicht immer problemlos verlaufen sein. Es soll Infektionen und Blutstürze gegeben haben, manches Mädchen kann nie wieder Kinder haben.«

Ratzinger zieht scharf die Luft ein. »Hat es nie eine Anzeige gegeben?«

»Wir reden hier von einem Dorf. Da ist so eine ›Schande‹ noch ein Thema. Die Familien halten lieber alles unter Verschluss. Wo kein Kläger, da kein Richter.«

»Haben wir Namen?«

»Ein paar. Für den internen Gebrauch. Zugeben wird da oben keiner was. Die werden auch den Arzt nicht hinhängen. Die sind ihm noch dankbar, dass er geholfen hat und ihre Töchter nicht ins Gerede kommen.«

»Über welche Namen munkelt man nun?«

Witt schüttelt den Kopf.

»Es wird zwar nix nutzen, aber wir haben drei konkretere Hinweise. Die Tochter vom Kaufmann. Die soll seit der Affäre depressiv geworden sein. Die ältere Tochter vom Revierförster Brunner, die ist in ein Internat nach Graz verfrachtet worden. Und die jüngere Schwester von der Frau Huber. Was an und für sich schon den Charakter von Klapfer zeigt.«

»Sauber. Da steckt überall ein Motiv drin. Väter, Brüder, Freunde. Jeder kann durchgedreht sein. Da haben wir gewaltig viel Arbeit vor uns. – Frau Dollinger, haben Sie etwas auf dem Computer ausgegraben?«

»Ich habe mich mit der Gruppe ›!Genug!‹ beschäftigt. Wo gerade der Revierförster angesprochen wurde: Er ist die Nummer zwei der Windkraftgegner. Insgesamt sind fünfundneunzig Namen auf der Liste. Und die Gruppe hat einen Spitzenanwalt engagiert. Der ist nicht billig. Ebenso wenig wie die Gutachten, die immer wieder in Auftrag gegeben werden. Das Geld kommt von einem Treuhandkonto …«

Ein Hustenanfall unterbricht ihren Vortrag. Sie greift zum Wasserglas und trinkt ein paar Schlucke.

»Das wird ja immer interessanter.«

Ratzinger blickt auf die Uhr. Fast halb acht.

»In Kürze müsste uns Dr. Rebenfels die Ehre geben«, bemerkt er. »Das heißt, wenn er uns mit Pünktlichkeit adelt.«

»Ich müsste heute früher weg.« Dollinger schaut in die Runde und zuckt mit den Schultern. »Ist privat.«

Ratzinger hat sich nie vorgestellt, dass die neue Kollegin ein Privatleben haben könnte. So wie die aussieht … Wer würde denn … Aber vielleicht hat ihr Freund einen Tätowierladen, und sie ist seine beste Reklame. Was weiß man schon.

»Na gut, Frau Kollegin, dann bis morgen in alter Frische.«

Dollinger nimmt ihre Handtasche und tippt sich militärisch an die Stirn.

»Sir. Yes, Sir!«

Die Spirale auf der linken Wange verschiebt sich leicht nach oben.

Sollte das ein Lächeln gewesen sein?

50

»Und Sie kennen die Familie Wolfshuber wie lange?«

Ratzinger betrachtet Dr. Rebenfels wie ein Insekt hinter Glas. Wie er auf dem unbequemen Besucherstuhl sitzt, mit entspanntem zur Seite gelehntem Oberkörper, einen Arm auf den Schreibtisch gelegt, ein Bein über das andere geschlagen. Als wollte er Urlaubsstimmung vermitteln, zeigen, wie unaufgeregt er den Besuch bei der Polizei erlebt. Und ein Hauch von »Du stiehlst mir die Zeit und bist mir lästig« schwingt auch mit. Aber nur ein kleines bisschen.

»›Kennen‹ ist vielleicht zu viel gesagt. Ich habe vor etwa zwanzig Jahren den Landtagsabgeordneten Wolfshuber beim Jagdkurs kennengelernt. Seither treffen wir uns gelegentlich zur Jagd.«

»Gelegentlich? Das trifft es wohl nicht ganz. Nach meinem Kenntnisstand sind Sie sehr oft mit Wolfshuber in seinem Revier unterwegs.«

»Wenn Sie es so sehen wollen.«

Rebenfels wischt sich eine grau melierte Haarlocke aus der Stirn. Der perfekte Schnitt verrät einen teuren Friseur. Markante Gesichtszüge, edle Freizeitkleidung. Etwas zu jugendlich für sein Alter, denkt Ratzinger. Aber insgesamt hat sich der Mann gut gehalten. Schlank, glatte Gesichtshaut, gepflegt.

»Und Sie haben mit ihm auch einige Jagdreisen unternommen, nach Afrika und Skandinavien zum Beispiel.«

»Ja, das ist richtig. Unser gemeinsames Hobby führt uns wohl doch öfter zusammen, als mir bewusst ist.«

»Das Gleiche gilt dann auch für den unehelichen Sohn Ihres Jagdfreundes, wie ich annehme.«

»Ja, in den letzten Jahren hat der Landtagsabgeordnete seinen Sohn öfter einmal zur Jagd mitgenommen.«

»Was war Roman Klapfer für ein Mensch?«

»Das kann ich nicht sagen. Außer bei der Jagd hatten wir keinerlei Berührungspunkte.«

»Aber Sie haben doch sicher einen Eindruck gewonnen. Das ist zwangsläufig so, wenn man mit jemandem Zeit verbringt.«

»Tja, was soll ich da sagen? Er war ein hübscher Bursche. Selbstbewusst, zielgerichtet, ein wenig jähzornig vielleicht.«

»Frauengeschichten?«

»Das nehme ich doch an. Die Jugend muss sich ausleben.«

Ein angedeutetes Lächeln, das die Augen nicht erreicht.

»Wie haben Sie das Verhältnis zu seinem Vater wahrgenommen?«

»Als sehr gut. Ferdinand hat seinen Sohn geliebt.«

»Und die Mutter?«

»Nun, die ist meines Wissens nicht mehr am Leben.«

»Ich meinte seine Stiefmutter.«

»Ich denke, Frau Wolfshuber hat sich mit der Situation arrangiert.«

»Haben Sie im Lauf der Zeit bemerkt, dass Roman Klapfer in Schwierigkeiten steckte? Probleme hatte? Feinde?«

»Nein. Aber wie schon gesagt, dazu kannte ich ihn zu wenig.«

»Hm.«

Ratzinger hat sich in seinem Stuhl zurückgelehnt und schwingt leicht hin und her. Er bemerkt keine Regung im Gesicht von Rebenfels, die grauen Augen spiegeln keine Emotionen wider. Wenn Augen wirklich der Spiegel zur Seele sind, dann herrscht in dem Mann Eiszeit, denkt Ratzinger. Er dreht sich zu Hansbauer hin, der die ganze Zeit schweigend dabeigesessen ist.

»Haben Sie noch Fragen an Dr. Rebenfels?«

»Ja, doch.«

Hansbauer richtet sich auf und blättert in seinen Unterlagen. »Wir haben ermittelt, dass Sie und Roman Klapfer E-Mail-Kontakt hatten. Eine seiner letzten Mails ging an Sie.«

»Das kann durchaus sein. Es ging sicherlich um die Jagd.«

»Wir haben auch Klapfers Laptop untersucht. Was uns stutzig gemacht hat, war, dass die E-Mail-Kontakte mit Ihnen gelöscht waren.«

Dr. Rebenfels richtet sich auf. Seine Haltung ist nun weniger entspannt.

»Roman wird unsere Korrespondenz vielleicht als nicht wichtig erachtet haben.«

»Ja, das kann sein. Aber wissen Sie, was merkwürdig ist? Die Korrespondenz mit Ihnen wurde am Montagabend gelöscht. Doch Roman Klapfer wurde bereits am Sonntagvormittag entführt. Können Sie sich das erklären?«

Das Grau von Rebenfels' Augen wird dunkler. Sein Blick bohrt sich in Hansbauer.

»Ich habe keine Ahnung, was das bedeutet.«

»Noch merkwürdiger ist, dass nur zwei Personen im fraglichen Zeitraum Zugang zu Klapfers Laptop hatten. Das war zum einen Frau Wolfshuber, die mit Computern nichts anfangen kann. Und zum anderen Ferdinand Wolfshuber. Können Sie sich erklären, warum ihr Freund den Mailverkehr zwischen Ihnen und seinem Sohn gelöscht haben könnte?«

»Nein. Ich habe keine Erklärung. Fragen Sie ihn doch.«

Ratzinger lächelt dünn.

»Die Leiche von Roman Klapfer ist zwar noch nicht aufgetaucht, aber sein Tod ist unstrittig«, sagt er. »Wir wissen allerdings nicht, ob die Entführung und Ermordung ausschließlich mit Klapfer selbst zu tun hat oder ob in erster Linie sein Vater getroffen werden sollte. Oder beide mit einem Streich sozusagen. Wir tendieren zu Letzterem.«

Rebenfels sieht Ratzinger ausdruckslos an.

»Fällt Ihnen jemand ein, der Ferdinand Wolfshuber und seinen Sohn dermaßen hasst?«

»Ein Mann in Wolfshubers Position wird zwangsweise Gegner haben. Und damit auch sein Sohn. Mehr kann ich dazu nicht sagen. Uns verbindet nur die Jagd, wie schon mehrmals gesagt.«

»Jetzt, wo Sie das noch einmal erwähnen, muss ich sagen, dass Ihre Aussage so nicht ganz stimmt.«

»Ach?«

»Ihre Beziehung zu Wolfshuber beschränkt sich nicht nur auf die Jagd. Sie sind auch geschäftlich mit ihm verbunden. Ich meine damit diverse Energieprojekte, in welche Sie investiert haben.«

»Das ist wahr. Aber das sind Geschäfte. Ich habe Ihre Frage so interpretiert, dass Sie nur an persönlichen Beziehungen interessiert sind.«

»Da hat Ihr Freund Wolfshuber doch dafür gesorgt, dass Sie als sein Freund auch ein tüchtiges Stück vom Kuchen kriegen.«

Die Kiefermuskeln des Arztes mahlen. Schnell hat er sich wieder im Griff.

»Ist das für die Aufklärung des Falles relevant?«

»Ach, wer weiß schon, was alles wichtig ist. Nun, dann danke ich Ihnen, dass Sie sich die Zeit genommen haben.«

»Ich wollte sowieso noch auf die Jagd gehen. Da konnte ich gleich nebenbei hier hereinschauen.«

Rebenfels steht auf.

»Ich fürchte, ich konnte nicht besonders behilflich sein.«

»Sagen Sie das nicht. Wir ziehen aus allem unsere Schlüsse.«

Ein eisiger Blick trifft Ratzinger.

»Eines noch, Herr Dr. Rebenfels. Ich mag mich irren, aber ich rate Ihnen dringend, noch einmal nachzudenken. Vielleicht möchten Sie zu einem anderen Zeitpunkt Ihrer Aussage noch etwas hinzufügen. Das erleben wir oft, wenn die Luft für einen Befragten dünn wird.«

Diesen Schlusssatz hat Ratzinger noch anbringen müssen. Damit er das letzte Wort hat. Und Rebenfels etwas zum Nachdenken.

Dieser aalglatte Lackaffe.

Rebenfels eilt auf den Parkplatz. Er kann sich kaum beherrschen vor Wut. Was bildet sich dieser Wicht ein? Diese Witzfigur, die ihm nicht einmal bis ans Kinn reicht? Das Würstchen hat keine Zweifel aufkommen lassen, dass er ihm nicht geglaubt hat. Und dann erdreistet sich dieser »Kommissar« noch, ihm so eine Frechheit mit auf den Weg zu geben!

Rebenfels ballt die Hände zu Fäusten. Nur so kann er verhindern, dass er auf irgendetwas eindrischt und es kurz und klein schlägt. Er steigt in seinen Wagen und knallt die Tür zu. Seine Hände krallen sich um das Lenkrad, und endlich kann er schreien. Als das Gebrüll endet, sieht er einen Passanten von der Straße neugierig in seine Richtung schauen.

Er atmet ein paarmal tief durch. Nur die Ruhe jetzt. Nachdenken.

Der Besuch in der Polizeistation ist nicht so verlaufen, wie er sich das vorgestellt hat. Dieser Ratzinger war ihm auf Anhieb unsympathisch. Wie ein Terrier hat der sich festgebissen, um seine Aussagen immer wieder zu korrigieren! Er hat die Provinzbullen unterschätzt, das muss er zugeben. Andererseits: Was haben sie schon groß herausgefunden? Nichts Beweiskräftiges. Sie stochern im Nebel, sonst nichts.

Eines ist inzwischen klar: Er und Wolfshuber können es nicht riskieren, dass die Polizei auf die Spur des Täters kommt. Da sind sie sich einig. Das heißt, sie müssen schneller sein. Sie müssen den Täterkreis einengen, die Person einkreisen, vor sich hertreiben und eliminieren. Gut, dass er für heikle Recherchen jemanden an der Hand hat. Aber zuerst das Naheliegendste. Silvester Doppelhofer steht ganz oben auf ihrer Liste. Wenn ihnen nicht schon jemand die Arbeit abgenommen hat. Wolfshuber und er haben bessere Karten als die Polizei, denn sie wissen, in welcher Richtung sie suchen müssen. Er wird also den Aufenthalt in Wolfshubers Jagdhütte etwas ausdehnen müssen.

Und nebenbei wird er sich einen Wunsch erfüllen, den er schon lange hegt. Er wird eine »Weiße« schießen. Illegal natürlich. Das erhöht den Reiz. Ein Hindernis gibt es für ihn nicht; wenn er etwas will, dann kriegt er es auch. Alles eine Frage des Geldes. Er freut sich jetzt schon auf das lange Gesicht von Wolfshuber, wenn er ihm die weiße Gams zeigt. Das Wettrennen um den ungewöhnlichen Abschuss wird Wolfshuber verlieren.

Grinsend betätigt er den Startknopf. Da bemerkt er das Papier, das hinter dem Scheibenwischer steckt. Er öffnet die Tür und zieht es heraus.

Das Blatt ist einmal gefaltet.

Die Botschaft unmissverständlich.

51

Am nächsten Morgen ist Ratzinger schon eine halbe Stunde vor Dienstbeginn im Büro. Kammerlander muss im Bett bleiben, das Fieberthermometer zeigt fast neununddreißig Grad, und um ins Büro zu gehen, hätte er erst an seiner Frau vorbeikommen müssen. Also wird er den Vormittag mit Tee und Aspirin im Bett verbringen. »Am Nachmittag stoße ich dann wieder zu euch«, hat er noch ins Telefon geflüstert. Ratzinger hat grinsen müssen. Frau Kammerlander war wohl in Hörweite.

Ratzinger steht also vor der Aufgabe, die Ermittlungen weiterzuführen. Da sie nur mehr zu viert sind, muss er Zweierteams bilden und ihnen Aufgaben zuweisen. So kriege ich gleich einen Vorgeschmack auf meine neue Agenda, falls Kammerlander nächstes Jahr Kommandant wird, denkt er.

Er beißt in den sauren Apfel und teilt sich die Dollinger als Partnerin zu. Es hilft ja nichts, man kann die Frau wirklich nicht auf Dauer hinter den Computer verbannen. Sie beide werden den Krautner Alois, den Anführer von »!Genug!«, und den Revierförster Brunner befragen. Witt und Hansbauer übernehmen den Kaufmann und die Familie Huber. Auf Herbert Reinweber müssen sie den Druck erhöhen. Der hängt in der Entführungsgeschichte mit drin, so viel steht für Ratzinger fest. Seinen Lieblingskandidaten müssen sie leider in Ruhe lassen. Solange nichts Griffiges gegen Wolfshuber vorliegt, schützt ihn seine exponierte Stellung.

Ratzinger ist mit seiner Einteilung zufrieden und lehnt sich zurück. So weit, so gut. Aber wo ist die Leiche von Roman Klapfer abgeblieben? Er stimmt mit Kammerlander überein, dass Klapfer mit dem Kraftwerksaufzug weggeschafft worden ist. Aber was ist dann geschehen? Über den Schienenweg kann er zwar weiterbefördert worden sein – aber wohin? Ob man ihn in die Klamm geschmissen hat? Das muss überprüft werden. Da werden sich die Kollegen in Uniform riesig freuen, dieses steile Gelände absuchen zu dürfen. Er seufzt. Den Beliebtheitspreis wird er damit nicht gewinnen.

Sein Telefon läutet.

»Franz, ich bin's noch einmal«, hustet Kammerlander aus dem Hörer. »Wie war noch mal der Spruch mit den Engeln?«

»Du meinst, wegen dem alten Arzt? Warte mal … *Geh zum Arzt mit deiner Pein, im Keller wirds zum Engelein.*«

»Franz, wenn Dr. Doppelhofer noch vermisst wird, dann frag die Edelschrotter Kollegen, ob sie auch im Keller des Arzthauses nachgesehen haben.«

»Du meinst …?«

»Ich hab ein blödes Gefühl.«

Nachdenklich legt Ratzinger auf.

Er hört Schritte und Stimmen vor der Tür.

Meine Leute, denkt er, und empfindet sich einige Augenblicke lang schon wie der Chef einer eingeschworenen Truppe. An dieses Gefühl könnte er sich gewöhnen.

Seit er ins Auto gestiegen ist, ist Ratzinger unruhig. Sein Freund ist ein alter Fuchs; wenn der ein merkwürdiges Gefühl bekommt, sollte man das ernst nehmen. Selbst in seinem angeschlagenen Zustand. Und wie im Fieberwahn ist er ihm nicht vorgekommen.

Auf der Fahrt nach Sankt Martin lässt er Dollinger bei den Kollegen in Edelschrott anrufen und das Gespräch auf laut stellen. Sie erfahren, dass Dr. Doppelhofer noch nicht aufgetaucht ist. Gestern haben sie das Haus durchsucht, ja, auch den Keller. Nichts Auffälliges. Da hat es nur einen Raum gegeben, in den haben sie nicht hineingekonnt. Für den hat die Weber Rosl keinen Schlüssel gehabt. Ist wahrscheinlich der Heizraum mit dem Öltank.

»Kollegen, habt ihr da oben einen Schlosser?«

»Keinen Schlüsseldienst, wenn du das meinst. Aber der Automechaniker im Ort kriegt normalerweise alles auf, was nicht mit Iris-Erkennung gesichert ist.«

»Super. Treibt ihn auf, wir treffen uns in zwanzig Minuten vor dem Haus des Arztes.«

»Alles klar.«

Die Dollinger schaut ihren Kollegen irritiert an. »Mir scheint, ich hab da was verpasst.«

»Ist nur ein Gefühl, Frau Dollinger. Eigentlich ist es Kammerlanders Gefühl.«

»Ah ja.«

Danach schweigen sie, bis sie vor Doppelhofers Haus aussteigen. Zwei Beamte und ein Mann in mittleren Jahren warten neben der Straße. Der Mann trägt einen verschmierten Overall und hält lässig einen Metallkasten in der Hand. Er sieht aus, als hätten ihn die Beamten unter einem Auto hervorgezogen, bei dem er gerade den Ölwechsel durchgeführt hat.

Nach der Begrüßung gehen sie zur Haustür. Ratzinger bemerkt die verstohlenen Blicke, mit denen die Beamten die Dollinger streifen. Der Mechaniker glotzt ganz ungeniert.

Ein Beamter sperrt mit dem Schlüssel von der Weber Rosl die Tür auf. Sie schauen oberflächlich in jeden Raum, auch im Dachgeschoss, dann steigen sie die Treppe in den Keller hinunter. Vor einer Eisentür bleiben sie stehen. Die Beamten schauen Ratzinger an.

»Bitte, Maestro«, sagt der mit einer einladenden Geste zum Mechaniker.

Der Mann kniet sich hin und öffnet seinen Zauberkasten. Er nimmt verschieden große Metallstifte und gebogene Gerätschaften heraus und stochert damit im Schloss herum. Nach einer Minute öffnet sich das Schloss mit einem metallischen »Klack«.

»Es ist angerichtet«, sagt der Mann. Er verstaut seine Utensilien und tritt mit einem Grinsen von der Tür zurück.

Ratzinger geht als Erster durch die Tür, dicht gefolgt von den Edelschrotter Kollegen. Dollinger kommt zögernd nach.

Aus dem Raum fällt heller Lichtschein. Gleich hinter der Tür befindet sich der Öltank. Ein merkwürdiger Geruch empfängt sie, nach Heizöl und Metall. Und es stinkt ein wenig nach Exkrementen. Ekelhaft.

Sie umrunden den Tank, dann bleiben sie wie eingefroren stehen.

Sie befinden sich in einem gefliesten Raum mit Regalen für medizinisches Zubehör und einfachen Untersuchungsgeräten. Vor ihnen steht ein gynäkologischer Stuhl, auf den starke Lampen von oben ihr schonungsloses Licht werfen. Ein Mann ist auf dem Stuhl festgebunden. Er ist übersät mit Schnittwunden, aus denen sehr viel Blut auf den Boden geflossen ist. Die Blutlache darunter ist an den Rändern schon getrocknet. Die Beine sind weit gespreizt, der Darm hat sich entleert. Aus dem Rektum ragen eine Geburtszange und ein Skalpell heraus.

52

Ratzinger steht vor dem Haus und raucht die fünfte Zigarette. Eigentlich hat er vor Jahren mit dem Rauchen aufgehört, aber heute hat er seinen Entschluss außer Kraft gesetzt. Er ist froh, dass Dollinger eine Packung dabeihat. Sie hat sich neben ihn gestellt und auch eine angesteckt, was ihr die Lunge mit heftigem Husten gedankt hat. Seit Stunden arbeitet sich die Spurensicherung durch das Haus, der Kastenwagen ist schon fast zugestellt mit Plastikwannen voller Beweisbeutel und Gegenständen vom Tatort. Der Tote befindet sich bereits auf dem Weg in die Rechtsmedizin.

Ratzinger sieht seine Kollegin von der Seite an. Das Loch in ihrem Ohr kommt ihm heute noch größer vor als sonst.

»Tut mir leid, dass Sie das sehen mussten. Ist bestimmt nicht leicht ...«

»Wahnsinn. Echt Hardcore.«

Der junge Edelschrotter Kollege wischt sich mit einem Taschentuch über den Mund. Er lehnt noch immer kalkweiß am Holzzaun, nachdem er dem Fliederbusch seinen Mageninhalt hat zuteilwerden lassen. Dollinger bläst den Rauch aus und hustet wieder.

»Vertragen Sie das Rauchen nicht, oder ist eine Verkühlung im Anzug?«

»Eher Letzteres. Wie geht es jetzt weiter?«

Ratzinger zuckt die Schultern. »Die Edelschrotter Kollegen fahren zur Familie Krainer. Da wollte Dr. Doppelhofer nachweislich seinen letzten Krankenbesuch machen. Vielleicht hat er dort etwas gesagt, was uns weiterbringt.«

»Und was machen wir?«

Ratzinger wirft die Kippe auf die Erde und tritt sie aus.

»Wir machen das, weswegen wir eigentlich nach Sankt Martin gekommen sind. Allerdings mit einer kleinen Planänderung. Wir holen uns Brunner und Krautner aufs Revier. Hansbauer und Witt sind mit dem Kaufmann und dem Gemeindesekretär schon dahin unterwegs. Und eine Streife bringt Herbert Reinweber zur Dienststelle.«

Dollinger nickt.

»Effizient.«

»Genau. Vom Revier aus können wir leichter die Aussagen überprüfen. Das heißt: *Sie* können die Aussagen leichter überprüfen.«

Kammerlander wartet schon im Büro. Nachdem Ratzinger ihm telefonisch den Sachstand mitgeteilt hat, gab es für ihn kein Halten mehr. Fieber hin oder her.

»Wir haben jetzt ein zweites Gewaltverbrechen aufzuklären. Wieder handelt es sich um einen Bewohner von Sankt Martin.«

»Aber diesmal haben wir wenigstens eine Leiche«, brummt Ratzinger.

»Was wissen wir zum jetzigen Zeitpunkt? Dr. Doppelhofer ist am Montag etwa um einundzwanzig Uhr zum Krainerhof gefahren, um einen Krankenbesuch zu machen. Laut der Familie hat er sich eine halbe Stunde später verabschiedet. Er ist mit seinem Wagen den Zufahrtsweg zur Straße entlanggefahren, bis ihn ein umgestürzter Hochsitz zum Anhalten zwang. Was dann passiert ist, ist reine Spekulation. Der Wagen des Arztes wurde am nächsten Morgen mit geöffneter Fahrertür gefunden. Von Doppelhofer keine Spur. Auch die Suchaktion verlief ergebnislos.«

»Weil der Arzt zu dem Zeitpunkt bereits im Keller seines Hauses lag«, ergänzt Ratzinger.

»Genau. So wie die Leiche ausgesehen hat, müssen wir davon ausgehen, dass Doppelhofer gefoltert wurde. Die erste vorläufige Bestimmung des Todeszeitpunktes lautet: Gestern Mittag, plus/minus. Was sagt uns die Auffindesituation?«

»Degradierende Ablagehaltung«, krächzt Dollinger, ohne den Blick vom Bildschirm ihres Laptops zu lösen.

»Ich hoffe, ich habe Sie nicht angesteckt, Frau Kollegin?«

»Das hoffe ich auch.«

»Hm. Tja. Degradierende Ablagehaltung also. Es hat nicht gereicht, den Arzt einfach umzubringen. Er sollte so aufgefunden werden, dass unmissverständlich klar ist, warum er sterben musste. Das Skalpell und die Geburtszange in seinem Hintern schließen jeden Zweifel aus. Die Motivsuche können wir also überspringen.«

»Es muss sehr viel persönlicher Hass im Spiel gewesen sein«, sinniert Ratzinger.

Kammerlander nickt.

»Sieht zumindest so aus. Klapfer hat die Probleme verursacht, Doppelhofer hat sie gelöst.«

Jetzt blickt Dollinger in die Runde.

»Oder es soll so aussehen, und wir laufen in die falsche Richtung. Denn das wahrscheinlichere Motiv steckt doch in den Investitionen der Windkraftbefürworter. Nur damit das nicht ganz unter den Tisch fällt.«

»Da stimme ich Ihnen zu. Wir werden keine Möglichkeit ausschließen.«

Hansbauer hebt die Hand. »Im Klapfer-Fall sind wir von zwei Tätern ausgegangen. Tun wir das auch beim Mordfall Doppelhofer?«

»Ich denke schon. Überwältigung des Arztes, Abtransport, Verbringung in den Keller, und das alles bei einem schweren Unwetter … Natürlich ist es möglich, das allein hinzukriegen. Aber zu zweit ist es die halbe Mühe, und man ist schneller.«

Die Tür geht auf, und Witt erscheint.

»Alle da. Sie warten im Besucherraum.«

Kammerlander atmet tief ein. »Wir holen sie uns einzeln rein. Witt wird bei den Herrschaften warten und achtgeben, dass es nicht zu Absprachen kommt. Sie, Frau Dollinger, überprüfen, soweit es möglich ist, gleich die Aussagen der Befragten. Kollege Hansbauer ist für die Kamera zuständig und macht Notizen, falls im Zuge der Vernehmungen neue Zeugen einbestellt werden müssen. Franz und ich leiten die Vernehmungen.«

Alle nicken. Es ist so etwas wie Aufbruchsstimmung spürbar.

»Fangen wir an. Das wird ein langer Tag.«

53

»Herr Krautner, Sie sind der Kopf der Gruppe ›!Genug!‹, die sich gegen den Ausbau von Fotovoltaik und Windkraft wendet.«

Der Mann ist etwa um die sechzig, sein Gesicht ist wettergegerbt, die schrundigen Hände zeugen von schwerer körperlicher Arbeit.

»Deswegen bin ich hier? Hat mich einer angezeigt? Was haben sich die Großkopferten denn jetzt wieder einfallen lassen, damit sie mich mundtot machen können?«

»Das war nur eine Frage, Herr Krautner.«

»Aha. Na dann: Ja, ich hab die Gruppe ins Leben gerufen.«

»Finanziert wird die Gruppe durch ein Treuhandkonto. Woher kommt das Geld?«

»Jeder zahlt einen Mitgliedsbeitrag. Näheres weiß der Anwalt.«

»Warum sind Sie gegen den Ausbau alternativer Energie?«

»Fragen Sie das im Ernst? Die wollen jedes Fleckerl Wiese und Alm zupflastern mit ihrem Scheiß.«

»Uns ist zu Ohren gekommen, dass Sie selbst andere Pläne hatten.«

Krautner verschränkt die Arme vor der Brust. »Das ist kein Geheimnis.«

»Sie wollten Ferienhäuser bauen und den sanften Tourismus ankurbeln. Das wäre neben Ihrer Landwirtschaft und dem Baustoffhandel ein lukratives Geschäft gewesen.«

»Ja, warum auch nicht? Ich mein, es passiert eh nix in unserem Bezirk. Wir sind, was den Fremdenverkehr betrifft, das Schlusslicht.«

»Es hat in der Vergangenheit körperliche Auseinandersetzungen deswegen gegeben.«

»Ja, mit dem Buben vom Wolfshuber bin ich z'sammkracht. Mehrmals. Ein bissl g'rauft is halt worden. Umgebracht hab ich ihn net.«

»Wo waren Sie an jenem Sonntagmittag, als Roman Klapfer entführt wurde?«

»Zuerst in der Kirche, dann sind wir nach Hause gefahren.«

»Wir?«

»Ich mit meiner Tochter, meinem Schwiegersohn und meinem Enkerl. Das können Sie gern nachprüfen.«

»Sie besitzen doch ein Stück Almboden, das zum Kernteil der geplanten Windanlage gehört.«

»Hm.«

Kammerlanders Smartphone brummt. Er schaut auf das Display und dann zu Dollinger. Sie erwidert kurz seinen Blick und lässt gleich wieder die Finger über die Tastatur fliegen. Kammerlander liest rasch Dollingers Mitteilung.

»Aber Sie besitzen das Stück gar nicht mehr, stimmt's?«

»Nein. Äh, ja. Ich hab's verkauft.«

»An wen haben Sie es verkauft?«

Krautner rutscht auf dem Stuhl herum. Die Frage ist ihm unangenehm.

»An den Wolfshuber.«

»Den Landtagsabgeordneten? Das ist doch einer der Hauptinvestoren für alternative Energie. Und damit einer Ihrer größten Gegner.«

Krautner zuckt mit den Schultern.

»Der Preis hat gepasst.«

»Wissen das Ihre Freunde von ›!Genug!‹?«

»Wieso interessiert Sie das? Was hat das mit dem Klapfer zu tun?«

Ratzingers Smartphone brummt jetzt auch.

»Ich sehe gerade, dass Sie vor einem Monat Ihre Frau verloren haben.«

Krautners Gesicht verdunkelt sich.

»Und?«

Ratzinger macht eine unbestimmte Handbewegung. »Und eine Woche später haben Sie verkauft.«

»Wenn Sie es sagen.«

»Warum sind Sie eingeknickt?«

»Soll ich gegen den Wind pinkeln?«

Als ihm das Paradoxe an seiner Frage bewusst wird, lacht er auf. Auch Ratzinger muss schmunzeln.

»Also, ich habe gehört, dass Sie sich nicht so leicht ins Bockshorn jagen lassen. Im Gegenteil.«

Krautner sinkt in sich zusammen. Er starrt auf seine schwieligen Hände.

»Gegen so einen Gegner kann man net gewinnen. Sie haben ja keine Ahnung, was da oben los ist.«

»Klären Sie uns auf.«

»Die Partie um den Wolfshuber kriegt alles, was sie will. Da hast du keine Chance.«

»Sie meinen, er übt politischen Druck aus?«

Lange sagt Krautner nichts. Die Beamten geben ihm Zeit. Schließlich richtet er sich auf und sieht Kammerlander entschlossen an.

»Ich sag Ihnen jetzt, wie es wirklich zugeht da oben. Ist eh schon wurscht. Zuerst haben mir der Bürgermeister und der Wolfshuber mit Zwangsenteignung gedroht. Ich hab ihnen gesagt, dass sie mich am Arsch lecken können und ich dann dem Volksanwalt im Fernsehen schreib. Da war dann eine Zeit lang Ruh. Es wird jetzt so drei Monate her sein, da sind der Klapfer Roman und ich am Tresen vom ›Lärchenwirt‹ gestanden. Ich war nicht mehr nüchtern, aber auch net angesoffen. Der Roman war überraschend freundlich, hat mir sogar einen ausgegeben. Man muss auch einmal fünfe grad sein lassen, hat er gemeint. Danach weiß ich nix mehr. Meine Tochter hat mir am nächsten Tag gesagt, dass der Klapfer mich mitten in der Nacht sturzbetrunken heimgebracht hat. Dabei hab ich gar net so viel getrunken. Und ich kann schon einiges vertragen.«

Er räuspert sich.

»Na ja, lange Rede, kurzer Sinn: Ein paar Tag später kommt der Roman zu mir in die Baustoffhandlung. Er hätt da was mit mir zu bereden. Und dann hat er mir Fotos gezeigt, auf denen ich nackt mit einem Mädchen im Bett lieg. ›Was meinst, wie viel wirst für den Beischlaf mit Minderjährigen kriegen?‹, sagt er und grinst. ›Und deine arme Frau hat so eine Schand auch net verdient.‹ Da hab ich ihm eine reingehaut, dass es nur so gekracht hat. Und ich hab ihm g'sagt, er soll verschwinden, bevor ich ihn zu Brei schlag.«

»Klapfer wollte Sie also erpressen.«

»Ja, sicher. Damit ich den Almboden verkauf.«

»Das haben Sie aber nicht gemacht.«

»Damals noch net. Mit meiner Frau ist es immer schlechter geworden, der Krebs hat sie aufgefressen. Der Doktor ist jeden zweiten Tag gekommen und hat ihr was gegen die Schmerzen gespritzt. Einmal hat der Doktor den Wolfshuber mit im Wagen gehabt. Als ich den Doppelhofer zur Tür begleitet hab, ist der Wolfshuber ausgestiegen und zu uns gekommen. Er hat mir erklärt, dass man sich große Sorgen um meine Frau macht, da der Arzt meint, Vergiftungssymptome bei ihr festgestellt zu haben. Über einen längeren Zeitraum hinweg. ›Na, Krautner‹, hat er g'sagt. ›Wenn wir deine Frau untersuchen lassen, werden wir dann Arsen in ihrem Blut finden?‹ Ich hab geantwortet, dass ich davor keine Angst zu haben brauch. Da hat der Wolfshuber nur gegrinst und gefragt, ob ich genau wüsst, was in den Spritzen vom Doktor drin wär, und dass es für mich net gut ausgehen wird. Weil glauben tät mir keiner, wenn auch noch die Fotos mit dem Mädchen dazukommen.«

»Und Dr. Doppelhofer?«

»Der ist nur danebengestanden und hat mir net in die Augen schauen können. ›Verkauf, Alois‹, hat er g'sagt. ›Sonst muss deine Frau noch mehr leiden.‹ Da hab ich aufgegeben.«

»Der Arzt hat also mitgespielt?«

Krautner winkt resigniert ab. »Der ist die gleiche Drecksau wie die anderen.«

Eine Zeit lang bleibt es still im Vernehmungsraum. Selbst

Dollinger hat aufgehört zu tippen und starrt Krautner an. Ratzinger bricht das Schweigen.

»Herr Krautner, wo waren Sie am Montag nach einundzwanzig Uhr?«

»Montag? Da war doch das Unwetter. Wo werd ich da schon gewesen sein? Zu Hause natürlich. Wieso wollen Sie das wissen?«

»Weil Dr. Doppelhofer in dieser Nacht überfallen wurde.«

54

»Nehmen Sie doch Platz, Herr Melzer.«

Kammerlander deutet mit einer Handbewegung auf den Stuhl ihm gegenüber.

»Vielen Dank, dass Sie gekommen sind.«

Melzer nickt unsicher. Sein Blick irrt zwischen Kammerlander und Ratzinger hin und her. Er ist ein wenig übergewichtig, sein schütteres Haar verdeckt nur unzureichend die beginnende Glatze.

»Sie betreiben in Sankt Martin eine Lebensmittelfiliale.«

Wieder nickt er, ohne etwas zu sagen. Ein Plappermaul kann man ihn nicht heißen.

»Wir haben Sie hierhergebeten, weil wir Ihnen ein paar Fragen stellen möchten. Zunächst einmal im Zusammenhang mit Roman Klapfer. Sie wissen natürlich, dass er entführt und höchstwahrscheinlich ermordet worden ist?«

»Sicher. Es wird ja von nichts anderem mehr geredet im Ort.«

»Wie war Ihre Beziehung zu Klapfer?«

»Er hat manchmal bei uns eingekauft.«

»Und sonst? Ich meine: privat?«

»Privat war da nichts.«

»Und Ihre Tochter? Die hat ihn doch näher gekannt.«

Sofort verschließt sich Melzers Gesicht.

»Meine Tochter hat mit Klapfer nichts zu tun.«

»Da haben wir andere Informationen. Sie soll vor einiger Zeit eine Beziehung mit ihm gehabt haben.«

»Das war keine Beziehung. Kindliche Schwärmerei, mehr war da nicht.«

»Wie alt ist Ihre Tochter jetzt?«

»Achtzehn.«

»Dann war sie … fünfzehn, sechzehn, als sie für Klapfer … geschwärmt hat?«

»Kann sein. Ja.«

»Was haben Sie davon gehalten?«

»Ich habe gedacht, es wird vorübergehen. Und so war's ja auch.«

Kammerlander nickt und schaut in seine Unterlagen. Er muss einen Versuchsballon abschießen, freiwillig wird ihm der Kaufmann keine Informationen geben.

»Nach unserem Kenntnisstand soll die Schwärmerei nicht ohne Folgen geblieben sein.«

Melzer wird bleich. »Wer sagt das?«

»War es so?«

»Was wollen Sie von mir? Das muss ich mir nicht anhören.« Er steht auf und wendet sich zur Tür.

»Wenn Sie nicht mit uns sprechen, müssen wir Ihre Frau und Ihre Tochter dazu befragen.«

Melzer steht stocksteif da. »Das dürfen Sie nicht.«

»Warum?«

Der Kaufmann dreht sich langsam wieder um und sinkt in den Stuhl. »Das dürfen Sie nicht.«

Schweigen breitet sich aus.

Melzer schüttelt den Kopf, während er seine Finger knetet.

»Es ist doch auch so schon alles schwer genug. Leonie hat einen Fehler gemacht. Sie hätte sich nie mit diesem Klapfer einlassen sollen. Sie war doch noch ein Kind, ein dummes kleines Ding. Und als sie schwanger war, hat er sich benommen wie ein Schwein. Hat gesagt, das Kind sei nicht von ihm. Leonie hätte mit vielen geschlafen. Er hat mir Fotos gezeigt … abscheuliche Fotos. Leonie hatte die Augen geschlossen. Das Schwein hat sie sicher betäubt. Er hat gesagt, sie sei eine Hure. Und dass er die Fotos ins Internet stellen würde.«

»Wo waren Sie am Sonntagvormittag, als Klapfer verschwand?«, klinkt sich Ratzinger ein.

»Das war ich im Krankenhaus. Gallenoperation. Ich bin erst am Montag darauf entlassen worden.«

Dollinger greift zum Telefon und wählt die Nummer des Krankenhauses.

»Wie ging es mit Ihrer Tochter weiter?«, fragt Kammerlander schließlich.

»Sie hat das Kind verloren.«

»Hat sie es ... im Keller von Dr. Doppelhofer verloren?«

Melzer reißt die Augen auf. »Seien Sie still! Sie wissen ja gar nicht ... Was hätte ich denn tun sollen? Meine Frau weiß von alldem nichts. Sie ist streng katholisch. Für sie würde eine Welt zusammenbrechen. Ein Kind ohne Vater, Nacktfotos im Internet! Das erträgt eine Mutter doch nicht! Und dann die Blicke der Kunden, wenn sie an der Kasse den Einkauf über den Scanner zieht. Unser Leben wäre die Hölle geworden. Und für meine Tochter wäre das Leben vorbei gewesen.«

»Und da haben Sie mit Dr. Doppelhofer gesprochen.«

»Ja. Nein. Der Landtagsabgeordnete Wolfshuber ist zu mir gekommen. Er hat gemeint, wir könnten das Problem leise lösen. Dr. Doppelhofer hat geholfen. Dafür werde ich ihm immer dankbar sein.«

»Wie geht es Ihrer Tochter?«

Melzer schluckt. Er kämpft die aufsteigenden Tränen zurück. »Am Anfang ging es ihr schlecht. Sie hat lange gebraucht, um über die Sache hinwegzukommen. In letzter Zeit geht es ihr besser. Aber wenn jetzt wieder alles aufgewühlt wird ... Sie müssen das doch nicht publik machen, oder? Dann war alles umsonst. Bitte ...«

»Wenn es nicht ermittlungsrelevant ist, sehe ich dazu keinen Anlass. Eine Frage noch: Wo waren Sie vorgestern ab einundzwanzig Uhr?«

»Vorgestern? Das war doch die Sturmnacht? Da habe ich mit

meinen Feuerwehrkollegen in der Wache Bereitschaftsdienst gehabt. Wir hatten zwei Einsätze.«

»Dann danke ich Ihnen für Ihre Kooperation. Ich weiß, dass das nicht einfach für Sie war.«

Sie hören, wie sich Melzers Schritte langsam entfernen.

Ratzinger springt auf.

»Ich könnte kotzen. Ich brauche ein Glas Wasser.«

»Bring mir auch eins mit«, sagt Kammerlander. »Oder nein. Machen wir eine Pause. Ich denke, wir können alle einen Kaffee gebrauchen.«

Dollinger steht auf und streckt sich.

»Melzer hat die Wahrheit gesagt. Er war zum Zeitpunkt von Klapfers Entführung im Krankenhaus.«

Sie nickt Ratzinger dankend zu, als er ihr eine dampfende Tasse in die Hand drückt.

»Ich ruf schnell einen Freund an«, sagt Hansbauer, der aus dem Nebenzimmer kommt. »Der ist bei der Feuerwehr und kann bestimmt sagen, wer am Montag Bereitschaft gehabt hat. Aber ich glaube, Melzer hat nicht gelogen.«

Ratzinger kann sich nur schwer beruhigen. »Das muss man sich einmal vorstellen. Die treiben, was sie wollen, bringen die Familie fast zum Zerbrechen und schaffen es, dass ihnen die Leute am Ende noch dankbar sind. Was für perfide Psychospiele. Oder denkt nur an Krautner. Diese Erpressung geht eindeutig ins Kriminelle. Dafür müsste man die doch kriegen können.«

»Wie wollen Sie das beweisen?«, fragt Dollinger völlig unaufgeregt. »Da steht Aussage gegen Aussage. Krautner steht ohnehin im Ruf, ein Querulant zu sein. Da kann man sich leicht ausrechnen, wie die Sache ausgehen wird.«

»Ich verstehe nicht, wie Sie so ruhig bleiben können.«

»Man sollte seine Kräfte nicht für Aussichtsloses verschwenden, sondern dann zuschlagen, wenn man auch gewinnen kann.«

Kammerlander fühlt sich schlecht. Nicht nur wegen seiner

Erkältung. Melzer tut ihm leid. Der Mann hat versucht, seine Frau und seine Tochter zu schützen. Hat schon gedacht, die Sache wäre ausgestanden. Vielleicht hätte er ihn nicht so rigoros angehen sollen. Aber Rücksicht ist bei einer Mordermittlung keine Option.

Armer Kerl. Seine erhoffte Sicherheit ist trügerisch gewesen.

Er denkt an seinen ersten Chef bei der Kriminalpolizei. Zum Einstand hat er von ihm einen Kaffeebecher bekommen, auf dem stand: *Und immer, wenn ein Mensch seine Zukunft plant, fällt das Schicksal im Hintergrund lachend vom Stuhl.* Und trotzdem. Die Hoffnung treibt uns immer wieder an.

Kammerlander beginnt zu schwitzen. Er presst eine Aspirintablette aus der Folie und spült sie mit einem Schluck Kaffee hinunter.

Pfui Teufel, ist das bitter.

55

»Herr Brunner, sprechen wir von dem Sonntag, als Roman Klapfer verschwand. Wo waren Sie an diesem Vormittag?«

Der Revierförster hebt erstaunt die Augenbrauen.

»Darum geht's? Glauben Sie, *ich* hab den Roman umgebracht?«

»Beantworten Sie einfach die Frage.«

»Am Vormittag war ich bis … halb zehn etwa mit Manfred im Revier. Das ist unser Forstanwärter. Danach bin ich zum ›Lärchenwirt‹ gegangen. Da war ich dann bis etwa vierzehn Uhr.«

»Ich nehme an, dafür gibt es Zeugen.«

»Fragen Sie den Wirt. Oder noch besser, den Schwaiger Martin. Mit dem hab ich Schach gespielt.«

Kammerlander nickt.

»Kommen wir dann zur Gruppe ›!Genug!‹, in der Sie aktives Mitglied sind. Sie haben es mit mächtigen Gegnern zu tun.

Leute aus Politik, Finanz, Energiewirtschaft. Rechnen Sie sich Chancen aus?«

»Am Anfang hab ich das getan. Ich hab gehofft, dass die Umweltbehörden, der Naturschutzbund und der Tourismusverband dieser Entwicklung einen Riegel vorschieben können. Aber jetzt sehe ich das kritischer. Ich denke, was wir erreichen können, ist eine Verzögerung beim Bau der Windräder. Und im besten Fall eine Reduzierung der Anlagen.«

»Wie argumentieren Sie?«

»Den größten Schaden wird die Windkraft bei den Raufußhühnern anrichten. Ich behaupte nicht, dass die Vögel reihenweise von den Rotorflügeln geschreddert werden. Aber die Windräder haben nachweislich eine Scheuchwirkung, und der Bestand wird sich verlagern. In die wenigen Gebiete, die der Mensch den Vögeln noch zugesteht. Und er wird sich auf diese Weise reduzieren. Nehmen wir zum Beispiel das Birkhuhn. Der Bestandsstreifen auf der Alm wird durch die Anlagen unterbrochen. Das Mittelstück entfällt. Das heißt, die Population wird zurückgehen, weil Balzplätze fehlen. Dasselbe vermute ich bei den Auerhähnen.«

»Und die Gegenseite lässt sich auf eine Reduzierung der Anlagen nicht ein?«

»Die denken gar nicht dran. Das große Geld können die nur machen, wenn so viele Windräder wie möglich in Betrieb gehen.«

»Die Birkhühner werden den Herrn Landtagsabgeordneten nicht sonderlich beeindrucken.«

»Da haben Sie recht. Genau so wenig wie alles andere Getier.«

»Er ist passionierter Jäger, wie man hört.«

Brunner lacht bitter auf. »Ja, das Jagen ist seine Passion. Aber es gibt Jäger und Jäger. Wolfshuber ist ein Schlächter.«

»Soll heißen?«

»Der hält sich an keine Vorgaben, keine Jagdethik, keine Regeln. Der knallt alles ab, was ihm vor die Büchse kommt, egal, ob Schonzeit ist, er eine hochtragende Geiß vor sich hat oder es ein Schussverbot seitens des Artenschutzes gibt. Ihm ist es egal, ob er einen guten Schuss anbringt oder ein Tier weichschießt. Ob eine Kreatur sich tagelang herumquält und dann elend eingeht. Völlig uninteressant.«

»Ein sogenannter Trophäenjäger?«

»Das auch. Aber ich glaube, dass ihn die Lust am Töten antreibt.«

»Hat dieses Verhalten nie Konsequenzen gehabt?«

»Wir sprechen hier vom Landtagsabgeordneten Wolfshuber. Dem Wohltäter. Dem Beschützer der Behinderten und der armen Kinder. Dem Arbeitsplatzbeschaffer.«

»Und sein Sohn Roman?«

»Ein charakterliches Abbild seines Vaters.«

»Ihre Tochter Teresa scheint das anders gesehen zu haben. Sie ist oft mit ihm gesehen worden, wenn man der Gerüchteküche glauben kann.«

Brunner atmet tief ein. »Ich verstehe. Sie suchen bei mir ein Motiv für die Entführung Klapfers. Weil der meiner Tochter vielleicht schöne Augen gemacht und sie dann fallen gelassen hat.«

»Das hätte ich so nicht formuliert.«

»Herr Kammerlander, ich bin nicht blöd. Aber glauben Sie mir: Meine Tochter war zu keiner Zeit in Klapfer verliebt oder hat sich auf ihn eingelassen. Sie hat manchmal in den Wirtschaften ausgeholfen, als Bedienung, um sich ein Taschengeld zu verdienen. Da ist sie natürlich oft auf Klapfer gestoßen. Doch seine alkoholgeschwängerten Annäherungsversuche haben sie stets angewidert. Das hat sie mir mehrmals gesagt.«

»Ihre Tochter lebt nicht mehr bei Ihnen, sondern in einem Internat in Graz.«

»Ja. Sie geht auf die Kunstakademie. Das ist es, was sie wirklich interessiert. Anfangs waren meine Frau und ich skeptisch, aber sie macht gute Fortschritte, wie mir ihr Professor versichert hat. Also wird es wohl die richtige Entscheidung gewesen sein.«

Ratzinger räuspert sich.

»Herr Brunner, was halten Sie von Dr. Doppelhofer?«

»Unser Arzt? Ich weiß nicht, was Sie jetzt hören wollen. Ich kann über seine Fähigkeiten kein fachliches Urteil abgeben.«

»Das brauchen Sie auch nicht.« Ratzinger macht eine unbestimmte Handbewegung. »Sagen Sie einfach, was Sie von ihm als Menschen halten.«

»Hm. Ich glaube, er trinkt mehr, als ihm guttut. Man sieht ihn jedenfalls oft im Wirtshaus. Und niemals nüchtern. Aber man muss ja froh sein, wenn man noch einen Arzt in der Gemeinde hat. Der Andrang junger Mediziner auf eine Landarztpraxis ist sehr überschaubar. Von daher gesehen …«

»Dr. Doppelhofer ist ermordet worden.«

Brunner starrt Ratzinger wortlos an. Dann sieht er zu Kammerlander.

»Das ist … Warum … Ich meine, wer …?«

»Das versuchen wir herauszufinden.«

»Es hat eine Suchaktion nach dem Arzt gegeben, ich bin auch mitgegangen … Als wir ihn nicht gefunden haben, hab ich halb und halb damit gerechnet, dass er nicht mehr lebt. Dass er irgendwo abgestürzt ist oder sich schwer verletzt hat und verblutet ist, was weiß ich. Aber ermordet? Wie ist er denn …«

»Das wissen wir noch nicht genau. Wir warten auf den Bericht der Rechtsmedizin.«

»Wahnsinn.« Brunner schüttelt den Kopf. »Das war doch ein alter Mann. Ich hab den Eindruck gehabt, dass er froh war, wenn er mit der Arbeit fertig gewesen ist und seine Ruhe hatte.«

»Noch etwas. Wir müssen das jeden fragen: Wo waren Sie vorgestern ab einundzwanzig Uhr?«

»Im Revier. Das heißt: Bis zur Dämmerung war ich im Wald, aber dann hat mich das Unwetter überrascht und ich hab auf der Ferstlhütte übernachtet. Die liegt in meinem Revier. Ich hab gedacht, es ist keine gute Idee, bei dem Sturm noch nach Hause zu fahren.«

56

»Wir kennen uns ja bereits.«

Kammerlander macht eine einladende Geste zum Stuhl hin.

»Äh, ja. Marcel Huber mein Name.«

Der Mann sieht von Kammerlander zu Ratzinger und gibt ihnen die Hand. Er wirft auch einen langen, neugierigen Blick auf Dollinger, aber die bearbeitet ihre Tastatur und ignoriert sein Starren. Also setzt er sich und schlägt die Beine übereinander. Falls er entspannt wirken will, verfehlt die Haltung ihre Wirkung. Kammerlander registriert die nervösen Blicke und fahrigen Handbewegungen.

»Herr Huber, Sie sind der Gemeindesekretär von Sankt Martin.«

»So ist es.«

Huber lehnt sich zurück und nimmt einen Beinwechsel vor. Seine Augen sind jetzt fest auf Kammerlander gerichtet.

»Wie Sie wissen, untersuchen wir das Verschwinden von Roman Klapfer.«

»Nicht nur das, wie ich gehört habe.«

»Was haben Sie denn gehört?«

»Dass Dr. Doppelhofer ermordet worden ist.«

»Woher haben Sie diese Kenntnis?«

»Unser Bürgermeister, der Kilian Brandstätter, hat es mir erzählt. Und der hat es vom Landtagsabgeordneten Wolfshuber erfahren.«

Die Buschtrommeln funktionieren also hervorragend. Man bringt sich und seine Genossen sofort auf den neuesten Stand.

»Wo waren Sie vorgestern Abend nach einundzwanzig Uhr?«, klinkt sich Ratzinger in die Vernehmung ein.

»Das war doch die Gewitternacht. Die vergesse ich nicht so schnell. Ich bin nach der Arbeit joggen gewesen. Mitten auf der Strecke hat mich das Gewitter überrascht, und ich habe in einem Heustadel Schutz gesucht. Ich habe gedacht, wenn es so schnell kommt, geht es auch schnell wieder vorüber.«

»Aber dem war nicht so.«

»Nein. Es ist nur schlimmer geworden.«

»Was haben Sie dann gemacht?«

»Was hätte ich schon tun können? Ich habe mich ins Heu gesetzt und gewartet. Irgendwann bin ich eingeschlafen.«

»Hat Sie jemand gesehen auf Ihrer Joggingtour?«

»Nein. Ich glaube nicht.«

»Wann sind Sie wieder aufgewacht?«

»In den frühen Morgenstunden. Ich bin dann den Rest der Strecke nach Hause gelaufen.«

»Ich darf Sie bitten, uns die Joggingstrecke auf der Karte zu zeigen, wenn wir hier fertig sind.«

»Kein Problem.«

Kammerlander dreht sich weg und niest in sein Taschentuch. Er sieht den Besucher entschuldigend an. »Tut mir leid. Erkältung.«

Er steckt das Taschentuch wieder ein und blättert in einer Akte. »Kommen wir jetzt zu Roman Klapfer. Sie haben ihn ja gut gekannt.«

»Natürlich. Er ist der Sohn des Landtagsabgeordneten. Wir haben viele Berührungspunkte auf Gemeindeebene.«

»Auch privat, wie man hört.«

»Wir haben manchmal zusammen Tennis gespielt.«

»Nach unserem Kenntnisstand waren die Beziehungen zu Klapfer deutlich enger. Zumindest vonseiten Ihrer Gattin.«

Huber fährt hoch.

»Was soll das? Bin ich hier, um zum Ortsklatsch Stellung zu nehmen? An dem, nebenbei gesagt, nichts dran ist.«

»Herr Huber, es macht uns keinen Spaß, Ihre Privatangelegenheiten durchzukauen, glauben Sie uns. Aber da wir nicht wissen, ob sie ermittlungsrelevant sind, müssen wir uns damit befassen. Hören wir also auf, um den heißen Brei herumzureden. Dafür fehlt uns die Zeit. Ihre Frau hatte eine Beziehung mit Roman Klapfer. Das werden Sie nicht abstreiten können.«

Huber presst die Lippen zusammen.

Dann macht er eine wegwerfende Handbewegung. »Sie … Es war eine kurze Episode, ein Ausrutscher. Das kommt doch in den meisten Ehen mal vor. Es war nichts Ernstes für meine Frau. Eine kurze Abwechslung vom Eheалltag sozusagen.«

»Da haben wir etwas anderes gehört. Ihre Frau hat diese Beziehung sehr ernst genommen. Sie wollte sich scheiden lassen und mit Klapfer neu anfangen.«

Hubers Hals rötet sich. Er zieht an seiner Krawatte, als bekäme er zu wenig Luft.

»Das … das ist nicht wahr.«

»Klapfers Gefühle für Ihre Frau waren hingegen nicht so stark. Er hat irgendwann das Interesse verloren und sich anderweitig vergnügt. Diese Zurückweisung hat Ihre Frau nicht verkraftet und einen Selbstmordversuch unternommen. Sie hat Tabletten genommen und konnte im letzten Moment noch gerettet werden.«

Huber starrt Kammerlander an und schluckt hart.

»Das war eine Kurzschlusshandlung. Die Zeit damals … Es war … nicht einfach. Für keinen von uns. Wieso wühlen Sie im Dreck? Glauben Sie, ich habe Klapfer entführt und getötet?«

»Wir wissen, dass Sie zum Zeitpunkt der Entführung mit den Honoratioren des Ortes beim ›Lärchenwirt‹ gesessen sind.«

»Was wollen Sie dann von mir?«

»Ich an Ihrer Stelle hätte Klapfer den Tod gewünscht.«

»Das hab ich auch. Aber getötet habe ich ihn nicht. Obwohl ich es mir oft vorgestellt habe.«

»Das kann ich verstehen. Noch dazu, wo er dann auch noch was mit der jüngeren Schwester Ihrer Frau angefangen hat.«

Huber ballt mehrmals die Fäuste.

»Dieses Schwein. Sonja war grade einmal fünfzehn, als er sie auf dem Schirm gehabt hat. Wir alle haben sie gewarnt, besonders meine Frau. Aber das hat nur die gegenteilige Wirkung gehabt, Sonja hat meiner Frau Eifersucht vorgeworfen. Sie war allen Warnungen gegenüber blind und taub. Und es kam, wie es kommen musste: Nach ein paar Wochen hat er sie fallen lassen.«

»Und wie ist Sonja damit umgegangen?«

»Die Geschichte hat sich wiederholt. Sie hat sich das sehr

zu Herzen genommen. Und ebenfalls Tabletten geschluckt. Meine Schwiegereltern haben sie noch rechtzeitig gefunden und Dr. Doppelhofer geholt. Der hat sie gerettet.«

»War Sonja schwanger?«

Ein Ruck geht durch Huber.

»Was? Nein, nein. Das war sie nicht. Gott sei Dank.«

»Ich meine, der Gedanke liegt nahe, wenn man den Suizidversuch bedenkt.«

»Nein, wirklich nicht. Aber sie war anders nach der Zeit mit Klapfer. Sie hat … kein Selbstwertgefühl mehr gehabt. Ihre Fröhlichkeit war verschwunden, und sie hat mit niemandem in der Familie mehr geredet. Ich meine, über ihre Probleme. Meine Schwiegereltern sind verzweifelt gewesen. Die Schule hat sie auch geschmissen.«

»Wie geht es Sonja zurzeit?«

»Ich weiß nicht genau. Sie kommt und geht, wie es ihr passt. Wir haben Angst, dass sie mit den falschen Leuten zusammen ist.«

Kammerlanders Smartphone brummt. Mit einem Wischer ruft er die Nachricht von Dollinger auf.

»Ist es nicht so«, fragt er, als er sich wieder Huber zuwendet, »dass Sonja ins Drogenmilieu abgerutscht ist und bereits einen erfolglosen Entziehungsversuch hinter sich hat?«

Huber zuckt mit den Schultern. »Sie scheinen ja schon alles zu wissen.«

»Wie haben Sie auf all das reagiert?«

»Wie … Was meinen Sie?«

»Nun, Sie werden doch furchtbar wütend gewesen sein. Und Klapfer zur Rede gestellt haben. Ich meine, das wäre doch eine natürliche Reaktion gewesen.«

»Ja … ja. Ich habe ihm Vorwürfe gemacht. Natürlich.«

»Und?«

»Er … er hat nur gelacht. Das war typisch für ihn. Und er hat gesagt, wenn ich Wind um die Sache mache, wird er dafür sorgen, dass jeder im Dorf erfährt, was für geile Weiber meine Frau und ihre Schwester sind.«

»Und Sie haben gar nichts unternommen?«

»Ja … Nein. Einen Tag später hat mich Bürgermeister Brandstätter in sein Büro gerufen. Wolfshuber war auch da. Brandstätter hat gemeint, wir sollten die Sache nicht überbewerten und keine Unruhe in die Gemeinde bringen. Noch dazu, wo ich im Gemeindeamt tätig bin. Wenn die Sache hochkochen würde, könnte ich wohl nicht mehr als Gemeindesekretär arbeiten. Das würde ich sicher verstehen. Eine gedeihliche Teamarbeit wäre dann nicht mehr möglich. Ich würde den Job verlieren.«

»Man hat Ihnen also mit dem Verlust Ihrer Arbeitsstelle gedroht.«

»Brandstätter nannte es ›Konfliktmanagement‹, mit ihm als Moderator.«

»Hübsch formuliert. Sie haben also die Botschaft verstanden und sich entschieden, nichts zu tun.«

Beschämt senkt Huber den Blick. Unter den Achseln seines Cityhemds haben sich dunkle Schweißflecke gebildet.

»Meine Frau geht nicht mehr arbeiten, und wir haben noch Schulden auf unser Haus abzuzahlen. Ich brauche den Job.«

»Und Sie haben ja auch ein lukratives Angebot bekommen, nicht wahr?«, sagt nun Ratzinger mitleidlos. »Sie sind als Investor mit in das geplante Projekt mit alternativer Energie hineingenommen worden. Ich nehme an, das Angebot kam vom Landtagsabgeordneten Wolfshuber, der auch die Bankbürgschaft übernommen hat.«

Huber presst die Lippen zusammen und schüttelt resigniert den Kopf.

»Ich bin nicht stolz darauf. Aber was hätte ich machen sollen? Das war wenigstens eine kleine Wiedergutmachung. Es ist leicht, zu urteilen, wenn man selbst nicht in so einer aussichtslosen Situation steckt, so einer Abhängigkeit …«

»Man hat immer die Wahl«, sagt Ratzinger.

57

Im Anschluss an die Einvernahmen sitzen die Beamten noch stundenlang zusammen und vergleichen die Aussagen. An Motiven fehlt es nicht, im Gegenteil. Auch die Anzahl der Verdächtigen kann sich sehen lassen. Wobei keineswegs klar ist, ob es nicht noch andere Personen gibt, die mit Klapfer und Doppelhofer eine Rechnung offen haben. Aber eins nach dem anderen.

Bei Klapfer gehen sie von zwei Tätern aus. Der Gemeindesekretär Huber war zur Zeit der Entführung beim »Lärchenwirt«. Revierförster Brunner ebenfalls, was leicht nachzuprüfen ist. Melzer, der Kaufmann des Ortes, lag wegen einer Operation im Krankenhaus. Und Krautner sagt, er sei nach dem Gottesdienst mit der Familie nach Hause gefahren. Das werden sie noch überprüfen. Der heißeste Anwärter auf die Täterschaft ist Herbert Reinweber. Der war vor Ort, als der Kraftwerksaufzug in Betrieb genommen worden ist. Aber wer war die zweite Person, die an der Entführung Klapfers mitgewirkt hat?

Beim Mordfall Doppelhofer liegt der Fall ähnlich. Der Kaufmann Melzer hat ein gesichertes Alibi: Er war in der Leitzentrale der Feuerwehr und hat Einsätze koordiniert. Krautner hat angegeben, in der Sturmnacht zu Hause gewesen zu sein. Der Revierförster Brunner will allein in einer Jagdhütte übernachtet haben. Der Gemeindesekretär Huber in einem Heustadel, was bisher niemand bestätigen kann. Herbert Reinweber hat ebenfalls kein Alibi. Er hat am Telefon ausgesagt, die Nacht zu Hause im Beingrüblhof verbracht zu haben.

Der Kaufmann wird von der Liste der Verdächtigen gestrichen. Er hat in beiden Fällen ein gesichertes Alibi. Krautners Angaben sind von der Familie bestätigt worden – na ja. Brunner, Huber und Reinweber haben im Fall Doppelhofer kein Alibi.

Was heißt das nun?

Sind die beiden Mordfälle gesondert zu behandeln? Die ermittelte Motivlage sagt Nein. Allerdings kommt nur Herbert Reinweber in beiden Fällen als Verdächtiger in Frage. Bei Klapfer sprechen Motiv und Indizienlage eindeutig gegen ihn. Aber warum sollte Reinweber ein Interesse daran haben, den alten Arzt zu ermorden, noch dazu auf eine so brutale Art? Auch hier gehen sie erst einmal nicht von einem Einzeltäter aus. Wer aber ist der Zweite im Bunde?

Sie fischen im Trüben. Bestenfalls. Hoffentlich gibt es morgen mehr Klarheit, wenn die Ergebnisse der Spurensicherung und der Gerichtsmedizin vorliegen. Einige Aussagen müssen noch überprüft und verifiziert werden. Außerdem werden sie den Landtagsabgeordneten Wolfshuber einbestellen. Der ist die ganze Zeit verdächtig ruhig geblieben, was die Vermutung verstärkt, dass er an der Aufklärung nicht besonders interessiert ist. Wäre es nicht so, hätte sich schon längst das Landeskriminalamt eingeschaltet. Bei seinen Beziehungen!

Kammerlanders Augen beginnen wieder fiebrig zu glänzen. Die Kollegen drängen ihn, nach Hause zu fahren und sich ins Bett zu legen.

»Wir machen hier noch eine Zeit lang weiter«, sagt Ratzinger. »Ruh dich bis morgen aus, sonst haut es dich noch richtig um.«

Kammerlander nickt. Er merkt selbst, dass er am Rand der Belastbarkeit steht. Als die Tür hinter ihm ins Schloss gefallen ist, wenden sich die Beamten wieder der Flipchart zu, die inzwischen vollgepflastert ist mit Namen, Zeitangaben, möglichen Motiven und Pfeilen in alle Richtungen. Was sehen sie nicht? Sie versuchen, dem Ganzen eine Struktur zu geben, den roten Faden zu finden, der sich zwischen all den Informationen durchzieht. Durchziehen muss.

Die Kaffeemaschine faucht, als sie für den dritten Koffeinschub sorgen.

Dr. Rebenfels hat den Tag gut genutzt.

Nach dem Frühstück hat er sich vor Wolfshubers Jagdhütte in die Sonne gesetzt und nachgedacht, wer für die Scherereien der letzten Zeit in Frage kommt. Er hat noch einmal den Zettel aufgefaltet, der ihm gestern Abend hinter den Scheibenwischer gesteckt worden ist. Die gleiche Botschaft wie bei Doppelhofer und Wolfshuber. *Lasset die Kindlein zu mir kommen.* Das heißt: Er ist der Nächste auf der Liste. Daran gibt es keinen Zweifel.

Aber wenn derjenige glaubt, dass er sich deshalb in die Hosen scheißt, hat er sich geirrt. Im Gegenteil. Je mehr Rebenfels unter Druck kommt, desto effektiver sind seine Abwehrmaßnahmen. Es ist wie auf der Jagd. Er macht seine Beute aus, pirscht sich an, fokussiert sie. Greift an, wenn sich die Beute völlig sicher wähnt. Und zwar gnadenlos. Am besten ist es, wenn der Todeskampf lang und qualvoll ist. Das erregt ihn so sehr, dass er fast in die Hose ejakuliert.

Die Sache mit Roman und Doppelhofer werden sie noch in den Griff kriegen. Er weiß, in welche Richtung er denken muss. Unter dem Strich gibt es nur eine Handvoll Möglichkeiten. Er wird ein paar Telefonate führen und Nachforschungen in Auftrag geben. Und sehr bald wird er die Informationen haben, die er braucht. Dann ist das Todesurteil des Zettelschreibers besiegelt.

Und bis es so weit ist, wird er noch eine Gamsjagd einschieben. Perfektes Zeitmanagement. Er muss nur sehen, dass Wolfshuber nicht Lunte riecht.

Der ist am frühen Nachmittag vorbeigekommen und hat ihm ziemlich aufgelöst vom Mord an Doppelhofer erzählt. Das ist ja ein Ding. Der oder die Gegner, die Rächer – er weiß nicht, wie er ihre Widersacher nennen soll –, scheinen es wahrlich ernst zu meinen. Nun gut, das macht das Spiel interessanter.

»Der alte Doppelhofer war ohnehin nur mehr ein Sicherheitsrisiko. Da hat uns einer die Arbeit abgenommen. So musst du das sehen«, ist alles gewesen, was er dazu gesagt hat.

Es hat einige Zeit gedauert, bis Wolfshuber sich beruhigt hat. Die Botschaft an ihn selbst hat Rebenfels ihm verschwiegen. Das hätte den Landtagsabgeordneten noch nervöser gemacht. Wenn sie aus dieser Sache unbeschadet herauskommen wollen, müssen sie funktionieren wie ein Uhrwerk, sachlich und zielgerichtet.

Rebenfels wollte vor Einsetzen der Dämmerung zu einer wichtigen Verabredung. Deshalb ist er froh gewesen, als Wolfshuber endlich nach Hause gefahren ist. Er hat ihm noch gesagt, dass er morgen früh zur Entspannung auf einen Rehbock gehen wird. Mehr braucht der Abgeordnete nicht zu wissen.

Als Wolfshuber weggefahren ist, hat er ihm nachgeblickt und nicht zum ersten Mal überlegt, ob die Verbindung zwischen ihnen nicht langsam ein Ende haben sollte. Zu viel ist passiert, als dass sie so weitermachen könnten wie bisher. Wolfshuber zeigt Nerven, das ist nicht gut. Und egal, wie tief der Jagdkollege mit drinsteckt, unterm Strich ist er ein Mitwisser, so oder so.

Und damit gibt es keine hundertprozentige Sicherheit.

Aber eins nach dem anderen.

Als er von seiner Verabredung zurückkommt, trinkt er einen großen Schnaps. Er braucht jetzt Entspannung. Das Jagdfieber hält ihn sonst die halbe Nacht wach.

58

Behutsam drückt er die Autotür zu. Die Stille, die ihn umgibt, ist nicht vollkommen. Ein leises Rascheln da und dort und der entfernte Ruf eines Käuzchens umhüllen ihn wie eine Verheißung. Die kommenden Stunden werden erfüllt sein von freudiger Anspannung und Konzentration. Alle Sinne geschärft, er selbst wie ein Teil des Waldes, unsichtbar, witternd, lautlos.

Es ist vier Uhr früh. Vorsichtig hängt er sich die Büchse über die Schulter und wartet, bis seine Augen mit der Dunkelheit zurechtkommen. Der zunehmende Mond streut gerade so viel Licht zwischen die Bäume, dass Rebenfels grobe Umrisse und den Weg zum Hochsitz wahrnehmen kann. Langsam setzt er sich in Bewegung.

Es ist ein fremdes Revier für ihn. Er ist froh, dass er gestern mit dem jungen Mann schon mal den Weg vom Parkplatz zur Kanzel gegangen ist. Die Dunkelheit ist trügerisch, die Bäume und Sträucher werfen dunkle Schatten und gaukeln eine veränderte Landschaft vor. Aber er hat einen guten Orientierungssinn und keine Zweifel, dass er den Hochsitz wiederfinden wird. Der in hiesigen Jägerkreisen einen prägnanten Namen hat: der Eiserne Thron. Die morsche Holzleiter wurde vor Jahren durch eine Metallleiter ersetzt, notdürftig mit Fichtenästen verkleidet. Es hatte rasch gehen müssen, denn es war Jagdsaison, und die Jagdgäste haben gut gezahlt. Und wie es halt immer ist: Nichts hält sich länger als ein Provisorium, und deshalb hat sich seither niemand die Mühe gemacht, den Hochsitz wieder in seinen ursprünglichen Zustand zu versetzen.

Er setzt jeden Schritt mit Bedacht und bemüht sich, nicht an Wurzeln hängen zu bleiben, die sich quer über den Waldweg um seine Füße schlängeln wollen. Die Zweige von Büschen streifen mit einem leisen Rascheln über seine Gestalt und nicken ihm hinterher. Jeder Schritt wird von einem leisen Schmatzen begleitet, die Erde hat die Flut von oben noch nicht vollständig aufgesaugt. Etwa in der Mitte der Strecke bilden die Baumkronen ein geschlossenes Dach, die Finsternis ist fast vollkommen. Kurz überlegt er, ob er seine Taschenlampe aus der Jackentasche nehmen soll, entscheidet sich aber dagegen. Jeder kurze Lichtschein kann das Wild aufstören und in die Flucht schlagen. Nach ein paar Metern weichen die Baumkronen zurück, und der Mond gießt sein fahles Licht wieder auf den Weg.

Rebenfels bleibt stehen und versucht, ruhig zu atmen. Der Anstieg ist nicht besonders lang, aber steil. Er muss seine Atmung flach halten, hörbares Keuchen könnte ihn verraten. Er muss grinsen, wenn er an Wolfshuber denkt. Er sieht schon dessen Gesicht vor sich, wenn er ihm in ein paar Stunden seine Beute zeigt. Immer vorausgesetzt, das Jagdglück ist ihm hold.

Wie oft haben sie schon darüber gesprochen, eine weiße Gams zu schießen. Diese Albinos sind äußerst selten und nicht zum Abschuss freigegeben. Was sie noch nie abgehalten hat. Das Problem ist aber, dass diese Tiere selten vorkommen. Fast gar nicht. In den letzten Wochen ist in Jägerkreisen gemunkelt worden, dass eine Weiße in diesem Gebiet ziehen soll. Wolfshuber hat gemeint, er halte Augen und Ohren offen, um mehr herauszufinden. Rebenfels verzieht spöttisch den Mund. Das soll er mal schön machen. Informationen bekommt man auf andere Art. Bloßes Herumfragen motiviert Informanten nicht. Kein Stück.

Er selbst hat eine andere Strategie gewählt. Eine erfolgversprechendere: Geld. Der Bursche, den er sich ausgesucht hat, kann sich seinem Einfluss nicht entziehen, konnte es noch nie. Er hat ihm gesagt, was er zu tun hat, und der junge Mann hat ihm unterwürfig seinen Wunsch erfüllt. Er hat ihm einen ordentlichen Batzen gezahlt; als Gegenleistung soll er sofort informiert werden, wenn eine Weiße gesichtet wird. Kommt es zum Abschuss, zahlt er dem Informanten die gleiche Summe noch einmal. Vielleicht. *Das* nennt man Motivation.

Und seine Rechnung ist aufgegangen. Vorgestern ist der ersehnte Anruf gekommen. Der Informant hatte das Wild ausgemacht, er hat Rebenfels gestern zur passenden Kanzel an einer Schneise geführt und gesagt, beim Morgenansitz sollte er zum Schuss kommen.

Worauf er sich verlassen kann, denkt Rebenfels. Sobald eine Weiße den Kopf aus dem Wald streckt, ist sie fällig.

Er nickt und setzt seinen Weg fort. Er muss vor dem Morgengrauen auf dem Ansitz sein.

Wenn die Beute erst mal liegt, ist alles andere ein Kinderspiel. Er wird das Tier aufbrechen, die Eingeweide ins Gebüsch werfen, der Fuchs erledigt den Rest. Dann wird er seine Beute mit einem Strick zum Wagen ziehen, in die Wildwanne im Kofferraum legen und ab die Post. Er sieht das Haupt schon in seinem Jagdzimmer hängen, nachdem er es vom Präparator geholt hat.

Ein Schauer überläuft ihn.

Die Weiße wird kommen. Er spürt es einfach.

Da sieht er auch schon den Hochsitz direkt vor sich.

Er schiebt das Gewehr ein wenig nach hinten, damit es nicht an die Leiter schlägt. Die Rucksackriemen schneiden ihm in die Schultern, aber egal. Er hat ja nur noch den kurzen Aufstieg in die Kanzel vor sich. Von Osten her schleicht sich das erste Grau in den Nachthimmel und lässt die Leiter hinter den Zweigen matt schimmern. Das Metall fühlt sich kalt an, als er sich Sprosse für Sprosse nach oben schiebt. Die Abkühlung ist ihm nur recht; in seinem Inneren brennt ein Feuer, wie immer, wenn eine Jagd unmittelbar bevorsteht. Seine Bewegungen sind langsam und zielgerichtet. Er darf sich von der beginnenden Dämmerung nicht zu unkontrollierter Eile treiben lassen.

Endlich sieht er über sich die Querstange, an der er sich noch hochziehen muss. Als seine Hand die Stange packt, explodiert die Welt in einem Lichtblitz. Strom schießt durch seinen Körper, Feuerwalzen verknoten seine Muskeln, die Hand krampft sich um das Metall und kann nicht loslassen. Bläuliches Knistern erfüllt die Luft, bevor sein zuckender Körper am Fuß der Leiter aufschlägt.

Lautes Vogelgezwitscher begrüßt den heraufziehenden Morgen.

59

Der rote Faden, nach dem die Beamten Ausschau gehalten haben, hat sich nicht herauskristallisiert. Sie haben die Sachlage überprüft und noch mal überprüft, Verbindungen hergestellt und Szenarien durchgespielt. Wenn ein Verdächtiger für beide Morde ein denkbares Motiv hat, hat er auf der anderen Seite für mindestens einen Tatzeitpunkt ein Alibi. Und umgekehrt.

»Zu viele Verdächtige sind auch scheiße«, brummt Ratzinger.

Kammerlander schaut in die Runde, die heute kleiner ist als am Tag zuvor. Dollinger hat sich entschuldigt; sie liege mit Fieber im Bett und werde wohl die nächsten ein, zwei Tage ausfallen. Sie hat sich doch bei mir angesteckt, denkt er.

»Wir sollten uns auf ein Motiv beschränken. Sonst verrennen wir uns. Ich schlage vor, wir stellen die Problematik mit der alternativen Energiegewinnung hintan. Angesichts dessen, wie man Dr. Doppelhofer aufgefunden hat …«

»Du meinst, weil man ihm chirurgische Instrumente in den Arsch gesteckt hat?«

»Franz!«

»Was denn? Keine Dame in Hörweite.«

Kammerlander seufzt.

»Also ... ja. Das ist eine klare Botschaft. Und nachdem wir wissen, was so alles in Doppelhofers Keller gelaufen ist ... Was denkt ihr?«

Hansbauer nickt. »Hab ich mir auch schon gedacht. Klapfer schwängert junge Mädchen, fast noch Kinder. Der Arzt beseitigt den Schaden. Mehr schlecht als recht in manchen Fällen. Wer weiß, wie lange die das schon praktiziert haben. Und damit das nicht munter so weitergeht, hat jemand ein Enddatum gesetzt. Das Energiemotiv ist nicht so griffig.«

»Absolut.« Ratzinger grinst. »Sonst hätte man dem Arzt statt dem Skalpell ein Windfähnchen in den Hintern geschoben.«

»Also das reicht jetzt, Franz.«

»Ach was. Ein bisschen Spaß bei der Arbeit hat noch nie geschadet.«

»Und Wolfshuber hat gleich auch eine gewischt gekriegt«, meldet sich Witt zu Wort, der bis dahin nur zugehört hat.

»Genau. Der Sohn ermordet, das Ohr hingeschickt und noch der Gruß: *Lasset die Kindlein zu mir kommen.* Damit er es auch richtig versteht.«

Kammerlander erinnert sich, wie infam er diese Botschaft damals gefunden hat. Und er erinnert sich, dass Wolfshuber von diesem Zeitpunkt an verschlossen war wie eine Auster.

»Im Licht der neuen Erkenntnisse hat diese Nachricht natürlich eine andere Bedeutung gewonnen«, stellt er fest. »Wolfshuber hat von den Umtrieben seines Sohnes gewusst, mehr noch, er hat ihn immer wieder aus der Schusslinie genommen. Und ist über alle Leute drübergebrettert, die ihm dabei im Weg waren. Ja. Wir gehen jetzt davon aus, dass das ... unschöne amouröse Verhalten Roman Klapfers das Motiv für die zwei Morde ist.«

»Hübsch ausgedrückt«, sagt Ratzinger. »Aber ... ich will ja

hier niemandem die Stimmung verderben: Wo ist die Leiche unseres Dorfcasanovas?«

Um vierzehn Uhr liegt der vorläufige Bericht der Gerichtsmedizin vor. Der alte Arzt ist über einen längeren Zeitraum hinweg gefoltert worden, indem man ihm siebenundzwanzig kleine Schnitte unterschiedlicher Tiefe beigebracht hat. Für die Hauptschlagadern hat man sich bis zum Schluss Zeit gelassen. Todesursache: Verbluten. Dass man den Arzt noch hätte retten können, als die erste Nachschau nach seinem Verbleib stattgefunden hat, ist auszuschließen. Die Geburtszange und das Skalpell sind in das Rektum eingeführt worden, als er noch lebte. Überhaupt war der Gesundheitszustand des alten Arztes erbarmungswürdig. Unterernährt, Leberschaden, beginnendes Bauchspeicheldrüsenkarzinom. Der toxikologische Befund weist auf erheblichen Drogenmissbrauch hin.

»Die Mühe hätte man sich eigentlich sparen können …«, murmelt Ratzinger.

»Was?«

»Ich meine, man hätte es sich sparen können, den Alten umzubringen. Doppelhofer hätte es ohnehin nicht mehr lange gemacht. So wie der drauf war.«

»Das ist wohl wahr.«

Kammerlander reißt sich vom Bildschirm los. »Wahrscheinlich haben der Landtagsabgeordnete und seine Mannen von der Drogenabhängigkeit gewusst. Damit hatten sie ihn in der Hand. Ich finde, das macht Sinn.«

»Unbedingt. Schade, dass wir ihn nicht mehr fragen können.«

»Hat schon jemand etwas von der Spurensicherung gehört?«

Hansbauer nickt. »Die haben vor einer halben Stunde angerufen. Sie sind noch bei der Arbeit, aber ein paar Infos können sie schon mal an uns weitergeben. Sie haben in Doppelhofers Wohnung eine Menge Morphinpräparate gefunden. Und literweise Schnaps. Sie haben auch ein geknülltes Blatt Papier sichergestellt, welches unter dem Wohnzimmertisch gelegen ist. Der Text ist uns bekannt: *Lasset die Kindlein zu mir kommen.*«

»Damit ist unsere Theorie untermauert. Fingerspuren?«

»Nur die von Doppelhofer.«

»Noch was?«

»Mhm. Die Untersuchung der Praxisräume haben sie hintangestellt, es sind ja jede Menge Patienten ein und aus gegangen. Die Wohnung oben gibt auf den ersten Blick auch nichts her. Interessanter ist der Kellerraum, in dem der Arzt gefunden worden ist. Bis jetzt tote Hose, was Fingerspuren betrifft, aber man hat auf der Treppe und im Kellerraum Schuhabdrücke der Größen 43 und 45 gefunden. Durch Profilabgleiche können sie sich darauf festlegen, dass die Abdrücke von Gummistiefeln stammen.«

»Bei dem Dreckswetter Montagnacht kein Wunder«, sagt Ratzinger. »Und jetzt können wir sicher sein, dass auch hier zwei Täter am Werk gewesen sind. – Für wann hast du Wolfshuber einbestellt?«

Kammerlander schaut auf die Uhr.

»Halbe Stunde. Wenn er geruht zu erscheinen.«

»Muss ich wieder brav sein?«

»Diesmal nicht.«

60

Der Landtagsabgeordnete sieht die Beamten vorwurfsvoll an. Seine Lider sind geschwollen, dunkle Schatten haben sich unter den Augen eingenistet. Obwohl er seine Zustimmung gegeben hat, beäugt er misstrauisch das Aufnahmegerät, das mitten auf dem Tisch steht.

»Sie haben also immer noch kein Ergebnis vorzuweisen. Wissen Sie, wie schwer das für meine Frau und mich ist? Dass wir unseren Sohn nicht beerdigen können?«

Bei deiner Frau habe ich da erhebliche Zweifel, denkt Kammerlander.

»Das glaube ich gern«, sagt er. »Aber ›kein Ergebnis‹ stimmt so nicht ganz. Wir sind zumindest ein ganzes Stück weitergekommen.«

»Ach ja?«

Wolfshuber beugt sich in gespieltem Interesse vor. »Da bin ich jetzt echt gespannt.«

»Wir haben inzwischen das Motiv ermittelt. Den Grund, warum Ihr Sohn sterben musste. Was schneller gegangen wäre, wenn Sie mit uns zusammengearbeitet hätten.«

Ein wachsamer Ausdruck tritt in Wolfshubers Augen. Den Vorwurf kommentiert er nicht.

»Und was wäre das für ein Grund?«

»Das … Liebesleben Ihres Sohnes.«

»Ha!« Wolfshuber schlägt mit der flachen Hand auf die Schreibtischplatte. »Was Besseres haben Sie nicht zu bieten? Roman war verlobt. Er hat sich mit Heiratsabsichten getragen.«

»Seltsam.« Ratzinger sitzt auf dem zweiten Stuhl neben Kammerlander. Er hat sich entspannt zurückgelehnt und die Arme vor der Brust verschränkt. Er lässt den Landtagsabgeordneten keine Sekunde aus den Augen. »Im Hause Acham weiß man nichts von einer Verlobung. Auch die ›Braut‹ war sehr erstaunt.«

Wolfshuber wedelt abwehrend mit der Hand.

»Dann … hat er sie vielleicht noch nicht gefragt. Was weiß ich. Die jungen Leute, wer kennt sich da heutzutage noch aus?«

»Oder Ihr Wunsch war der Vater des Gedankens.«

Kammerlander hebt die Hand.

»Wir reden nicht von Gegenwart und Zukunft. Bleiben wir in der Vergangenheit. Roman hat nichts anbrennen lassen …«

»Ein junger Mann! Der lebt sich aus vor der Ehe.«

»… und hat die Beziehungen oft rücksichtslos beendet.«

»Natürlich ist das eine oder andere Mädchen enttäuscht, wenn es verlassen wird. Meinen Sie, Roman wurde aus verschmähter Liebe umgebracht?«

»Nein. Sein – ja, man muss schon sagen – kriminelles Verhalten war der Grund dafür.«

Der Landtagsabgeordnete atmet entrüstet ein. So hat er sich das nicht vorgestellt. Diese respektlose Fragerei ist ein Affront.

Eigentlich hat er ja gar nicht kommen wollen. Wenn die Polizei etwas von ihm will, soll sie sich gefälligst zu ihm bemühen. Aber er muss unbedingt erfahren, was Sache ist. Muss wissen, in welche Richtung ermittelt wird. Was die Beamten bereits wissen und was nicht.

Diese Einfaltspinsel werden ihm Informationen entlocken wollen und gar nicht merken, dass er *sie* aushorcht. Damit er weiß, wie groß die Gefahr ist und welche Gegenmaßnahmen er ergreifen muss. Das ist sein Plan.

Nun übernimmt Ratzinger.

»Soll heißen: Roman hat seine Gespielinnen flachgelegt, und wenn er sie überhatte, wurden sie brutal abserviert.«

»Passen Sie auf, dass Sie nicht ein Verfahren wegen übler Nachrede an den Hals kriegen.«

Ratzinger betrachtet angelegentlich seine Fingernägel und fährt ungerührt fort: »Wenn eine Ärger gemacht hat, wurde sie mit Nacktfotos erpresst. Die Ihr Sohnemann mit seinem Handy aufgenommen hat, mit oder ohne Wissen des betreffenden Mädchens. Garniert mit der Drohung, die Fotos im Internet zu verbreiten, wenn sie nicht spurt, und jedem zu erzählen, was für eine Nutte sie ist.«

»Also, das … das ist eine Ungeheuerlichkeit. Wie kommen Sie dazu, das Andenken meines Sohnes so zu beschmutzen? Können Sie das überhaupt beweisen?«

»Wir haben Zeugenaussagen und Dateien vom Laptop Ihres Sohnes, die wir wiederhergestellt haben. Nachdem Sie den Löschversuch unternommen haben. War für unsere Computerleute ein Klacks.«

»Ich habe nicht …«

»Natürlich haben Sie. Weil Sie genau wussten, was Ihr Sohn trieb. Aber keine Sorge – *das* können wir nicht beweisen.«

»Ich finde es eine Unverschämtheit …«

»Und das ist noch nicht alles. Ihr Sprössling hatte fruchtbare Lenden. Da ist das eine oder andere Malheur passiert. Und jetzt kommt Dr. Doppelhofer ins Spiel. Nach dem Sie noch überhaupt nicht gefragt haben, nebenbei bemerkt.«

Wolfshuber presst die Lippen zusammen.

»Im Keller des Herrn Doktor wurde geradegebogen, was gekrümmt war. Im Klartext: Er hat Abtreibungen vorgenommen, und Sie haben dafür gesorgt, dass alles unter der Decke blieb. Mit höchst unfeinen Mitteln.«

»Das können Sie natürlich auch beweisen.«

»Wir können Sie beschuldigen. Das ist das Schöne an unterschriebenen Zeugenaussagen. Wir müssen ihnen nachgehen, sonst würden wir unsere Arbeit schlecht machen. Wir müssen ermitteln ohne Ansehen der Person. Damit erübrigt sich für Sie auch der Ruf nach Kommandant Starkl, der natürlich im Bilde ist. Oder habe ich Ihre Blicke zur Tür falsch interpretiert?«

Ein hasserfüllter Blick bohrt sich in Ratzinger. Der ist inzwischen aufgestanden und geht vor Wolfshuber auf und ab. Seine Augen funkeln, die Vernehmung läuft ganz nach seinem Geschmack.

»Aber machen wir mit dem Herrn Doktor weiter. Obwohl es Sie anscheinend nicht kümmert, wie er zu Tode gekommen ist, sage ich Ihnen trotzdem: Es war kein schöner Tod. Aber die Einzelheiten hat man Ihnen sicher schon zugetragen.«

Wolfshuber drückt den Rücken durch, sagt aber nichts dazu.

Ratzinger wirft einen Blick zu Kammerlander. Der macht eine auffordernde Geste und schnäuzt sich. Wenigstens ist das Fieber weg. Seine Mattigkeit und einen leichten Schwindel ignoriert er.

Ratzinger fährt fort.

»Nun ja. Dr. Doppelhofer hat einen hohen Preis dafür bezahlt, dass er Ihren Dreck weggemacht hat.«

»Was ich bestreite. Und überhaupt: Wieso hätte er das tun sollen?«

»Weil er morphinabhängig war. Sie wussten das. Er hätte alles getan, um seine Sucht zu befriedigen, und Sie haben es ihm ermöglicht. Er war die perfekte Marionette.«

»Blödsinn. Wenn ich das gewusst hätte, wäre er die längste Zeit unser Arzt gewesen.«

Ratzinger lächelt dünn.

»Geschenkt. Wenn wir Ihnen Ihre Umtriebe nachweisen, und das werden wir, sind *Sie* die längste Zeit Landtagsabgeordneter gewesen.«

Wolfshubers Augen verengen sich zu einem Schlitz.

»Sie kleines Würstchen. Wie können Sie es wagen …? Sie haben nichts. Nichts! Außer einem Wust an Verdächtigungen. Aufgrund von Hörensagen. Falls Roman sich tatsächlich … falsch benommen hat, wusste ich es nicht. Falls Doppelhofer tatsächlich Abtreibungen vorgenommen hat und Morphinist war – was geht das mich an? Ich hatte von alldem keinerlei Kenntnis. Sie können meinen toten Sohn nicht finden und sind mit zwei Morden völlig überfordert. Deshalb flüchten Sie sich in haltlose Beschuldigungen. Die Sie als *Wahrheiten* hinstellen.«

Speicheltröpfchen spritzen aus seinem Mund, als er noch nachsetzt: »Eines garantiere ich Ihnen: Ihr blödes Grinsen wird Ihnen schon noch vergehen!«

»Ach, wissen Sie, die einzigen Wahrheiten, die Spaß machen, sind solche, die andere verbergen wollen.«

»Du elender …!«

Wolfshuber springt mit geballten Fäusten auf. Schweiß hat sich über seiner Oberlippe gebildet, eine Ader pocht, als wollte sie aus dem geröteten Hals springen.

»Leiden Sie an hohem Blutdruck?«, fragt Ratzinger ungerührt.

»Nun beruhigen wir uns wieder«, sagt Kammerlander.

Wolfshuber starrt Ratzinger, der jetzt entspannt am Fenster lehnt, noch einige Sekunden an. Dann wendet er sich Kammerlander zu.

»Das wird ein Nachspiel haben. Verlassen Sie sich drauf.«

»Dem sehen wir gelassen entgegen. Aufgrund der Beweise, die wir im Haus von Dr. Doppelhofer gesichert haben, sind wir recht zuversichtlich.«

Wolfshubers Blick wird lauernd. Jetzt habe ich deine volle Aufmerksamkeit, denkt Kammerlander. Habe ich eine wunde Stelle getroffen?

»Beweise? Welche Beweise?«

»Beweise, welche die Aussagen meines Kollegen untermauern.«

»Dass Roman Mädchen geschwängert hat? Und der Arzt Abtreibungen vorgenommen hat?«

»So ist es.«

Wolfshuber atmet tief durch. Während die Anspannung weicht, senkt er den Blick.

Kammerlander ist sich nicht sicher, ob er für einen Augenblick Erleichterung in Wolfshubers Augen gesehen hat.

»Bravo. Was für ein Ermittlungserfolg. Dass hier aber Kapitalverbrechen verübt wurden, dass ein Mörder frei herumläuft, kratzt Sie nicht.«

»Das kratzt uns sogar sehr.«

Wolfshuber wendet sich zum Gehen. Mit dem Rücken zu den Beamten sagt er zur Tür: »Das Gespräch ist zu Ende. Soweit ich das sehe, liegt absolut nichts gegen mich vor.«

»Ansichtssache. Aber Sie stehen uns weiterhin zur Verfügung.«

»Das glaube ich nicht. Sollten Sie noch Fragen haben, wenden Sie sich an meinen Anwalt.«

Nachdem die Tür ins Schloss gedonnert ist, knurrt Ratzinger: »Der lügt, dass einem schlecht wird.«

»Denk an das Sprichwort: ›Lügen haben kurze Beine.‹«

»Wenn das so wäre, hätten die Politiker Hornhaut am Sack.«

»Franz!«

»Was denn?«

61

Es hätte schlimmer sein können.

Wolfshuber sitzt in seinem Wagen und lässt die vergangene Stunde Revue passieren.

Über Roman wissen sie Bescheid, zumindest teilweise. Aber dass es überhaupt so weit gekommen ist, daran ist der Junge selbst schuld. Wie oft hat er ihn gewarnt, dass er sich zurückhalten soll, dass er seine Triebe und die Wut kanalisieren soll. Er hat ihm zu viele Freiheiten gelassen. Im Dorf ist über Roman getuschelt worden, das haben ihm seine Spitzel natürlich zugetragen. Keiner hat sich getraut, ihn offen anzugreifen. Aber bei der Polizei haben die Leute geredet. Und nicht zu knapp. Wer im Einzelnen das Maul aufgerissen hat, das wird er herausfinden. Diejenigen können sich schon einmal warm anziehen. Aber erst wird er sich den Mörder seines Sohnes vornehmen.

Mehr Sorgen hat ihm der Mord an Doppelhofer gemacht. Wer weiß, was die Polizei alles bei ihm gefunden hat? Der alte Narr ist zuletzt nur mehr ein Nervenbündel und eine Gefahr für alle gewesen. Gott sei Dank sind seine Befürchtungen grundlos gewesen, die Ergebnisse der Ermittlungen können ihm nicht schaden. Sollen diese Witzfiguren doch versuchen, ihm etwas nachzuweisen – Mitwisserschaft? Mittäterschaft? Da werden sie sich die Zähne ausbeißen.

Auf jeden Fall wird er dieses Gespräch in Erinnerung behalten. Die Unverschämtheit, mit der man ihm entgegengetreten ist. Besonders der Kleine. Dieses Frettchen. Dafür werden sie büßen, und wenn es Jahre dauert, bis er die Rechnung begleichen kann. Doch zurzeit sind andere Dinge wichtig. Überlebenswichtig.

Er muss mit Rebenfels sprechen.

Sofort.

Er hat schon versucht, ihn zu erreichen, aber sein Jagdfreund ist nicht ans Telefon gegangen. Wahrscheinlich ist er nach seinem Morgenansitz heimgekommen und hat sich hingelegt, um ein paar Stunden Schlaf nachzuholen. Wolfshuber schaut auf seine Armbanduhr. Allmählich müsste der Herr Doktor ausgeschnarcht haben. Sie müssen jetzt tätig werden, müssen herausfinden, wer das Mörderschwein ist, und ihn ausschalten. Es ist höchste Zeit. Denn eines ist gewiss: Doppelhofer, dieser Jammerlappen, hat Schmerzen noch nie aushalten können, der hat geredet wie ein Wasserfall. Das bedeutet, jemand weiß nun genauestens Bescheid.

Er drückt die Kurzwahltaste für Rebenfels und lauscht genervt dem monotonen Tut-Tut-Tut. Das gibt's doch nicht! Wo treibt sich der Kerl herum? Oder schläft er einen Rausch aus? Er weiß doch, wie kritisch die Situation ist!

Fluchend steckt er das Handy wieder in die Hemdtasche und fährt los. Er wird jetzt in die Jagdhütte fahren und nachsehen, was los ist.

Sie dürfen keine Zeit mehr verlieren.

Es ist warm geworden. Die alte Weber Rosl greift in die Schürzentasche und zieht ein Taschentuch heraus. Es ist geknüllt und zeigt intensive Gebrauchsspuren, aber über so etwas sieht die Rosl hinweg. Schnaufend wischt sie über Stirn und Nacken und schnäuzt noch einmal kräftig in das Tuch, bevor sie es wieder in der Schürzentasche versenkt. Sie ist seit zwei Stunden unterwegs, um Kräuter zu sammeln. Ihre getrockneten Bestände sind sehr geschrumpft, es ist höchste Zeit, für Nachschub zu sorgen. Sie hat den Korb schon fast voll mit Brennnessel, Ringelblume, Schafgarbe und sonstigen Pflänzchen, die sie zur Herstellung von heilenden Tränken, Einreibungen und Salben braucht. Ihr fehlt nur noch das Johanniskraut, das ist wirksam gegen Schlafstörungen, Depression und Reizdarm. Schade, dass gegen die Dummheit noch kein Kraut gewachsen ist, denkt sie manchmal. Dann könnt ich mich vor Kundschaft nicht mehr retten.

Sie weiß, wo sie suchen muss. Der beste Sammelplatz für Johanniskraut ist die Lichtung beim Eisernen Thron. Die Stunden des Frühansitzes und der Morgenpirsch sind vorüber. Um die Zeit läuft sie nicht Gefahr, einem Jäger das Wild zu verscheuchen oder – Gott bewahre! – von einem eifrigen Waidmann für ein Reh gehalten zu werden. Man weiß ja nie. Ist schon oft blöd zugegangen und genug passiert.

Wo der Wald endet, beginnt ein schmaler Strauchgürtel. Sie sucht sich eine Stelle, wo sie bequem durchschlüpfen kann, und wendet sich nach rechts. Sie kennt die Gegend wie ihre Westentasche. Sie muss noch hundert Meter gehen, dann befindet sie sich gegenüber der Kanzel. Dort wird sie finden, was sie braucht.

Aber sie bleibt stehen, sie weiß selbst nicht, warum.

Irgendetwas passt nicht. Sie steht ganz still und lauscht. Sind die Vögel leiser als sonst? Oder die Insekten lauter? Ein leichter Wind trägt ihr einen Geruch zu, den sie nicht einordnen kann. Sie blickt zum Hochsitz; die Kanzel ist leer. Doch mit der Farbe stimmt etwas nicht. Das Fichtenreisig, das um die Metallleiter gewunden ist, ist nicht so grün, wie es sein sollte. Langsam geht sie auf den Eisernen Thron zu. Das Fliegengebrumm wird lauter.

»Er hat schon recht«, sagt Kommandant Starkl und kratzt sich an der Stirn. »Dem Landtagsabgeordneten einen Straftatbestand nachzuweisen, wird sehr schwer werden. Selbst wenn er vom Treiben seines Sohnes und Dr. Doppelhofers gewusst hat …«

»Wenn?«

»Ja, er hat bestimmt davon gewusst, und er hat wahrscheinlich auch Doppelhofer erpresst und unter Druck gesetzt. Aber nachweisen können wir ihm das nicht. Alles Hörensagen. Oder haben Sie noch ein Ass im Ärmel?«

Kammerlander zuckt die Achseln. »Was ist mit der Erpressung von Krautner? Dem hat er Nacktfotos vor die Nase gehalten und mit Rufmord gedroht.«

»Kann ja sein. Aber wo sind die Fotos? Das wäre ein Beweis. Der einzige Mensch, der den Vorgang hätte bezeugen können, ist der alte Arzt. Und der bezeugt nichts mehr. Also haben wir nur die Aussage von Krautner, die der Landtagsabgeordnete vehement bestreiten wird. Sein Anwalt wird den Spieß umdrehen und Krautner wegen Falschaussage und Rufmord vor Gericht zerren. Und gewinnen. Denn wie wird der Richter den Umstand bewerten, dass Krautner zuletzt doch das begehrte Grundstück an Wolfshuber verkauft hat? Doch wohl als Einigung zwischen den beiden.«

»Ist ja richtig.«

»Bis jetzt haben wir uns absolut korrekt verhalten. Es gab Zeugenaussagen, denen Sie nachgehen mussten. Mehr ist nicht drin. Kein Staatsanwalt wird einen Durchsuchungsbeschluss für das Haus eines Landtagsabgeordneten unterschreiben, nur weil Ihr Bauch Ihnen sagt, dass Wolfshuber Fotos oder andere Beweise zurückhält. Außerdem hat er bestimmt alles, was ihn belasten könnte, längst verschwinden lassen. Würde ich jedenfalls so machen.«

Kammerlander schnäuzt sich vorsichtig. Seine Nase ist ganz rot.

»Dieser Fall ist nur frustrierend«, seufzt er.

»Ja, da sagen Sie etwas Wahres. Vergessen Sie einmal den Landtagsabgeordneten. Wir haben zwei ungelöste Mordfälle. Darum sollten Sie sich kümmern. Und finden Sie um Gottes willen endlich Klapfers Leiche.«

62

»Der Einzige, der für beide Tatzeiten kein Alibi hat, ist und bleibt Herbert Reinweber.«

Ratzinger steht vor der Flipchart und massiert sich nachdenklich das Kinn. »Er hat zwar für den Mord an Doppelhofer kein Motiv, aber das muss nichts heißen. Vielleicht sehen wir es bloß noch nicht. Oder sind noch nicht darauf gestoßen.«

Kammerlander geht die Liste mit Gegenständen durch, die in Doppelhofers Keller sichergestellt worden sind. Nebenan tippt Hansbauer das Vernehmungsprotokoll in den Computer, und Witt recherchiert die Vergangenheit des alten Arztes. Ratzinger und Kammerlander sind allein im Büro.

»Hm.«

»Oder was meinst du?«

»Moment.« Kammerlander liest die Liste zu Ende.

Auf keinem der Gegenstände und medizinischen Utensilien sind andere Fingerspuren gefunden worden als die von Doppelhofer. Haare und DNA-Spuren müssen noch überprüft werden, das wird dauern. Aber er hat nicht viel Hoffnung. Die Täter sind zu planvoll vorgegangen, als dass sie nicht an die Vermeidung von Spuren gedacht hätten.

Er hat das Gefühl, als sollte er die Liste noch einmal durchgehen, etwas darin bringt eine Saite in ihm zum Klingen. Aber Ratzinger wartet auf eine Antwort.

»Ja, äh, Reinweber. Er ist unser Hauptverdächtiger. Er hat den Kraftwerksaufzug bedient. Wer sonst? Aber wer ist der zweite Täter? Reinweber hat das Kraftwerksgelände nicht verlassen, das hat Eibelsreither bestätigt. Wer also hat Klapfer zum Kraftwerk gebracht und ist mit ihm nach oben geschwebt?«

Ratzinger nickt entschieden. »Das ist der Knackpunkt.«

»Und Franz: Kannst du dir Reinweber als brutalen Mörder vorstellen? Der Ohren abschneidet und alte Männer foltert? Man kann zwar niemandem hinter die Stirn schauen, aber …«

»Dann war es eben der zweite Täter. Der Mann fürs Grobe sozusagen.«

»Denke ich auch.«

»Von den bisher Befragten kann jedenfalls keiner bei beiden Überfällen und Morden mitgewirkt haben. Mit Ausnahme von Reinweber, wie gesagt. Das haben wir gründlich überprüft.«

Ratzinger geht grübelnd vor der Flipchart auf und ab.

»Wer sagt uns eigentlich, dass wir alle Opfer der Herren Wolfshuber, Klapfer und Doppelhofer kennen?«, bemerkt er schließlich. »Vielleicht hat es einen Vorfall gegeben, von dem wir noch nichts wissen? Vielleicht hat ein Mädchen die Behandlung von Dr. Doppelhofer nicht überlebt? Und der Vater, Bruder, Freund ist noch gar nicht auf unserem Radar erschienen?«

»Durchaus denkbar. Wir müssen Hansbauer auf Doppelhofers Krankenakten ansetzen. Und Witt kann sich mit den Sterbeurkunden der Region auseinandersetzen.«

Plötzlich unterbricht Ratzinger seine Wanderung und dreht sich zu Kammerlander um.

»Es sind drei.«

»Was?«

»Harry, die sind zu dritt! Denk doch mal nach. Einer hat Klapfer zum Kraftwerk gebracht, Reinweber hat den Aufzug bedient, und der dritte Mann hat die Straßensperre bei Gaisfeld auf- und wieder abgebaut. Es müssen drei sein!«

Kammerlander stößt heftig die Luft aus. Wie hat er das übersehen können? Gut, er hat Fieber gehabt, aber trotzdem.

»Das heißt ...«

»Das heißt, dass wir alle Vernehmungen noch einmal durchgehen müssen. Diejenigen, die nur für eine Tatzeit ein Alibi haben, sind wieder im Rennen!«

Kammerlanders Gesicht verfinstert sich. Erneute Durchsicht der Aussageprotokolle und Alibis. Nochmalige Einvernahmen. Überprüfung von Doppelhofers Vorgeschichte und seinen Krankenakten. Die Durchforstung der Sterbeurkunden. Die Suche nach Klapfers Leiche. Wie sollen sie das schaffen? Wenn wenigstens die Dollinger da wäre! Resigniert lehnt er sich zurück.

»Ich hoffe, du hast heute Abend nichts vor.«

Ratzinger zuckt die Schultern.

»Jetzt schon.«

Lautes Klopfen an der Tür lässt sie zusammenfahren. Fast im selben Moment wird die Tür aufgerissen, und Witt hastet herein. Er atmet heftig, anscheinend ist er die Stiege hinaufgerannt.

»Schon wieder einer! Das gibt's doch nicht!«

»Drück dich so aus, dass man es versteht«, sagt Ratzinger ungehalten.

»Wieder ein Toter! Hab grade einen Anruf von den Edelschrotter Kollegen gehabt. Die Weber Rosl hat ihn gefunden ...«

Kammerlander ist bleich geworden. »Wo?«

»Bei einem Hochsitz in der Nähe vom Teigitschgraben. Muss ein Jäger sein ...«

»Ist er abgestürzt?«

Witt schüttelt heftig den Kopf.

»Sie sagen, die Rosl hätte gemeint, er wäre gegrillt worden.«

»Gegrillt?«

»Das haben sie gesagt. Die Rosl hat den Revierförster und seinen Anwärter im Wald getroffen, denen hat sie die Stelle gezeigt, also, wo er liegt, und der, der ...«

Witts Gesicht ist puterrot, es sieht aus, als kriege er keine Luft mehr.

»Langsam, Kollege. Einatmen.«

Witt atmet ein paarmal tief durch, bevor er fortfährt.

»Der Brunner hat mit seinem Handy die Polizei in Edelschrott verständigt, die sind hingefahren und haben sich das angeschaut. Und dann bei uns angerufen.«

»Haben die Edelschrotter gesagt, wer der Tote ist?«

»Die haben ihn nicht gekannt.«

»Gut.« Kammerlander merkt, wie seine Bauchmuskeln sich entspannen. Er weiß selbst nicht, was er erwartet hat. Auch Ratzinger atmet erleichtert aus. »Dann haben wir einen unbekannten Toten.«

»Äh, nein ...«

»Wie, nein?«, fragt Ratzinger ungeduldig.

»Brunner kennt ihn. Ich meine, den Namen des Toten.«

»Ja, und?«

»Er sagt, es ist Dr. Rebenfels.«

Was ist hier los?, denkt Kammerlander. Was ist hier los, in drei Teufels Namen?

63

Der leichte Wind ist eingeschlafen. Die Sonne lässt ihre Kraft spüren und treibt zum ersten Mal in diesem Jahr die Temperatur über dreißig Grad. Kammerlander hat Hansbauer mitgenommen, weil der ortskundig ist und weiß, wie sie zur Unfallstelle kommen. Oder zum Tatort? Ratzinger hat indes die Aufgaben des jungen Kollegen übernommen. Witt musste die Arbeit unterbrechen und hat die Dienststelle verlassen. Seine Frau hat angerufen, er solle sofort nach Hause kommen. Eine seiner Enkeltöchter, die für ein paar Tage bei ihnen zu Besuch ist, ist krank geworden. Wahrscheinlich Blinddarm.

Am Ende eines Forstweges haben sie den Wagen abgestellt,

gleich hinter dem von Rebenfels. Dann sind sie denselben Weg gegangen wie der Wellnessarzt am frühen Morgen. Als sie am Eisernen Thron angelangt sind, hat Kammerlander einen Schwindelanfall niederkämpfen müssen. Das Bergaufgehen in der Hitze hat ihm sein Kreislauf ziemlich übel genommen.

Die Beamten verschaffen sich einen kurzen Überblick. Sie wedeln mit den Händen, um die Insekten zu verjagen. Unter der Leiter erkennen sie eine braune Gummimatte, die teilweise mit Fichtennadeln bedeckt ist. Rebenfels liegt auf dem Rücken, die Beine sind verdreht. Sein Gesicht ist dem Hochsitz zugewandt, die aufgerissenen Augen und die zusammengepressten Lippen erzeugen den Eindruck, als mache er der Kanzel heftige Vorwürfe. Das Gewehr liegt ein Stück entfernt. Kammerlander bemerkt einen Schalldämpfer auf dem Lauf.

»Ich gehe zurück und führe die Spurensicherer zum Tatort«, sagt Hansbauer. »Ist ja nicht leicht zu finden für Ortsfremde.«

»Gute Idee.«

Kammerlander nimmt den Hochsitz in Augenschein, ohne sich zu bewegen. Die Spusi-Leute wären nicht glücklich, wenn er ihnen die Spuren zertrampelt.

»Hat jemand den Toten berührt?«, fragt Kammerlander, als er auf die Gruppe zugeht, die etwas abseits steht.

»Ja, ich«, antwortet der Revierförster. »Ich hab am Hals den Puls gefühlt. War nichts mehr zu machen.«

Neben ihm steht ein junger Mann in Jagdkleidung. Groß, kräftig, ohne dick zu sein. Kammerlander bemerkt, dass er fast dauernd zu Boden sieht. Hübscher Bursche, denkt Kammerlander. Aber ein bisschen schüchtern.

»Ich darf annehmen, der junge Mann gehört zu Ihnen?«

»Ja, das ist mein Forstanwärter, der Manfred.«

Der junge Mann scheint sich nicht besonders wohlzufühlen angesichts der Umstände. Kammerlander streckt ihm die Hand hin, die er fest drückt. Kammerlander beißt die Zähne zusammen, ihm ist, als hörte er seine Fingerknochen knacken.

»Ich hab ihn net ang'fasst«, sagt der Forstanwärter, ohne hochzuschauen.

»Gut. Wo ist die Frau Weber zurzeit? Nach meinem Kenntnisstand hat sie die Leiche gefunden?«

Einer der uniformierten Edelschrotter Beamten zeigt über die Schneise. An deren Rand wuselt die alte Frau in gebückter Haltung herum.

»Die Rosl ist gerade am Kräutersammeln.«

Er ruft ihren Namen, worauf die Frau ihren Korb aufnimmt und langsam auf sie zukommt.

»Guten Tag, Frau Weber. Ich wünschte, wir würden uns unter angenehmeren Umständen wiedersehen.«

»Es is, wie's is. Hob schon mehr Leichn g'sehn.«

»Wann haben Sie den Toten entdeckt?«

»So vor zwei Stund.«

»Haben Sie den Mann berührt? Seine Lage verändert zum Beispiel, um ihm zu helfen?«

»Na. Der war hin. Des hob i gleich g'sehn.«

»Sie haben gesagt, dass der Mann gegrillt worden ist. Was meinen Sie damit?«

»Haben S' seine Händ ang'schaut? Durch den is der Strom durch wie a Raketn. Des überlebst net.«

»Und dann sind Sie losgerannt, um Hilfe zu holen?«

»Na, g'wiss net. I bin losspaziert zum nächsten Haus. Will mir ja net die Bein brechen.« Sie deutet mit dem Kinn zum Toten. »Der war eh scho hin. Hätt ihm nix mehr g'nutzt. Unterwegs hob i die zwa Jaga troffn. – Kann i jetzt gehn? I muss noch beim ›Lärchenwirt‹ helfn.«

»Eines noch: Haben Sie den Toten gekannt?«

»Na. Aber i glaub, i hob den schon einmal beim Doppelhofer g'sehn.«

Sie schnappt sich ihren Korb und trottet in den Wald.

Einige Zeit später schnaufen, angeführt von Hansbauer, zwei Leute von der Spurensicherung zum Hochsitz herauf. Sie tragen bereits ihren Overall und schleppen jeder zwei Koffer. Sie schieben sich die Kapuzen über den Kopf, die kreisförmigen Öffnungen lassen nur die verschwitzten Gesichter frei.

»Wie viele sind hier durchgetrampelt?«, knurrt einer missmutig.

»Ziemlich egal«, meint der andere. »Der Waldboden gibt ohnehin nicht viel her.«

Während die Männer ihre Arbeit machen, wendet sich Kammerlander dem Förster zu.

»Sie kennen den Toten. Woher?«

»Rebenfels war oft hier. Als Gast vom Landtagsabgeordneten. Sie haben zusammen gejagt und manchmal in Wolfshubers Jagdhütte übernachtet. Das ist da oben, wo der alte Beingrübl abgestürzt ist.«

Kammerlander erinnert sich.

Brunner runzelt die Stirn.

»Was der Rebenfels allerdings hier herunten gewollt hat ...«

»Ach, das gehört hier nicht zu Wolfshubers Jagdrevier?«

»Nein. Das liegt wesentlich höher. Aber ...«

»Ja?«

»Nun, vielleicht hat er eine Jagdeinladung gehabt.«

Manfred macht ein schnaubendes Geräusch.

»Sie sehen das anders?«, fragt Kammerlander.

Der junge Mann zuckt zusammen, dann schaut er fragend zum Revierförster. Der nickt ihm zu.

»Red nur. Darüber haben der Kommissar und ich schon gesprochen.«

»Ja ... also dann ... Diese Herren fragen net lang, wenn die was wolln. Haben S' den Schalldämpfer g'sehn? Die schießen, wann und wo es ihnen passt, Reviergrenze hin oder her.«

Brunner legt Manfred den Arm um die Schultern. »Da hat der Manfred recht. Aber wie sagt man so schön: Die Sanftmütigen werden die Erde besitzen – aber nicht die Schürfrechte.«

»Das ist wohl wahr.«

Die uniformierten Beamten sind inzwischen zum Forstweg hinuntergegangen, um die Leute von der Bestattung einzuweisen und herzuführen.

Ein Blitz kann den Arzt nicht erschlagen haben, denkt Kammerlander. Es hat nicht mal geregnet.

»Wo genau sind wir hier eigentlich? Ich kenne die Gegend nicht gut.«

»Wenn Sie da ein kurzes Stück den Wald hinaufgehen, fällt das Gelände auf der anderen Seite ab zum Teigitschgraben.«

Brunner weist ihm mit der Hand die Richtung.

Kammerlander sieht ihn an. »Heißt das, ich komme zum Gleisweg hinunter?«

»Richtig. Ziemlich genau dahin, wo die einzigen zwei Häuser stehen.«

»Das will ich mir anschauen.«

Brunner und er machen sich auf den Weg den Wald hinauf. Sie müssen zwischen Bäumen und Gebüsch durch, aber nach etwa dreißig Höhenmetern fällt das Gelände bereits ab. Der Wald endet, und unter ihnen liegen eine steile Wiese und die zwei Häuser, die Kammerlander schon kennt.

Als sie wieder zurück sind, winkt einer der Spusi-Leute Kammerlander zu sich. Dort wartet schon Hansbauer.

»Also, wie ich Ihrem Kollegen bereits mitgeteilt habe, ist das kein Unglücksfall gewesen. Man hat die Metallleiter unter Strom gesetzt. An den Händen sind die Brandmarken gut zu erkennen. Wir haben an der Leiter und der quer liegenden Griffstange oben Kratzer gefunden, die wahrscheinlich von stromführenden Klemmen stammen.« Er wendet sich seinem Kollegen zu und murmelt: »Alles da, was wir brauchen. Erdung, Phase, Griff, Nullleiter, Leiter.«

Kammerlander versteht nur Bahnhof, trotzdem nickt er. Vom Elektrischen hat er keine Ahnung. Auf dem Gebiet sind seine Kenntnisse mit dem Wechseln einer Glühbirne erschöpft. Aber die Details kann er später im Bericht nachlesen. Dem Spusi-Mann rinnt der Schweiß bereits von der Stirn und verschwindet in Kinnhöhe unter dem Kapuzenrand.

»Wenn der Schalter umgelegt ist, braucht man nur zu warten, bis jemand die Leiter hinaufklettert. Und dann – Rock 'n' Roll! Bleibt nur die Frage …«, der Mann kratzt sich an der Augenbraue, »… wo ist hier ein Stromanschluss?«

»Da hätte ich eine Idee«, sagt Kammerlander. »Gleich hinter

der Kuppe befindet sich ein Verteilerkasten, der die beiden Häuser unterhalb mit Strom versorgt. Sind vielleicht hundert Meter von hier.«

»Könnte klappen. Mit einem Starkstromkabel ... Nicht viel Reibungsverlust ... Ohne Weiteres.«

»Dann braucht der Täter nur zu warten«, ergänzt Hansbauer. »Und wenn alles vorbei ist, holt er das Kabel wieder ein, nimmt es vom Stromanschluss und verschwindet.«

Kammerlander sagt zögernd: »Ich weiß, Sie wollen der Gerichtsmedizin nicht vorgreifen, aber ...«

»Zehn, elf Stunden. Plus/minus. Geschätzt. Ohne jegliche Gewähr.«

»Gut.« Kammerlander wischt sich über die feuchte Stirn. »Dann wissen wir das jetzt.«

»Eine Frage habe ich noch«, sagt er wenig später zum Revierförster und seinem Anwärter. »Ist es üblich, eine Metallleiter als Aufstiegshilfe zu benutzen? Ich kenne nur Hochsitze, die komplett aus Holz gezimmert sind.«

Brunner erklärt diesen Umstand und fügt hinzu: »Wir hinken mit der Arbeit schwer hinterher. Eigentlich schaffen wir es gerade so, den Jagd- und Forstbetrieb aufrechtzuerhalten. Ständig ist was anderes. Jetzt ist auch noch der umgestürzte Sitz dazugekommen, vor dem der Wagen des Arztes gefunden wurde. Wir haben einfach zu wenig Leute. Und werden ständig nur vertröstet.«

»Kommt mir bekannt vor«, seufzt Kammerlander.

Er zieht sein Handy aus der Hemdtasche und informiert Starkl.

64

Er muss jetzt allein sein.

Hansbauer ist unterwegs in die Dienststelle, mit Arbeitsanweisungen im Gepäck. Die bisherigen Ergebnisse sollen verglichen und Zeitprofile erstellt werden. Was auch immer nötig ist, um den Ereignissen Struktur zu geben. Er kann jetzt nichts beitragen, das spürt er. So wichtig Gespräche und der Gedankenaustausch auch sind, er ist an einem Punkt, an dem er in Klausur gehen muss. Um sich zu sortieren, wie er zu Hansbauer gesagt hat.

Rebenfels ist inzwischen auf dem Weg in die Gerichtsmedizin. Kammerlander wandert über die Kuppe und sieht den Männern von der Spurensicherung zu, wie sie versuchen, am Verteilerkasten Fingerabdrücke zu sichern. Uniformierte Beamte befragen Wallner, den Bewohner des einen Hauses. Das andere Gebäude sieht immer noch verlassen aus. Die Beamten haben den Auftrag, die beiden Häuser zu durchsuchen, insbesondere die Keller und Schuppen. Wallner hat ja einen Schlüssel für das Haus seines Nachbarn. Sollte er die Genehmigung verweigern, sind sie morgen mit einem Durchsuchungsbeschluss wieder da.

Er geht die Wiese hinunter, Wallner winkt. Da scheint es kein Problem zu geben. Kammerlander nickt ihm zu, geht aber an den Häusern vorbei zum Gleisweg. Er wendet sich nach rechts und spaziert zum Wasserschloss. Nach ein paar hundert Metern hört er schon das donnernde Rauschen des Wassers in den Rohren.

Er nimmt dankbar zur Kenntnis, dass es sich ein wenig abgekühlt hat. Die Abendsonne legt einen goldenen Schein auf die Landschaft, die sich vor ihm ausbreitet. Gegen Osten hin verflachen sich die Hügel und machen einem Fleckerlteppich aus Wiesen und Feldern Platz. Im Süden ziehen die Riesling- und Schilcherreben exakte Muster in die sanften Hänge. Er geht zur Bergstation des Aufzuges und setzt sich auf eine Steinmauer.

Drei Morde.

Die Opfer haben sich gekannt.

Bei den ersten beiden Morden scheint das Motiv klar zu sein. Aber wie passt Rebenfels in die Gleichung? Ein Schönheitschirurg und Wellnessarzt?

Und dann: die Ausführung der Morde. Von Klapfer weiß man

nicht, wie er gestorben ist. Die beiden anderen … Hinrichtungen, kann man sagen, könnten unterschiedlicher nicht sein. Doppelhofer ist gefoltert und obszön zur Schau gestellt worden. Die ganze Vorgehensweise hat etwas Plumpes, Derbes, Archaisches.

Ganz anders bei Rebenfels.

Die Ausführung ist wohldurchdacht, hat Planungsarbeit erfordert und Sachkenntnis. Diese Tat umweht ein anderer Geist.

Aber eines haben alle drei Fälle gemeinsam: den optimalen Zeitplan. Die Täter müssen genau gewusst haben, was die Opfer wann vorhatten. Sie müssen Insiderinformationen gehabt haben. Also zwingt sich der Schluss auf, dass sie selbst aus dem näheren Umfeld der Opfer stammen. Und ortskundig sind.

Und vor allem: Sie haben es geschafft, absolut keine Spuren zu hinterlassen. Keine Fingerspuren, kein Haar, keine DNA. Zusammen mit der akribischen Zeitplanung muss einer der Täter der Mastermind sein. Oder im Hintergrund die Fäden ziehen. Wenn das nicht zu weit hergeholt ist.

Und über allem schwebt die Frage: Wo ist Klapfers Leiche, und warum hat man sie verschwinden lassen? Bei den anderen Opfern hat man sich keine solche Mühe gegeben.

Kammerlander starrt blicklos auf die Fallrohre und lässt die Gedanken schweifen.

Da ist der Anfang. Klapfer ist hier heraufgeschafft worden. Und dann? Wohin hat man ihn gebracht? Die Suchhunde haben hier angeschlagen und in einem wilden Tanz den Boden abgeschnuppert. Doch sie konnten keine Fährte anzeigen, in keine Richtung. Auch den Gleisweg und die Teigitschklamm ist man mit ihnen abgegangen. Null Ergebnis. Wenn Klapfer hier irgendwo umgebracht und vergraben worden wäre, hätten die Hunde bestimmt angeschlagen.

Er wird den Gleisweg noch einmal abgehen. Vielleicht findet er ja irgendetwas, oder er hat eine Eingebung, die ihn auf die richtige Fährte bringt. Ein Strohhalm nur, aber an so etwas muss man sich klammern, wenn man vollkommen ratlos ist. Seine Uhr zeigt sechs am Abend. Aber um die Jahreszeit ist es noch lange hell. Und im Zweifelsfall hat er ja seine Taschenlampe mit.

Er passiert den Felsendurchgang und kommt nach einer Kurve wieder an der Wiese mit den zwei Häusern vorbei. Wallner und die Beamten sind nicht mehr zu sehen. Wahrscheinlich bereut es Wallner nach den heutigen Ereignissen, sich mit einem Kripobeamten eingelassen zu haben. Kammerlander kommt zu dem Blockhaus mit der einladenden Bank, auf der er mit Wallner ein Bier getrunken hat. Er ist schon fast daran vorbei, als ihm der Stollen dahinter einfällt.

»Ich habe die Edelschrotter Kollegen gebeten, uns an der Langmannsperre abzuholen«, sagt Ratzinger, als sie am Blockhaus ankommen. In seinem Windschatten folgt Diplom-Ingenieur Eibelsreither. Der sieht nicht glücklich aus, hat ihn Ratzinger doch aus seinem Feierabend herausgerissen. Die beiden sind mit dem Aufzug heraufgekommen. Eibelsreither hat die Schlüssel für die Querstollen mit und Ratzinger starke Taschenlampen.

»Hätte das nicht bis morgen Zeit gehabt?«, brummt Eibelsreither.

Eigentlich hat er recht, denkt Kammerlander. Aber er muss es wissen. Heute noch. Er muss wissen, ob Klapfer in einem der Stollen liegt. Sonst tut er heute Nacht kein Auge zu.

»Ich weiß, dass es Umstände macht. Danke, dass Sie trotzdem gekommen sind.«

»Na, dann wollen wir mal«, sagt Eibelsreither resigniert und zückt einen Schlüssel.

Quietschend öffnet sich das Gittertor, und sie treten in den Stollen. Sofort wird es kühler. Je weiter sie gehen, desto lauter hört man das Wasser durch den Berg donnern. Die Scheinwerferkegel ihrer Taschenlampen zucken wie Lichtschwerter über die Betonwände. Am Ende treffen sie auf eine kleine Kammer, in der allerlei Gerätschaften liegen.

Eibelsreither zeigt darauf.

»Das ganze Zeug brauchen die Wartungsleute, falls Reparaturen anstehen«, schreit er, um den Lärm zu übertönen.

»Wohin führt diese Tür?« Kammerlander brüllt ebenfalls.

»Direkt zum Triebwasserstollen.«

»Können wir da rein?«

Eibelsreither schüttelt den Kopf.

»Ist nur vom Wartungspersonal aufzuschließen. Da müssen Sicherheitsvorkehrungen eingehalten werden, Kleidung, Helm, Sie wissen schon. Zu gefährlich.«

Als sie wieder draußen sind, beschleichen Kammerlander Zweifel. Ob das eine gute Idee gewesen ist? Sind die Pferde mit ihm durchgegangen? Aber für solche Gedanken ist es zu spät. Sie gehen zum zweiten Stollen.

Auch hier haben sie kein Glück. Also auf zum nächsten. Als sie beim letzten Stollen angekommen sind, winkt Kammerlander ab.

»Macht ihr das alleine«, sagt er. »Ich warte hier.«

Schwindel und eine leichte Übelkeit lassen ihn schwanken. Ihm fällt ein, dass er seit Stunden nichts getrunken hat. Er setzt sich auf den Stamm eines umgestürzten Baumes und sieht Ratzinger und Eibelsreither nach, wie sie im Stollen verschwinden. Hoffnung hat er keine mehr. Es ist eine Schnapsidee gewesen, das weiß er jetzt. Außerdem setzt bereits die Dämmerung ein, welche die Umgebung in der engen Klamm rasch verdunkelt. Sie werden also in die Nacht kommen.

Er hört ein Rascheln im Gebüsch beim Stolleneingang und knipst die Taschenlampe an. Im Lichtkegel huscht ein Schatten vorbei, wahrscheinlich ein Fuchs, und verschwindet seitlich im Wald. Kammerlander versucht, ihn mit dem Lichtstrahl noch einmal einzufangen, ohne Erfolg. Zwischen den Bäumen nimmt er etwas Helles wahr. Eine Sinnestäuschung? Ein anderes Tier? Er lässt den Lichtkegel darauf ruhen, aber der Fleck bewegt sich nicht. Also kein Tier, das wäre bereits geflüchtet.

Er steht auf und geht langsam auf den Wald zu. Im Näherkommen sieht er ein kegelförmiges Gebilde zwischen den Bäumen. Er erkennt einen Ameisenhaufen, mindestens einen Meter hoch. Aufgeregte Ameisen, die der Lichtstrahl auf den Plan gerufen hat, wuseln darauf herum. Doch was hat der helle Fleck zu bedeuten?

Er sieht sich nach einem langen Ast um, damit er den nötigen

Abstand zu den alarmierten Ameisen wahren kann. Als er seine Wahl getroffen hat, sieht er seine beiden Mitstreiter aus dem Stollen kommen. Sie schütteln verneinend die Köpfe, also war die ganze Aktion ein Schuss in den Ofen. Eibelsreither bleibt abwartend stehen, während Ratzinger neugierig näher kommt.

»Leuchte mal auf den Ameisenhaufen«, sagt Kammerlander und hält ihm die Taschenlampe hin.

Er klopft kurz auf den hellen Fleck, der sich als harte Substanz erweist. Dann stochert er am Rand entlang und legt immer mehr davon frei. Die Ameisen schicken neue Garnisonen in die Schlacht. Ratzinger atmet scharf ein.

Als Kammerlander den Ast sinken lässt, offenbart ihnen der Lichtstrahl einen halben Schädel- und Wangenknochen. In der Augenhöhle tummeln sich Ameisen.

»Meinst du«, krächzt Ratzinger und muss sich räuspern. »Meinst du, das ist …«

»Wer soll es sonst sein?«

»Ja leck mich am Arsch.«

Ratzinger starrt fasziniert auf das Schädelfragment, dann macht er einen leichten Diener.

»Hallo, Roman. Schön, dich endlich kennenzulernen.«

65

Am nächsten Morgen fühlt sich Kammerlander besser. Das ist auch gut so, denn mit dem Fund des halben Schädels ist die Arbeit nicht weniger geworden. Der Leiter der Gerichtsmedizin ruft an und fragt, ob das jetzt zur Gewohnheit wird, dass alle ein, zwei Tage ein neuer Fall auf ihrem Tisch landet. Dann muss er nämlich um Personalaufstockung ansuchen oder am besten gleich den ganzen Laden nach Voitsberg auslagern.

»Ich mache mich gleich auf die Suche nach einem Standort für euch«, kontert Kammerlander, was sein Gesprächspartner mit einem »Mann, Mann, Mann!« quittiert und auflegt.

Hansbauer ist mit zwei uniformierten Kollegen losgeschickt worden zum Revierförster, ausgestattet mit langen Plastikhandschuhen, Metallstangen und verschließbaren Beweismittelbeuteln. Es liegt nahe, dass Roman Klapfer portionsweise auf andere Ameisenbauten aufgeteilt worden ist. Brunner hat sich in der Jägerschaft umgehört, wo sich in der näheren und weiteren Umgebung des Schädelfundorts noch Ameisenhaufen befinden, und ein paar Männer als Führer aufgetrieben.

Ratzinger und er wühlen sich durch die Krankenakten von Dr. Doppelhofer, die gestern nicht erledigt worden sind. Ratzinger musste ja unterbrechen, weil er mit Eibelsreither zum Abendeinsatz gerufen worden ist.

Witt ist wieder im Dienst, er hat gestern seine Enkelin ins Krankenhaus gebracht und ist bis zum Abend bei ihr geblieben. Heute Vormittag soll die Operation am Blinddarm durchgeführt werden, er schielt alle paar Minuten auf sein Handy, das er neben sich auf den Tisch gelegt hat. Er soll sich um die Sterbefälle kümmern, aber konzentrierte Arbeit sieht anders aus. Und die Dollinger ist weiterhin im Krankenstand.

Außerdem stehen noch weitere Einvernahmen an, und das Leben von Dr. Rebenfels muss gründlich durchforstet werden. Wie soll das alles zu schaffen sein?

Starkl stattet ihm einen Besuch ab.

»Gut gemacht, Kammerlander! Entsorgung in Ameisenhaufen! Da muss man erst drauf kommen!«

Wenigstens etwas. Ein Lob kann er jetzt gut gebrauchen, angesichts der Ereignisse. Dass es reiner Zufall war, der ihn zur Lösung des Rätsels geführt hat, muss er ja nicht breittreten.

»Die Kriminalabteilung hat sich gemeldet«, fährt Starkl fort. »Sie schicken uns einen Mann zur Verstärkung. Das ist doch in Ihrem Sinne?«

Kammerlander nickt. Normalerweise hält sich seine Begeisterung in Grenzen, wenn die höhere Ebene sich in seine Ermittlungen einschalten will. Aber jetzt ist nicht die Zeit für Eitelkeit und Befindlichkeiten. Er kann jeden zusätzlichen Mann gut gebrauchen.

»Ich habe übrigens gebeten, uns einen IT-Fachmann zu schicken. Ich dachte, weil Ebner nicht hier ist und Dollinger auch nicht ...«

Sieh mal einer an, denkt Kammerlander. Starkl überrascht ihn häufiger in letzter Zeit. Genau das Gleiche hätte er selbst getan.

»Das war eine ausgezeichnete Idee, Herr Kommandant.«

Der Experte kommt eine Stunde später.

»Hallo, die Herren. Mein Name ist Simon Weißgerber, Landespolizeidirektion, Kriminalabteilung. Ich soll hier die personelle IT-Lücke schließen.«

Er ist etwa vierzig, trägt Jeans und T-Shirt und hat eine Vollglatze, wie sie heute viele Männer tragen. Über der Schulter hängt eine Laptoptasche, groß und gut gefüllt, wie es aussieht. Sein Lächeln lässt einen Kranz Lachfältchen erblühen, was ihn sehr sympathisch wirken lässt. Nach der Vorstellung legt er seine Tasche auf einen freien Schreibtisch und atmet tief durch.

»Dann wollen wir mal. Ich habe gehört, bei Ihnen steppt der Bär. Ich bin in groben Zügen informiert worden, aber ich habe natürlich große Wissenslücken, was die Einzelheiten betrifft. Wären Sie damit einverstanden, wenn Sie mir vorab eine Zusammenfassung Ihrer Ermittlungen und sämtliche Gesprächsprotokolle zukommen lassen? Ferner hätte ich auch gern eine Einschätzung von Ihrer Seite, denn die Eindrücke, Ahnungen und das Gespür der Ermittler vor Ort kann kein Computer ersetzen.«

Guter Mann, denkt Kammerlander.

Er spürt seine Tatkraft zurückkehren.

Wolfshubers schlimmste Befürchtungen haben sich bewahrheitet.

Er ist gestern zur Jagdhütte gefahren, um Rebenfels in den Hintern zu treten, damit er endlich etwas unternimmt. Etwas Griffiges. Er selbst hätte da schon ein paar Ideen gehabt. Aber er hat weder Rebenfels' Wagen noch seinen Besitzer vorgefunden.

In der Hütte ist nur eine Tasche auf dem Bett gestanden, mit einem Toilettenbeutel und ein bisschen Wäsche drin. Also ist sein Freund noch irgendwo in der Gegend, hat er geschlussfolgert. Woraufhin er Rebenfels' Nummer gewählt hat. Wieder und wieder. Ohne Erfolg.

Er hat dann noch eine Stunde gewartet, in der sich seine Wut so gesteigert hat, dass er am liebsten alles kurz und klein gehauen hätte. Zur Beruhigung hat er sich eine halb leere Schnapsflasche gegriffen und sich auf die Stufen vor der Tür gesetzt. Langsam ist die Wut verraucht, und Besorgnis hat sich breitgemacht. Sich nicht zu melden, Dinge schleifen zu lassen, besonders, wenn Gefahr im Verzug ist ... Das sieht Eugen gar nicht ähnlich. Und wenn ... wenn er bereits dabei ist, sich die Probleme vom Hals zu schaffen? Aber warum meldet er sich dann nicht? Will er ihn nicht mit einbeziehen? Und wenn das so ist, warum will er das nicht? Hat er vor, seinen eigenen Arsch zu retten und ihn selbst hinzuhängen? Wenn es für Rebenfels heißt: »Ich oder du!«, braucht Wolfshuber nicht zu überlegen, wie dessen Wahl ausfallen würde. Da macht er sich keine Illusionen. Er würde das Gleiche tun.

Dann hat sein Handy gebrummt. Endlich! Er hat das Gespräch sofort angenommen, ohne auf die Nummer zu schauen.

Als er das Handy wieder eingesteckt hat, war seine Gesichtsfarbe ein ungesundes Grau. Er ist aufgesprungen und zu den Büschen gerannt, um sich zu übergeben.

Anschließend ist er in seinen Wagen gestiegen und nach Hause gefahren. Gleich im Flur hat er seine Frau angebellt, sie solle ihm aus den Augen gehen; das dumme Weib hat ihm grade noch gefehlt.

Er hat sich in sein Jagdzimmer zurückgezogen. Umgeben von seinen Waffen ist er ruhiger geworden. Gut, dass er einen entfernten Verwandten bei der Polizei sitzen hat, der ihn vom Anschlag auf Rebenfels in Kenntnis gesetzt hat. Der Mann hat ihm versprochen, ihn wieder zu informieren, wenn es etwas Neues gibt. Aber das Telefon ist den ganzen Nachmittag und Abend stumm geblieben.

Erst sein Sohn, dann Doppelhofer und schließlich Rebenfels. Der letzte Mord bereitet ihm die größten Sorgen. Dass es Rebenfels erwischt, hätte er nicht für möglich gehalten. Der hat über ein Netzwerk und dunkle Kanäle verfügt, die ihm selbst verschlossen sind. Er hatte nie wirklich Einblick in die Informationsquellen seines Jagdfreundes. Und ohne ihn kann er nur Vermutungen anstellen und blind herumstochern, was die Identität des Mörders betrifft. Auswahl hat er genug.

Er hat sich für unangreifbar gehalten. Mit Rebenfels an seiner Seite ist er das auch weitgehend gewesen. Er begreift, dass er jetzt allein gegen den unsichtbaren Feind antreten muss, ohne Hilfe, ohne Rückendeckung. Ein Gefühl des Verlassenseins überkommt ihn. Und ein Gefühl, das ihm bisher fremd gewesen ist.

Angst.

Nach einer schlaflosen Nacht ist er sich immer noch nicht sicher, was er als Nächstes tun soll. Sein erster Impuls ist gewesen, sich zu Hause zu verschanzen, die geladene Sig Sauer griffbereit neben sich. Abzuwarten, bis er wieder etwas von Kammerlander und diesem kleinen Wichser hört. Vielleicht sind die ja schon auf der Spur des Mörders. Oder der Mörder. Das ist bei den Stümpern zwar unwahrscheinlich, aber wer weiß? Gesetzt den Fall, es kommt doch zur Ergreifung … das hätte den Vorteil, dass er selbst sich nicht in Gefahr begeben müsste. Er bräuchte einfach nur abzuwarten. Es würde aber auch bedeuten, dass seine »kleinen Geheimnisse«, wie er sie nennt, ans Tageslicht kommen. Das ist schlicht keine Option. Es wäre das Aus für ihn.

Er kann das Risiko nicht eingehen, dass die Polizei die Schweine erwischt. Also läuft es immer wieder auf dasselbe hinaus: Er muss schneller sein und die Angelegenheit selbst erledigen.

Er hat nur noch keine Ahnung, wie.

66

Nachdem die Beamten Weißgerber mit Informationen gefüttert haben, hat dieser den freien Schreibtisch von Dollinger in Beschlag genommen. Er hat seinen Laptop aufgebaut, allerlei Kabel angeschlossen und elektronisches Zubehör um sich verteilt. Seither sitzt er wortlos da und haut in die Tasten. Die Anwesenheit der Beamten scheint er vergessen zu haben. Als habe er sich geistig weggebeamt und befinde sich in einer Parallelwelt.

»Auf den ersten Blick kann ich nichts Auffälliges feststellen«, sagt Ratzinger. »Du?«

Kammerlander schüttelt den Kopf.

»Ich auch nicht. Alles, wie es sein soll. An der Oberfläche zumindest. Aber die Unterlagen sind nicht vollständig.«

»Mhm. Die Abtreibungen scheinen nirgendwo auf. Was uns nicht wirklich wundert.«

»Nicht nur das. Die Frau des Gemeindesekretärs Huber hat sich die Pulsadern aufgeschnitten und deren Schwester Tabletten geschluckt. Auch diese Dokumentationen fehlen. Und wer weiß, was sonst noch.«

Sie sind Doppelhofers Krankenakten der letzten fünf Jahre durchgegangen. Jetzt erweitern sie den Zeitraum auf zehn Jahre.

»Ich glaube nicht, dass uns das weiterbringt«, seufzt Ratzinger. »Die für uns interessanten Krankenakten werden wir nicht finden, weil sie nie angelegt worden sind.«

»Sehe ich auch so. Aber überprüfen müssen wir alles. Der Vollständigkeit halber.«

Witt steckt seinen Kopf zur Tür herein.

»Ich, äh … müsste kurz weg. Halbe Stunde … Ist das möglich?«

»Alles in Ordnung mit der Enkelin?«

»Ja. Ja. Die Operation ist gut verlaufen. Ich müsste nur schnell meine Frau …«

»Geh schon. Aber beeil dich«, sagt Ratzinger. »Und bring auf dem Rückweg Huber und Reinweber mit. Da haben wir noch Gesprächsbedarf.«

Witt nickt und schließt die Tür.

»Oder hättest du anders entschieden?«, fragt Ratzinger, dem jetzt erst einfällt, dass er nicht mehr der Ermittlungsleiter ist.

»Alles gut«, beschwichtigt Kammerlander. »Nehmen wir uns die Sterbefälle eben auch vor.«

»Ich kann Ihnen helfen«, sagt Weißgerber. »Dann geht's schneller. Ich hab direkten Zugang zu allen behördlichen Dokumenten.«

Die Annahme, er würde nichts mitbekommen, ist also falsch gewesen.

»Multitasker?«

Weißgerber lächelt in seinen Bildschirm.

»Ich habe mich jetzt eingehend mit Dr. Rebenfels beschäftigt«, verkündet er kurze Zeit später. »Verheiratet, eine siebenjährige Tochter. Über seine Tätigkeit sind Sie im Bilde?«

»Schönheitschirurg, Klinikchef, Jäger, Yuppiearschloch«, resümiert Ratzinger.

»Ich sehe, Sie mögen ihn. Er kommt aus einer reichen Familie, hat als Unfallchirurg begonnen, aber nach ein paar Jahren auf Schönheitschirurg umgesattelt.«

»Damit war bestimmt mehr zu verdienen.«

»Nach einem Kunstfehlerprozess, der mit einem Vergleich endete, hat er eine Klinik eröffnet und zwei Chirurgen angestellt. Er selbst operiert nicht mehr, sondern hat sich auf Anti-Aging und Wellness spezialisiert. Er muss sehr gefragt sein, wenn ich mir seine Bilanzen so ansehe. Beste Klientel. Und er ist ein gern gesehener Gast in der Schickimicki-Gesellschaft. Auf den Gesellschaftsseiten der Zeitungen sieht man ihn mit Leuten aus Politik, Wirtschaft, Kunst. Er hat also beste Beziehungen.«

Kammerlander richtet sich interessiert auf. »Das ist aber noch nicht alles, wenn ich Ihre Miene richtig deute.«

»Tja … unser Herr Doktor hat noch eine Schattenseite, die nicht in der Werbebroschüre der Klinik auftaucht. Er scheint seine Aggressionen nur schwer zügeln zu können. Laut Polizeiberichten ist er einige Male handgreiflich geworden. Einmal muss er völlig ausgerastet sein. Ein Mann musste mit Nasenbeinbruch, gebrochenem Arm und inneren Verletzungen ins Krankenhaus eingeliefert werden. Allerdings hat der Geschädigte nie eine Anzeige erstattet.«

»Das wird Rebenfels mit einem Batzen Schweigegeld geregelt haben. Ein Angebot, das man nicht ablehnen kann, sozusagen.«

»Vermutlich. Das Eigenartige ist aber, dass von polizeilicher Seite keine weiteren Ermittlungen durchgeführt wurden. Zumindest die Krankenhausleitung hätte reagieren müssen. Es gab aber keine Anzeige bei der Staatsanwaltschaft, keinen Prozess. Da scheint jemand seinen Einfluss erfolgreich geltend gemacht zu haben.«

»Die Sache wurde also unter der Decke gehalten.«

»So sieht's aus. Ich finde hier noch drei Anzeigen wegen sexueller Belästigung, die aber alle zurückgezogen worden sind.«

»Welche Überraschung.«

Kammerlander reibt sich am Kinn.

Das passt. Der feine Herr Doktor und Roman Klapfer müssen sich blendend verstanden haben. Selbe Wellenlänge. Das sind doch einmal griffige Informationen. Der Mann ist gut. Mehr als das. Die junge Dollinger ist am Computer wohl doch nicht so firm.

Als Witt nach einer Kaffeepause noch immer nicht da ist, beschäftigt sich Weißgerber mit den Todesfällen der letzten zwanzig Jahre.

»Wir müssen uns auf die naheliegenden Fragen konzentrieren«, murmelt Kammerlander. »Wenn wir mit der Annahme recht haben, dass Klapfers Leiche zerlegt worden ist – und davon gehe ich aus –, wo bitte schön soll das stattgefunden haben? Die beiden Häuser am Gleisweg scheiden aus. Bis zum Ende des Weges gibt es keine Möglichkeit mehr, so etwas zu veranstalten. Doch bevor man zur Staumauer der Langmannsperre kommt, zweigt ein Weg zum Beingrüblhof ab.«

Ratzinger schaut ihn elektrisiert an.

»Genau. Und wem gehört der Hof? Unserem Herbert Reinweber.«

»Für den als angehenden Elektroingenieur die Inszenierung am Eisernen Thron ein Klacks ist«, ergänzt Ratzinger.

Kammerlander schaut auf die Uhr und nickt.

»Morgen. Als Erstes. Kümmerst du dich um den Durchsuchungsbeschluss? Heute stehen noch Einvernahmen an.«

»Reinweber zum Beispiel.«

»Genau. Jetzt ist Schluss mit lustig.«

Das Telefon läutet. Kammerlander inspiziert die Nummer.

»Witt. Endlich.«

Doch die Nachricht ist alles andere als gut.

»Witt kommt heute nicht mehr. Seiner Enkelin geht es nicht besonders. Krankenhauskeim.«

»Scheiße.«

»Mhm.«

67

Der Verbleib von Klapfers Leiche steht nun fest. Als Hansbauer total erschöpft zurückkommt, wartet schon ein Wagen der Gerichtsmedizin vor der Dienststelle. Er ist stundenlang mit Jägern und Kollegen unterwegs gewesen, um in Ameisenhügeln herumzustochern und Skelettteile in Beweismittelsäcke zu stopfen. Das vollständige Skelett konnte nicht sichergestellt werden, es fehlen ein halber Hüftknochen, die Wirbelsäule, ein Arm, der Unterkiefer und ein halber Unterschenkelknochen.

»Einer der Jäger, der Schörgi Veit, kennt sich mit Ameisenstaaten hervorragend aus«, erzählt Hansbauer. »Diese Tiere sind eigentlich keine Aasfresser, mit Ausnahme von Insekten und Kleinstlebewesen. Sie gehen auch nur an frisches Fleisch; wenn es bereits angegammelt ist und riecht, verweigern sie und drehen ab. Aber wenn man zum Beispiel einen frisch abgeschnittenen Körperteil in einen Ameisenhaufen steckt, dann geht es los mit der Verwertung, bis nur mehr der Knochen übrig ist. Früher sollen Jäger das oft gemacht haben. Wenn sie einen Rehbock geschossen hatten, wurde das Haupt abgetrennt und in einen Ameisenhaufen gesteckt. Nach ein paar Tagen haben sie ihre Trophäe dann geholt und sich so das Abkochen erspart.«

»Hammer!«, sagt Ratzinger. »Aber warum haben die Hunde nicht angeschlagen?«

»Haben Sie schon einmal die Hand knapp über einen Ameisenbau gehalten und dann daran gerochen?«

»Ich hab doch keinen an der Waffel. Außerdem bin ich Stadtmensch.«

»Ah ja. Jedenfalls riecht die Hand dann scharf nach Ameisensäure. Wird ein möglicher Eindringling erkannt, verspritzen die Tiere sofort diese Säure, um den Bau zu schützen.«

»Faszinierend«, murmelt Kammerlander. »Vielen Dank, Kollege. Gehen Sie jetzt nach Hause und ruhen Sie sich aus.«

»Und gehen Sie unter die Dusche«, setzt Ratzinger nach. »Ich kann die Säure jetzt auch riechen.«

Hansbauer nickt. Er ist ziemlich blass um die Nase.

Er hat heute viel über Ameisen gelernt.

Weißgerber massiert sich die Glatze.

»Mit den Todesfällen bin ich oberflächlich durch.«

»Irgendwelche Auffälligkeiten?«

»Na ja. Da ist schon etwas, was mich irritiert. Die Kinder und Jugendlichen.«

Kammerlander schaut ihn verständnislos an.

»Ich meine, ich habe eine überdurchschnittlich hohe Anzahl an verstorbenen Kindern gefunden, nach deren Ableben Doppelhofer die Totenscheine ausgestellt hat. Gemessen am Durchschnitt einer Landgemeinde. Ich habe mir dann die Orte vorgenommen, an denen die jeweilige Leichenbeschau stattgefunden hat. Dabei ist mir aufgefallen, dass Doppelhofer nicht nur in seinem Arztbezirk, sondern auch in Voitsberg Totenscheine unterschrieben hat. Was eigentlich merkwürdig ist. Wieso fordert man einen Arzt aus dem Raum Edelschrott/Sankt Martin an, um einen Totenschein auszustellen? Es wäre doch praktischer gewesen, jemand aus Voitsberg zu holen.«

»Da stimme ich Ihnen zu.«

Kammerlanders Bauch kribbelt. Er spürt, dass sie in eine entscheidende Phase der Ermittlungen eintreten. Mit dieser Information bekommt die Botschaft »Lasset die Kindlein zu mir kommen« noch einmal eine andere Qualität.

»Ich werde mir das mal genauer ansehen«, fährt Weißgerber fort. »Ich denke, da ist noch etwas rauszuholen.«

»Erste Frage: Ist Ihnen schon jemand eingefallen, der Sie in der Gewitternacht in jenem ominösen Heustadel gesehen haben könnte? Oder beim Nachhausejoggen am frühen Morgen?«

»Äh …«

»Sie erinnern sich doch: Sturm, Gewitter, die Nacht, in der Dr. Doppelhofer starb? Na?«

In Ratzingers Stimme vibriert Ungeduld.

Huber starrt ihn an. »Ich glaube nicht …«

»Zweite Frage: Kennen Sie sich mit Strom aus? Will sagen, können Sie eine Stromleitung verlegen, oder, zum Beispiel, eine Lampe oder ein elektrisches Gerät anschließen?«

»Was?«, fragt Huber verdutzt. »Nein. Wieso? Wenn wir ein neues Gerät kaufen, schließt die Firma das an. Und sonst hole ich den Ferdl, das ist der Nachbar zwei Häuser weiter. Der kennt sich mit so was aus.«

»Hm. Dritte Frage: Wo waren Sie heute Morgen so etwa um fünf Uhr?«

»In der Früh?«

Ratzinger seufzt.

»Exakt. Um fünf Uhr in der Früh am Morgen vor dem Vormittag.«

»Im Bett.«

»Kann *das* wenigstens jemand bestätigen?«

»Nein. Ich … Meine Frau und ich schlafen getrennt. Aber …

ich stehe immer um halb sieben auf. Da hat meine Frau schon mit dem Frühstück auf mich gewartet.«

»Also Zeit genug für einen kleinen Ausflug.«

»Ausflug? Wohin denn?«

»Zur Teigitschklamm zum Beispiel.«

Zornesröte steigt Huber ins Gesicht.

»Wovon zum Teufel reden Sie da?«

»Ich rede davon, dass Sie kein Alibi haben.«

»Ja, wofür denn auch, verflucht noch einmal! Brauche ich jetzt jeden Tag ein Alibi? Was wollen Sie eigentlich von mir? Ich hab genug andere Sorgen.«

»Denken Sie noch einmal in Ruhe nach. Die Ehefrau als Alibizeugin ist nicht unbedingt der Bringer.«

Huber verzieht genervt die Lippen.

»Vielleicht ... Fragen Sie die Nachbarn«, schlägt er vor. »Die stehen immer früh auf. Vielleicht haben sie gesehen, dass die Autos meiner Frau und mir im Carport gestanden sind. Sonst fällt mir nichts ein.«

Als Huber gegangen ist, schüttelt Kammerlander den Kopf. »Der gehört nicht dazu. Da müsste ich mich schon sehr irren ...«

»Glaube ich auch. Der wusste nicht einmal, wovon die Rede war.«

68

»So, Herr Reinweber. Heute machen wir Nägel mit Köpfen.«

Der junge Mann schaut zwischen Kammerlander und Ratzinger hin und her. Unter seinen Augen haben sich dunkle Ringe gebildet. Er scheint abgenommen zu haben; seine Jeans hängt an ihm, als hätte er sie zwei Nummern zu groß gekauft. Er wirkt insgesamt ziemlich mitgenommen.

Kammerlander sieht ihn ernst an.

»Ich will Ihnen gleich zu Beginn sagen, dass Sie unser Hauptverdächtiger sind. Sie waren zum Zeitpunkt von Klapfers Entführung im Kraftwerk. Auch wenn Diplom-Ingenieur Eibelsreither sagt, Sie hätten das Kraftwerk nicht verlassen, so haben Sie doch den Aufzug bedient. Das muss Ihr Chef nicht mitbekommen haben. Im Gebäude ist der Lärmpegel ja hoch.«

»Das habe ich nicht.«

»Wir beschuldigen Sie nicht, Klapfer getötet zu haben. Aber Sie haben daran mitgewirkt.«

»Nein.«

Reinweber verschränkt die Arme vor der Brust und sieht Kammerlander trotzig an. Der kratzt sich nachdenklich die Bartstoppeln.

»Ich frage mich, ob Sie gewusst haben, dass Ihre Komplizen vorhaben, Klapfer zu zerstückeln und in der Landschaft zu verteilen.«

Reinweber reißt die Augen auf. »Was?«

»Sie haben mich schon verstanden.«

»Nein! Ich habe nicht ...«

Ratzinger rückt unruhig auf seinem Stuhl herum. Mit einem Blick fordert Kammerlander ihn auf, zu übernehmen.

»Dann werde ich mit Dr. Doppelhofer weitermachen. Für die Nacht seiner Entführung, Folterung und Ermordung haben Sie kein Alibi. Sie haben angegeben, allein zu Hause gewesen zu sein. Das ist nicht gut.«

»Dann kann ich's auch nicht ändern. So war's halt.«

»Haben Sie gewusst, dass Dr. Doppelhofer Abtreibungen vorgenommen hat?«

»Darüber ist im Dorf gemunkelt worden.«

»Auch darüber, dass der Verursacher der unschönen Eingriffe Roman Klapfer war? Der hat Ihnen doch die Freundin ausgespannt. Dieser Drecksack und Hurenbock wollte sich die Erbin des Acham-Anwesens unter den Nagel reißen. Das konnten Sie nicht zulassen.«

Reinweber presst die Lippen zusammen.

»Kommen wir jetzt zum interessantesten Teil. Dem Mord an Dr. Rebenfels.«

»Wer?«

»Ach bitte …« Ratzinger winkt gelangweilt ab. »Ich denke, über solche Mätzchen sind wir hinaus.«

»Ich kenne keinen Dr. …«

»Geschenkt. Dieser dritte Mord ist geradezu auf Sie zugeschnitten. Die Hochsitzleiter unter Strom zu setzen – alle Ehre! Das kann nur jemand einfallen, der sich mit Elektrik auskennt, nicht wahr, Herr Elektroingenieur in spe?«

»Ich weiß von keinem Mord an einem Dr. Regen…«

»Rebenfels hieß der gute Mann. Aber wem sage ich das.« Ratzinger gestattet sich ein nachsichtiges Lächeln.

Reinweber lässt die Schultern sinken.

»Egal, was ich sage, Sie glauben mir ja doch nicht.«

»Dann strengen Sie sich an. Erzählen Sie uns doch, wo Sie gestern bei Sonnenaufgang waren.«

Dem jungen Mann entfährt ein Schnauben, begleitet von einem hoffnungslosen Lächeln. »Das können wir uns sparen.«

»Und warum?«

»Weil ich Ihnen wieder nur dasselbe sagen kann. Ich war zu Hause, im Bett, keine Zeugen, kein Alibi. Wie übrigens neunzig Prozent aller allein lebenden Menschen.«

»Aber diese neunzig Prozent werden nicht verdächtigt, drei Menschen umgebracht zu haben respektive an deren Ermordung beteiligt gewesen zu sein.«

»Ich sage jetzt gar nichts mehr.«

»Das würde ich mir aber noch mal gut überlegen. Sie stecken so tief in der Scheiße, dass Ihnen nur ein Geständnis helfen kann, um nicht erst als alter Mann wieder aus dem Gefängnis zu kommen.«

Reinweber dreht den Kopf zur Seite und starrt die Wand an.

»Wer sind Ihre Komplizen?«

Schweigen.

»Es sind Leute, die gute Ortskenntnisse und Kenntnisse der Gegebenheiten haben. Wir werden sie kriegen, es ist nur mehr eine Frage der Zeit. Dann haben Sie die Chance auf ein mildes Urteil verwirkt.«

Der junge Mann schüttelt den Kopf und senkt den Blick.

Stille füllt den Raum.

»Dann soll es so sein«, sagt Kammerlander mit ruhiger Stimme. »Herr Reinweber, ich nehme Sie fest wegen Mordverdachts beziehungsweise Verdachts der Beteiligung in drei Fällen. Die Rechtsbelehrung erfolgt durch meinen Kollegen.«

»Also«, sagt Ratzinger. »Einen hätten wir.«

»So sieht's aus. Aber wer sind die anderen? Wir müssen uns mit dem Freundeskreis von Reinweber beschäftigen. Ich muss unbedingt noch einmal mit Schwaiger sprechen.«

»Seinem Nachbarn? Dem Schachspieler?«

»Genau dem. Ich denke, der kennt die Verhältnisse am besten. Er war ja schon ein Freund vom alten Beingrübl. – Das ist auch so eine Sache gewesen, die mir heute noch im Kopf herumgeht.«

»Der Tod des Alten, meinst du?«

»Mhm. Diese Herzinfarktgeschichte hat mir nie richtig geschmeckt.«

»Aber er hat doch nachgewiesenermaßen einen Herzinfarkt erlitten. Und ist daran gestorben.«

»Trotzdem.«

»Auch da ist Herbert Reinweber in Erscheinung getreten, wenn ich es mir recht überlege. Er war immerhin der Enkel vom Beingrübl. Fällt dir was auf? Wo wir auch hinfassen, immer treffen wir auf Reinweber.«

»Du meinst, bei ihm laufen die Fäden zusammen?«

»Eigentlich schon.«

Kammerlander trommelt nachdenklich mit den Fingern auf dem Schreibtisch. Was für ein vertrackter Fall. Die Ermittlung hat einfach keine Struktur. Sie tappen blind den Ereignissen hinterher, wobei die Gegenseite schnell und planvoll vorgeht. Außer dem mutmaßlichen Motiv haben sie nichts. Er kommt sich vor wie ein Getriebener.

»Feierabend«, sagt er. »Überschlafen wir die Sache.«

69

Am Morgen des nächsten Tages stehen Hansbauer und Kammerlander vor dem Beingrüblhof. Ratzinger sucht an Reinwebers Schlüsselbund den richtigen Schlüssel und sperrt das Haus auf. Hansbauer holt zwei große Plastikbehälter aus dem Dienstwagen.

Kammerlanders Handy läutet. Er führt ein kurzes Gespräch, während die Beamten wartend danebenstehen.

»Die Dollinger. Sie wird morgen wieder den Dienst antreten.«

»Gut.« Ratzinger nickt. »Wir brauchen jede Hilfe, die wir kriegen können.«

Sie wenden sich dem Haus zu.

»Von oben nach unten«, sagt Kammerlander.

Sie steigen die enge Treppe hinauf und teilen sich die Räume auf. Ein großes Schlafzimmer mit Doppelbett, ein kleines mit Einzelbett, eine Abstellkammer. In jedem Raum an einer Seite schräge Wände. Im Erdgeschoss ein schmaler Flur, eine große Küche, ein Bad, ein WC und die »gute Stube«. Die ist von Herbert Reinweber wohl vornehmlich genutzt worden. Auf dem Wohnzimmertisch steht ein aufgeklappter Laptop mit Büchern und Lernunterlagen drum herum. Für Bad und WC nehmen sie sich mehr Zeit; Kammerlander macht die Luminolprobe, aber es wird kein Blut sichtbar, nicht einmal am Wasserablauf.

Der Keller beherbergt Obstregale, verschiedenes Werkzeug und eine Kohlenschütte. Alles mit einer unberührten Staubschicht bedeckt. Als sie nach einer Stunde mit dem Haus fertig sind, ist erst eine Plastikwanne zur Hälfte mit Unterlagen, die sich die Beamten genauer anschauen wollen, gefüllt.

»Alles ziemlich überschaubar …«, murmelt Kammerlander.

Als Nächstes nehmen sie sich den Schuppen vor. Der Kleintransporter vom alten Beingrübl steht noch drin, ein paar Regale mit Körben und Schachteln an der Seite. Dahinter eine kleine Tür, die auf den ersten Blick nicht auffällt. Als Ratzinger auch hier aufgesperrt hat, kommen sie in Beingrübls Privatbrennerei. Auf dem Kessel, den Flaschen und sonstigen Utensilien liegt ebenfalls Staub, gebrannt hat hier schon lang niemand mehr. Trotzdem umfängt sie ein intensiver Schnapsgeruch, der sich im Lauf der Jahre in den Wänden eingenistet hat.

»Bleibt nur noch der Stall«, sagt Ratzinger. »Im Haus oder hier drin ist keine Leiche zerteilt worden.«

Die Stalltür ist nicht verschlossen. Sie finden leere Viehboxen und Schweinekoben. Alles ziemlich dreckig. Über die Hühnerleiter ist auch schon lang kein Hahn mehr zwischen seinen Hennen stolziert. Beingrübls Enkel muss nach dessen Tod alles Vieh verkauft haben. Im hinteren Teil des Stalles finden sie bäuerliches Gerät, das ebenfalls schon ewig nicht mehr benutzt worden ist. Kein Blut, kein Hinweis auf eine Gewalttat. Die Enttäuschung der Beamten steht ihnen ins Gesicht geschrieben.

»Schade«, brummt Ratzinger. »Es hätte so gut gepasst.« Gott sei Dank haben wir nicht die Spurensicherung angefordert. Aber das sagt er nicht laut.

»Ich habe das Gefühl, dauernd vorgeführt zu werden.« Kammerlander schnaubt. »Ich könnte platzen.«

Wolfshuber hat viel nachgedacht.

Er kann nicht zu Hause sitzen bleiben und sich verstecken. Das bringt ihn nicht weiter.

Heute ist Viehmarkt in Sankt Martin. Da wird er sich sehen lassen. Er wird dem Saukerl nicht die Genugtuung verschaffen, sich ängstlich einzubunkern und vor Angst in die Hosen zu scheißen. No, Sir. Er wird mit den Bauern über die niedrigen Milchpreise reden, übers Wetter und die teuren Futtermittel schimpfen. Wie jedes Jahr. Und seine Freunde beim »Lärchenwirt« treffen. Die Morde werden natürlich Gesprächsthema sein. Er wird in die Ratlosigkeit mit einstimmen, nein, das ist doch nicht zu glauben, dass so etwas geschehen kann, und dann noch hier bei uns, in diesem friedlichen Dorf. Und er wird angemessen über die stümperhaften Ermittlungen der Polizei mitschimpfen.

Und er wird sehr wachsam sein.

Seinen Feind aus der Reserve locken, das ist sein nächster Schachzug. Oder die Feinde. Man wird in irgendeiner Form mit ihm Kontakt aufnehmen, da ist er sich sicher. Einer wird bestimmt auch auf dem Viehmarkt sein, anonym in der Menge, und ihn beobachten. Wolfshuber wird alle in Sicherheit wiegen, den Ahnungslosen oder Geknickten spielen, je nach Bedarf, und dann wird er ihn oder sie überrumpeln. Wer von ihnen es wohl ist?

Als er am Garderobenspiegel vorbeikommt, überprüft er, ob die Pistole, die er sich hinten in den Hosenbund geschoben hat, eine verräterische Wölbung verursacht, aber nein, der Steirerjanker fällt ganz natürlich darüber.

»Ich geh zum Viehmarkt«, ruft er in die Küche.

Ohne die Antwort seiner Frau abzuwarten, geht er zu seinem Wagen und fährt los. Den Anblick seiner Frau kann er in letzter Zeit immer weniger ertragen. Es wird Zeit, auch dieses Problem zu beseitigen. Nach einer angemessenen Frist, versteht sich. Hätte er die Ereignisse vorausgesehen … Die Verwirrung der Polizei wäre perfekt gewesen. Der *Witwer* Wolfshuber – was für eine angenehme Vorstellung.

Auf halber Strecke läutet sein Handy. Er kennt die Nummer nicht und hält am Straßenrand, um das Gespräch anzunehmen.

»Du?«, sagt er überrascht und schluckt. Dann hört er zu, während seine schweißnassen Hände sich um das Handy krampfen. Seine Augen bekommen einen fiebrigen Glanz. Die Jagd ist eröffnet. Und die Beute ist leichter zu erlegen, als er gedacht hat. Er kann es kaum erwarten.

»Ich werde da sein«, sagt er und trennt die Verbindung.

Eine halbe Stunde später stellt er seinen Wagen vor der Jagdhütte ab. Er hat sich dagegen entschieden, sich anzuschleichen. Da die Hütte auf einer Lichtung steht, würde man ihn so oder so näher kommen sehen. Er geht davon aus, dass er vom Wald aus beobachtet wird; also bemüht er sich, ohne Eile zum Gebäude zu gehen. Er will nicht den Eindruck vermitteln, eingeschüchtert zu sein oder gar Angst zu haben. Mit einer unauffälligen Handbewegung streicht er sich hinten über die Jacke. Das Gefühl des harten Pistolengriffs gibt ihm Zuversicht. Heute wird die Angelegenheit geklärt, und zwar ein für alle Mal. Als er die Stimme am Telefon erkannt hat, hat sich neben der Überraschung auch Erleichterung breitgemacht. Du bist das also. Du hast das Ganze eingefädelt. Sieh mal einer an. Hätte ich dir gar nicht zugetraut. Aber an mir wirst du zerbrechen. *Ich* werde dich zerbrechen.

Die Tür zur Hütte steht offen. Er bleibt stehen und sichert wie ein Wild nach allen Seiten. Nichts tut sich. Ein Vogel stößt einen schrillen Schrei aus, als er über dem Waldrand kreist.

»Hier bin ich«, ruft Wolfshuber. »Du hast dir ja ein lauschiges Plätzchen für unsere Verabredung ausgesucht. Schöne Erinnerungen, was?«

»Unbedingt«, kommt es aus der Hütte. »Ich warte auf dich.«

Mit raschen Blicken sucht er noch einmal den Waldrand ab, kann aber nichts Verdächtiges entdecken. Langsam nähert er sich dem Eingang und steigt die zwei Holzstufen empor. Seine rechte Hand gleitet unter die Jacke und zieht die Pistole heraus. An der Schwelle kann er einen Teil des Raums überblicken, doch sein Wild hat sich in den nicht einsehbaren Teil der Hütte zurückgezogen. Seine andere Hand schließt sich ebenfalls um den Pistolengriff, und mit zwei schnellen Schritten tritt er ein. Er schwenkt sofort nach rechts, das ist der größere Teil des Zimmers. Eine halbe Sekunde später erkennt er, dass er die falsche Seite gewählt hat, und will sich in die andere Richtung drehen. Gleichzeitig geben die Bretter unter seinen Füßen nach, und er bricht ein. Im Fallen löst sich ein Schuss, er stürzt und spürt ein Netz über sich fallen. Ein Fuß tritt ihm die Pistole aus der Hand, ein Knie drückt sich auf seine Wirbelsäule und presst ihm die Luft ab. Er tritt um sich und streckt den Arm nach der Pistole aus, aber mit jeder Bewegung verheddert er sich mehr in den Maschen des Netzes. Er kämpft verbissen, brüllt und rast wie ein Tier.

Als die Nadel in seinen Hals gerammt wird, ist Ruhe.

70

Hansbauer ist mit den sichergestellten Unterlagen in die Dienststelle gefahren. Vielleicht ergibt sich etwas Verwertbares. Kammerlander und Ratzinger sitzen im Auto vor dem Beingrüblhof und suchen nach dem roten Faden.

»Überlegen wir doch einmal, wer für die unterschiedlichen Mordarten in Frage kommt. Ganz allgemein.«

Ratzinger schaut seinen Chef verständnislos an.

»Ich meine Folgendes: Der Strommord ist leicht zuzuordnen. Den hat jemand mit Elektrokenntnissen ausgeführt. Gehen wir zum nächsten Fall. Klapfer. Er wurde wie auch immer ermordet und dann zerstückelt. Um einen Menschen zu zerteilen, muss man schon ein paar anatomische Kenntnisse haben. Zumindest muss man in etwa wissen, was man tut.«

»Ein Schlachter?«

»Nicht unbedingt. Denk an die Entsorgung der Leichenteile. Der Täter muss sich im Wald auskennen und über die Bewohner des Waldes Bescheid wissen.«

»Ein Jäger!«

»Zum Beispiel. Jäger nehmen doch die geschossenen Tiere aus, ziehen ihnen das Fell ab und zerwirken sie. Klingt das plausibel?«

»Unbedingt. Denkst du an Brunner?«

»Das ist der Punkt. Ich kann mir das nur schwer vorstellen, aber … wer sagt denn, dass er uns in Bezug auf seine Tochter die Wahrheit gesagt hat? Außerdem hat ihn die Weber Rosl in der Nähe des Eisernen Throns getroffen.«

»Das ist richtig. Und bei Doppelhofer? Da hat es der Täter an jeder Raffinesse fehlen lassen.«

»Schon. Aber auch er ist im Wald entführt worden. Und ihm wurden Schnitte beigebracht, die ihm Schmerzen bereiten, aber kein lebenswichtiges Gefäß treffen sollten. Zumindest am Anfang.«

»Hm.«

»Na ja, ist nur so ein Gedanke. Ich rufe jetzt Schwaiger an. Der wohnt ja ganz in der Nähe.«

Schwaiger meldet sich nach dem zweiten Rufton. Er sei in Sankt Martin beim Viehmarkt. Ob Kammerlander nicht auch vorbeikommen wolle?

Dann ruft er Wolfshuber an. Dessen Handy ist ausgeschaltet. Mit der Festnetznummer hat er mehr Glück. Wolfshubers Frau sagt, ihr Mann sei ebenfalls auf dem Viehmarkt.

»Scheint hier ja ein Mordsereignis zu sein«, brummt Kammerlander, nachdem er das Gespräch beendet hat. »Also auf nach Sankt Martin.«

Mit seiner Vermutung hat Kammerlander recht. Auf dem Platz zwischen Kirche und »Lärchenwirt« summt es vor ländlichem Leben. Im Halbkreis sind Stände aufgestellt, an denen selbst gemachte Marmeladen, Säfte, Handarbeiten und vieles mehr feilgeboten werden. Auch für Kurzweil ist gesorgt; an einem Stand kann man mit dem Luftgewehr seine Treffsicherheit beweisen und Plüschtiere gewinnen, an einem anderen muss man mit einem kleinen Ball in ein zehn Zentimeter großes Loch treffen, um einen Preis zu bekommen. Auf der Wiese neben dem Platz ist ein Holzgatter aufgestellt, das mit Hilfe metallener Stangen unterteilt ist. Darin befinden sich die Kühe der Bauern. Sie finden das Ereignis nicht so lustig, aus der gewohnten Stille der Weiden und Ställe herausgerissen, scharren sie in all dem Lärm unruhig mit den Klauen und brüllen ihren Unmut in die Welt.

Die Bauern verhandeln mit den Viehhändlern, ihre Gesichter sind gerötet und verschwitzt, die Geschäfte werden mit Handschlag besiegelt. Dann fährt der eine oder andere Viehtransporter, der am Ortsrand geparkt war, rückwärts an die Wiese, und die Tiere werden auf die Ladefläche getrieben. Nach dem erfolgreichen Geschäftsabschluss melden sich Hunger und Durst. Also geht es auf den Platz vor dem »Lärchenwirt«. Hier sind Biertische und Bänke aufgestellt, die von Sonnenschirmen beschattet werden. Die Reihen sind gut gefüllt; zwei Kellnerinnen haben alle Hände voll zu tun, den Durstigen Linderung zu verschaffen. Windisch steht an einem großen Grill und wendet

Würstel und Koteletts. Der Duft, den der Grill verströmt, sorgt für guten Umsatz.

»Der Wirt macht in jedem Fall seinen Reibach«, murmelt Ratzinger. »Wie immer.«

Diejenigen, die sie kennen, streifen die Beamten mit einem verstohlenen Blick. Dann stecken sie die Köpfe zusammen und tuscheln mit ihren Sitznachbarn. Fünf Viehbauern sitzen an einer der hinteren Bänke und führen eine lautstarke Unterhaltung, die bald in Geschrei umschlägt. Ratzinger strafft sich.

»Alles gut«, beruhigt ihn Kammerlander. »Die Hüte sitzen noch gerade.«

Ratzinger hebt die Augenbrauen, sagt aber nichts.

Da erheben sich zwei der Schreihälse, die Gesichter zornrot, die Augen zusammengekniffen. Im Aufstehen setzen sie die Hüte schräg und nehmen noch einen ordentlichen Schluck Schilcher.

»Jetzt wird es interessant«, sagt Kammerlander. »Wenn die Hüte schief sitzen, sind sie bereit für einen ordentlichen Raufhandel.«

Die beiden Kontrahenten wollen gerade über die Sitzbank steigen, um ihren Argumenten handfest Nachdruck zu verleihen, als ihnen einer am Tisch etwas zuruft. Wie beim Ballett wenden alle den Kopf und schauen in Richtung der Beamten. Die Sitzenden ziehen die Kampfeslustigen auf die Bank zurück und bestellen eine weitere Runde Getränke. Diejenigen, welche in der Nähe sitzen und erwartungsvoll der Auseinandersetzung entgegengesehen haben, wenden sich enttäuscht ab. Sie streifen Kammerlander und Ratzinger mit bösem Blick. Den Beliebtheitspreis werden die Polizisten hier nicht gewinnen.

Sie bemerken ein improvisiertes Rednerpult, hinter dem nun die Ortsmusikkapelle Aufstellung nimmt. Bürgermeister Kilian Brandstätter erklimmt die drei Stufen, die Kapelle spielt einen Tusch. Lärm und Gelächter verebben, die Gesichter wenden sich dem Ortsoberhaupt zu.

Während der nachfolgenden launigen Ansprache Brandstätters wandern die Augen der Beamten über die Gesichter der Anwesenden. Ein paar Bekannte sind darunter: der Gemeindesekretär Huber mit Gattin, die Familie Acham, Krautner mit Sohn und Schwiegertochter und Ambrosius Gößler, der zufriedenen grinsend die Hände über seinem voluminösen Bauch gefaltet hat. Anscheinend hat er ein gutes Geschäft zum Abschluss gebracht. Auch der Kaufmann Melzer ist anwesend; seiner verschlossenen Miene nach zu urteilen, scheint er sich nicht so gut zu unterhalten. Sie entdecken Schwaiger am äußeren Ende eines Biertisches, er hebt sein Glas und winkt ihnen zu. Neben ihm sitzt Revierförster Brunner.

Wolfshuber sehen sie nirgendwo.

In der Mitte einer Reihe erhebt sich der unvermeidliche Rupp und steigt mühsam über die Holzbank. Dann torkelt er an Windisch vorbei auf die Rückseite des Wirtshauses zu.

»Brunz ja net hinters Haus!«, zischt ihm der Wirt zu. »Geh gefälligst ins Klo.«

Brummelnd ändert Rupp die Richtung.

Brandstätter ist am Ende seiner Rede angelangt. Nach dem Schlusssatz »Eine Runde Freibier für alle!« begleitet begeisterter Applaus seinen Abgang vom Rednerpult. Er geht von Tisch zu Tisch und volkstümelt mit seinen Wählern. Nun ist die Kapelle am Zug und beschallt das Festgelände mit Polka und Marschmusik. Der Lärmpegel nimmt zu, sodass die Leute sich anbrüllen müssen, um sich verständlich zu machen. Das tut der guten Stimmung aber keinen Abbruch.

Die Beamten gehen zu Schwaiger und Brunner. Die rücken bereitwillig zur Seite und machen eine einladende Geste. Kammerlander schüttelt den Kopf.

»Wir sollten besser ins Gasthaus gehen«, schreit er. »Hier versteht man ja sein eigenes Wort nicht.«

Die beiden nehmen ihr Getränk und folgen den Beamten in die Gaststube. Die ist leer bis auf zwei Kellnerinnen, die hinter dem Tresen mit Einschenken beschäftigt sind. Und Rupp, der nach Erledigung dringender Geschäfte wieder seinen üblichen Platz vor der Schank eingenommen hat. Der Weg nach draußen ist weit, ein Zwischenstopp ist angezeigt. Ein Bier auf den Weg sozusagen. Er hält sich am Tresen fest und versucht, einen Barhocker zu besteigen, der sich schon gefährlich zur Seite neigt.

»Scheißdreck noch amol! Könnts net endlich des Gl... Glump festschrauben ...«, beschwert er sich bei niemand Besonderem. Dann stellt er die Versuche ein und stiert resigniert in sein halb volles Glas.

»Der Kerl hat sich auf seinem Platz schon eingegraben«, murmelt Ratzinger. »Hat bestimmt schon eine Vertiefung in den Boden getreten.«

Sie setzen sich an den gewohnten Tisch an der hinteren Wand.

»Zwei Cappuccino, bitte!«, ruft Kammerlander den Kellnerinnen zu. Eine nickt, die andere schleppt ein Tablett mit Biergläsern nach draußen.

»Schön, Sie wieder einmal zu sehen.« Schwaiger lächelt. »Aber ich vermute, Sie sind nicht wegen des Viehmarktes oder zum Schachspielen gekommen.«

»Das sehen Sie richtig. Leider. Wir haben noch Fragen.«

71

Als Wolfshuber zu sich kommt, ist er vollkommen desorientiert. Ihm tut jeder Knochen weh. Und er kann sich nicht rühren. Er muss schlucken und hat auch dabei Schmerzen. Ein leichter Luftzug lässt ihn frösteln, er blinzelt in die Sonne, komisch, es ist doch warm ...

Mit einem Mal ist die Erinnerung wieder da, ein Ruck geht durch seinen Körper. Sofort presst ihm das Lederband um seinen Hals die Luft ab. Sein Stöhnen wird gedämpft von einem Lappen im Mund, der mit Paketklebeband fixiert ist. Er vermeidet jede weitere Bewegung und atmet heftig.

Ruhig bleiben. Das ist jetzt das Wichtigste. Die Lage sondieren.

Sie haben ihn nicht umgebracht. So viel steht fest. Aber sie haben ihm die Kleider ausgezogen. Und ihn festgebunden. Mit ausgebreiteten Armen und zusammengebundenen Beinen. Er spürt einen Pfosten im Rücken, seine nackten Füße stehen auf einem Schemel. Auch sie sind an den Pfosten gebunden. Er hängt da wie der verdammte Jesus.

Wo ist er? Auf alle Fälle im Freien. Er hört Schnauben und leises Stampfen, wie von Kühen. Er verdreht die Augen in alle Richtungen, ohne den Kopf zu bewegen. Tatsächlich. Man hat ihn in einem Kuhpferch gekreuzigt. Einige Kühe stehen etwas weiter unten am Wassertrog und sehen ihn träge an. Ihre Mäuler mahlen unentwegt vor sich hin, von ihnen ist keine Hilfe zu erwarten. Er verspürt großen Durst, seine Augen wandern wieder zum Wassertrog. Neben diesem befindet sich eine Salzlecke, sie ist leer.

Er scheint allein zu sein. Allein mit einigen Kühen in einem Pferch irgendwo auf einer Viehweide. Was soll das? Was wollen sie erreichen? Ihn demütigen? Töten wollen sie ihn jedenfalls nicht. Aber was dann? Wozu soll das gut sein? Jemand wird kommen und sich um das Vieh kümmern. Und wird ihn finden. Er beißt die Zähne zusammen, dass es knackt. Dann ist ihr Schicksal besiegelt.

Plötzlich fällt ihm der Viehmarkt ein. Ihm wird klar, dass niemand kommen wird. Zumindest nicht heute. Die Bauern sind dort, keiner kümmert sich um die Weiden. Das Vieh hier ist noch nicht reif für den Verkauf. Das ... das heißt, er muss den Abend, die Nacht und zumindest noch den Morgen überstehen, bevor Hilfe kommt. Falls überhaupt welche kommt. Muss hier angebunden regungslos stehen, denn wenn er sich bewegt, erstickt er an diesem verfluchten Drosselband.

Scheißaussichten.

Langsam beruhigt sich sein Atem. Die Lage ist schlimm, aber nicht hoffnungslos. Er kann es schaffen. Ja, das kann und wird er. Ein Honigschlecken wird es nicht werden, doch um ihn kleinzukriegen, müssen sie schon andere Geschütze auffahren. Das Problem ist, er darf nicht einschlafen, sonst knicken ihm die Beine ein und das Lederband erdrosselt ihn. Er wird an seine Rache denken, das wird ihn wach halten. Er wird sich ausmalen, was er alles mit ihnen anstellen wird, wenn er gerettet worden ist. Auf dem Gebiet ist seine Phantasie unerschöpflich.

Er merkt, dass eine Kuh auf ihn zukommt. Hinter ihr trabt ein junger Stier näher. Was wollen die Viecher? Mit ihm ein Schwätzchen halten?

Die Kuh senkt ein wenig das Haupt und stupst ihn in die Weichteile. Dann spürt er, wie ihre raue Zunge über seine Geschlechtsteile schleckt. Was …? Will die ihm einen blasen? Er spürt tatsächlich eine Erektion, als die Zunge ein weiteres Mal über seine Hoden fährt. Inzwischen ist auch das Stierkalb herangekommen und schiebt den Kopf der Kuh ein wenig zur Seite. Zum zweiten Mal fährt eine raue Zunge über sein Allerheiligstes. Was zum Teufel …? Aber er kann nichts dagegen tun, die anhaltende Doppelmassage hinterlässt Wirkung und treibt ihn zum Höhepunkt. Als die Orgasmuswelle über ihn schwappt, trifft sein Ejakulat das Ohr der Kuh. Die schüttelt ein wenig den Kopf und macht weiter.

Wolfshuber verdreht so weit wie möglich die Augen nach unten. Er sieht, dass seine Weichteile mit etwas eingerieben sind. Nach dem Interesse der Kühe zu urteilen, muss es Leckstein sein. Auf seinem Bauch klebt ein mit Salz vermischter Klumpen Fett. Die Sonne und der warme Körper verflüssigen das Gemisch und lassen es langsam nach unten rinnen.

Er weiß, was das bedeutet. Er ist jetzt schon wund. Die Kuh schaut ihn mit ihren großen Augen stumpf an und führt ihrem Körper weiter Nährsalze zu. Wolfshuber rinnen die Tränen über die Wangen vor Schmerz, er versucht zu schreien, aber weder Kuh noch Stier sind davon beeindruckt.

Hinter ihnen traben weitere Kühe auf ihn zu.

Sie schweigen, bis die Kellnerin den Kaffee gebracht hat.

»Wir müssen Ihnen sagen, dass wir Herbert Reinweber verhaftet haben. Er ist unser Hauptverdächtiger.«

Schwaiger sieht sie irritiert an.

»Sie müssen sich irren. Herbert ist zu einem Mord nicht imstande.«

»Die Indizien sind erdrückend.«

»Hat er gestanden?«

»Nein. Er bestreitet jede Beteiligung an den Morden. Aber er hat für keinen einzigen Tatzeitpunkt ein Alibi. Ansonsten spricht er nicht mit uns.«

»Herbert hat mit der Sache nichts zu tun, glauben Sie mir.«

»Vielleicht ist er in das Ganze mit hineingezogen worden und konnte den fahrenden Zug nicht mehr aufhalten?«

»Wie kann ich helfen?«

»Wir wissen, dass Reinweber nicht allein gehandelt hat. Es gibt mindestens zwei Mittäter. Deshalb müssen wir wissen, mit wem er näher bekannt ist, mit wem er öfter zusammen ist.«

»Ich glaube nicht ...«

»Bitte, Herr Schwaiger. Sie sind so etwas wie ein väterlicher Freund für ihn. Sie kennen ihn und seine Gewohnheiten.«

»Hm, tja ... Er hat den einen oder anderen Freund in seinem Fortbildungskurs. Aber das sind Grazer, soviel ich weiß. Und sonst ...«

»Die Volkstanzgruppe«, schlägt Brunner vor.

»Ja, da hast du recht. Einmal die Woche treffen sich die Teilnehmer im Saal vom ›Lärchenwirt‹. Da hat er auch die Sarah kennengelernt. Aber wer sonst da mittanzt ...? Die Liste müsste der Gemeindesekretär haben.«

»Kennen Sie eigentlich Dr. Rebenfels?«, schießt Ratzinger aus einer anderen Ecke. »Oder besser: Kannten Sie ihn?«

»Der Mann ist mir nie begegnet.«

»Und Reinweber? Hat er ihn einmal erwähnt?«

»Nein. Daran würde ich mich erinnern.«

»Aber Sie wissen, was ihm zugestoßen ist?«

»Natürlich. Peter hat es mir erzählt.«

Er deutet mit dem Kopf zum Revierförster.

»Gut, dass Sie mit hereingekommen sind«, wendet sich Kammerlander an Brunner. »An Sie haben wir auch einige Fragen. Wir haben nun drei Morde aufzuklären. Und der einzige gemeinsame Nenner – wenn wir vom Motiv absehen – ist der

Wald. Klapfer wurde im Wald entsorgt, Doppelhofer im Wald entführt und Rebenfels im Wald ermordet.«

»Was wollen Sie mich fragen?«

»Nun, das ist nicht so schwer zu erraten, nicht wahr?«

»Sie denken, es war ein Jäger.«

»Der Gedanke ist uns gekommen.«

»Haben Sie mich in Verdacht?«

»Wir ermitteln in alle Richtungen.«

»Ein Satz wie aus einem Fernsehkrimi.« Brunner schüttelt den Kopf. »Ich kann Ihnen nur versichern, dass ich kein Mörder bin. Ob Sie mir glauben oder nicht, liegt bei Ihnen.«

Eine Zeit lang herrscht Schweigen am Tisch.

»Ist Ihnen zu Ohren gekommen, dass ein Jäger Streit mit einem der Opfer hatte?«, nimmt Kammerlander den Faden wieder auf. »Oder mit allen? Die Gerüchteküche brodelt bestimmt auch in Jägerkreisen.«

»Natürlich. Ich weiß allerdings nicht, wie ich Ihnen da helfen könnte. Alle Mitarbeiter wissen, auf welche Art die … Toten die Jagd ausgeübt haben. Das hat keiner gut gefunden. Es gab manche Diskussion darüber. Aber ich glaube nicht, dass das als Mordmotiv ausreicht.«

»Wenn man an die Sache mit den Ameisenhügeln denkt, kann man schon daraus schließen, dass die Täter grundlegende Kenntnisse haben müssen, was die Biologie des Waldes betrifft. Und Ortskenntnisse.«

»Für meine Leute lege ich die Hand ins Feuer. Aber ich beneide Sie nicht. Hier auf dem Land haben einige Bauern eine Eigenjagd. Und die meisten auch ein paar Hektar Wald; die sind in einem Jagdverband organisiert. Das heißt, fast jede Bauernfamilie vom Kind bis zum Großvater ist mit der Natur vertraut. Und geht auf die Jagd. Die Anzahl der Verdächtigen wird dadurch nicht geringer, oder irre ich mich?«

Er hat recht, denkt Kammerlander. Es ist zum Verrücktwerden.

Rupp erwacht zum Leben. Er sieht mit geröteten Augen zu ihnen herüber.

»Jetzt san die scho wieda do, die Sch… Bu… Bullerei. Brauchst mei Hü… Hülf, Förschta?«

»Sei still, Rupp!«, sagt die Kellnerin, die soeben mit einem Schwung leerer Biergläser die Gaststube betritt.

»Ja so, jetzt tätn die Weibsleut auch scho herumschaffn … So weit kummts no …« Er unterstreicht seinen Unmut mit einer weit ausholenden Armbewegung. Sein Bierglas befindet sich im Schwenkradius und verabschiedet sich von der Theke.

Die Kellnerin verdreht die Augen.

72

Der siebenjährige Hubenbauer Hansi sitzt zappelig am Küchentisch. Die Großmutter hat heute viel später gekocht als sonst. Am frühen Vormittag haben die Eltern das schlachtreife Vieh aufgeladen und sind zum Viehmarkt gefahren. Der Tag verläuft heute anders als sonst; die alte Oma ist nicht mehr so flott wie früher. Deshalb hat sich zeitlich alles nach hinten verschoben, was dem Hansi gar nicht behagt.

Er hat vor Wochen bei der Geburt eines Stierkalbes dabei sein dürfen. Seitdem ist das Kalb »sein Stierli«. Jeden Nachmittag läuft er durch den Wald zur Almweide, wo sich die Viehtränke befindet. Dort setzt er sich auf einen Balken des Pferchs und lockt sein Stierli zu sich. Das Muttertier hat sich an diese Gepflogenheit gewöhnt und reagiert nur mit wachsamen Blicken. Hansi streichelt das Stierkalb und erzählt ihm von seinem Tag; manchmal spielt er auch mit ihm Fangen.

Als er endlich aufgegessen hat, hopst er vom Stuhl und läuft zur Tür.

»Nix da«, stoppt ihn sein älterer Bruder. »Wir müssen die leeren Boxen noch ausmisten. Das ham wir dem Vater versprochen.«

Hansi zieht ein Gesicht, aber es hilft ja alles nichts. Versprechen muss man halten, wie sein Vater immer sagt. Der große Bruder arbeitet langsam, so kommt es ihm wenigstens vor. Wahrscheinlich macht er das mit Absicht. Endlich sind sie fertig, und er rennt los.

Auf der Weide angekommen, sieht er, dass die Kühe sich im Pferch befinden. Komisch. Sind alle zugleich durstig geworden? Seine Augen suchen das Stierli, die Anwesenheit des Mannes bemerkt er zunächst nicht. Als er die Gestalt wahrnimmt, verlangsamt sich sein Schritt. Da ist ja einer an einen Pfosten gebunden. Hansi wird noch langsamer. Und nackt ist er auch. Und er bewegt sich nicht. Angst und Neugier halten sich die Waage.

Hansi bleibt stehen. Er hat den Gefesselten erkannt.

Es ist der Großkopferte, wie sein Vater immer sagt.

»Ich hab Hunger«, vermeldet Ratzinger.

Sie gehen zum Wirt und kaufen sich eine Bratwurst.

»So ist's recht«, sagt Windisch und drückt ihnen eine Extraportion Senf auf die Pappteller. »Auch die Staatsgewalt muss sich mal stärken.«

Frisch vom Grill ist die Wurst noch zu heiß zum Essen, also nutzt Kammerlander die Zeit, um den Wirt zu fragen, ob er den Landtagsabgeordneten gesehen hat. Der verneint.

»Der Wolfshuber war heut den ganzen Tag noch net da. Kann man ja auch verstehen. Dem steht nach dem ganzen Elend mit seinem Buben wahrscheinlich net der Sinn nach Lachen und Musik.«

Die Beamten vermeiden den Trubel und lehnen sich an ein leeres Viehgatter.

»Wiss isch Wolno ni da?«, fragt Ratzinger mit vollem Mund.

»Schluck erst einmal hinunter, ich hab nichts verstanden.«

»Ich habe gefragt, wieso Wolfshuber wohl nicht da ist. Meinst du, er geht uns aus dem Weg?«

»Kann gut sein.«

»Vielleicht hat er uns gesehen und sich verdrückt?«

»Vielleicht.«

»Oder er hat Schiss. Denkt sich, dass er der Nächste sein könnte.«

»Auch möglich.«

»So etwas lässt sich der Kerl normalerweise doch nicht entgehen. Das Bad in der Menge sozusagen.«

Ratzinger schiebt sich das letzte Wurststück in den Mund und kaut nachdenklich.

»Oder meinst du, ihm ist was passiert?«

Daran hat Kammerlander auch schon gedacht. Wolfshuber ist gestern und heute nicht ans Telefon gegangen. Das muss noch nichts heißen. Aber er hat ein ungutes Gefühl. Bloß das nicht, denkt er, nicht noch eine Leiche. Er zeigt mit dem Kinn zu einer Gruppe Männer, die sich etwas abseits zusammengestellt haben. »Bist du fertig? Dann könnten wir uns zum Bürgermeister und seinen Freunden gesellen.«

»Prima Idee.«

Ratzinger kratzt einen Wurstrest zwischen den Zähnen heraus und wischt sich die Hände an seiner Hose ab. Das Gespräch der Männer erstirbt, als sie näher kommen. Brandstätter, Gößler und Huber setzen ein gezwungenes Lächeln auf. Begeisterung sieht anders aus.

»Guten Tag, die Herren. Schöne Veranstaltung.«

Alle nicken gezwungen.

»Wenn sich's nur ausgezahlt hat für unsere Bauern …«, kommt es wohlmeinend vom Bürgermeister.

»Wir vermissen den Herrn Landtagsabgeordneten in Ihrer Mitte«, fährt Kammerlander fort. »Haben Sie eine Ahnung, wo er abgeblieben sein könnte?«

Allgemeines Kopfschütteln.

»Wir haben uns auch schon gewundert.« Gößler streicht sich über die Wampe. »Heute Morgen hab ich noch mit ihm telefoniert, da hat er gesagt, dass er natürlich zum Viehmarkt kommt. Wie jedes Jahr.«

»Vielleicht hat er es sich anders überlegt«, grübelt Brandstätter. »Könnte man ja auch verstehen nach dem furchtbaren Schlag, der ihn getroffen hat.«

Das glaubt Kammerlander weniger, wenn er an das letzte Gespräch mit Wolfshuber zurückdenkt. Da war von Erschütterung und Seelenqual nichts zu bemerken. Sein ungutes Bauchgefühl verstärkt sich.

Als sein Telefon läutet, entschuldigt er sich und geht ein paar Schritte zur Seite. Hansbauer ist am Apparat.

Kammerlander hört ihm fassungslos zu, ohne ihn zu unterbrechen.

»Lebt er?«, fragt er zum Schluss.

»Ja, gerade noch so. Aber das Lederband hat ihn so gewürgt, dass sein Gehirn nicht mehr genug Sauerstoff bekommen hat. Der Notarzt ist wenig optimistisch. Die Spusi ist bereits unterwegs, Sie brauchen sich um nichts mehr zu kümmern, was das betrifft. Wir haben alle erforderlichen Maßnahmen eingeleitet. Aber unser IT-Experte möchte Sie unbedingt sehen. Er ist auf etwas gestoßen.«

Ratzinger bemerkt das blasse Gesicht seines Freundes, als der im schrägen Licht der Spätnachmittagssonne auf ihn zukommt.

Kammerlanders Miene ist wie eingefroren. »Wir müssen gehen«, sagt er.

Ratzinger braucht nicht zu fragen.

73

Martin Schwaiger sitzt auf der Holzbank vor seinem kleinen Bauernhaus und genießt die Nachmittagssonne. Er hat den raschen Aufbruch der Beamten mitbekommen und sich dann auch auf den Heimweg gemacht. Er sieht den Tabakschwaden nach, die er paffend aus seinem Mund entlässt; träge ziehen sie über die Wiese zum Apfelbaum hin. Pfeifenrauchen ist das einzige Laster, dem er noch frönt. Anderen Versuchungen hat er früher einmal nachgegeben, hemmungslos, selbstzerstörerisch, in gerader Linie auf den Abgrund zu. Was das betrifft, hat er seinen Teil gehabt.

Er hat nie nach Großem gestrebt. Nie nach Macht gegiert. Reichtum hat ihn nicht interessiert. Und doch hat die Glücksfee gerade über ihm ihr Füllhorn ausgeschüttet. Das Leben ist schon verrückt.

Er denkt an die Eckpfeiler seines Lebens. In die Spirale ist er mit siebzehn, achtzehn hineingerutscht, wie die meisten vor und nach ihm auch. Neugier, falsche Freunde, jugendlicher Unsterblichkeitswahn. Dann das Erwachen auf der fleckigen Matratze nach einer der vielen Drogennächte, neben sich Bettina, deren starre Augen die Wahrheit jenseits der Spirale schauten, kalt und endgültig. Seine große Liebe, der er den Weg in den Tod gewiesen hat.

Er denkt an den Freund, der ihn durch die Hölle begleitet hat, als die Sucht und die Schuld ihn fast in Fetzen gerissen haben. Der Freund, dessen unerschütterliches Bemühen ihn von den Drogen wegkommen ließ und ihm Gewissheit über seine Bestimmung im Leben gab. Die ersten Jahre hat er als Streetworker gearbeitet. Das Milieu ist ihm ja bekannt gewesen. Danach hat er Jugendliche in Wohngemeinschaften betreut, hat versucht, ihnen Vater, Lehrer und Freund zu sein. Etwas anderes hat er nie gewollt.

Geheiratet hat er auch, aber sein Leben ohne Ambitionen, ohne Karrierestreben des Mannes, hat den Ansprüchen seiner Frau nicht genügt. Wer will schon zeit seines Lebens zur Miete wohnen und gerade mal so über die Runden kommen? Im Grunde ist die Entfremdung seine Schuld gewesen. Den Großteil seiner Zeit und seiner Kraft hat er für seine Schutzbefohlenen aufgewandt, für zu Hause ist nicht mehr viel übrig geblieben. Als seine Frau nach zehn kinderlosen Ehejahren immer zänkischer geworden ist, hat er dem Leiden ein Ende gemacht. Bei der Scheidung hat es keine Probleme gegeben; sie ist in der Wohnung geblieben. Zu teilen gab's nicht viel, und jeder ist froh gewesen, den anderen los zu sein.

Er hat dann zur Untermiete bei einer alten Lehrerin gewohnt. Zimmer, Dusche, WC. Mehr hat er nicht gebraucht. Mit den Jahren hat ihm das Schicksal mancher junger Menschen keine Ruhe mehr gelassen und ihn zunehmend zermürbt. Bis ihm der Job das letzte bisschen Kraft aus den Adern gesaugt hatte. Zunehmend hat er das Ausmaß der Gemeinheit und der Ausbeutung erkannt, die Hilflosigkeit der Opfer. Und die Aussichtslosigkeit, daran etwas zu ändern. Oder gar Gerechtigkeit zu erlangen und die Täter zu bestrafen.

Der Lottogewinn ist wie der sprichwörtliche Blitz aus heiterem Himmel gekommen, zwei Komma drei Millionen. Er hat nie jemandem davon erzählt.

Er hat sich in Großwöllmiß ein Bauernhaus gekauft. Seine Arbeit hat er gekündigt und ein komplett anderes Leben begonnen. Sich auf das Wesentliche beschränkt, zurück zur Natur sozusagen. Er besitzt einen Obstgarten, zieht sein Gemüse selbst, hat ein paar Hühner und zwei Schweine. Zusammen mit der Mindestpension und dem, was ihm von seinem Gewinn übrig geblieben ist, kann er dem Alter sorgenfrei entgegenblicken. Auch dann noch, nachdem er für seine Schützlinge eine stattliche Summe als Startgeld in ein neues Leben zur Verfügung gestellt hat.

Hat er sich strafbar gemacht? Als die große Abrechnung begonnen und er geahnt, später dann gewusst hat, was da vor sich ging? Sein Sinn für Gerechtigkeit sagt Nein. Die Beamten würden das anders sehen, natürlich, aber es genügt nicht, ein gutes Rechtssystem zu haben, wenn man es nicht anwenden kann. Weil man keine Beweise hat und die Täter in ihren Positionen unangreifbar sind.

So oder so, es spielt jetzt keine Rolle mehr. Es ist nur noch eine Frage der Zeit, bis alle Tatsachen auf dem Tisch liegen. Kammerlander und sein Kollege sind nicht dumm.

Der Rauch beginnt auf der Zunge zu brennen. Er klopft den restlichen Tabak aus dem Pfeifenkopf und wischt das Mundstück ab.

Der Wind frischt auf.

Vielleicht gibt es Regen.

»Ich bin auf eine Verbindung gestoßen.«

Simon Weißgerber wischt sich über die Glatze. Er sieht sehr zufrieden aus.

»Und zwar habe ich alle Protokolle und Informationen, die Sie mir geben konnten, mit gespeicherten Daten abgeglichen. Es gibt ja jede Menge Informationen im Netz und in diversen Datenbanken. Auf der Suche nach Verbindungen und Übereinstimmungen hat mein Freund hier«, er streichelt über seinen Laptop, »mir interessante Dinge gezeigt.«

Kammerlander hebt die Hand, zum Zeichen, dass der IT-Experte fortfahren soll. Er ist gerade noch damit beschäftigt, die neue Entwicklung im Fall Wolfshuber zu verdauen. Hätte er die akute Bedrohung für den Landtagsabgeordneten ernster nehmen müssen? Ja, vielleicht. Er hat die Gefahr gespürt. Doch was hätte er tun sollen? Polizeischutz hätte Wolfshuber abgelehnt, das ist sicher. Im Gegenteil, er hätte sich jede Einmischung verboten. Aus der Feindseligkeit gegenüber den ermittelnden Beamten hat er nie ein Hehl gemacht. Wolfshuber hat so viel Dreck am Stecken, dass er selbst die Morduntersuchung zu seinem eigenen Sohn sabotiert hat, wo es nur ging.

»Was sind denn nun die neuen Erkenntnisse?«, fragt Ratzinger und rutscht ungeduldig auf seinem Stuhl herum.

Da kommt Hansbauer zur Tür herein und unterbricht Weißgerber bei seinem Bericht.

»Ich habe mit der Intensivstation in Graz telefoniert. Wolfshuber wird es schaffen. Aber ich weiß nicht, ob das eine gute Nachricht ist. Nach Meinung der Mediziner war das Gehirn zu lange nicht ausreichend mit Sauerstoff versorgt. Weil die Unterleibsschmerzen so schlimm gewesen sein müssen, dass er sich gewunden hat. Und dadurch hat ihm das Drosselband immer mehr die Luft abgeschnürt. Er wird einen dauerhaften Hirnschaden davontragen. Soll heißen, er wird nur mehr wie Gemüse dahinvegetieren.«

»Ihm ist quasi das Gehirn zwischen die Beine gerutscht«, sagt Ratzinger.

»Franz!«

»Was denn?«

Kammerlander schüttelt den Kopf. »Also wirklich. Gibt es was Neues von Witts Enkelin?«

»Tja, die heutige Nacht wird die Entscheidung bringen. Es steht Spitz auf Knopf.«

»Dann wollen wir das Beste hoffen. Setzen Sie sich, Kollege. Herrn Weißgerber scheint ein Durchbruch in den Ermittlungen gelungen zu sein.«

Weißgerber fährt fort.

»Ich habe Ihnen ja schon gesagt, dass mir die Häufigkeit der von Dr. Doppelhofer ausgestellten Totenscheine aufgefallen ist. Und zwar im Hinblick auf das Alter der Verstorbenen. Ich bin dann etwas in die Tiefe gegangen. Es hat sich herausgestellt, dass die Mehrzahl der Jugendlichen der staatlichen Fürsorge anvertraut waren. Sie haben in Heimen und betreuten Wohngemeinschaften gelebt. Und all diese Einrichtungen waren dem Landtagsabgeordneten unterstellt. Zuerst auf Bezirks-, später dann auf Landesebene. Ich habe mir dann die Listen der WGs genauer angesehen. Und bin über ein paar Namen gestolpert. Eine dieser WGs ist von einem Martin Schwaiger betreut worden.«

»Da schau her«, sagt Ratzinger. »Ich habe gedacht, er wäre Bauer.«

»Vor ein paar Jahren hat er den Job gekündigt und lebt seither auf einem Bauernhof.«

Kammerlanders Gesicht verfinstert sich. Wieso haben sie sich nicht mit dem Hintergrund von Schwaiger beschäftigt? Wahrscheinlich, weil der Mann nur ganz am Rande in Erscheinung getreten ist und weil er ihm sympathisch war. Aber wenigstens die Dollinger hätte etwas herausfinden müssen.

»Schwaiger ist also Sozialarbeiter gewesen. Was ist an dieser WG so besonders?«

»Die Namen einiger betreuter Jugendlicher. Zum Ersten: Herbert Reinweber. Das ist doch Ihr Hauptverdächtiger?«

Kammerlander und Ratzinger nicken unisono.

»Zum Zweiten: Manfred Reinprecht.«

Der sagt den Beamten erst einmal nichts.

»Wer noch?«, fragt Kammerlander.

»Doris Dollinger.«

In der nachfolgenden Stille hätte man das Fallen einer Stecknadel hören können.

74

»Deswegen hat sie den Fokus der Ermittlungen auf den Streit um die Alternativenergie legen wollen«, sagt Ratzinger nach einiger Zeit. »Wisst ihr noch?«

Kammerlander hat das Gefühl, aus einem bösen Traum aufzuwachen. Ein Spitzel in den eigenen Reihen. Die Gegenseite hat zu jedem Zeitpunkt über den Stand der Ermittlungen Bescheid gewusst. Und was als Nächstes geschehen sollte. Sie sind ihnen immer einen Schritt voraus gewesen. Und dank des polizeilichen Wissens, das die Dollinger eingebracht hat, haben sie auch keine Spuren hinterlassen. Ihm fällt ein, wie geschickt sie es vermieden hat, mit Wolfshuber zusammenzutreffen. Er hätte sie erkannt. Auch bei der Vernehmung von Rebenfels war sie nie anwesend. Jetzt ergeben auch die schlampigen Computerrecherchen einen Sinn. Sie hat nur weitergereicht, was unbedingt notwendig war. Er beißt die Zähne zusammen, dass sein Kiefer knackt.

Ratzinger hält es nicht mehr auf dem Stuhl. Er springt auf und geht im Stechschritt auf und ab.

»Die hat uns gelinkt. Ausgetrickst. In den Arsch gekniffen.« Speichel sammelt sich in seinen Mundwinkeln. »Die hat Affen aus uns gemacht. So was von …«

»Ist gut jetzt«, sagt Kammerlander scharf. »Wir wissen, was du meinst. Setz dich wieder hin.«

Ratzinger kommt seinem Wunsch brummelnd nach. Weißgerber hat die Hände vor der Brust verschränkt und beobachtet schweigend die Reaktionen auf seine Ausführungen. Hansbauer sagt nichts, schüttelt nur den Kopf.

Kammerlander wendet sich wieder dem IT-Experten zu.

»Haben Sie Hintergrundrecherchen zu unserer Koll… zu Frau Dollinger angestellt?«

Weißgerber nickt.

»Ihre Eltern sind gestorben, als sie zehn war. Es gab noch einen Bruder, der war zwei Jahre älter und Autist. Die beiden sind zunächst zur Großmutter gebracht worden. Drei Jahre später starb auch sie, die Kinder kamen in ein Heim. Weitere zwei Jahre später hat der Bruder Selbstmord begangen. Mit sechzehn Jahren zog sie in besagte WG, hat ihren Schulabschluss nachgeholt, sich dann bei der Polizei beworben. Danach Ausbildung für den Kriminaldienst.«

»Sie hat nach und nach alle Bezugspersonen verloren.«

»Ja. Das hat sie sicher geprägt.«

»Was ist mit dem anderen Jungen?«, fragt Hansbauer. »Manfred Reinprecht? Der ist in unseren Ermittlungen noch nicht aufgetaucht.«

»Das würde ich so nicht sagen. Sein ursprünglicher Name war Domenig. Es gab auch eine Schwester, Brigitte. Sie hatte das Downsyndrom. Der Vater ist bei Holzschlagsarbeiten tödlich verunglückt, die Mutter hat wieder geheiratet, einen gewissen Kajetan Reinprecht. Der hat die Kinder adoptiert, von da ab hießen sie Reinprecht. Nach einigen Jahren ist die Mutter gestorben, die behinderte Schwester kam in dasselbe Heim wie die Dollinger-Kinder. Dort ist auch sie gestorben. ›Atemwegsprobleme‹ und ›angeborener Herzfehler‹ standen als Todesursachen im Totenschein. Ausgestellt von Dr. Doppelhofer.«

Alle ziehen scharf die Luft ein.

»Das ist noch nicht alles. Der Stiefvater von Manfred Reinprecht ist später bei einem Brand ums Leben gekommen. Das heißt, eigentlich ist er ermordet worden. Dem verkohlten Leichnam fehlte nämlich der Kopf. Für die Tat wurde der Totengräber verurteilt, ein Nachbar von Reinprecht.«

»So möchte man nicht aufwachsen.«

»Das ist wohl wahr. Man hat Manfred in eine WG gebracht, er hat seinen Schulabschluss gemacht und seinen Namen wieder in ›Domenig‹ geändert. Arbeitet heute als Forstanwärter bei …?«

»Revierförster Brunner!«, sagt Ratzinger und haut mit der Faust auf den Tisch. »Langsam wird die Sache rund.«

Kammerlander stützt den Kopf in die Hände. Somit haben sie ihre drei Verdächtigen. Herbert Reinprecht, Doris Dollinger und Manfred Domenig. Was muss sich in ihrer Vergangenheit abgespielt haben, dass sie so furchtbar Rache genommen haben? Und was ist mit Schwaiger, ihrem Betreuer? Hat er gewusst, was seine ehemals Schutzbefohlenen vorhaben? Vielleicht ist ja er der Mastermind im Hintergrund.

Kammerlander sieht zum Fenster hinaus. Die Dämmerung ist schon weit fortgeschritten. Er ist müde, unendlich müde. Am liebsten würde er die Augen zumachen und zehn Stunden schlafen.

»Wir brauchen Haftbefehle«, sagt er stattdessen.

Ratzinger sieht auf die Uhr.

»Jetzt ist bestimmt kein Staatsanwalt mehr da.«

»Dann müssen wir sehen, dass wir einen Staatsanwalt ans Telefon kriegen. Wir brauchen nur das Okay, die Papiere kann er uns morgen nachreichen. Gefahr in Verzug, Fluchtgefahr und was weiß ich noch alles. Kannst du dich drum kümmern?«

»Sir, yes, Sir! Endlich geht mal etwas weiter!«

Und schon ist Ratzinger zur Tür draußen.

Kammerlander beneidet ihn um seinen Elan.

»Was ist mit Schwaiger?«, fragt Hansbauer. Er scheint sich wieder gefangen zu haben.

Kammerlander ist sich sicher, dass Schwaiger nicht so ahnungslos ist, wie er tut. Doch er sieht keinen Grund, warum Schwaiger verschwinden sollte.

»Das hat bis morgen Zeit. Organisieren Sie bitte zwei Einsatzfahrzeuge. Reinweber haben wir schon hier. Wir brauchen die Dollinger und Manfred Domenig. Nehmen Sie Ratzfatz mit. Wenn die Dollinger nicht an der Voitsberger Adresse anzutreffen ist, müssen wir die Grazer Kollegen um Unterstützung bitten.«

Weißgerber setzt sich wieder an seinen Laptop.

»Und ich mache inzwischen hier weiter.«

Eine Stunde später ist klar, dass Dollinger und Domenig abgetaucht sind.

»Die haben die Fliege gemacht«, sagt Ratzinger, als er mit Hansbauer im Schlepptau ins Büro zurückkommt. »Aber das wird ihnen nicht viel nutzen. Ich habe schon die Fahndung rausgegeben. Flughäfen, Bahn, Grenzübergänge, alle Polizeiposten. Die Dollinger fällt auf wie ein bunter Hund. Die haben wir bald.«

Ratzinger weiß nicht, dass vor Stunden ein muslimisches Pärchen mit dem Auto über die Grenze nach Italien eingereist ist und in einem Hafenstädtchen ein kleines Schiff bestiegen hat. Dessen Kapitän nimmt es mit den Papieren nicht so genau, gegen entsprechende Vergütung versteht sich.

Die Frau war ihrer Tradition gemäß entsprechend verhüllt.

75

Herbert Reinweber wird wieder zum Verhör geholt. Er ist der Einzige, an den sie sich halten können.

»Sollten wir nicht seinen Anwalt verständigen?«, fragt Hansbauer zaghaft.

Ratzinger zieht die Augenbrauen hoch.

»Seit wann hat der einen Anwalt?«

»Heute Nachmittag ist ein gewisser Magister Weintrich erschienen. Er hat sich als Reinwebers Anwalt vorgestellt und Akteneinsicht verlangt. Danach hat er mit seinem Mandanten gesprochen. Ich hab den Eindruck gehabt, Reinweber war über die Tatsache, einen Rechtsbeistand zu haben, selbst überrascht.«

Ratzingers Miene verfinstert sich. »Na super. Der Weintrich ist ein Begriff. Nicht billig. Wer hat den engagiert?«

Hansbauer zuckt mit den Schultern.

»Ich bin dafür, dass wir ihn zur Vernehmung holen«, verkündet Ratzinger. »Ohne Rechtsbeistand. Wir zwingen ihn zu nichts. Wenn er etwas sagt, tut er es freiwillig. Oder was meint ihr?«

»Wir vernehmen ihn«, entscheidet Kammerlander.

Sie konfrontieren ihn mit den Namen seiner Komplizen, ihrer Vergangenheit. Mit der gemeinsamen Zeit in der Wohngemeinschaft. Mit dem Plan, den sie über Jahre hinweg ausgeheckt und jetzt in die Tat umgesetzt haben. Sie fragen ihn nach seinem Motiv und dem seiner Freunde, um bestätigt zu bekommen, was sie ohnehin ahnen. Aber Reinweber sagt keinen Ton.

Er sitzt nur da, aschfahl, und presst die Lippen zusammen, den Blick gesenkt.

»Warum schützen Sie Ihre Komplizen?«, versucht Ratzinger es noch einmal. »Mit einem Geständnis könnten Sie einiges für sich herausschlagen. Ihre *Freunde* scheren sich einen Dreck um Sie. Die sind abgehauen.«

Plötzlich murmelt Reinweber irgendetwas.

»Wie bitte?« Ratzinger beugt sich zu ihm hinab. »Wir können Sie nicht verstehen.«

»Mein Anwalt hat mir geraten …«

»Ach, lass stecken.«

Ratzinger dreht sich um und nickt Hansbauer zu. Der führt Reinweber wieder ab.

»Einen Versuch war's wert«, meint Kammerlander.

»Ich hab da was«, meldet sich Weißgerber. »Könnte interessant sein.«

Alle wenden sich ihm zu.

»Ich bin die Listen der Insassen in dem bewussten Kinderheim durchgegangen. Und habe einen weiteren Namen gefunden. Anna-Lena Eibelsreither.«

»Der steckt auch mit drin?«, japst Ratzinger. »Ich fass es nicht.«

Kammerlander geht es nicht gut.

»Ich muss einmal raus«, sagt er und geht zur Toilette. Ihm ist übel. Er beugt sich über das Waschbecken und spritzt sich kaltes Wasser ins Gesicht. Der Spiegel über dem Becken zeigt ihm ein müdes, unrasiertes Gesicht. Die Augen glanzlos und rot gerändert. Er greift zum Papierspender und wischt sich Gesicht und Hände trocken.

Wie konnte das passieren? Wie konnten sie so viel übersehen? Seit vierzehn Tagen stochern sie herum, erreichen nichts, hinken den Entwicklungen dauernd hinterher. Dilettantisch. Die Ermittlungen sind dilettantisch geführt worden. Anders kann man es nicht bezeichnen. Das liegt in seiner Verantwortung. Er ist schließlich der Ermittlungsleiter. Natürlich, sie haben sich auf die Dollinger verlassen, und die hat die Morduntersuchung sabotiert. Wenn sie von Anfang an Weißgerber dabeigehabt hätten … Aber reicht das als Entschuldigung aus?

Als er wieder ins Büro kommt, hört man nur das Klackern von Weißgerbers Tastatur. Er setzt sich und wartet auf weitere Erklärungen des IT-Mannes.

»Ja, also, da haben wir schon einiges. Dr. Eibelsreither war verheiratet. Aus der Verbindung ist eine Tochter hervorgegangen, Anna-Lena. Das Kind war von Geburt an taub. Die Ehe wurde geschieden, da war das Mädchen neun. Das Sorgerecht blieb bei der Mutter. Heimeinweisung drei Jahre später, ein Jahr danach ist das Mädchen tödlich verunglückt. Abgestürzt. Das ist jetzt drei Jahre her.«

Sie parken vor Eibelsreithers Haus, ein kleiner Bungalow am Ortsrand von Voitsberg. Er steht ein wenig zurückversetzt von der Straße, das Grundstück ist eingefasst von einer wild wuchernden Thujenhecke. Sie gehen über einen Plattenweg auf die Haustür zu, einige Platten sind lose und klackern unter ihren Schritten. Ein Bewegungsmelder versieht seinen Dienst und lässt eine Lampe über der Haustür angehen. In ihrem trüben Licht sehen die Beamten, dass Gras und Sträucher dringend der Pflege bedürfen. Alles wirkt verwahrlost.

Es dringt kein Lichtschein aus den Fenstern.

»Der ist nicht da«, murmelt Ratzinger. »Sonst hätte er sein Auto an der Straße geparkt. Ist vielleicht auch abgehauen.«

Kammerlander will schon den Klingelknopf drücken, als er

im matten Licht der Lampe einen Zettel entdeckt, mit einem Stück Tesafilm an die Tür geklebt.

»Sie finden mich im Kraftwerk« steht drauf, sonst nichts. Kammerlander weiß plötzlich, dass diese Nachricht an sie gerichtet ist. Das Gefühl in seinem Bauch verheißt nichts Gutes.

Ratzinger geht es ähnlich.

»Scheiße«, sagt er.

Aus den hohen Fenstern des Kraftwerks fällt helles Licht. Feiner Nieselregen lässt den betonierten Vorplatz glitzern, als wäre er mit einer dünnen Schicht Pulverschnee bedeckt. Das Grollen der Wassermassen und riesigen Turbinen klingt heute gedämpfter als sonst, und doch bedrohlicher.

Die Beamten gehen zur Rückseite des Gebäudes. Sie finden die Eingangstür unversperrt vor, sie steht einen Spalt offen. Ein Lichtstreifen fällt auf die wenigen Stufen. Ratzinger zieht die Tür weiter auf und lässt Kammerlander den Vortritt.

Langsam gehen sie den Gang entlang, bis sie zum Innenraum des Krafthauses kommen. Der Lärm ist dramatisch angeschwollen, ein Concerto grosso aus gewaltigen Kräften, Stahl und Technik. Während sie die Hände schützend über die Ohren halten, gehen sie ein paar Stufen hinunter und betreten die roten, quadratischen Bodenfliesen. Sofort setzt sich das leichte Vibrieren des Bodens in ihrem Körper fort. Die Francis-Turbinen drehen sich in atemberaubender Geschwindigkeit und erzeugen einen hohen Pfeifton. Es ist, als werde man von der Elektrizität erfüllt, die hier erzeugt wird.

Als sie um die Turbinen herumgehen, sehen sie ihn sofort. Das Seil hängt von einer Eisentraverse, der Kopf ist nach vorn gesunken und verdeckt teilweise die Schlinge. Der Körper baumelt im Einklang mit der surrenden Vibration des Raumes über einem umgestürzten Stuhl. Ratzinger dreht sich um und tippt in sein Handy. Es ist warm hier drin.

Jegliche Hilfe kommt längst zu spät. Ein Tisch in der Nähe ist leer bis auf einen weißen Umschlag.

Darauf stehen nur zwei Worte in Großbuchstaben: »HARALD KAMMERLANDER«.

76

Sehr geehrter Inspektor Kammerlander,

wenn Sie diese Zeilen lesen, werden Sie mich nicht mehr lebend antreffen. Ich möchte aber nicht aus dem Leben scheiden, ohne meine Gründe für diesen Entschluss darzulegen. Und ich möchte nicht, dass Menschen unter Verdacht stehen, die vollkommen schuldlos sind.

Vor Jahren beging ich meinen ersten großen Fehler, indem ich eine Frau geheiratet habe, die ich nicht liebte. Sie war mit einem Kind von mir schwanger, und ich meinte damals, ich müsste mich ehrenvoll verhalten und dem Kind ein Vater sein. Anna-Lena kam taub zur Welt, und in den ersten Jahren waren wir im weitesten Sinn wohl so etwas wie eine normale Familie. Das Kind erhielt jede erdenkliche Förderung, damit es in der Welt der Hörenden bestehen konnte. Anna-Lena war ein glückliches Kind, soweit ich das beurteilen kann. Sie war fröhlich und intelligent, besaß ein freundliches Wesen. Ich liebte sie abgöttisch.

Mit den Jahren allerdings ging es mit unserer Ehe bergab, was schließlich zur Scheidung führte. Meine Frau bekam das Sorgerecht, ich durfte Anna-Lena nur alle vierzehn Tage für ein paar Stunden sehen. Leider hat meine Ex-Frau es immer besser verstanden, unsere Tochter von mir fernzuhalten. Aber ich will Sie nicht mit Details einer zerrütteten Beziehung langweilen.

In dieser Zeit bekam ich beruflich lukrative Angebote, ich arbeitete in Saudi-Arabien, Alaska, Südamerika. Ich war selten zu Hause, deshalb habe ich nicht begriffen, was vor sich ging. Meine Frau hatte einen neuen Mann gefunden, dem die behinderte Stieftochter nicht ins Konzept passte. Also gab meine Ex-Frau Anna-Lena in ein Heim und verschwieg mir diese Tatsache. Sie sagte nur, dass Anna-Lena tagsüber in einem Heim eine Förderung bekäme, die auf ihre besonderen Bedürfnisse bestens einginge. Ich konnte meine Tochter nur kurz im Beisein meiner Ex-Frau sehen, da sie am nächsten Tag mit ihrer Gruppe zu einem Feriencamp aufbrechen sollte. Ich gab mich mit dieser Erklärung zufrieden, was ich mir niemals verziehen habe. Das war der zweite große Fehler in meinem Leben. Ich sehe jeden Tag, jede Stunde jenen letzten Blick meiner Tochter vor mir, als ich mich von ihr verabschiedet habe, um ein weiteres halbes Jahr ins Ausland zu gehen. Ich hätte reagieren müssen, mich kümmern müssen.
Drei Monate später war Anna-Lena tot.
Ich habe erst zwei Tage danach davon erfahren, bin mit der nächsten Maschine zurückgeflogen, um mein Kind noch einmal zu sehen. Aber als ich ankam, war Anna-Lena schon eingeäschert.

Danach habe ich keine Auslandsjobs mehr angenommen. Ich bewarb mich um die Leitung des Spitzenkraftwerks und habe versucht, mit meinem Leben irgendwie klarzukommen. Ich bin sehr krank geworden, Darmkrebs. Dann kam Herbert Reinweber als Praktikant zu mir. Ich erzählte ihm von meiner Tochter, und er erzählte die Geschichte seinen ehemaligen WG-Freunden weiter. Ich hatte bis dahin ja noch an einen Absturz geglaubt. Also an die Unfallversion. Eines Tages standen Doris und Manfred vor meiner Tür, und ich erfuhr die Wahrheit über die Vorgänge in jenem Heim, in dem die beiden gequält worden waren. Der Landtagsabgeordnete Wolfs-

huber und später auch sein Sohn betrachteten das Heim als Selbstbedienungsladen für ihre abartigen Neigungen. Rebenfels war der Dritte im Bunde. Sie suchten sich immer Kinder aus, die irgendeine Form von Behinderung hatten oder aus desolaten Familien kamen, Kinder, um die sich keiner kümmerte. Sie brachten die Kinder in das Heim in Sankt Martin oder gleich in Wolfshubers Jagdhütte, wo sie sich dann an ihnen vergingen. In perversester Form. Was manchmal für die Opfer auch tödlich enden konnte. Oft hatte Wolfshuber Jagdgäste, denen er als krönenden Abschluss der Jagd die Kinder zuführte.
Ich erfuhr, dass auch Anna-Lena eines der Kinder gewesen war, die Wolfshuber mit in seine Jagdhütte genommen hatte. Das Mädchen muss aus der Hütte entkommen, in den Wald gelaufen und abgestürzt sein. In der »Kleinen Höll«, wie die Einheimischen sagen. Offiziell war von der Heimleitung zu Protokoll gegeben worden, dass Anna-Lena bei einer Wanderung von der Gruppe weggelaufen und dabei tödlich verunglückt sei. Den Totenschein hat Dr. Doppelhofer ausgestellt.

In mir brannte ein Hass, wie Sie ihn sich nicht vorstellen können. In den beiden, die mir die Augen geöffnet hatten, loderte derselbe Hass. Sie hatten als Jugendliche das Gleiche durchmachen müssen wie meine Tochter. Aber sie waren über die Jahre abgeklärter geworden und verhinderten daher, dass ich losstürmte und die Schweine umbrachte. Sie haben mir vor Augen geführt, dass auch eine Anzeige nichts bringen würde, da alle Beweise mit der Kremierung meiner Tochter vernichtet worden waren. Und die Stellung dieser Ungeheuer machte sie fast unangreifbar.

Den Rest können Sie sich zusammenreimen. Wir wollten Rache und haben Rache genommen.

Zum Schluss meiner Ausführungen möchte ich beeiden, dass Herbert Reinweber zu keinem Zeitpunkt Teil unseres Bündnisses war. Er wusste von nichts. Ich rechne ihm hoch an, dass er mich nicht verraten hat, als Sie ihn im Kraftwerk verhört haben. Er wusste natürlich, dass nur ich es gewesen sein konnte, der den Aufzug in Betrieb genommen hat. Wir haben Roman Klapfer hochnotpeinlich befragt – im wahrsten Sinn des Wortes. Nach den Vorgängen im Heim, in der Jagdhütte, nach den Abstürzen in die »Kleine Höll«. Und um den Schmerzen zu entgehen, hat er uns alles erzählt, auch von der Hatz auf den alten Beingrübl. Ich habe Herbert dann vom Mord an seinem Großvater in Kenntnis gesetzt, begangen von Wolfshuber, Klapfer und Rebenfels. Danach hat er nie wieder etwas gefragt. Zu dem Zeitpunkt dachte Herbert noch, dass wir Klapfer nur gefangen hielten. Deshalb mussten wir seine Leiche verschwinden lassen, damit Herbert glaubte, Klapfer sei noch am Leben. Hätte er die Wahrheit erfahren, wäre er wohl zur Polizei gegangen. Ich weiß es nicht. Das hätte unseren Zeitplan gefährden können, die Vollendung vielleicht unmöglich gemacht. Mittlerweile, denke ich, weiß er Bescheid. Die Situation muss schrecklich für ihn sein. Ich habe ihm einen Anwalt besorgt, über die Kosten braucht er sich keine Gedanken zu machen.

Sie fragen sich vielleicht, warum wir für die Vergeltung gerade diesen Zeitpunkt gewählt haben. Ich habe Krebs, der Arzt gibt mir nur noch ein paar Monate. Wir durften also keine Zeit verlieren. Jetzt ist vollbracht, wofür ich noch gelebt habe. Die Zukunft bringt mir nur noch Schmerzen, deshalb stelle ich mich nicht für meine Taten, sondern stehle mich aus der Verantwortung.

Ich bereue nichts. Nichts.

Als Kammerlander geendet hat, legt er den Briefbogen vor sich auf den Tisch. Aller Augen ruhen auf dem eng beschriebenen Blatt, jeder hängt seinen Gedanken nach. Weißgerber hat sich schon vor einer Stunde nach Graz aufgemacht. Für ihn ist der Einsatz zu Ende.

»Das ist ja ein Ding«, sagt Ratzinger schließlich.

»Tja.«

»Das heißt«, gickst Hansbauer und muss sich räuspern. »Das heißt, Herbert Reinweber ist unschuldig. Lassen wir ihn gehen?«

Kammerlander schüttelt langsam den Kopf.

»Mit dem Wort ›unschuldig‹ wäre ich vorsichtig. Er war zwar nicht Teil des Komplotts, aber spätestens nach dem Tod von Rebenfels muss er Bescheid gewusst haben. Es bleibt also zumindest der Vorwurf der Ermittlungsbehinderung bestehen.«

Ratzinger wedelt nachlässig mit der Hand.

»Na ja. Mit dem gewieften Anwalt wird er wohl mit heiler Haut aus der Nummer rauskommen. Kurze bedingte Strafe vielleicht.«

»Wir setzten ihn auf freien Fuß. Aber das hat Zeit bis morgen.«

Kammerlander sieht in die müden Gesichter seiner Kollegen. Es ist bereits halb zwölf. Es sind noch einige Fragen offen, aber auch das hat Zeit bis morgen. Er weiß, wo er die Antworten finden wird.

»Schluss für heute«, sagt er und faltet das Geständnis Eibelsreithers zusammen. »Morgen ist auch noch ein Tag. Ihr braucht nicht vor zehn zu kommen. Die Berichte sind zu schreiben, ihr wisst ja. Falls ich nicht da bin, fangt ohne mich an.«

Ratzinger zieht ein Gesicht. Berichte schreiben liegt auf seiner persönlichen Beliebtheitsskala gleichauf mit Därme waschen. »Und was machst du?«

»Ich betreibe Vergangenheitsrecherche.«

77

Schwaiger steht in seinem Garten und wässert das Gemüse.

»Ich habe Sie schon erwartet«, sagt er und weist einladend auf die Bank vor seinem Bauernhaus. »Ich habe uns Kaffee gekocht.«

Kammerlander setzt sich auf die Holzbank, Tassen, Zuckerdose und Milch stehen auf dem Tisch. Vor ihm breitet sich der Obstgarten aus, die Blütezeit geht zu Ende. Ganz im Hintergrund verschwimmen die Hügel von Großwöllmiß und etwas tiefer liegend die Stadt Voitsberg im Morgendunst.

»Ich hoffe, es ist Ihnen nicht zu kalt«, fährt Schwaiger fort, als er mit einer Warmhaltekanne aus dem Haus tritt. »Es ist ja erst neun. Aber die Sonne strengt sich schon mächtig an.«

»Alles bestens«, versichert Kammerlander. Er ist froh, dass er die Jacke nicht im Wagen gelassen hat.

Sie nippen schweigend an ihrem Kaffee, den Blick in die Ferne gerichtet.

»Stellen Sie Ihre Fragen, Herr Kammerlander«, beginnt Schwaiger mit ruhiger Stimme. »Ich bin sicher, Sie haben eine ganze Menge davon.«

»Kennen Sie Diplom-Ingenieur Eibelsreither?«

Schwaigers Gesicht wird ausdruckslos.

»Wir sind uns begegnet.«

»Er hat sich das Leben genommen.«

»Das tut mir leid.«

Schwaiger scheint nicht überrascht zu sein. Kammerlander registriert, dass er nicht nach den näheren Umständen fragt.

»Eibelsreither hat sich erhängt und einen Abschiedsbrief hinterlassen. Sein Geständnis. Darin nennt er Doris Dollinger und Manfred Domenig als Mittäter. Er beeidet, dass Herbert Reinweber nichts mit den Morden zu tun hat.«

»Das ist gut. Dann kommt er ja bald frei.«

»Schon geschehen. Ich habe ihn mitgenommen und vor dem Beingrüblhof aussteigen lassen.«

»Dann werde ich am Nachmittag einmal nach ihm sehen.«

»Sie nehmen die Neuigkeiten sehr gelassen hin, scheint mir. Doris und Manfred sind doch Ihre Schützlinge gewesen.«

»Das ist richtig. Aber Ihre Information ist keine Neuigkeit für mich. Ich erkläre es Ihnen später.«

Sie greifen nach den Tassen und führen sie zum Mund wie Synchronschwimmer.

»Sie haben nie erwähnt, dass Sie Jugendbetreuer waren.«

»Mich hat nie jemand danach gefragt.«

»Wieso haben Sie die Arbeit gekündigt?«

Schwaiger atmet tief ein.

»Ich war nervlich und emotional am Ende. Wenn man jahrelang mit traumatisierten, gedemütigten, gebrochenen Seelen junger Menschen konfrontiert ist und versucht, ihnen trotz ihrer schlimmen Erfahrungen eine Perspektive zu geben, haben Kraft und Motivation eine kurze Halbwertszeit. Besonders, wenn man sich in einem System bewegt, das den Status quo beibehalten will. Einem System, in dem man Missstände unter den Teppich kehrt und die Verantwortlichen über das Gesetz stellt. Kollateralschäden werden in Kauf genommen. Shit happens.«

»Sie sprechen von Doris Dollinger und Manfred Domenig? Oder sollte ich sagen, Manfred Reinprecht?«

»Ja, auch. Sie waren das letzte Glied einer langen Kette. Danach war für mich Schluss.«

»Wir reden hier über Missbrauch?«

»Der übelsten Sorte.«

»Hat denn niemand etwas dagegen unternommen?«

Schwaiger verzieht den Mund zu einem schiefen Lächeln.

»Zu betreuende Kinder und Jugendliche haben keine Lobby. Aber ich erinnere mich an zwei Vorfälle. Eine drogensüchtige Mutter hatte Anzeige erstattet. Sie war zu dem Zeitpunkt clean. Hat einen Entzug gemacht. Am nächsten Tag wurde sie mit einer Nadel im Arm gefunden. Überdosis. Einige Zeit danach hat auch ein engagierter Streetworker den Fehler begangen, Hilfe bei den Behörden zu suchen. Zwei Tage später wurde er von einem Auto angefahren. Er starb auf dem Transport ins Krankenhaus. Unfallwagen und Fahrer wurden nie gefunden.«

Kammerlander bläst die Wangen auf und lässt langsam die Luft entweichen. Er kann sich dunkel an den Unfall erinnern, er war damals nicht mit dem Fall befasst.

»Wie war das zu der Zeit, als Doris und Manfred zu ihnen kamen?«

»Ich habe langsam eine Beziehung zu ihnen aufgebaut. Ich habe sofort verstanden, dass ich Missbrauchskinder vor mir habe. Langsam haben sie begonnen, mir zu vertrauen, haben ihren Schulabschluss gemacht. Manfred wollte Förster werden, der Wald war sein Rückzugsgebiet. Außer Doris wollte er niemand dabeihaben. Das Mädchen hingegen wollte zur Polizei. ›Ich habe eine Mission‹, sagte sie einmal. Ich dachte natürlich, sie meinte damit legale Strafverfolgung, in der Pädophilenszene etwa.«

»Haben die beiden mit ihnen über die Missbräuche gesprochen?«

»Nein. Wenn ich das Thema anschnitt, haben sie dichtgemacht. Aber miteinander haben sie geredet, da bin ich mir sicher. Und sie wurden ein Paar.«

»Wie hat Herbert Reinweber da hineingepasst?«

»Er hatte es auch nicht leicht. Aber ihm war das Heim und damit der Missbrauch erspart geblieben. Er war schon älter, als die Jugendwohlfahrt sich seiner angenommen hat. Deshalb kam er gleich in die WG. Er hat sich mit Doris und Manfred gut verstanden, aber er war ein wenig außen vor. Klar, er brauchte keine Missbrauchserfahrungen zu verarbeiten. Dann hat ihn sein Großvater zu sich genommen.«

Schwaiger hebt fragend die Warmhaltekanne und füllt die inzwischen leeren Tassen.

»Haben Sie über die Jahre noch Kontakt zu Doris und Manfred gehabt?«

»Zu Manfred natürlich. Brunner war so nett und hat ihn auf mein Ersuchen als Anwärter genommen. Er ist öfter mal vorbeigekommen, und wir haben Kaffee getrunken. Manchmal hat er mir ein Stück Wildbret gebracht. Doris hat sich alle paar Wochen telefonisch gemeldet.«

Schwaiger greift in die Jackentasche und zieht seine Pfeife heraus. Er stopft sie gewissenhaft, und bald trägt der leichte Wind Rauchwölkchen in den Obstgarten. Kammerlander wartet schweigend. Er hat das Gefühl, sein Gastgeber braucht etwas Zeit, um fortzufahren.

»Allerdings habe ich vor zwei Tagen von Doris einen Brief erhalten. Auf dem Umschlag stand: *Erst am Sonntag öffnen.*«

»Und haben Sie sich dran gehalten?«

»Natürlich.«

»Heute *ist* Sonntag.«

»Ja. Und ich habe ihn heute gelesen. Beim Frühstück.«

Schwaigers Gesicht verdunkelt sich.

»Ich werde Ihnen den Brief natürlich übergeben, Sie brauchen ihn bestimmt als Beweismaterial.«

»Unbedingt. Danke.«

»Es wird Ihnen nicht gefallen, was Sie da lesen.«

»Da wette ich drauf. Schildern Sie bitte in Kurzform, was in dem Brief steht.«

78

»Um Manfred zu verstehen, muss man weiter in die Vergangenheit zurückgehen. Er hat Doris erzählt, dass sein Stiefvater Kajetan Reinprecht seine gesamte Familie ermordet hat. Zuerst seinen richtigen Vater, dann seine schwangere Mutter. Manfreds Schwester, die das Downsyndrom hatte, ist die Nächste gewesen. Sie wurde von Reinprechts Freund Wolfshuber abgeholt und in ein Heim verfrachtet. Ein Jahr später war sie tot. All das hatte keinerlei Folgen für Reinprecht. Dann hat Manfred im Zimmer seines Stiefvaters Fotos gefunden, auf zweien davon hat er Brigitte erkannt. Grauenhafte Fotos von Vergewaltigungen und Erniedrigungen der schlimmsten Art. Leider hat Reinprecht bemerkt, dass Manfred die Fotos gesehen hatte. Der Kampf hat in der Küche stattgefunden, es ging um Leben und Tod. Der Junge hatte Glück, er hat seinen Stiefvater mit dem Nudelholz am Kopf erwischt. Der fiel hintenüber, krachte auf die Tischkante und brach sich das Genick. Was sich danach abgespielt hat, wird im Brief von Doris nicht weiter ausgeführt. Es endete damit, dass das Haus niederbrannte und der aufgefundenen Brandleiche der Kopf gefehlt hat. Der Totengräber hat ein Geständnis abgelegt und starb kurze Zeit später an Bauchspeicheldrüsenkrebs.«

»Meinen Sie, der Junge hätte ...?«

»Ich weiß es nicht. Unwahrscheinlich, aber nicht gänzlich auszuschließen. Auf jeden Fall nicht beweisbar.«

Kammerlander kommt es vor, als ob Schwaiger das »nicht beweisbar« besonders wichtig ist.

»Was passierte dann?«

»Manfred wurde der Fürsorge unterstellt. Wolfshuber sorgte dafür, dass der Junge in dasselbe Heim gebracht wurde wie seine Schwester. Dann ging das Martyrium in anderer Form weiter.«

»Missbrauch.«

»Genau. Sie müssen sich vorstellen, wie einfach das für die Täter gewesen ist. Die Wolfshubers besitzen eine Liegenschaft in Sankt Martin. Die hatte der wohltätige Herr Landtagsabgeordnete zu einem Kinderheim umfunktionieren lassen, das er wie zum Hohn ›Waldparadies‹ genannt hat. Er hat sogar einen Streichelzoo eingerichtet. Dahin wurden die ›armen Würmer‹, wie er die Kinder genannt hat, von Zeit zu Zeit auf Erholung geschickt. Dabei wurden behinderte Kinder bevorzugt, was seinen Ruf als Menschenfreund noch befeuert hat. Die Leitung hat eine gebürtige Rumänin inne, die so viel Wärme ausstrahlt wie ein Eisblock. Als Personal hat er ungeschulte Leute eingesetzt, Arbeitslose, Schulabbrecher, Vorbestrafte. Nach dem Motto: Jeder hat eine zweite Chance verdient. Damit konnte er sicher sein, dass eventuelle Unregelmäßigkeiten unter der Decke blieben. Es wollte ja keiner den Job verlieren. Und Wolfshubers soziales Engagement wurde allseits gewürdigt.«

»Wurden denn nicht Routinekontrollen seitens der Behörde durchgeführt?«

»*Er* war das Kontrollorgan.«

»Wurden die Kinder immer zur Jagdhütte gebracht, wenn sie … sie …«

»Meistens. Aber es gibt auch einen Raum im Keller des Kinderheims.«

»Verstehe.«

Schwaiger holt tief Luft.

»Man kann sich die Perversion dieser Schweine nur schwer vorstellen. Sie haben die Kinder zu allen möglichen abartigen Dingen gezwungen, die Behinderten wurden verhöhnt, geschlagen und getreten. Jeder hatte seine Spezialbehandlung, die er den Opfern angedeihen ließ. Klapfer hat mit Vorliebe zugeschlagen, gewürgt, Glieder überdehnt. Rebenfels stand eher auf Buben und hat sehr gerne die Elektrofolter angewandt. Wolfshuber war ein Lecker. Doris war auf seinem Radar. Er war verrückt nach ihrer Haut, speichelte sie von Kopf bis Fuß ein. Und wenn er sie vergewaltigt hat, hat er ihr dabei das Gesicht abgeleckt. Leistete sie Widerstand, hat er sie gebissen und windelweich geprügelt. Was alle drei gemeinsam hatten, war die reine Lust am Quälen und Töten. War ein Kind so schwer verletzt, dass man nicht mehr kaschieren konnte, was mit ihm geschehen war, hat es den Raum nicht mehr lebend verlassen. Und manchmal mussten die Kinder betrunkenen Jagdgästen zu Willen sein. Versteckte Kameras haben das aufgezeichnet. Was die Jagdgäste nicht wussten.«

Kammerlander schiebt die Kaffeetasse von sich weg. Ihm ist schlecht. »Damit hatten sie die Leute in der Hand.«

»Der Bruder von Doris war Autist«, fährt Schwaiger fort. »Autisten können Nähe nur schlecht ertragen. Für ihn war das besonders schlimm. Er ist eines Tages vor einen Lkw gelaufen.«

»Erzählen Sie von Doris. Sie hat uns gewaltig an der Nase herumgeführt.«

»Am Anfang hat sie keinen an sich rangelassen. Sie hat jede Berührung vermieden, nicht einmal ein Händeschütteln war drin. Danach hat sie begonnen, sich tätowieren zu lassen. Niemand sollte mehr ihre Haut berühren wollen. Ein Statement nach außen.«

»Und dann?«

»Sie hat ihre berufliche Laufbahn konsequent verfolgt. Besonders am Computer ist sie herausragend. Das ist der Grund, warum sie trotz ihres Aussehens bei der Polizei genommen worden ist. Sie sollte nach einem Praxisjahr im IT-Bereich eingesetzt werden. Innendienst. Ihre Computerkenntnisse hat sie dazu genutzt, um das ganze Ausmaß dieser Verschwörung nachzuvollziehen. Bei der Polizei hat sie natürlich Zugang zu Daten gehabt, die einem Durchschnittsbürger verwehrt sind.«

»Was hat sie herausgefunden?«

»Ist ein Kind getötet worden, kam Dr. Doppelhofer ins Spiel. Er hat den Totenschein ausgestellt, und die Leiche wurde schnellstmöglich kremiert. Rebenfels hat einen Halbbruder, der führt ein Begräbnisinstitut mit Krematorium. Problem gelöst. Wenn es noch Verwandte gegeben hat, sind die froh gewesen, keine Kosten am Hals zu haben, und haben keine Fragen gestellt. Hatte der Missbrauch Folgen, dann hat man sich auch wieder der Dienste Dr. Doppelhofers bedient. Er hat Abtreibungen vorgenommen, die Plazenta und den Fötus hat Dr. Rebenfels für seine Beauty- und Wellnessklinik gut gebrauchen können. Er hat Frischzellenkuren angeboten, für die normalerweise tierische Zellen verwendet werden. Für menschliche Zellen haben manche betuchten Patienten sehr tief in die Tasche gegriffen. Und jeder hat den Mund gehalten, weil es eigentlich ein Straftatbestand ist.«

Der Organbehälter!, denkt Kammerlander. Er erinnert sich, dass ihm bei der Inventarliste von Doppelhofers Kellerraum etwas merkwürdig vorgekommen war, er aber vergessen hat, sie noch einmal durchzugehen.

»Was mir noch nicht ganz klar ist: Manfred hat in letzter Zeit hier beim Revierförster gearbeitet. Er muss Wolfshuber, Klapfer und Rebenfels begegnet sein. Damit ist er doch eine potenzielle Gefahr gewesen.«

»Nicht für diese Herrschaften. Die sind mittlerweile so abgehoben gewesen, dass sie sich unangreifbar gefühlt haben. Wem würde man schon glauben? So einem Würstchen oder der Elite der Gesellschaft, die sich für die sozialen Belange der Menschen in dieser Gegend einsetzt? Klapfer hat ihn sogar bei mehreren Gelegenheiten provoziert und verhöhnt. Die Einzelheiten können Sie im Brief nachlesen. Ich gehe und hole ihn.«

Es ist warm geworden. Kammerlander zieht den Rock aus und legt ihn auf die Bank neben sich. Schwaiger ist sehr kooperativ gewesen. Doch die Situation fühlt sich nicht richtig an. Kammerlander hat den Eindruck, in einem Stück brav die Rolle zu spielen, die man ihm zugedacht hat.

Schwaiger kommt zurück und legt den Brief vor ihn auf den Tisch.

»Damit haben Sie alle Informationen, die ich Ihnen geben kann.«

»Sind Sie sicher?«

»Ich denke schon.«

Kammerlander steht auf und nimmt Brief und Jacke.

»Wissen Sie, was mein Bauch mir sagt? Der sagt, dass Sie sehr wohl über die Pläne Ihrer ehemaligen Schützlinge Bescheid gewusst haben. Vielleicht die ganze Zeit über.«

Ein feines Lächeln erscheint um Schwaigers Mundwinkel.

»Und kann Ihr Bauch das auch beweisen?«

»Kann er nicht. Jedenfalls so lange nicht, bis wir Dollinger und Domenig haben. Das ist nur eine Frage der Zeit, wissen Sie?«

»Wenn Sie es sagen.«

Sie sehen sich lange an. Dann nickt Kammerlander.

»Wie Sie wollen. Danke für den Kaffee.«

Im Weggehen sieht er einen kleinen quaderförmigen Betonbau, der vom Bauernhaus fast verdeckt wird. Auf dem Hinweg ist er ihm nicht aufgefallen.

Er dreht sich noch einmal zu Schwaiger um, der noch an derselben Stelle steht und ihm nachsieht.

»Was hat denn dieses Gebäude für eine Funktion?«, ruft er ihm zu.

»Ach, da drin ist die Zerwirkkammer. Der Vorbesitzer dieses Hofs ist Jäger gewesen, deshalb …«

Kammerlander geht zurück. Er hat das Gefühl, in seinem Bauch dreht sich ein Kreisel.

»Kann ich da mal hineinschauen?«

»Tut mir leid. Ist vermietet. Ich habe keinen Schlüssel.«

»An wen haben Sie vermietet?«

»An Manfred. Der hat sich mit dem Zerwirken von Wild etwas dazuverdient.«

Kammerlander holt sein Handy aus der Jackentasche.

79

»Kammerlander, ich kann Sie echt nicht mehr leiden.«

Der Mann von der Spurensicherung schaut den Ermittler aufgebracht an.

»Jetzt geben Sie nicht mal am heiligen Sonntag Ruhe.«

»Tut mir leid. Aber wir können nicht riskieren, dass Spuren beseitigt werden.«

Das klingt selbst in seinen Ohren fadenscheinig. Aber Kammerlander will nicht mehr warten. Wenn Schwaiger von dem Mord an Klapfer gewusst hat, könnte er schon längst mit dem Hochdruckreiniger zugange gewesen sein. Und mit Desinfektionsmitteln. Wenn Klapfer hier »zerwirkt« worden ist – wovon Kammerlander überzeugt ist –, irgendetwas findet man immer. Aber … vielleicht geht ja von heute auf morgen die Zerwirkkammer in Flammen auf, rein zufällig natürlich. Dann würden sie nur mehr in Ascheresten stochern.

Vielleicht bin ich schon paranoid, denkt er.

Ratzinger hat sich auf die neuen Aufgaben gestürzt. In erster Linie versieht er Telefondienst. Er informiert die Staatsanwaltschaft, die zuständigen Verantwortungsträger in der Jugendwohlfahrt, koordiniert den für morgen geplanten Einsatz im Kinderheim »Waldparadies«. Er informiert die Grazer Kollegen über die fragwürdigen Anti-Aging-Praktiken in Rebenfels' Wellnessklinik und das Treiben im Krematorium von dessen Halbbruder. Das Verfassen von Berichten muss er dem Kollegen Hansbauer überlassen, so leid es ihm tut.

»Es ist wieder angerichtet«, sagt der Mechaniker grinsend, der bereits Doppelhofers Keller aufgesperrt hat. »Immer wieder gern.« Er tippt sich grüßend an die Stirn.

Kammerlander winkt ab, als ihm der Spusi-Mann ein Paar Plastiküberschuhe hinhält.

»Ich schaue mir alles von der Tür aus an. Ich will den Raum nicht kontaminieren.«

Falls er gehofft hat, bei dem Mann wieder zu punkten, sieht er sich enttäuscht.

»Wär ja mal ganz was Neues«, brummelt der.

Neonlicht gießt seine Helligkeit in jeden Winkel. Der Raum ist fensterlos und vom Boden bis zur Decke gefliest. In der Mitte steht ein Tischgestell mit einer Stahlwanne darauf, ein Rohr führt von der Wanne zu einem Abfluss im Boden. An zwei Wänden befinden sich Regale mit Zerwirkwerkzeug, an einer Seite stapeln sich Kanister neben einem aufgerollten Schlauch. Die vierte Seite neben der Tür ziert eine Reihe von verschieden großen Trophäenbrettchen. Nur eines trägt eine Trophäe.

Kammerlander ist sich sicher, dass ihn der Schädel von Kajetan Reinprecht angrinst.

Er geht wieder zur Vorderseite des Bauernhauses. Schwaiger sitzt auf der Bank und macht seinem Namen alle Ehre, wenn man es phonetisch sieht. Er hat sich zurückgelehnt und die Beine ausgestreckt. Der Tisch ist abgeräumt, nur eine fast leere Flasche Bier steht vor ihm. Das Treiben auf seinem Hof scheint ihn nicht zu interessieren. Als er Kammerlander bemerkt, hebt er fragend die Bierflasche.

Kammerlander schüttelt den Kopf.

»Leider. Nicht im Dienst.«

Bedauernd hebt Schwaiger die Schultern und stellt die Flasche wieder hin. Kammerlander setzt sich zu ihm.

»Sind Ihnen die Geschehnisse der letzten Tage eigentlich egal? Die ganzen Morde?«

»Doris hat es in ihrem Brief in einen einfachen Satz gegossen: Dreck wird wieder zu Dreck.«

»Im biblischen Sinne? Wie ›Denn von Staub bist du …‹?

»Auch im praktischen Sinn. Das Ganze folgt gleichsam dem Gesetz Hammurabis. Die Spiegelstrafe. Gleiches soll mit Gleichem vergolten werden. Ist Ihnen aufgefallen, welche bestechende Einfachheit und Klarheit darin steckt? Fast möchte man sagen: welche Schönheit?«

Schwaiger trinkt die Flasche aus und dreht sie sinnend in seinen Händen. »Die Schönheit des Einfachen.«

So hat Kammerlander es noch nie gesehen.

»Das hat er gesagt?«, fragt Ratzinger. »In den Morden steckt die ›Schönheit des Einfachen‹? Krass.«

Sie sitzen in einem schattigen Gastgarten in der Innenstadt von Voitsberg. Um drei Uhr nachmittags hat Kammerlander den Bürostuhl zurückgeschoben und seine Mitstreiter zu einem Bier eingeladen.

»Es ist schließlich Sonntag, und Starkl hat ohnehin schon seine liebe Not, die ganzen Überstunden durchzudrücken.«

»Und Witts Enkelin hat es auch geschafft. Sie ist über dem Berg. Das sollten wir auf alle Fälle begießen.«

Endlich einmal eine gute Nachricht, hat Kammerlander gedacht, als sie aufgebrochen sind.

Ein leichter Wind kräuselt die Borten der Sonnenschirme. Die Tische sind gut besetzt, im heiteren Stimmengewirr der Gäste liegt die Vorfreude auf den Sommer. Langsam fließt der Innenstadtverkehr an ihnen vorbei.

»Meinen Sie, Schwaiger hat es gewusst?«, fragt Hansbauer. »Von Anfang an?«

»Ich glaube schon. Aber das werden wir nie beweisen können. Die Planung war einfach zu gut. Die Morde, der Selbstmord Eibelsreithers und dessen Geständnis folgten einem perfekten Zeitablauf. Schwaiger hat Dollingers Brief zur rechten

Zeit ins Spiel gebracht, soll heißen: Er weist damit nach, dass er erst heute durch Dollingers Brief von dem Komplott erfahren hat. Selbst aus dem Zerwirkhaus können wir ihm keinen Strick drehen. Es war vermietet; er konnte nicht wissen, was darin geschehen ist. Einfach genial inszeniert.«

Ratzinger hebt den Zeigefinger.

»Ich sage: Er ist der Kopf. Er hat sich das alles ausgedacht. Wenn ihr mich fragt.«

»Beim Schachspielen hat er sich als exzellenter Stratege erwiesen«, nickt Kammerlander. »Von daher gesehen … Aber der Mastermind kann auch Eibelsreither gewesen sein. Oder die drei Täter haben die Aktionen zusammen ausgearbeitet. Wir werden es nie erfahren.«

»Wenn wir Dollinger und Domenig finden, hat Schwaiger nicht mehr so gute Karten«, wirft Hansbauer hoffnungsvoll ein. »Immer vorausgesetzt, er war der Anführer der Verschwörung.«

Aber Kammerlander sieht das anders.

»Ich glaube nicht, dass wir sie finden. Denkt an die perfekte Planung. Wieso sollten sie bei ihrem Verschwinden schlampen und etwas dem Zufall überlassen? Nein. Ich denke, die Fahndung läuft ins Leere.«

»Ich weiß gar nicht, ob ich mir wünsche, dass die beiden gefasst werden.« Ratzinger dreht nachdenklich sein Bierglas im Kreis. »Ich meine, wir haben die Mordserie aufgeklärt. Insoweit sind keine Fragen mehr offen. Wir können den Fall abschließen. Und wer weiß, wie vielen Kindern unsere Täter mit ihrer Vendetta ein ähnliches Schicksal erspart haben.«

Kammerlander muss sich eingestehen, dass er selbst schon in diese Richtung gedacht hat. Aber er weiß, dass es gefährlich ist, in dieses Fahrwasser zu kommen. Also schüttelt er den Kopf.

»Nein, Franz.«

»Was denn?«

»So einfach dürfen wir uns das nicht machen. Sonst befürworten wir Selbstjustiz. Und die Todesstrafe. Denn nichts anderes ist es. Selbstjustiz. Wenn man das weiterdenkt, zieht irgendwann der Lynchmob durch unsere Straßen.«

Ratzinger nickt. »Du hast ja recht … Es ist nicht unsere Aufgabe, das Strafmaß festzulegen. Das macht der Richter. Aber ein paar Gedankenspiele müssen erlaubt sein. Wir sind ja unter uns.«

Eine Zeit lang sinniert jeder in sein Bier. Mit Ausnahme von Kammerlander. Er sinniert in seine Schilchermischung.

»Und wenn ich jetzt einfach mal das Gedankenspiel fortsetze …«, murmelt Ratzinger in die Stille. »Eigentlich hat Schwaiger recht. Mit dem, was er gesagt hat, meine ich …«

Seine Kollegen schauen ihn irritiert an.

»Er hat doch von der Schönheit des Einfachen gesprochen. Denkt nur an Klapfer. Der ist auf Erden gewandelt und für nichts gut gewesen. Mit seinem Tod hat seine Existenz wenigstens noch einen *einfachen* Sinn gehabt. Indem er *einfach* als Tiernahrung dem Kreislauf der Natur zugeführt wurde. Da kann man schon eine gewisse Schönheit drin entdecken.«

Kammerlander unterdrückt ein Grinsen.

»Ach, Franz …«

»Was denn?« Ratzinger trinkt sein Bier aus. »Oder denken wir an die Spiegelstrafe. Auch sie ist schön einfach. Einfacher jedenfalls als unser Rechtssystem. Den anderen drei Ermordeten wurde Gleiches mit Gleichem vergolten. Rebenfels durfte von der Stromfolter kosten, Doppelhofer fand sich in einem Rollenspiel wieder, mit gespreizten Beinen und nacktem Arsch …«

»Franz!«

»Ja, du hast recht, da kann man nicht von Schönheit sprechen …«

Hansbauer entfährt ein Glucksen.

»… und Wolfshuber, der Lecker, bekam seinen Pimmel …«

»FRANZ!«

»Was denn?«